CB062615

R.L. STINE

RUA DO MEDO

PAIXÃO MORTAL
FIM DE SEMANA ALUCINANTE
FESTA DE HALLOWEEN

Tradução de
Aulyde Soares Rodrigues

Rocco

Título Original
FEAR STREET
THE NEW GIRL
THE OVERNIGHT
HALLOWEEN PARTY

Estas obras foram previamente publicadas individualmente.

Este livro é uma obra de ficção. Quaisquer referências a episódios históricos, pessoas reais ou lugares, foram usadas de forma fictícia. Outros nomes, personagens, lugares, e incidentes são produtos da imaginação do autor e, qualquer semelhança com acontecimentos reais, pessoas, vivas ou não, ou locais, é mera coincidência.

THE NEW GIRL e THE OVERNIGHT © 1989 by Parachute Press, Inc.
HALLOWEEN PARTY © 1990 by Parachute Press, Inc.

Todos os direitos reservados.
Nenhuma parte desta obra pode ser reproduzida ou transmitida por meio eletrônico, mecânico, fotocópia, ou sob qualquer outra forma sem a prévia autorização do editor.

FEAR STREET é uma marca registrada da Parachute Press, Inc.

Edição brasileira publicada mediante acordo com a Simon Pulse, um selo da Simon & Schuster Children's Publishing Division.

Design de capa: Bruno Moura
Imagens de capa: Shutterstock/ HYPERLINK "https://enterprise.shutterstock.com/pt/g/chaiyapruek+youprasert" chaiyapruek youprasert;
Unsplash/ HYPERLINK "https://unsplash.com/@edanco" Edan Cohen

Direitos para a língua portuguesa reservados
com exclusividade para o Brasil à
EDITORA ROCCO LTDA.
Rua Evaristo da Veiga, 65 – 11º andar
Passeio Corporate – Torre 1
20031-040 – Rio de Janeiro – RJ
Tel.: (21) 3525-2000 – Fax: (21) 3525-2001
rocco@rocco.com.br
www.rocco.com.br

Printed in Brazil/Impresso no Brasil

CIP-Brasil. Catalogação na publicação.
Sindicato Nacional dos Editores de Livros, RJ.

S876p

Stine, R. L. (Robert Lawrence), 1943-
   Paixão mortal ; Fim de semana alucinante ; Festa de Halloween / R. L. Stine ; tradução Aulyde Soares Rodrigues. – 1ª ed. – Rio de Janeiro : Rocco, 2021
   (Rua do Medo)

   Tradução de: The new girl ; The overnight ; Halloween party
   "Obra contém os 3 volumes da série Rua do Medo"
   ISBN 978-65-5532-171-5

   1. Ficção. 2. Literatura infantojuvenil americana. I. Rodrigues, Aulyde Soares. II. Título. III. Série

21-73247
CDD: 808.899282
CDU: 82-93(73)

Camila Donis Hartmann – Bibliotecária – CRB-7/6472

O texto deste livro obedece às normas do
Acordo Ortográfico da Língua Portuguesa.

Paixão Mortal

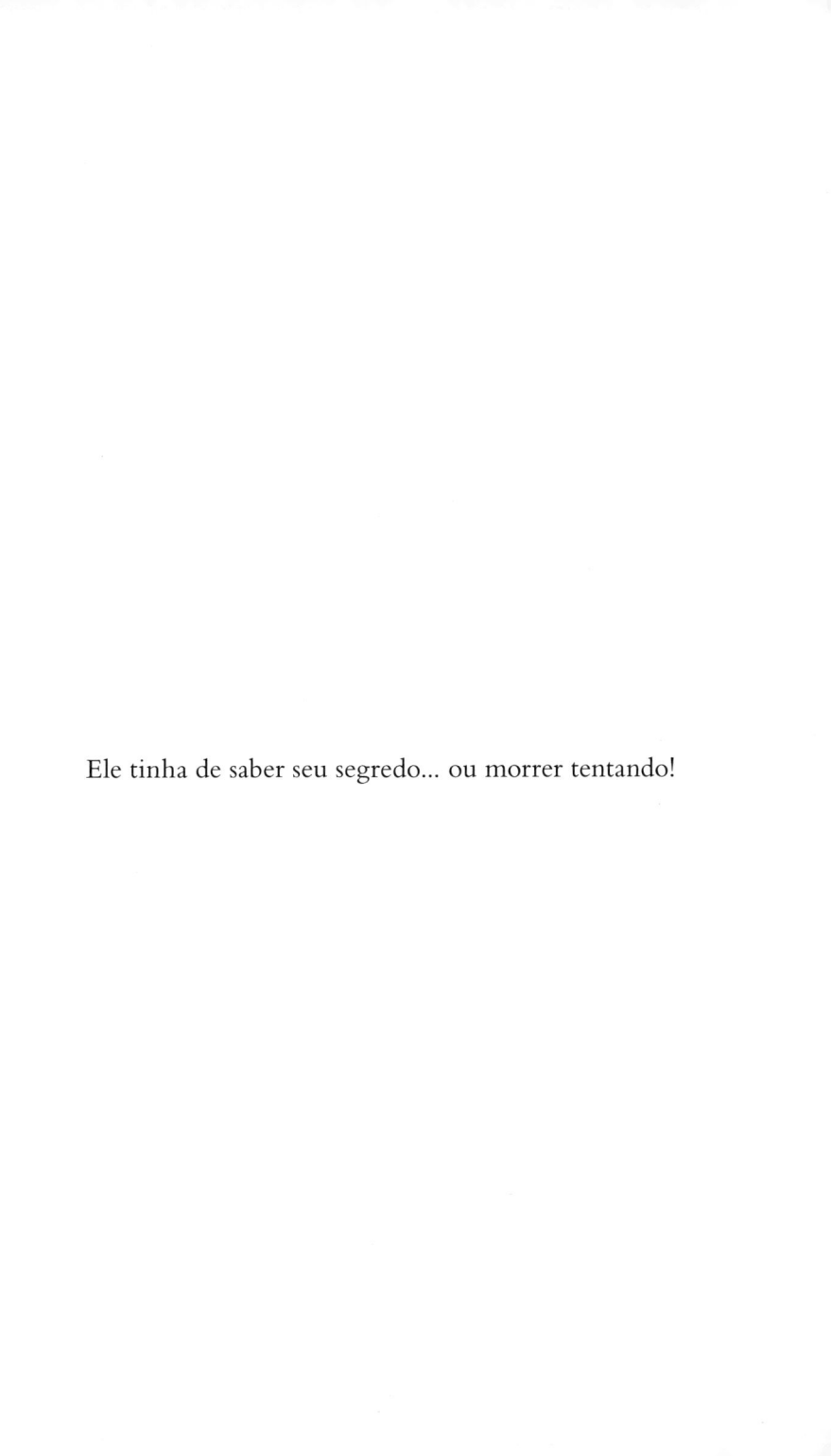

Ele tinha de saber seu segredo... ou morrer tentando!

Prólogo

Até logo, Anna.

Até logo.

Olhe para ela lá embaixo, toda amarrotada. O vestido todo amassado.

Ela não gostaria disso. Estava sempre tão bem-arrumada!

Não gostaria do sangue, tão escuro e parecendo sujo.

Você sempre foi tão perfeita, Anna! Sempre tão clara e brilhante, como se fosse lustrada todos os dias.

"Meu Diamante", mamãe sempre dizia.

E quem eu era então?

Quem eu era enquanto você era A Senhorita Perfeita?

Bem, você está perfeita agora. Perfeitamente morta, rá, rá.

Eu não devia rir. Mas foi tão fácil...

Nunca imaginei que seria tão fácil. Ah, eu sonhei muito com isso. Sonhei, desejei e senti culpa.

Mas nunca pensei que seria fácil.

Um empurrão.

Um empurrão e lá se foi você para baixo.

Olhe para você aí caída, toda amarrotada. Tão perfeitamente amarrotada.

E agora a porta da frente está se abrindo. Eles estão voltando. E eu estou começando a chorar.

É uma tragédia horrível, afinal de contas.

Um terrível e trágico acidente.

Devo chorar por você agora. E devo correr e contar para eles.

— Anna está morta, mamãe! Venha depressa! Isso tudo é tão horrível, mas Anna está morta!

Capítulo 1

Quando Cory Brooks viu a nova aluna pela primeira vez, ele estava de cabeça para baixo no refeitório.

Na verdade, ele estava de cabeça para baixo, apoiado numa das mãos, equilibrando uma bandeja cheia na mão livre, seu tênis preto erguido até onde sua cabeça deveria estar normalmente.

Alguns segundos antes, David Metcalf, o melhor amigo de Cory e companheiro nas artimanhas do time de ginástica olímpica do colégio Shadyside, havia sugerido que Cory não seria capaz de fazer aquilo.

— É fácil demais, cara — tinha dito Cory, balançando a cabeça. Ele nunca perdia a oportunidade de provar que David estava errado. Hesitou só por um segundo, passando a mão nos cabelos pretos cacheados, e olhou para a sala grande e lotada para ter certeza de que nenhum professor estava olhando. Então deu um salto no ar, aterrissou e se equilibrou na cabeça e na mão sem nem mesmo inclinar a bandeja cheia.

E agora David aplaudia e assobiava, aprovando, sentado a uma mesa próxima com vários outros espectadores que riam e aplaudiam.

— Agora faça sem as mãos! — gritou David.

— Isso mesmo! — incentivou Arnie Tobin, outro membro do time de ginástica olímpica.

— Faça sem a cabeça! — gritou outro engraçadinho. Todos riram.

Enquanto isso, Cory começava a sentir um certo desconforto. O sangue descia todo para a cabeça. Sentia-se um pouco tonto e o alto da sua cabeça começava a doer, pressionado contra os ladrilhos do chão.

— Aposto que não é capaz de comer seu almoço nessa posição! — disse David, desafiando Cory para maiores glórias.

— Qual é a sobremesa? Bolo invertido? — uma garota gritou de perto de uma das janelas. Gemidos e vaias desaprovaram a piada de mau gosto.

— Cory... muito bom! — gritou alguém.

— O que está acontecendo? — disse uma professora, alarmada.

As piadas, as vozes, os aplausos e as risadas pareceram calar quando a nova aluna flutuou na frente dos olhos de Cory. Ela era tão pálida, tão loura, tão leve, tão bonita que a princípio ele pensou que a tivesse imaginado. Todo o sangue fluindo para sua cabeça devia estar fazendo com que ele visse coisas!

Ela andava rente à parede, seguindo rapidamente para as portas duplas. Ainda de cabeça para baixo, Cory a viu de relance. Ela parou para encará-lo. Ele viu olhos azul-claros encontrando-se com os dele. Ela sabia que ele olhava para ela? Estava franzindo a testa ou sorrindo? Era impossível dizer daquela posição. Então ela balançou o cabelo louro, quebrando a conexão deliberadamente, e desapareceu do campo de visão de Cory.

Aqueles olhos.

Quem é ela?, pensou Cory. *Ela é incrível!*

Pensando na nova aluna, ele se esqueceu da concentração e do frágil equilíbrio que mantinham seu corpo reto. A bandeja caiu primeiro. Então Cory caiu, o rosto mergulhado na comida, o peito batendo com força no chão, as pernas abertas atrás dele.

A sala explodiu em risadas e em aplausos sarcásticos.

— Faça outra vez! — soou a voz forte de Arnie Tobin. Ele podia gritar acima do vozerio de qualquer multidão.

David correu para ajudar Cory a se levantar.

— Mais alguma ideia brilhante? — gemeu Cory, tirando espaguete com molho de tomate do cabelo.

— Da próxima vez, pegue apenas um sanduíche — disse o amigo, rindo. David tinha cabelos cor de cenoura, sardas quase da mesma cor e uma risada estridente capaz de fazer cachorros empinarem as orelhas a quilômetros de distância.

Cory limpou com a frente da camisa o molho de espaguete do rosto. Quando ergueu os olhos, a sra. MacReedy, responsável pelo refeitório, estava na frente dele. Ela não disse nada. Apenas balançou a cabeça.

— Desculpe por isso — disse Cory, sentindo-se mais do que um pouco idiota.

— Pelo quê? — perguntou a sra. MacReedy, muito séria.

Cory riu. Graças a Deus que a sra. MacReedy tinha senso de humor!

— Foi tudo ideia de Arnie — David disse, apontando para a mesa onde Arnie se preocupava em encher apressadamente a boca com biscoitos, três de cada vez.

— Acho que Arnie nunca teve uma ideia — replicou a sra. MacReedy, ainda muito séria. Então piscou um olho para Cory e saiu da sala.

Ainda cheio de macarrão com molho de tomate, Cory se abaixou para pegar a bandeja.

— David, quem era aquela garota?
— Que garota?
— A loura. A que saiu quando...
— Quem? — David parecia confuso. Apanhou os talheres espalhados pelo chão e pôs na bandeja. — Uma novata?
Cory gemeu.
— Você não a viu?
— Não, eu estava vendo você fazer perfeitamente papel de bobo.
— Eu? A ideia foi sua!
— Não foi minha a ideia de mergulhar num prato de espaguete.
— Ela é loura e estava com um vestido azul-claro.
— Quem?
— A garota que eu vi.
— Você viu uma garota de *vestido* aqui na escola?
— Você não acredita, certo? — Cory olhou para a porta como se ela ainda estivesse lá. Mas então seu estômago roncou e ele se lembrou de que tinha acabado de jogar fora seu almoço. — Ei, David, você tem algum dinheiro? Estou morrendo de fome.
— Não olhe para mim, cara — disse David, recuando com um largo sorriso.
— Ora, vamos. Você me deve. — Cory pôs a bandeja numa mesa vazia e começou a andar em direção a ele.
— De jeito nenhum.
— Onde está seu almoço? Vamos dividi-lo. — Cory mudou de direção e foi para a mesa de David.
— *Meu* almoço? Esqueça. Eu não...
Cory tirou uma maçã da bandeja de David, depois um punhado de biscoitos da bandeja de Arnie.
— Espere... eu preciso disso! — protestou Arnie, tentando em vão tirá-los da mão de Cory.

— Seja legal — disse Cory, mastigando um pedaço de maçã. — Temos treino depois das aulas, certo? Se eu não comer, estarei fraco demais para me equilibrar na trave.

— Está partindo meu coração — ironizou Arnie, quebrando os biscoitos que Cory segurava e enfiando as metades na boca. — Assim talvez o resto de nós tenha alguma chance.

Cory percebeu mais do que um pouco de ressentimento por parte de Arnie. Sentiu-se mal com isso, mas o que podia fazer? Não podia evitar o fato de ter mais talento para a ginástica olímpica do que os outros. Estava no time principal desde que entrou para o colégio Shadyside. E o treinador Welner achava que ele tinha uma chance de conseguir ganhar o campeonato estadual na próxima primavera.

Ainda bem que o treinador Welner não me viu cair em cima do meu almoço, pensou Cory. Acabou de comer o último biscoito de Arnie que tinha na mão, tomou as últimas gotas do achocolatado de David e amassou a caixa vazia.

— Um almoço bem balanceado — disse ele, com um soluço.

Arnie estava muito ocupado mostrando a David um novo modo de se cumprimentar batendo com a mão aberta na mão do outro. Batia com força na mão de David com um ar muito sério no rosto habitualmente sorridente, tentando fazer da maneira certa.

— Assim não, idiota — repetia.

Cory não sabia quem era o mais bobo.

— Até mais tarde — disse para os dois, jogando a caixa de papelão amassada numa cesta de lixo no centro do refeitório. David e Arnie nem ergueram os olhos.

Cory foi para as portas duplas, ignorando alguns garotos que riam da sua camisa manchada e do molho de tomate ressecando no seu cabelo.

— Ei, Cory... pense rápido — gritou alguém jogando uma caixa de leite nele. A caixa bateu numa mesa e caiu no chão.

Cory não olhou para trás. Pensava outra vez na garota de vestido azul. Ele a viu só por alguns segundos e de cabeça para baixo. Mas sabia que era a garota mais bonita que já tinha visto.

Assustadoramente bonita.

A frase surgiu de repente em sua cabeça.

Cory percebeu que procurava por ela enquanto andava pelo corredor, na direção do seu armário.

Onde ela está? Quem é ela? Eu não a imaginei... imaginei?

— Ei, Cory, você nadou no seu almoço?

Ele não virou para trás para ver quem era. Sabia que estava horrível. De repente desejou não encontrar a garota naquele momento. Não queria que ela o visse com molho de tomate no cabelo e na camisa.

Parou na frente do armário, tentando decidir o que ia fazer. Teria tempo para tomar um banho? Olhou para o relógio. Não. O sinal para o quinto tempo ia tocar em menos de dois minutos. Talvez pudesse faltar à aula de inglês. Não. O sr. Hestin ia dar a matéria da prova.

Lisa Blume, ao seu lado, começou a girar o botão com a combinação para abrir o armário. Abriu e olhou para ele.

— Você está ótimo.

— Obrigado. — Cory olhou para sua camisa. — Isto não a faz lembrar de quando éramos pequenos?

— Não, você era mais limpo naquele tempo — riu.

Cory e Lisa eram vizinhos no bairro de North Hills durante toda a vida. Brincavam juntos quando eram pequenos. As duas famílias eram tão unidas que pareciam uma só.

Morando tão perto, Cory e Lisa tinham conseguido manter a amizade mesmo durante aqueles anos em que os meninos só brincam com meninos e as meninas só com meninas. Agora, adolescentes, conheciam-se tão bem, sentiam-se tão à vontade na companhia um do outro que a amizade parecia parte natural de suas vidas.

Lisa era bonita, cabelos pretos compridos que desciam ondulados até os ombros, olhos pretos amendoados e batom escuro nos lábios, que se curvavam num meio sorriso sempre que ela dizia alguma coisa engraçada, o que acontecia frequentemente. Muitos diziam que ela se parecia com a Cher. Lisa fingia não se sentir lisonjeada com a comparação, mas secretamente gostava.

Olhou para Cory, os dois na frente dos seus armários.

— Eu fiquei de cabeça para baixo durante o almoço — ele informou, como se isso explicasse sua aparência.

— De novo não — disse ela, inclinando-se para apanhar alguns livros do armário. — Para quem estava se mostrando dessa vez?

A pergunta o aborreceu.

— Eu não disse que estava me mostrando. Disse apenas que estava de cabeça para baixo.

— David desafiou você. Certo?

— Como você sabe?

— Adivinhei. — Ela endireitou o corpo, com os braços cheios de livros e cadernos. — Você não pode entrar na classe desse jeito. Está cheirando à pizza.

— O que posso fazer?

— Já sei. Pode usar esta camiseta. — Ela se inclinou outra vez para procurar no armário abarrotado de coisas.

— Uma camiseta de mulher? Não posso usar uma camiseta de mulher! — Ele segurou a manga do suéter dela tentando fazer com que ela parasse de procurar.

Lisa se livrou da mão dele.

— Não é uma camiseta de mulher. É da Gap. É para mulheres ou homens. Você sabe. Apenas uma camiseta. — Ela tirou do armário a camiseta listrada de branco e preto e jogou-a para ele. — Mas lave a cabeça antes de vesti-la.

O primeiro sinal tocou. Portas de armários foram fechadas. O corredor ficou silencioso quando os estudantes desapareceram para as aulas do quinto tempo.

— Fala sério! Como posso lavar a cabeça?

Ela apontou para o bebedouro no outro lado do corredor. Cory sorriu para ela, agradecido.

— Você é inteligente, Lisa. Eu sempre disse que você era inteligente.

— É um grande elogio vindo de um cara que mergulha de cabeça no espaguete — disse, com aquele sorriso irônico e familiar.

— Segure o botão da água para mim — pediu ele, indo rapidamente para o bebedouro branco. Olhou para o corredor, para ver se ninguém estava vendo. O corredor estava quase deserto.

— Nada disso, Cory. Não quero me atrasar. — Mas foi atrás dele. — E certamente não quero que me vejam com você.

— Você é uma boa amiga, Lisa.

Cory não viu a expressão de desagrado dela. Lisa detestava aquelas palavras. Detestava ser uma boa amiga. Suspirou e apertou o botão do bebedouro. Então ficou ali, esperando que ninguém aparecesse enquanto ele punha a cabeça debaixo da água e procurava freneticamente tirar o molho ressecado do cabelo enrolado.

O segundo sinal tocou. Ela tirou a mão do botão.

— Cory, tenho de ir.

Cory levantou o corpo com a água escorrendo no rosto.

— Ainda bem que a água deste bebedouro nunca fica gelada. — Tirou a camisa manchada e enxugou a cabeça com ela.

— Cory, de verdade. Não quero me atrasar. — Ela jogou a camiseta limpa para ele e, procurando não deixar cair os livros, correu para a classe.

A camiseta listrada caiu no chão na frente dos tênis de Cory. Ainda enxugando a cabeça com a camisa suja, ele se abaixou para pegá-la.

Quando se levantou, ele a viu outra vez.

Primeiro viu o vestido azul. Depois o cabelo louro.

Ela estava no meio do corredor, correndo para a sala de aula.

Havia alguma coisa estranha nos seus movimentos. Seus pés não faziam o menor ruído. Ela era tão leve que parecia correr a alguns centímetros acima do chão.

— Ei, espere... — ele disse.

Ela o ouviu. Parou e olhou para trás, o cabelo louro esvoaçando atrás dela. Outra vez os olhos azuis mergulharam nos dele. O que havia naqueles olhos? Medo?

Os lábios dela se moveram. Estava dizendo alguma coisa para ele, mas Cory não conseguia ouvir.

— Por favor, não.

Foi o que ela disse?

Não.

Não foi. Não podia ser. Cory sabia ler lábios muito mal.

— Por favor, não?

Não.

O que ela tinha dito realmente? Por que parecia tão assustada?

— Por favor, espere... — pediu.

Mas ela desapareceu para dentro de uma sala de aula.

Capítulo 2

Cory bateu a porta do armário do ginásio e depois a esmurrou com raiva.

— Ei, qual é o seu problema? — perguntou David, ainda vestido com seu uniforme.

— Eu estou péssimo! — gritou Cory. — Parecia um panaca nas barras hoje.

— Então, quais as outras novidades? — David disse, dando de ombros. — Pelo menos você não torceu o tornozelo. — Passou a mão no tornozelo inchado, quase do tamanho de uma bola de softball.

— Até mais tarde — murmurou Cory, mal-humorado. Ele jogou a toalha molhada na cabeça de David e, furioso, saiu do vestiário. Tinha sido seu pior treino do ano, talvez de toda sua vida. E ele sabia por quê.

Era a aluna nova.

Cory a procurava havia três dias. Não a via desde o breve momento no corredor, antes do quinto tempo, na segunda-feira. Mas não conseguia tirá-la da cabeça desde então. Ela era tão bonita!

Cory tinha até sonhado com ela na primeira noite.

No sonho, ele estava almoçando no colégio. Ela parecia flutuar no refeitório. Chegou à mesa dele, os olhos azuis cintilando como o mar azul banhado de sol. Inclinou-se, o cabelo macio e perfumado tocando o rosto dele.

Ela começou a beijar o rosto de Cory, a testa, a outra bochecha, beijos tão suaves que ele nem sentia.

Cory queria sentir aqueles beijos. Tentou senti-los. Mas não conseguia senti-los.

Ergueu a mão para tocar no rosto dela. Sua mão pareceu atravessá-la.

E ele acordou.

O sonho ficou em sua mente. Devia ter sido um sonho bom, emocionante. Mas não foi. Havia algo estranhamente sinistro e frio. Por que ele não podia sentir os beijos nem tocar o rosto dela?

Nos três dias seguintes, ele a tinha procurado no refeitório e nos corredores, nos intervalos das aulas. Chegou até a ficar algum tempo na saída, esperando vê-la. Mas ela não apareceu. E nenhum dos alunos a quem Cory perguntou sabia quem ela era ou se lembrava de tê-la visto.

Agora, andando pelo corredor vazio, ele perguntava a si mesmo por que tinha errado tanto o cálculo do tempo no treino da ginástica olímpica, mas o rosto dela continuava a flutuar em sua mente. E mais uma vez ele a imaginou flutuando no corredor.

— Você é real? — perguntou Cory em voz alta, ecoando nas paredes de azulejos.

— Sim, sou real. Mas o que você é? — respondeu uma voz feminina, quase o matando de susto.

— O quê? — Ele se virou para trás e viu Lisa perto dele com um olhar interrogativo.

— Agora deu para falar sozinho?

Cory sentiu que corava.

— O que *você* está fazendo aqui? Já passa das cinco horas.

— É meu colégio também, sabe. Posso ficar o tempo que quiser. Vocês, esportistas, pensam que são donos do colégio.

Cory deu de ombros. Não estava disposto a brincar com ela.

— Eu estava trabalhando no *Espectador*. Estávamos prendendo a edição nos murais. — Lisa era editora-assistente do jornal do colégio Shadyside. — Suponho que você estava dando cambalhotas na sala de ginástica?

— Não são cambalhotas — retorquiu, mal-humorado. — Teremos uma competição contra Mattewan na sexta-feira à noite.

— Boa sorte — desejou, batendo com a mão fechada no ombro dele. — Eles são muito bons, não são?

— Nem tanto.

Eles seguiram juntos pelo corredor, os passos ecoando no vazio. Pararam nos armários para apanhar jaquetas e mochilas com livros.

— Você vai para casa? — perguntou Lisa. — Quer companhia?

— Claro — respondeu, embora na verdade não quisesse.

Saíram pela porta dos fundos e desceram para o estacionamento dos professores. Depois do estacionamento, ficava o estádio de futebol, uma construção oval de concreto com longas arquibancadas de madeira nos dois lados. E atrás do estádio ficava o parque Shadyside, uma área grande com extensos gramados, pontilhada de carvalhos antigos, sicômoros e árvores de sassafrás, que desciam gradualmente até as margens do rio Conononka, que, na verdade, era um riacho raso e sinuoso.

A proximidade fazia do parque um lugar de descanso para todos que não trabalhavam depois das aulas. Era um bom lugar para encontrar amigos, relaxar, fazer piqueniques ou reuniões festivas improvisadas, estudar, namorar, jogar infindáveis partidas de frisbee, cochilar depois do almoço ou apenas ver os esquilos ou olhar para o rio em seu curso lento.

Mas não nesta noite. O vento estava frio e forte, e redemoinhava montes de folhas marrons em círculos rápidos sobre o estacionamento. Fechando os zíperes das jaquetas contra o frio inesperado, Cory e Lisa olharam para o céu pesado e escuro, um céu de novembro, um céu de neve.

— Vamos pela frente — disse ele. Fizeram a volta e chegaram à entrada do colégio. Lisa se encostou nele enquanto andavam. Cory achou que era para se aquecer.

— Acho que o inverno chegou — comentou ela.

Entraram na Park Drive e seguiram para North Hills, um caminho que tinham feito juntos centenas de vezes. Mas nessa noite parecia diferente para Cory. Pensou que era só porque estava mal-humorado.

Andaram em silêncio por um longo tempo, subindo a colina, o vento soprando primeiro atrás deles, depois com força nos seus rostos. Então os dois falaram ao mesmo tempo:

— Você viu uma garota loura e...

— Você vai fazer alguma coisa neste fim de semana? No sábado à noite? — indagou ela.

Os dois pararam de falar ao mesmo tempo, depois recomeçaram ao mesmo tempo.

Lisa o empurrou de leve.

— Você primeiro.

Ele a empurrou do mesmo modo, mas não com tanta força.

— Não. Você.

Ouviram uma buzina. Provavelmente alguém do colégio. Um Honda Accord azul-escuro passou por eles. Estava muito escuro para ver quem estava dentro.

— Eu perguntei se você vai fazer alguma coisa no sábado à noite — disse, encostando-se nele outra vez.

— Não. Acho que não.

— Eu também não vou. — Sua voz soou engraçada, um pouco tensa. Cory achou que era por causa do vento.

— Você viu uma garota loura com grandes olhos azuis?

— O quê?

— Uma garota muito bonita, mas estranha. Assim meio antiquada. Muito pálida.

Lisa largou o braço dele. Cory não viu o desapontamento no rosto dela.

— Você quer dizer Anna? — perguntou ela.

Cory parou de andar e olhou para ela, de repente entusiasmado. As luzes da rua se acenderam. Parecia que estavam acendendo por causa da resposta de Lisa.

— Anna? Esse é o nome dela? Você a conhece?

— Ela é nova no colégio. Muito pálida. Loura. Usa o cabelo todo para trás, com uma tiara na frente? Está sempre de vestido?

— Isso. Ela mesma. Anna. Anna do quê?

— Eu não sei — disse Lisa, secamente, depois se arrependeu de demonstrar seu aborrecimento. — Corwin, acho. Anna Corwin. Está na minha turma de física.

— Uau! — disse ainda parado, as árvores faziam sombras no rosto dele à medida que eram curvadas pelo vento. — Você a conhece? Como ela é?

— Não, Cory, eu não a conheço. Eu já disse. Ela é nova. Não a conheço nem um pouco. Ela nunca diz nenhuma palavra na classe. Senta-se na última fila, pálida como um fantasma. Falta muito às aulas. Por que está tão ansioso para conhecê-la?

— O que mais você sabe? — quis saber Cory, ignorando a pergunta da amiga. — Vamos, diga!

— Isso é tudo — disse Lisa, impaciente, e começou a andar com passos longos, afastando-se dele.

Cory correu para alcançá-la.

— Pensei que a tivesse imaginado — disse ele.

— Não, ela é real — afirmou Lisa. — Não parece real, mas é. Está apaixonado por ela ou coisa assim? Ah, já sei. David e você fizeram uma aposta para ver quem consegue um encontro com ela primeiro. — Ela o empurrou outra vez, quase o jogando para fora da calçada. — Estou certa, não estou? Vocês dois sempre fazem isso com as alunas novas.

De novo, foi como se Cory não a tivesse ouvido.

— Não sabe mais nada sobre ela? Em que classe ela está? Onde mora?

— Ah, sim. Ouvi isso. Foi transferida para cá de Melrose. Sua família mora numa casa na rua do Medo.

— Rua do Medo? — Cory parou de repente, gelado.

A rua do Medo, uma rua estreita, que passava pelo cemitério da cidade e pelos bosques fechados na extremidade sul, tinha um significado especial para todos em Shadyside. Era amaldiçoada, diziam.

Os escombros escurecidos de uma mansão incendiada — a velha mansão de Simon Fear — erguiam-se no primeiro quarteirão da rua do Medo, com vista para o cemitério, lançando sombras fantasmagóricas que se estendiam até os bosques escuros e fechados. Diziam que uivos apavorantes, meio humanos, meio animalescos, medonhos gritos de dor, ecoavam na mansão, tarde da noite.

Os moradores de Shadyside cresciam ouvindo as histórias sobre a rua do Medo — sobre pessoas que entravam no bosque e desapareciam para sempre, sobre criaturas estranhas que supostamente vagavam nos bosques da rua do Medo, sobre fogos misteriosos que não podiam ser apagados e acidentes bizarros que não tinham explicação, sobre espíritos vingativos que assombravam as velhas casas e vagavam entre as árvores, sobre assassinatos não resolvidos e mistérios inexplicados.

Quando Cory e Lisa eram pequenos, seus amigos gostavam de desafiar uns aos outros para ver quem tinha coragem de passar pela rua do Medo à noite. Era um desafio que poucos aceitavam. E os que aceitavam nunca ficavam muito tempo na rua do Medo! Agora, embora mais velho, as palavras *rua do Medo* ainda provocavam um arrepio em Cory.

— Acho que Anna pertence à rua do Medo — disse Lisa, com seu meio sorriso. — Ela pode assombrar uma daquelas velhas casas tão bem como qualquer fantasma.

— Acho que ela é a garota mais bonita que já vi — Cory retrucou, como se sentisse que precisava defender Anna de qualquer ataque.

— Então você fez uma aposta com David ou não?

— Não — respondeu Cory, impaciente e pensativo. Eles chegaram às suas casas, construções escuras no estilo do campo, quase idênticas, afastadas da rua, atrás de altas cercas vivas, com jardins largos e bem cuidados, como a maioria das casas em North Hills, o melhor bairro da cidade.

— E sobre sábado à noite... — tentou ela outra vez.

— Sim. Certo. Vejo você amanhã — disse ele e seguiu correndo pela longa entrada de veículos da sua casa.

Anna. Anna Corwin. O nome se repetia em sua mente. Que belo nome antiquado.

— É isso mesmo, telefonista. O nome da família é Corwin. É um número novo. Na rua do Medo.

— Estou procurando, senhor — disse a telefonista do serviço de informações. Fez-se um longo silêncio.

Por que estou tão nervoso só de ligar para o serviço de informações?, Cory se perguntou.

Ele tinha pensado em Anna durante todo o jantar. Agora, no seu quarto, resolvera conseguir o telefone dela. *Sei que vou ficar nervoso quando telefonar*, pensou. *Só quero saber o telefone. Para o caso de querer ligar para ela algum dia.*

O silêncio continuou. Inclinado sobre a escrivaninha, Cory esperava com o lápis na mão e um bloco de notas amarelo que tinha perto do telefone.

— Sim, aqui está o número. É um telefone novo. — A telefonista leu o número e Cory anotou.

— E qual é o endereço na rua do Medo, telefonista?

— Não podemos dar essa informação, senhor.

— Ora, vamos. Prometo que não conto para ninguém. — Cory riu.

Para sua surpresa, a telefonista riu também.

— Acho que tudo bem. De qualquer modo, é minha última noite. É rua do Medo, 444.

— Muito obrigado, telefonista. Você é uma boa pessoa.

Cory ficou em pé diante da escrivaninha, olhando para o número do telefone de Anna no bloco de recados amarelo. Devia telefonar?

Se telefonasse, o que ia dizer?

Ligue para ela, Cory. Vá em frente. Não seja tão medroso. Ela é só uma garota, afinal. Certo, é a garota mais bonita que já viu. Mas é só uma garota.

Apanhou o fone. Sua mão estava fria e úmida embora estivesse quente no quarto. Olhou para o número no bloco amarelo até sua vista ficar obscurecida.

Não. Não posso telefonar para ela. O que eu vou dizer? Vou gaguejar e parecer um idiota. Ela já acha que sou um idiota depois de me ver de cabeça para baixo no refeitório. Pôs o fone no lugar.

Não. Não posso. Simplesmente não posso. Claro. Por que não?

Apanhou o fone.

Isso é burrice! Vou parecer um idiota!

Digitou o número.

Desligue o telefone, Cory! Não seja bobo.

O telefone no outro lado tocou uma vez. Duas.

Talvez ela nem se lembre de quem eu sou.

Tocou outra vez. E mais outra.

Ninguém em casa, acho. Ainda bem!

Deixou tocar mais quatro vezes. Ia desligar quando ouviu um clique no outro lado da linha e uma voz jovem masculina atendeu.

— Sim?

— Oh, olá. — Por algum motivo ele não esperava que outra pessoa que não Anna atendesse o telefone. Sua boca de repente ficou seca e ele duvidou que pudesse falar.

— Sim?

— A Anna está?

— O quê?

Quem era aquele cara? Por que parecia tão aborrecido? Talvez Cory o tivesse acordado.

— Desculpe. É da casa dos Corwin?

— Sim, é. — A voz jovem soou áspera ao seu ouvido.

— Posso falar com a Anna, por favor?

Houve um longo silêncio.

— Desculpe. É da casa dos Corwin. Mas não há nenhuma Anna aqui.

O telefone foi desligado.

Capítulo 3

Quando Cory chegou ao colégio na manhã seguinte, a primeira pessoa que viu foi Anna Corwin.

Chovia muito, uma chuva gelada, trazida por ventos fortes. Ele entrou correndo pela porta lateral, cobrindo a cabeça com a jaqueta de couro. Os tênis molhados escorregaram no chão e ele quase colidiu com ela.

— Ah! — Cory se apoiou na parede e parou. Abaixou a jaqueta e olhou para ela. O armário de Anna era o primeiro ao lado da porta. Ela estava tirando livros da prateleira mais alta e não pareceu notar que Cory quase tinha caído em cima dela.

Anna vestia um suéter branco e saia cinza, o cabelo preso atrás com uma fita branca.

Ela é tão pálida!, pensou Cory. *É como se eu quase pudesse ver através da sua pele.*

De repente, lembrou-se da voz áspera do jovem ao telefone. *É da casa dos Corwin. Mas não há nenhuma Anna aqui.*

Muito bem, ali estava ela.

O que aquele homem estava tentando provar? Por que tinha mentido para Cory?

Talvez fosse um namorado ciumento, pensou Cory. *Ou talvez tivesse ligado para o número errado e o jovem estava apenas fazendo uma brincadeira sem graça.*

— Oi — disse ele, tirando a mochila do ombro. Um rio escorreu da mochila para seus tênis já encharcados.

Anna se voltou para ele, surpresa ao ouvir alguém falando com ela. Seus olhos, aqueles olhos incríveis, olharam nos dele, depois abaixaram rapidamente.

— Olá — replicou ela. Então pigarreou, nervosa.

— Você é novata — disse ele.

Brilhante, Cory. Nossa, é realmente uma coisa digna de ser dita. Você diz duas palavras para ela e ela fica sabendo que você é um tonto!

— Sim — disse. Pigarreou outra vez. Sua voz era pouco mais que um murmúrio. Mas parecia satisfeita por Cory estar falando com ela.

— Seu nome é Anna, certo? Eu sou Cory Brooks.

Um pouco melhor, pensou Cory. *Procure se acalmar, cara. Você está indo bem.*

Ele estendeu a mão para cumprimentá-la. Tinha de tocar nela, saber com certeza que Anna era real. Mas sua mão estava pingando de tão molhada. Os dois olharam para a mão estendida. Cory rapidamente a retirou para o lado do corpo.

— É um prazer conhecer você — disse ela, voltando a procurar alguma coisa no armário.

— Você mora na rua do Medo, certo? — Estava quase na hora de o sinal tocar, mas ele não queria deixá-la. Tinha levado tanto tempo para encontrá-la!

Ela pigarreou.

— Sim.

— Deve ser muito corajosa. Já ouviu todas as histórias apavorantes sobre a rua do Medo? Sobre fantasmas e coisas...

— Fantasmas? — Ela arregalou os olhos, tão apavorada que Cory imediatamente se arrependeu de ter dito aquilo. Parecia ter ficado mais pálida ainda. — Que histórias?

— Só histórias — respondeu ele rapidamente. — Nem todas são verdadeiras, acho.

Muito bem, Cory. Foi essa a única coisa que pensou em dizer. Será que você pode ser mais inconveniente?

— Ah — disse ela, suavemente. O medo estava ainda nos seus olhos.

Ela é tão bonita, pensou Cory. *Tudo nela é suave e leve.*

Lembrou-se do sonho e ficou um pouco embaraçado.

— Ei, Cory... você está ótimo — disse alguém.

Cory se voltou e viu Arnie, no fim do corredor, fazendo sinal de positivo.

— Até mais, Arnie — retrucou, dispensando o amigo. Viu que ele entrara na oficina de carpintaria e virou outra vez para Anna. — Eu... bem... eu telefonei para sua casa ontem à noite. Eu... eu só queria dizer oi. Bem... um cara atendeu e disse que você não mora lá. Será que liguei para o número errado ou...

— Não — murmurou, fechando e trancando o armário.

Então ela virou de costas, sem olhar para ele, e andou depressa pelo corredor, desaparecendo entre a multidão de alunos que seguiam para suas salas de aula.

— Bom trabalho no tatame — disse o treinador Welner, batendo com força nas costas de Cory. Cory, ainda ofegante, sorriu para o treinador. Sabia que tinha feito um ótimo trabalho, mas era sempre bom ouvir isso do treinador. O professor Welner, um homem forte e severo, com corpo de quem fazia musculação, embora quase com sessenta anos, não era dado a elogios. Por isso, quando fazia algum, significava muito.

Atrás deles, a competição com Mattewan, a primeira da temporada, continuava. Cory olhou para David, no banco, imaginando se ele tinha visto sua apresentação perfeita. Então lembrou que David tinha torcido o tornozelo no último treino. David devia estar nas arquibancadas, sentindo-se miserável e com pena de si mesmo.

— Agora, não se esforce demais nas argolas — o treinador Welner aconselhou. — Você está exigindo demais de si mesmo, fazendo tudo muito depressa, e isso o está tirando do ritmo.

— Tem razão — concordou Cory, ainda tentando tomar fôlego.

— Está nervoso? — perguntou o treinador, olhando para Cory como se tentasse ver a tensão nos olhos dele.

— Não. Na verdade, não. Só entusiasmado.

— Ótimo. É isso que queremos. — O professor Welner parecia muito satisfeito. — Apenas lembre-se, não exagere. Vá com calma. — Virou de costas para Cory e ordenou com um berro: — Levante-se, Tobin. Pode descansar mais tarde!

Arnie acabava de dar o salto mortal para trás para terminar sua performance no tatame e caiu estatelado de costas. Os vinte ou trinta espectadores nas arquibancadas gargalhavam. Arnie se levantou muito vermelho e saiu do tatame.

O treinador Welner fechou os olhos e balançou a cabeça, aborrecido. O salto de Arnie não ia ajudar a contagem de pontos de Shadyside. E o desempenho no chão era a melhor parte do programa de Arnie. Ele era uma completa negação nas argolas, e nas paralelas era irregular, para não dizer pior.

A equipe de Mattewan era de anões comparados a Cory e a seus companheiros de equipe. Mas isso dava-lhes uma vantagem. Eram leves, fortes e ágeis.

Um cara como Arnie devia estar no time de futebol, pensou Cory. *Por que ele queria ser ginasta?*

Sinceramente, o que fazia Arnie decidir alguma coisa? Ele era uma das pessoas mais superficiais que Cory conhecia. Apenas seguia pela vida sorrindo, sem ter tido algum pensamento sério.

— Muito bem, Brooks. — A voz do treinador Welner interrompeu os pensamentos de Cory. — Mostre-lhes como se faz.

Cory respirou profundamente e foi para as argolas. Por algum motivo, elas sempre pareciam muito mais altas numa competição do que nos treinos.

Ele se isolou do resto do mundo quando começou a apresentação. Não precisava pensar. Os movimentos estavam todos guardados nos seus músculos. Depois de praticá-los milhares e milhares de vezes, ele era como uma máquina, uma máquina que funcionava com perfeição e leveza.

Tudo bem. Para cima. E vamos lá.

Muito suave, Cory. Agora, mais depressa. Prepare-se. Vem aí a parte difícil. Para cima, para cima...

E então ele viu Anna na arquibancada.

Era mesmo ela?

Não. Não podia ser... podia?

... e por cima. Outra vez. Pare. Para trás...

Não, era outra garota loura.

Os olhos. Eram os olhos dela.

Sim, era Anna. Que surpresa! Anna olhava para ele com aqueles belos olhos azuis.

Ela está olhando para mim, pensou. *Ela veio me ver.*

Cory olhou para ela. E escorregou. E se estatelou no chão.

Ele não sentiu nenhuma dor. Apenas estava confuso. Não tinha caído, tinha? Não tinha falhado lamentavelmente só porque uma garota o fez perder a concentração?

— Estou caindo de amores por ela! — disse em voz alta, rindo e levantando-se devagar.

— O que é tão engraçado, Brooks? — gritou o treinador Welner.

Estou caindo de amores por ela, repetiu Cory para si mesmo. Era a segunda vez que caía por causa dela, a segunda vez que tinha feito papel de bobo na frente de uma porção de gente.

Era amor verdadeiro ou o quê?

— Qual é a graça, Brooks? — O treinador Welner parecia preocupado. — Está histérico ou o quê? Não bateu com a cabeça, bateu?

— Estou bem — respondeu Cory, chutando a ponta do tatame. — Só escorreguei, apenas isso.

— Teremos outras competições — o treinador Welner disse de repente, parecendo muito cansado. — Isto é uma cena de comédia. Vá para o chuveiro, Brooks. Depois, vá para casa e esqueça o dia de hoje.

— Certo, treinador. — Cory olhou para a arquibancada. Lembrava-se exatamente de onde ela estava — no centro da terceira fila.

Mas Anna não estava lá. Cory olhou para o espaço vazio. Seu coração se apertou. Será que ela esteve mesmo ali? Ele não a tinha imaginado, tinha? Estava ficando doido por causa daquela garota?

Não. Claro que não.

Preciso falar com ela, pensou. *Tenho de telefonar outra vez.*

Capítulo 4

Cory olhou para o calendário pendurado em cima da sua mesa. *Sábado à noite. É noite de sábado e estou sentado sozinho no meu quarto, o walkman gritando nos meus ouvidos, olhando para a minha mesa, nem ouvindo a música, e pensando em Anna Corwin.*

Um cara pode ficar muito deprimido, pensou. Tirou os fones dos ouvidos e os jogou na mesa.

Anna. Anna. Anna.

Escreve-se do mesmo modo de trás para a frente.

Brilhante, Cory. Simplesmente brilhante. Sua mente está mesmo se transformando em queijo, não é mesmo?

Cory sabia que precisava parar de pensar nela. Mas como? Anna flutuava nos seus pensamentos, não importa o que ele fizesse. Tinha gostado de outras garotas, mas nunca desse modo!

Apanhou o telefone. *Vou convidá-la para o cinema ou coisa assim,* pensou. *Se eu puder conhecê-la, nem que seja um pouco, talvez acabe com essa loucura, essa obsessão.*

Aqueles olhos. A voz murmurante, distante como o vento.
Não. Pare. Não posso telefonar para ela numa noite de sábado.
Não se pode telefonar para uma garota no sábado à noite.
Provavelmente ela não está em casa.
Mas vou tentar assim mesmo, resolveu. *Anna pareceu tão satisfeita quando falei com ela na frente do armário!*
Não, não posso telefonar. Ela ficará ofendida. Vai pensar que estou telefonando no sábado à noite porque sabia que ela não teria ninguém com quem sair.
Em vez disso, vou telefonar para David. Talvez nós dois possamos ir até o shopping para ver o movimento.
Não. David não pode ir a lugar algum. Ele está mancando pela casa com muletas, por causa do tornozelo.
Ligue para ela, Cory. Ela vai adorar.
É. Claro. Vai adorar. O idiota que sempre cai de cara no chão quando ela olha para ele.
Largou o telefone. *Não esta noite. De jeito nenhum.*
Já sei. Vou esperar ao lado do armário dela na segunda-feira e talvez a convide para o jogo de basquete na sexta.
Sentiu-se um pouco melhor. Agora tinha um plano.
Então, o que vou fazer agora? O relógio na sua mesa marcava 20h20. Seus pais jogavam palavras cruzadas entusiasticamente lá embaixo com os pais de Lisa. Cory resolveu ir até a casa vizinha e ver se Lisa estava fazendo alguma coisa.

— Lisa está em casa? — perguntou, em direção à sala, vestindo um moletom.

— Está — respondeu a sra. Blume. — Por que você não vai fazer companhia a ela? Lisa está meio desanimada porque não tem nenhum encontro esta noite.

— Tudo bem — disse Cory, apanhando um saco de batatas fritas e uma caixa de biscoitos de chocolate da prateleira da cozinha.

Nunca tinha nada para comer na casa dos Blume. *Talvez por isso Lisa estivesse deprimida. Provavelmente morta de fome,* imaginou.

Posso falar sobre Anna com ela, pensou Cory. Estava ansioso para falar sobre Anna com alguém. Sempre que tocava no assunto com David ou Arnie, eles só o chateavam com piadas de mau gosto.

— Como foi a competição com Mattewan? — perguntou o sr. Blume.

— Não pergunte isso para ele — Cory ouviu sua mãe dizer.

— Não me pergunte isso — repetiu Cory.

— Ele caiu sentado — o pai de Cory disse num murmúrio que podia ser ouvido no outro lado da rua, e todos riram.

— Obrigado, pai — disse Cory. — Muito obrigado.

Ele foi segurando as batatas fritas e os biscoitos com uma das mãos, e com a outra abriu a porta dos fundos e saiu para a noite fria. Um pedacinho do prateado da lua estava parcialmente escondido atrás de farrapos de nuvens. *Aquela luz é tão pálida!,* pensou. *Da cor dos cabelos de Anna.*

Cory, cuidado. Acho melhor controlar isso, cara. Está começando a ver Anna em toda parte, até na lua! Você está ficando esquisito. Muito esquisito. Tem de controlar isso.

Bateu três vezes na porta dos fundos, antes que Lisa abrisse. Ela estava com um short que fora feito de uma calça jeans cortada e uma enorme e velha camisa branca que devia ter sido do pai.

— Ah, oi — disse suspirando, desapontada. — É só você.

— Quem você pensou que fosse?

— Pensei que era um ladrão. Você sabe, alguém interessante. — Ela recuou para que Cory pudesse entrar, e então sorriu. — Estou brincando. Estou feliz por você ter vindo.

Cory deu a ela o saco e a caixa.

— Agora estou mais do que feliz — disse, segurando as guloseimas com as duas mãos. — Estou faminta!

Ele a seguiu para a sala e sentou-se no sofá de couro marrom, encostado na parede. Lisa pôs as batatas numa grande vasilha de cerâmica e sentou-se ao lado dele.

— Outra fabulosa noite de sábado...

— O que você estava fazendo? — perguntou ele, pegando um punhado de batatas e jogando-as para cima, acertando na boca uma a uma. Cory achava que ficavam mais gostosas assim.

— Nada. Aluguei um filme, mas ainda não comecei a ver. Quer assistir comigo?

— Não sei. É sobre o quê?

Ela foi até a estante debaixo da TV e pegou o DVD.

— Um filme de *Jornada nas estrelas*? — Cory ergueu a mão com o polegar para baixo. — Não estou no clima para *Jornada nas estrelas*.

— Nem eu — suspirou outra vez. — Cheguei muito tarde na locadora. Não tinham mais nada.

Lisa sentou outra vez no sofá, mais perto dele agora. Os dois estenderam as mãos para as batatas fritas ao mesmo tempo. Lisa segurou a mão dele e soltou rapidamente. Cory não notou que ela ficou embaraçada.

— Então, como vão as coisas, Cory? — perguntou virando-se para ele. Os joelhos dos dois se tocaram.

— Não muito bem — ele disse, com indiferença.

Lisa pôs a mão no braço dele. Cory sentiu o calor dos dedos dela através do moletom.

— Pobrezinho. Qual é o problema?

— Bem, eu não sei. Na verdade, nenhum. É tudo.

Lisa balançou a cabeça, fazendo um muxoxo. Ficaram calados por algum tempo.

Ela levou a mão à cabeça dele e começou a enrolar nos dedos as mechas cacheadas.

— Ouvi falar da competição de ginástica — disse suavemente.

— Eu estraguei tudo — resmungou, balançando a cabeça. — Simplesmente estraguei tudo.

Lisa se inclinou para ele, sempre com os dedos no cabelo.

— Não seja tão severo com você mesmo, Cory. É só a primeira competição. — Ela empurrou para o lado a vasilha com as batatas e chegou mais perto dele.

— Anna Corwin estava lá. Eu a vi olhando para mim e fiquei tão surpreso que perdi a concentração.

— O quê?

— Eu disse que Anna Corwin estava lá. Vi aqueles olhos azuis pregados em mim e...

— Nojenta.

— O quê?

— Nada. Eu não disse nada. — Lisa se afastou dele e se levantou. Cory ergueu os olhos, intrigado. *Por que ela estava tão zangada?*

— Você falou alguma vez com Anna? — perguntou ele.

Lisa, em pé na frente dele, cruzou os braços.

— Cory, acho que você deve ir para casa.

— Como assim? Acabei de chegar.

— Não. É sério. Vá para casa. Está bem?

— Mas por quê?

— Eu... não estou a fim de companhia. Está bem? Vejo você no colégio na segunda-feira. Só não estou com vontade de conversar esta noite.

Cory levantou-se devagar, ainda confuso.

— Tudo bem. Sinto muito que não esteja se sentindo bem. Quer que eu deixe as batatas e os biscoitos?

Lisa olhou para ele furiosa. Pegou a caixa de biscoitos. Por um segundo, Cory pensou que ela ia jogá-la nele. Mas apenas a pôs na sua mão.

— Leve os biscoitos. Eu acabo com as batatas. Que se dane, acho melhor engordar. Por que não?

— Fico feliz por ter alegrado você — disse, tentando fazer Lisa sorrir. Ela não sorriu.

Alguns segundos depois, ele estava outra vez na noite, atravessando o gramado congelado de volta a casa. Mais alguns segundos e estava outra vez no quarto, sentado na cama, tentando imaginar o que podia fazer o resto da noite.

O que havia de errado com Lisa? Ela não costumava ficar tão aborrecida. Não estava deprimida só porque não tinha com quem sair. Alguma outra coisa a preocupava. Mas o quê?

Cory olhou para o relógio na mesa. 21h25. Olhou para o bloco ao lado do telefone. Foi até a mesa e olhou para o número do telefone de Anna.

Sem parar para pensar, sem dar a si mesmo tempo para ficar nervoso, para desistir, ele digitou o número.

Tocou uma vez, duas, o som parecendo muito distante, embora fosse apenas no outro lado da cidade.

Depois do terceiro toque, ouviu um estalo. Alguém pegou o telefone. Uma voz feminina suave disse:

— Corwin. Alô?

— Alô, Anna?

Uma longa pausa. Cory ouviu a estática na linha.

— Quem? — perguntou a mulher.

— Posso falar com a Anna, por favor?

— Ahhh! — uma longa exclamação abafada.

Mais silêncio. Então Cory ouviu um som raspante ao fundo. O que era aquele som horrível? Parecia um grito de garota.

Sim. Deve ser a TV, pensou.

Tinha de ser a TV.

— Por que você telefona para cá pedindo para falar com Anna? — a mulher perguntou zangada.

— Bem, eu só...

Outra vez a voz de garota gritando, ao fundo. *"Deixe-me falar! É para mim! Eu sei que é para mim!"*

A mulher ignorou os gritos.

— Por que telefona e me tortura desse modo? — perguntou com voz trêmula.

— Então... a Anna está? — indagou Cory.

— Não, não, não — a mulher insistiu. — Você sabe que Anna *não* está aqui! Sabe que não está. Pare! Por favor... pare!

Ele ouviu o começo de outro grito. Então a mulher desligou.

Capítulo 5

Cory ouviu o sinal da linha vazia por algum tempo, com o coração disparado. Relembrou a conversa com a mulher várias vezes até as palavras ficarem confusas. E acima da confusão, ouviu os gritos, os gritos de protesto da garota, ao fundo.

Deixe-me falar! É para mim! Eu sei que é para mim!

O que estava acontecendo?

Pensamentos assustadores giravam na mente de Cory. O que estavam fazendo com Anna? Por que não a deixavam atender o telefone? Por que insistiam em dizer que ela não estava?

Rua do Medo. Estaria reivindicando outra vítima?

Anna seria prisioneira na própria casa? Estaria sendo torturada?

Você anda vendo muitos filmes, pensou. *Está sendo ridículo.*

Então, qual era a explicação?

— Eu vou até lá — disse ele em voz alta. A ideia acabava de chegar à sua mente, parecia muito simples. Olhou para o relógio na mesa. Passava um pouco das dez, era cedo ainda.

Olhou-se no espelho na porta do closet, arrumou as mangas do moletom, afastou o cabelos escuro e cacheado da testa com as mãos, saiu do quarto e desceu a escada para a sala.

Parou no meio da escada.

Espere um pouco. Será que quero mesmo ir à rua do Medo... sozinho? E se estiver acontecendo alguma coisa horrível naquela casa? E se aqueles gritos forem reais?

Lembrou-se da grande reportagem local de poucas semanas atrás. Uma família de três pessoas fora encontrada assassinada no bosque da rua do Medo. Ninguém estava desaparecido. Não apareceu ninguém para identificá-los.

Outro assassinato não resolvido na rua do Medo...

Cory resolveu telefonar para David e pedir que o acompanhasse. David sem dúvida estava em casa, encarando o tornozelo, mais do que entediado. Precisava de um pouco de emoção.

Para surpresa de Cory, David achou a ideia um pouco estranha.

— Deixe ver se entendi, Brooks — disse ele, depois que Cory explicou sua missão. — Você quer ir de carro até a rua do Medo, interromper o filme de horror de alguém para encontrar uma garota que, para começar, não está lá.

— Certo — confirmou Cory.

— Tudo bem. Para mim, parece bom — respondeu David. — Venha me buscar em dez minutos.

— Cinco — disse e desligou antes que David mudasse de ideia.

Bom e velho David, pensou Cory. *Posso sempre contar com ele quando se trata de ser tão idiota quanto eu!*

O jogo de palavras cruzadas continuava forte lá embaixo. O tabuleiro estava quase cheio e os quatro adultos olhavam para ele em silêncio, concentrando-se para encontrar um espaço vazio.

— Vou sair por pouco tempo — avisou ao pai. — Que carro posso pegar?

— Um pouco tarde, não é? — perguntou sua mãe sem levantar os olhos do tabuleiro. Ela girava entre os dedos um quadradinho em branco.

— São só dez horas.

— Leve o Taurus — disse seu pai. — Não o carro da sua mãe.

— Aonde você vai? — quis saber sua mãe.

— Só à casa de David. — Em parte era verdade.

— Você vai formar uma palavra ou o quê? — a sra. Blume perguntou para a mãe de Cory, com o tom impaciente de todos que chegam ao fim de uma infindável partida de palavras cruzadas.

— Como David está? — indagou a sra. Brooks.

— Mal — disse Cory. — Está de muletas. Muito deprimido.

— Pobre menino — resmungou a sra. Blume, olhando para suas letras.

— Eu passo — declarou a sra. Brooks, suspirando tristemente.

Cory apanhou as chaves na mesa perto da porta e foi para o carro. David morava a seis quadras, na extremidade norte de North Hills, quase à margem do rio. Eram dois minutos de carro.

Cory bateu na porta da frente e esperou. David levou um longo tempo para chegar até a porta.

— Desculpe, cara. Não posso ir com você — foram seus cumprimentos.

— O que você quer dizer com isso?

— Quero dizer que não posso ir. Minha mãe não deixou. — David parecia envergonhado.

— Oi, Cory. — A mãe de David estava atrás do filho, no hall. — Eu realmente não quero que David saia esta noite. Ele não pode forçar o tornozelo. Além disso, está resfriado. Você sabe como é.

— Claro, sra. Metcalf — disse Cory, sem disfarçar o desapontamento. — Um resfriado. — Sorriu para David. — Não vamos querer que o anjo da mamãe pegue uma gripe, vamos?

David revirou os olhos e fez um sinal de indiferença.

— Dá um tempo!

— Eu telefono mais tarde para contar o que aconteceu na rua do Medo. Se não tiver notícias minhas, chame os fuzileiros ou a Guarda Nacional.

— Você viu *Poltergeist*? — perguntou David. — Se você entrar naquela casa, pode ser sugado pela tela da TV!

Cory não riu.

— Você acha que tudo isso é uma grande piada, não acha?

Com um largo e exagerado sorriso, David disse:

— Eu acho que é a coisa mais engraçada do mundo.

— Bem... — Cory começou a atravessar o lajeado na frente da casa, voltando para o carro. — Talvez você esteja certo.

Cory seguiu para o sul, na Park Drive, e continuou para a rua do Medo. A noite estava úmida e fria. Nuvens pesadas desciam do alto das colinas. Ele ligou o aquecimento e o rádio. Precisava de música alta para manter o otimismo.

— É um Q-Rock Especial dos Beatles! — O DJ gritou entusiasmado. — Vinte e quatro horas de música dos Beatles em ordem alfabética!

Cory riu. Por que alguém ia querer ouvir música em ordem alfabética?

Queria que David estivesse ali para rir com ele. Queria que David estivesse ali, ponto final. Não gostava da ideia de andar sozinho pela rua do Medo numa noite fria e enevoada. *Bem, não vou sair do carro,* pensou ele. *Vou só passar pela casa e ver o que está acontecendo.*

A neblina se adensou quando ele passou pela Canyon Road e entrou no vale. Aquela parte da cidade era sempre enevoada à noite, mesmo no verão. Os faróis pareciam ricochetear na névoa ondulante, batendo no para-brisa. Tentou os faróis altos, mas foi pior.

Um carro vindo da direção oposta desviou rapidamente para não bater nele. Os outros motoristas também não podiam enxergar bem, Cory percebeu, e isso não contribuiu para aumentar sua confiança. *Isso é um erro,* pensou.

Mas a névoa ficou menos densa quando ele entrou na rua do Moinho. Um pequeno Toyota, com pelo menos seis adolescentes, buzinou quando Cory passou por ele. Provavelmente voltavam do moinho deserto no fim da rua, o lugar favorito dos garotos de Shadyside para namorar.

O sonho com Anna, no qual ela beijava seu rosto, passou por sua mente. Ele aumentou o volume do rádio. Q-Rock estava na letra L. Tocavam "Love Me Do".

Batendo as mãos no volante, acompanhando a música, recriando mentalmente o sonho sexy, quase passou pela entrada da rua do Medo. Freou de repente e derrapou no asfalto molhado.

Pareceu ficar mais escuro assim que entrou na rua sombria e sinuosa. As árvores de bordo e os carvalhos que a ladeavam, com os galhos entrelaçados quase formando um arco, bloqueavam quase toda a luz das lâmpadas.

Ele não podia ver no escuro, mas sabia que estava passando pela velha mansão incendiada de Simon Fear. Acelerou e aumentou o aquecimento. As casas, na maior parte velhas, vitorianas, eram afastadas da rua, protegidas por cercas vivas malcuidadas ou davam para gramados ainda repletos de folhas secas caídas.

Como vou encontrar a casa dela?, pensou Cory, passando a manga do moletom no lado de dentro do para-brisa. Olhou pelo vidro manchado, tentando em vão ver os números das casas.

Qual é o número dela?, Cory se perguntou, começando a entrar em pânico. Tinha percorrido todo aquele caminho sem saber o número da casa? *Não. É 444,* lembrou.

Parou o carro junto à calçada da rua. Apagou os faróis e esperou que seus olhos se ajustassem ao escuro. Na verdade, enxergava um pouco melhor sem os faróis.

Ele desligou o motor, abriu a porta e desceu do carro. Se ia encontrar a casa, teria de ir a pé. Os números ficavam nas portas. Não dava para ver do carro.

Cory sentiu um arrepio. O moletom não oferecia muita proteção contra o frio úmido. Respirou profundamente. O ar cheirava a alguma coisa azeda, provavelmente folhas mortas.

Um animal uivou por perto, um uivo longo e triste.

Não parece um cachorro, pensou, olhando na direção do som, mas nada viu. *Talvez um lobo?*

O animal uivou outra vez. Parecia mais perto.

Então Cory lembrou que já tinha estado na rua do Medo antes. Devia ter uns nove ou dez anos. Seu amigo Ben o tinha desafiado a andar no bosque. De algum modo, ele arranjou coragem para tentar. Mas tinha andado só alguns minutos quando alguém agarrou seu ombro.

Talvez fosse um galho de árvore. Talvez não. Cory correra para a rua, gritando. Nunca sentira tanto medo na vida.

— Pare de pensar nisso — disse em voz alta.

Seus tênis rangiam nos cascalhos da rua. Chegou a uma caixa de metal meio caída de lado. Esforçando-se para ver no escuro, procurou ler o nome em sua lateral. Mas estava muito escuro e muitas letras tinham sumido.

O animal uivou outra vez, agora parecendo mais distante. O vento parou de repente. O único som era o rangido dos tênis. Passou por uma casa grande, maltratada pelo tempo, as venezianas descascadas e dependuradas em ângulos esquisitos. Havia uma âncora de navio enferrujada bem no centro do gramado descuidado. Uma velha caminhonete, sem o para-choque traseiro, com duas janelas com papelão no lugar dos vidros estava na entrada.

Bela noite para um passeio, pensou. Começou a cantarolar baixinho "Love Me Do". Então passou a cantar alto. *Por que não?*

Não tinha ninguém por perto. A rua do Medo estava deserta. Nada se movia, a não ser as folhas secas levadas pelo vento.

Uma casa estava com as luzes acesas. Uma lâmpada na varanda lançava raios de luz dourada no gramado, e o térreo e todo o primeiro andar pareciam iluminados. *Seria a casa de Anna?*

Não. O número na porta era 442.

O vento voltou e Cory sentiu um arrepio nas costas. Enfiou as mãos nos bolsos da calça, tentando aquecê-las. Com um estranho pressentimento, virou para trás para ver se o carro estava em ordem. Não dava para ver. A rua tinha muitas curvas.

Devia voltar?

Não. Tinha chegado até ali. A próxima casa devia ser a de Anna. Se é que ela morava ali.

Começou a andar mais depressa. A calçada estava molhada e escorregadia, e Cory derrapou algumas vezes, mas logo recuperou o equilíbrio.

Uma cerca viva baixa e maltratada circundava o jardim da casa seguinte. Seria a casa dos Corwin? Cory não via nenhuma caixa de correspondência. Lá estava. Caída na rua.

Ele apanhou a caixa do chão. Tinha um número na lateral: 444. Essa era a casa. Jogou a caixa no chão e enxugou as mãos molhadas na calça.

A casa estava completamente escura e silenciosa. Nenhum sinal de vida. Nenhum carro na entrada. Cory olhou para a porta, por cima da cerca viva. Uma porta de tela aberta batia com o vento na lateral da casa. Cory viu uma cadeira de jardim de cabeça para baixo.

Ele chegou à entrada. E agora? Devia ir até a casa e bater na porta? Parecia estar vazia.

Olhou por cima das moitas, para os montes de folhas secas, para o mato e para a grama na altura da cintura. Parecia que há anos ninguém morava ali!

Tem de ser a casa errada, pensou.

Então ouviu um barulho. Alguma coisa se movia nos cascalhos. Passos.

Cory escutou. O vento ficou mais forte. Ele não conseguia ouvir nada. Deviam ser folhas secas. Ou algum animal.

Resolveu voltar para o carro. Não adiantava ficar ali no frio, olhando para uma casa velha e vazia.

Ouviu outro passo. E mais outro.

Havia alguém atrás dele.

Alguém o seguia, andando depressa. Cory apertou o passo, começou a correr, esperando deixar os sons para trás, esperando que fossem apenas folhas, um cachorro, um gato solitário.

Mas os passos também se apressaram. Alguém o perseguia. E estava bem atrás dele.

Cory começou a entrar numa curva da rua quando uma mão agarrou seu ombro.

Capítulo 6

Cory gritou e escapou da mão do homem.

O sujeito parecia mais espantado do que ele.

— Desculpe, não quis assustá-lo.

Cory olhou para ele, ofegante, os músculos tensos, preparados para lutar. Ou para fugir correndo.

Era um homem alto, forte, com uma capa de chuva cinzenta e um velho chapéu de tenista. Tinha barba grisalha cerrada e cheirava a cigarro.

— Não precisa ter medo — disse ele com uma voz muito fina para alguém tão grande.

— Por que... por que você... — Cory ainda estava muito ofegante para poder falar. Recuou alguns passos, relaxou um pouco, mas continuou a olhar desconfiado para ele.

— Vi quando parou seu carro — informou o homem, apontando na direção do carro de Cory. — Eu moro ali adiante. Estava levando Voltaire para passear. Voltaire é meu cachorro.

Pensei que você podia estar perdido ou com problemas. Por isso o segui.

— Onde está seu cachorro? — quis saber Cory, desconfiado.

O homem franziu a testa, aparentemente aborrecido com aquela desconfiança.

— Voltaire não gosta de estranhos — esclareceu suavemente. — É muito ciumento do seu território. Eu o levei para casa antes de vir me certificar se você precisava de ajuda.

A respiração de Cory começava a voltar ao normal. Mas ele sabia que não podia relaxar a guarda. Havia algo estranho naquele homem, não só na aparência, mas no olhar ameaçador, no modo como olhava para ele dos pés à cabeça, o rosto atento, inexpressivo.

— O carro enguiçou?

— Não.

— Então o que está fazendo aqui fora? Está perdido?

— Não exatamente. Estava procurando a casa dos Corwin.

— Você a encontrou — afirmou o homem, indicando a casa às escuras com a cabeça. — Você os conhece?

— Bem... na verdade, não.

— É uma gente estranha. Eu não iria lá sem ser convidado. — O homem coçou a barba cerrada.

— Como assim? — estremeceu Cory. Nunca tinha sentido tanto frio na vida.

— Só isso.

— Ah.

Entreolharam-se por um longo momento.

— Eles não se dão com ninguém — disse o homem. Pôs as mãos nos bolsos da capa e virou para a rua. — Se não está perdido ou coisa assim, acho que vou para casa.

— Sim, quero dizer, não. Estou bem, Obrigado — replicou Cory, hesitante. Ele olhou para a casa dos Corwin. Uma luz se acendeu na janela do primeiro andar.

Então havia alguém em casa afinal.

— É uma gente muito estranha — repetiu o homem, começando a andar depressa. Virou para trás. — A verdade é que todos os moradores da rua do Medo são um pouco estranhos. — Riu baixinho, como se acabasse de contar uma boa piada, e desapareceu no escuro.

Cory esperou para se certificar de que o homem tinha ido embora. Então começou a andar lentamente para o carro. Parou e olhou para trás, para a casa. A luz continuava acesa no primeiro andar.

Devia voltar e bater na porta?

Já que estava ali, por que não ser corajoso? Por que simplesmente não fazer? Aja agora... pense depois. Por que tinha sempre de ir para a frente e para trás, pensar em tudo cuidadosamente antes de agir?

Além disso, teria alguma coisa boa para contar para David depois.

Imaginou como o amigo ia caçoar dele se contasse que ficou ali parado olhando para a casa. Provavelmente David ia rir dele durante semanas. As piadas nunca iam acabar.

Tudo bem, Cory. Vá em frente.

Ele começou a correr pela entrada da casa dos Corwin. Corria em parte para se aquecer, em parte porque sabia que jamais faria aquilo se não o fizesse imediatamente.

Um ginasta aprende que tem de ser agressivo, pensou. *Tem de segurar as argolas e se erguer para onde normalmente seu corpo não iria.* Como ginasta, Cory era rápido e seguro.

Mas aquilo não era ginástica. Era a vida.

Saltou para a varanda, desviou da cadeira caída, escorregou em pregos espalhados no chão e quase colidiu com a porta da frente.

Recobrou o equilíbrio, encostou perto da porta, encontrou a campainha e, sem hesitar, sem dar a si mesmo a chance de desistir, tocou.

Não ouviu a campainha tocar dentro da casa. Tocou outra vez.

Ajeitou o moletom e passou a mão no cabelo.

A campainha não fez nenhum som. Devia estar quebrada.

Cory bateu na porta, de leve a princípio, com mais força depois.

Silêncio.

Cory pigarreou, ensaiou um sorriso.

Bateu outra vez.

Ouviu passos, alguém descendo a escada apressadamente.

A porta foi aberta apenas alguns centímetros. Nenhuma luz vinha de dentro. A casa estava às escuras. Um olho examinou Cory. A porta se abriu mais. Dois olhos espiaram desconfiados para fora.

A luz da varanda acendeu, lançando um clarão fraco e amarelo ali e no jardim.

Um jovem apareceu na porta. Tinha o rosto muito redondo, as bochechas eram fofas e rechonchudas. Os olhos azuis pequenos e lacrimejantes muito perto do nariz abatatado. Apesar de parecer muito novo, talvez vinte e poucos anos, o cabelo louro despenteado era ralo, deixando à mostra grande parte da testa. Um brinco imitando brilhante cintilava numa orelha.

Ele olhou para Cory por um longo tempo sem dizer nada. Cory devolveu o olhar, pouco à vontade. Finalmente, disse:

— Oi. Sou Cory Brooks. Anna está em casa?

O jovem arregalou os olhos lacrimejantes. Sua boca estremeceu, surpresa.

— Anna? O que você sabe sobre Anna? — A voz era áspera, como se ele estivesse com a garganta inflamada.

— Eu... bem... estou no Shadyside também.

— Shadyside? O que é Shadyside? — perguntou o jovem, depois tossiu por um longo tempo, apoiando-se na porta, uma tosse sibilante de fumante.

— É um colégio — explicou Cory quando o outro parou de tossir. — Conheci Anna no colégio esta semana e...

— Isso é impossível! — interrompeu o jovem, batendo na porta com o punho fechado. Olhou furioso para Cory. Seus olhos pareciam vermelhos na luz da varanda.

— Não, é verdade. Eu...

— Você não conheceu Anna no colégio. Anna não está no colégio. Anna não vai ao colégio.

— Sim, ela vai — insistiu Cory. — Ela...

— Foi você quem telefonou?

— Bem, fui. Eu...

— Anna está morta — o jovem disse com sua voz áspera. — Não volte aqui. Anna ESTÁ MORTA!

Capítulo 7

Cory não se lembrava de ter voltado para casa.

Lembrava-se de olhar para os olhos lacrimejantes do jovem. Lembrava-se do silêncio longo e embaraçoso, do sofrimento no rosto do homem.

Lembrava-se das palavras. Repetiam-se em sua mente sem parar, como um disco quebrado. *Anna está morta. Anna está morta...*

Lembrava-se de ter se desculpado de algum modo. "Sinto muito." Foi isso. Tudo que conseguiu dizer. "Sinto muito." Perfeitamente tolo. Completamente sem sentido.

O que mais podia dizer?

Então se lembrou da fúria no rosto inchado do jovem, as sombras se fechando sobre ele quando bateu a porta. E Cory se lembrava de ter corrido para o carro, para a segurança, com as palavras o acompanhando. *Anna está morta. Anna está morta.*

Não podia correr com rapidez suficiente para fugir daquelas palavras.

Lembrou-se do ar gelado e úmido no rosto, das folhas marrons secas rangendo sob seus tênis, do graveto fino que cortou seu tornozelo quando corria.

Fique longe da rua do Medo, pensava.

O que você estava fazendo na rua do Medo tarde da noite?

Todas as histórias são verdadeiras, e agora você é uma delas.

Lembrava-se de como sua mão tremia quando tentou pôr a chave na ignição. E se lembrou do pânico que sentiu quando o carro demorou para pegar.

Então o motor ligou e ele saiu rapidamente, agarrando a direção como se fosse um salva-vidas numa tempestade no oceano revolto.

Mas não se lembrava da viagem para casa. Era uma mancha indistinta de faróis amarelos e ruas negras. E não se lembrava de entrar em casa, nem de subir a escada silenciosamente para seu quarto, nem de tirar a roupa e se deitar.

Lembrava-se só dos olhos pequenos e lacrimejantes do jovem. A dor naqueles olhos e o ódio. E as palavras.

Anna está morta. Anna está MORTA!

Cory não dormiu antes das quatro horas da manhã. E foi um sono leve, inquieto, cheio de rostos flutuantes que ele não conhecia e de faróis de carros oscilantes que, às vezes, pareciam ir direto para cima dele, e outras vezes pareciam atravessar seu corpo.

Na segunda-feira de manhã, ele não tomou café e correu para o colégio, para procurar Anna. Chegou cedo, vinte minutos antes do primeiro sinal. Esperou ao lado do armário dela. Havia poucos alunos no corredor. Pareciam bocejar uns para os outros, encostados nos armários, como se fossem cair sem aquele apoio.

Cory tentou abrir o armário de Anna, mas a fechadura era de segredo. Sentou-se no chão com as pernas cruzadas e esperou.

Depois de algum tempo, o corredor ficou barulhento e cheio. Alguns estudantes diziam "oi" para Cory quando passavam por ele.

— O que está fazendo aí, Brooks? — perguntou Arnie aparecendo na porta.

— Só estou sentado.

A resposta pareceu satisfazer Arnie. Tentou bater com a mochila em Cory, mas ele desviou o corpo. Arnie riu e seguiu pelo corredor.

Onde está Anna?

Anna está morta.

Anna é um fantasma.

Mas fantasmas não existem.

O armário dela era real. Cory girou o disco e puxou o trinco outra vez. O primeiro sinal tocou.

Cory se levantou. Sentia-se como se pesasse duzentos quilos. Não dormia havia duas noites. O corredor esvaziou rapidamente. Todos corriam para as classes. Ele tinha de se apressar também. Neste semestre já chegara tarde duas vezes e não queria ficar retido na escola após o término das aulas.

Mas onde estava Anna?

Ela não viria ao colégio hoje.

É claro que não. Anna estava morta.

Mas ele a tinha visto com os próprios olhos. Tinha falado com ela!

Chegou à sala de aula quando o segundo sinal tocou. Durante o resto da manhã, lutou para manter os olhos abertos. Felizmente, não foi chamado por nenhum dos professores. Na verdade, nenhum pareceu notar sua presença.

Talvez eu esteja também me transformando num fantasma, pensou.

Nos intervalos das aulas, procurou Anna no corredor, mas não a viu. Um pouco antes do almoço, encontrou Lisa, quando guardavam suas mochilas nos armários.

— Anna Corwin estava na aula de física essa manhã? — perguntou ansioso.

— Bom dia para você também — disse Lisa sarcasticamente.

— Oh, desculpe. Bom dia, Lisa. Anna Corwin foi à aula de física esta manhã?

Zangada, ela bateu a porta do armário.

— Não.

— Ah. — Cory jogou a mochila no armário, sem ver o ar furioso de Lisa. — Então, acho que ela estava ausente.

— Você é um verdadeiro Sherlock Holmes — disse Lisa, balançando a cabeça. Ela bateu a porta do armário e começou a se afastar. Mas então mudou de ideia e voltou para o armário. — Afinal, qual é o seu problema?

— Problema? — Como Lisa sabia que ele tinha um problema?

— Por que está agindo de modo tão estranho?

— Não estou agindo de modo estranho. Eu só... — Ia inventar uma desculpa, mas resolveu contar para ela. Tinha de contar para alguém. E, afinal, Lisa era sua amiga mais antiga.

Andando para o refeitório, Cory contou o resto daquela noite de sábado.

Contou que tinha ido à rua do Medo, que havia batido na porta, e como o estranho jovem com olhos lacrimejantes tinha dito que Anna estava morta.

Lisa ouviu a história em silêncio, a testa franzida em um gesto de desaprovação. Mas, quando Cory terminou, a irritação desapareceu, substituída por preocupação.

— Tem alguma coisa errada aí — disse entrando com ele na fila do almoço.

— Tem *muita* coisa errada aí! — exclamou Cory. — Não posso parar de pensar...

— Acho que você foi na casa errada — interrompeu Lisa, sorrindo animada com a ideia.

— Do que você está falando?

— É isso mesmo. Você foi na casa errada e acordou aquele garoto. Então ele resolveu pregar uma peça em você. — Lisa esperou que Cory se animasse, que achasse boa sua teoria.

Mas a única reação foi um suspiro de cansaço.

— Fala sério — murmurou sombriamente. — Eu não estava na casa errada.

— Você não tem certeza — insistiu ela, embora vendo que sua ideia não ia ser aceita. — Afinal, o que você pensou que estava fazendo? — perguntou ela batendo com a mão fechada nas costelas dele, como fazia desde que eram pequenos. — Por que foi de carro à casa dessa garota no meio da noite? Por que está à procura dela o dia inteiro? Por que está tão obcecado por Anna Corwin? Há outras garotas no mundo, você sabe disso.

Cory não disse nada. Parecia olhar para longe.

— Cory, você ouviu alguma palavra do que eu disse?

— Ouvi. Claro — respondeu rapidamente, ainda sem olhar para ela. — Você disse que o cara na porta quis pregar uma peça em mim.

Anna está morta! Que piada!

— Até logo, Cory. — Com um exagerado aperto de mãos, Lisa começou a se afastar.

— E o almoço? — perguntou.

— Não estou mais com fome. Ei, você quer voltar comigo para casa depois das aulas?

— Não posso — disse. — Segunda-feira é meu dia de trabalhar na secretaria. — Vários estudantes trabalhavam na secretaria do colégio. Não pagavam mal e o trabalho era fácil, basicamente copiar e arquivar.

Ele a viu atravessar o refeitório lotado em direção às portas duplas que davam para o corredor. Por que Lisa o tinha acusado de estar agindo estranhamente? Ela também estava agindo bem estranhamente, Cory tinha certeza. Tão temperamental. Sempre tão zangada com ele. Por quê? O que Cory tinha feito para ela?

De repente, Cory teve uma ideia.

A secretaria.

É claro. Por que não tinha pensado nisso antes?

A secretaria.

Depois das aulas, na secretaria, poderia ter respostas a todas essas perguntas.

Saiu da fila e andou para a porta. Resolveu sair e tomar um pouco de ar, talvez caminhar um pouco. Também não estava com fome.

Os dedos de Cory estavam roxos, sempre ficavam assim quando ele trabalhava na copiadora. E a tinta permanecia por vários dias. Por que os colégios usavam aquelas ridículas máquinas velhas?, imaginava. Só se via aquele tipo de copiadora nos colégios, em nenhum outro lugar.

Ele terminou de copiar o aviso sobre a campanha de doação de sangue. Tinha de fazer mais uma cópia e seu trabalho estaria terminado.

Movendo-se mais sorrateira e silenciosamente do que precisava, foi até a porta do escritório do diretor e espiou para dentro. Estava vazio. Cory tinha ouvido dizer que o sr. Sewall, o diretor, saíra mais cedo com dor de dente. E uma das secretárias estava em casa, doente, de modo que só a srta. Markins estava presente escrevendo à máquina na recepção.

O caminho estava livre. E provavelmente ficaria assim.

Cory entrou no escritório do diretor e encostou a porta. Estendeu a mão para acender a luz, mas então pensou que não era uma boa ideia. A srta. Markins na certa iria notar.

Foi até a mesa do diretor no centro do pequeno escritório. As fotos emolduradas dos dois filhos pequenos do sr. Sewall pareciam olhar desaprovadoramente para ele. Cory deu a volta na mesa em silêncio para chegar ao que procurava.

Encostados na parede dos fundos, estavam os arquivos cinzentos. Continham registros permanentes de todos os alunos de Shadyside.

Eram os dossiês sagrados permanentes, os arquivos secretos que podiam significar seu sucesso no mundo — ou destruir sua vida para sempre.

Pelo menos era isso que eles queriam que os alunos de Shadyside acreditassem.

"Sinto muito, mas isso tem de constar no seu arquivo permanente." Se um professor ou o sr. Sewall dissesse isso, você podia estar certo de que estava condenado para o resto da vida. Fosse o que fosse, seja qual fosse o crime cometido, ele o seguiria pelo resto da vida. Estaria no seu dossiê *permanente*.

Cory passou a mão na primeira fila de gavetas, examinando os pequenos cartões de identificação. Só de estar na mesma sala com os registros permanentes o deixava nervoso. O fato de que não devia estar ali e de ter de dar rapidamente alguma explicação se fosse apanhado o deixava tão nervoso que mal conseguia ler os cartões de identificação.

Parou por um segundo, prendeu a respiração e escutou, A srta. Markins continuava datilografando. *Ainda bem.* Ele soltou o ar dos pulmões.

Não acredito que estou fazendo isso. O que estou fazendo aqui?, Cory se perguntou, abaixando e abrindo uma gaveta longa da última fila.

Ele sabia as respostas a essas perguntas. Ia olhar o registro permanente de Anna Corwin. Ia saber a verdade sobre ela. Ia descobrir tudo que podia sobre ela.

Seus dedos passavam rapidamente pelos cartões. Cory sabia que aquilo não era certo. Sabia que seu comportamento era insano. Sabia que nunca faria coisas como aquela. Pelo menos, antes de Anna, nunca tinha feito nada igual.

Passos.

Cory respirou profundamente.

Procurou ouvir a máquina de escrever. Tinha parado. Cory mergulhou debaixo da mesa do sr. Sewall quando ela entrou.

Salvo!, pensou Cory. Estaria mesmo? Teria ela ouvido alguma coisa?

Cory quase gritou. Tinha deixado aberta a gaveta do arquivo. Se ela visse, saberia que ele tinha estado ali.

A srta. Markins parou na frente da mesa. Suas pernas estavam a sete centímetros do rosto dele. Por um segundo, Cory imaginou estender a mão e segurar o joelho dela, para ouvir o quão alto ela gritaria. Só por diversão.

Uma última brincadeira antes que ela o levasse dali. Antes que fosse suspenso para sempre do colégio. Antes que tudo fosse para seu dossiê permanente.

Cory prendeu a respiração. Parecia que estava sem respirar desde que entrara no escritório. Ela se inclinou sobre a mesa para escrever alguma coisa. Um bilhete para o sr. Sewall, na certa.

Não posso acreditar que estou aqui sentado debaixo da mesa do sr. Sewall, pensou. Mas o rosto de Anna apareceu em sua mente outra vez. E ele ouviu as palavras do estranho jovem na porta da casa dela. E lembrou por que estava ali.

A srta. Markins terminou de escrever o bilhete e saiu do escritório sem notar a gaveta aberta. Assim que Cory a ouviu recomeçar a datilografar, saiu de debaixo da mesa e voltou para a gaveta do arquivo, movendo as mãos rapidamente pela letra C.

O que o dossiê de Anna iria mostrar a ele? Que verdades revelaria sobre aquela garota bonita que tinha se apossado tão completamente dos seus pensamentos?

Corn... Cornerman... Suas mãos se moviam rapidamente empurrando os cartões. *Finalmente! Cornwall... Corwood... Corwyth...*

Espere um pouco.

Ele voltou seis cartões. Então continuou para a frente, examinando mais nove ou dez.

Não tinha deixado passar nenhum. E não havia nenhum fora de ordem. Os cartões iam de *Cornwall* para *Corwood*.

Não havia nenhum cartão de alguém chamado Anna Corwin!

Capítulo 8

— Madeeeira! Vejam aquele garoto caindo! — A voz de Arnie ribombou acima dos aplausos dos espectadores, imitando o grito dos lenhadores quando abatiam uma árvore.

— Ele é alto demais! — exclamou David. — Tem dois metros e treze de altura e ainda é um calouro!

— Ainda está crescendo! — acrescentou Arnie.

Eles olharam para Cory, que olhava para o outro lado do ginásio.

— Ei, Brooks. Terra chamando Brooks! — David gritou bem no ouvido dele. Mas Cory não respondeu.

As líderes de torcida fizeram uma coreografia durante o intervalo. Então o jogo de basquete recomeçou. Não era um grande jogo. Westerville, com seu calouro de mais de dois metros, estava dando uma surra nos Cougars de Shadyside.

— Eles têm só uma jogada, mandar a bola para o grandão — comentou David.

— Eu gostaria de jogar a bola para aquela líder de torcida da ponta! — gritou Arnie bem alto, para que metade dos espectadores ouvissem. — Nossa, que linda!

David e Arnie esperaram que Cory desse sua opinião. Mas ele não disse nada. Olhou para eles como se os estivessem vendo pela primeira vez.

— Bom jogo, não é mesmo? — comentou com um sorriso forçado.

— A que jogo você está assistindo? — perguntou Arnie. — Estamos levando uma lavada de vinte pontos!

— E o jogo não está tão apertado quanto a contagem dos pontos! — acrescentou David. Ele e Arnie caíram na gargalhada, um batendo na mão do outro em um cumprimento.

O sorriso fraco e forçado desapareceu dos lábios de Cory. Ele se virou e olhou outra vez para os espectadores.

— Você anda muito divertido ultimamente, Brooks — disse Arnie, estendendo a mão na frente de David e batendo com força no ombro de Cory. — Vou apanhar uma Coca-Cola. — Desceu e desapareceu no lado das arquibancadas.

— Você está bem? — perguntou David. Teve de perguntar duas vezes para que Cory o ouvisse.

— Sim, estou ótimo.

— Bem, então por que perdeu o treino esta tarde?

— Não sei. Acho que esqueci.

— Welner ficou furioso. É o segundo treino que você perde esta semana, Cory, e o de sexta-feira é o mais importante, especialmente porque temos uma competição amanhã.

— Eu sei — disse Cory, parecendo aborrecido. — Dá um tempo, David. Você não é minha mãe.

— Espere um pouco... — David estava realmente ofendido. — Sou seu companheiro de equipe, não sou? Sou seu amigo, não sou?

— E daí?

— Daí... você me diz. Qual o seu problema, Brooks?

— Nenhum. É só que...

Os espectadores rugiram. Todos se levantaram. Alguma coisa tinha acontecido a favor de Shadyside. Mas David e Cory não viram. As líderes da torcida voltaram. As arquibancadas estremeciam com o barulho ensurdecedor. Cory olhou para o placar: os Cougars agora perdiam só por quinze pontos. Isso explicava o entusiasmo.

— É aquela garota loura, não é? — perguntou David quando o barulho diminuiu, permitindo que conversassem.

— Acho que sim — respondeu Cory com indiferença. Na verdade, não queria entrar numa grande discussão com David. Sentia-se mal. Realmente tinha esquecido os treinos de ginástica. Como era possível? Estava ficando louco por causa daquela garota?

— Você está saindo com ela? — perguntou David.

— Eu não a vi mais — disse Cory olhando para a quadra de basquete.

— O quê?

— Você ouviu. Há uma semana que não a vejo. Procurei por ela todos os dias, mas não veio ao colégio.

— Então é por isso que você parece um zumbi?

— Me deixa em paz, Metcalf! — disse Cory, aborrecido.

— Você está arruinando a qualidade da sua ginástica por causa de uma garota que nem sabe se viu ou não? Muito bem, isso faz sentido para mim.

Cory não disse nada. Então, de repente, confessou:

— Eu nem sei se ela existe!

Ele se arrependeu imediatamente de ter dito aquilo. Não tinha sentido, ele sabia. E agora dera a David mais uma oportunidade de caçoar dele e dificultar sua vida.

Mas para sua surpresa, David reagiu com verdadeira preocupação.

— Como assim, Brooks? Você disse que a tinha visto mais de uma vez. Disse que tinha falado com ela. Que ela está na classe de física com Lisa. Você me contou tudo isso porque é só no que fala ultimamente. Então, o que quer dizer com *ela não existe*?

— Eu trabalho na secretaria às segundas-feiras depois das aulas. Você sabe. Então, na segunda-feira à tarde, examinei os arquivos permanentes à procura do nome dela. Não tem nenhum arquivo de Anna Corwin!

David ficou chocado, mas não pelo motivo que Cory pensava.

— Você... pode ver esses arquivos? — perguntou. — Maravilha! O que está escrito no meu?

— Eu não...

— Pago dez dólares para você ver meu arquivo. Melhor ainda, pago os dez dólares que devo a você!

— Nada feito — aborreceu-se Cory. — Você não compreende. Fui à casa dela na semana passada e um cara disse...

Os espectadores gemeram alto. Vaias ecoaram nos azulejos das paredes. Cory olhou para o placar. Shadyside perdia por vinte e dois pontos.

Arnie voltou e sentou-se pesadamente ao lado de David.

— Aquele garoto parece tão alto... — disse ele. Tinha derramado Coca-Cola na frente da camisa. — Deveriam suspender as cestas!

— Ou abaixar o chão! — replicou David, e os dois começaram a rir às gargalhadas.

Cory se levantou.

— Acho que vou indo. Isso é uma chatice!

— Você que é um chato — disse Arnie, rindo.

— Ela veio transferida de outro colégio, não veio? — perguntou David, puxando Cory para baixo, fazendo-o sentar.

— Veio.

— Bem, talvez o outro colégio ainda não tenha enviado a ficha dela.

David era inteligente. Talvez estivesse certo. Mas Cory não acreditava. Já estavam em novembro. Quanto tempo demorava para transferir os dados?

— Ele está falando daquela loura estranha outra vez? — perguntou Arnie com seu vozeirão, inclinando-se na frente de David e falando bem na cara de Cory. — O que você andou fazendo com ela? — perguntou, malicioso. — Deve ter sido alguma coisa muito boa, do contrário você não teria faltado tanto aos treinos. — Arnie riu como se tivesse dito a coisa mais engraçada do mundo.

Cory apenas balançou a cabeça, com ar cansado. Devia estar parecendo muito estranho para os dois amigos. Na verdade, sentia-se estranho.

Nunca tinha ficado tão obcecado por alguém. Nunca tivera nada que não pudesse tirar da cabeça, que não conseguisse se obrigar a não pensar mais. Sempre controlava seus pensamentos. E agora... agora...

Estaria se descontrolando?

— Vejo vocês depois — disse e saiu apressadamente, sem dar tempo aos amigos de puxá-lo de volta. Os espectadores gemeram uma e outra vez. A pequena torcida de Westerville, no outro lado, aplaudia ruidosamente.

Parecia uma noite péssima para os Cougars. *Uma noite péssima para todo mundo,* pensou Cory. Ele tinha procurado por Anna nas arquibancadas, fila por fila. Mas ela não estava lá.

Entrou no carro, tremendo de frio. Depois de três tentativas, o motor pegou. Ele seguiu a esmo pela Park Drive por algum tempo, depois atravessou a Hawthorn para a rua do Moinho. As ruas estavam vazias, a maioria das casas já às escuras.

Ligou o rádio, não encontrou nenhuma música de que gostasse, então o desligou.

Percebeu então que estava muito cansado. Há uma semana que não dormia direito. Deu a volta e foi para casa.

Cory estava dormindo quando o telefone tocou. Olhou para o despertador. Uma e meia da manhã.

Estendeu a mão e derrubou o fone. Procurou até encontrá-lo no chão.

— Alô?

— Fique longe de Anna.

— O quê? — A voz no outro lado da linha era um murmúrio áspero, tão baixa que Cory mal entendia as palavras.

— Fique longe de Anna — murmurou a estranha voz lenta e claramente, carregada de ameaça. — Ela está morta. Ela é uma garota morta. Fique longe dela... ou será o próximo.

Capítulo 9

De repente, Cory ficou gelado. Levantou-se da cama, no escuro, foi até a janela e verificou se estava fechada. Então pôs a mão no aquecedor. Estava ligado no máximo. Ficou ali por um longo tempo tentando se aquecer, olhando para a quietude do quintal iluminado apenas pela meia-lua.

A voz ao telefone murmurava ainda nos seus ouvidos. Cory ergueu a mão e puxou com força seus cachos negros, tentando fazer desaparecer o murmúrio, tentando calar as palavras ameaçadoras que se repetiam em sua mente. Não adiantou.

Percebendo que o frio vinha de dentro dele, Cory se afastou do aquecedor e, tropeçando num par de tênis que tinha deixado no meio do quarto, voltou para a cama.

Alguém tinha ameaçado sua vida. Alguém sabia onde ele morava. Alguém sabia como chegar até ele.

Alguém sabia que ele estava interessado em Anna.

Alguém queria ter certeza de que ele iria ficar longe de Anna. Mas quem?

Seria brincadeira de um dos seus amigos?

Não. Aquilo não era brincadeira. Era de verdade. O murmúrio estava carregado de ameaça real, de ódio real. A ameaça era sincera.

Fique longe dela... ou será o próximo.

Quem podia ser? O jovem estranho, de rosto inchado que atendera a porta na casa dos Corwin? Talvez. Era difícil dizer com a voz murmurada, difícil dizer se era homem ou mulher.

Cory fechou os olhos com força e tentou afastar o murmúrio da mente. Agora estava um pouco aquecido, mas ainda não conseguia dormir. Virou de um lado, depois para outro, e por fim tentou dormir de bruços.

Por alguma razão, surpreendeu-se pensando no estranho vizinho que o tinha interpelado naquela noite na rua do Medo. Tinha pensado nele durante toda a semana, vendo mentalmente a capa de chuva cinzenta, a barba cerrada, o modo ameaçador com que tinha olhado para ele. Disse que era vizinho, mas por que estava bem na frente da casa dos Corwin tão tarde da noite? Tinha dito que estava levando o cachorro para passear. Mas Cory não viu nenhum cachorro. E por que o homem dissera para Cory ficar longe dos Corwin? Seria um aviso... ou uma ameaça?

Com esforço, Cory afastou a lembrança do rosto do homem da sua mente. Em vez disso, resolveu pensar em Anna, naqueles claros olhos azuis, brilhantes como olhos de boneca, nos lábios dramaticamente vermelhos, na pele pálida como marfim. Lembrou-se do sonho em que ela o beijava muitas vezes.

O telefone tocou.

Cory estava ainda completamente acordado, mas mesmo assim se sobressaltou e pulou da cama. Pegou o fone logo ao segundo toque.

— Alô? — A palavra saiu embargada e seca.

— Cory... é você? — Uma voz fraca, distante.

— Sim. — Seu coração batia com tanta força que ele mal podia falar.

— Você pode me ajudar, Cory?

Cory tinha falado com ela só uma vez, mas reconheceu imediatamente a voz suave, infantil.

— Sou eu. Anna. Anna Corwin.

— Eu sei — respondeu. Então sentiu-se um completo idiota. Como podia saber que Anna ia telefonar no meio da noite... a não ser que há semanas viesse pensando exclusivamente nela?

— Preciso que você me ajude — disse ela rapidamente, quase num murmúrio. — Não conheço mais ninguém. Você foi a única pessoa com quem falei. Pode me ajudar?

Ela parecia tão assustada, tão desesperadamente assustada.

— Bem... — Por que hesitava? Seria por causa da voz ao telefone ter dito para ficar longe dela?

— Por favor... venha depressa — pediu. — Eu o espero na esquina da rua do Medo, logo depois da minha casa.

Ela parecia tão assustada! Mas a voz fraca, ofegante, também a fazia parecer muito sexy. O frio que Cory sentia agora não era só de medo. Era um misto de medo e expectativa. Olhou para o despertador. Uma e trinta e sete. Estava realmente considerando sair àquela hora, no meio da noite, para se encontrar com uma estranha na rua do Medo?

— Por favor, Cory — murmurou ela, agora mais tentadora do que assustada. — Preciso de você.

— Tudo bem — disse, não reconhecendo a própria voz, sem ter certeza de que era ele mesmo falando.

— Depressa — sussurrou ela, e desligou.

Cory ainda manteve o fone ao ouvido por alguns segundos, tentando descobrir se estava acordado ou sonhando. Anna Corwin tinha realmente telefonado pedindo para ele se encontrar com ela? Ele tinha pensado nela, a procurado durante toda a semana. Seria possível que ela tivesse pensado nele também?

Era uma ideia mais do que emocionante. Mas por que ela parecia tão assustada, tão ansiosa para que ele fosse imediatamente? E por que queria se encontrar com ele na rua?

A rua.

A rua do Medo.

Cory começava a vestir a calça jeans, mas parou, lembrando onde Anna morava, onde ela queria se encontrar com ele.

Eu tenho dezesseis anos, pensou. *Não sou uma criança. Não tenho nenhum motivo para ter medo de uma rua tola.* Mas tinha de admitir que a ideia de esperar sozinho por alguém na rua do Medo, no meio da noite, era bastante assustadora.

De repente, ele se lembrou de outra história sobre a rua do Medo publicada no jornal na última primavera. Dois carros em direções opostas na rua do Medo, tarde da noite, tinham se chocado de frente. Um morador de lá ouviu a batida, correu para fora, de pijama, viu que os dois carros estavam cheios de pessoas gravemente feridas, algumas inconscientes, outras presas nas ferragens.

Ele voltou correndo para casa e chamou a polícia. Os policiais chegaram em menos de dez minutos. Encontraram os carros batidos no meio da rua. Porém os dois estavam vazios. Havia sangue escuro nos bancos e na rua. Mas todos os passageiros tinham desaparecido sem deixar outros vestígios.

Nenhum sinal deles jamais fora encontrado. Seis pessoas, seis pessoas feridas, presas dentro de carros acidentados desapareceram em menos de dez minutos...

Cory acabou de se vestir. Sabia que não havia escolha. Tinha de ir. Tinha de ir até ela. Anna precisava dele.

Desceu sorrateiro os degraus para o corredor da frente, tropeçou no escuro e quase caiu. Segurou no corrimão e conseguiu se firmar, esperando que os pais não o tivessem ouvido. Respirando profundamente, continuou a descer. Tateou no escuro até encontrar as chaves do carro na mesa do vestíbulo. Então saiu de casa silenciosamente.

Ele fechou o zíper da jaqueta e entrou no carro. Engatou a marcha em ponto morto e o deixou descer a entrada até a rua.

Então ligou o motor o mais longe possível da casa. *Estou ficando muito bom nesse negócio de sair às escondidas*, pensou. *Mas por que estou fazendo isso?*

Porque Anna está com problemas. Entrou na rua do Moinho e seguiu para o sul, para a rua do Medo. Nuvens cobriam a lua e as lâmpadas da rua iluminavam fracamente aquele trecho. Ele acendeu os faróis altos em tempo de ver um animal grande atravessando a rua.

Uummp.

Não teve tempo de diminuir a marcha. Uma batida seca anunciou que tinha atropelado o animal. Olhou pelo retrovisor, mas não viu nada. Seguiu mais devagar por alguns segundos, depois retomou a velocidade. Não podia fazer nada.

De repente, Cory ficou nauseado. O que era, afinal? Um quati? Um texugo, um coelho? Muito grande para um coelho. Devia ser um gambá. Imaginou se tinha furado o pneu. Era só o que faltava. Obrigou-se a pensar em Anna.

Não havia qualquer outro carro na rua do Moinho. Cory passou por alguns caminhões que iam em sentido contrário, os faróis obrigando-o a entrecerrar e desviar os olhos.

Um vento rodopiante começou a soprar assim que ele entrou na rua do Medo, fazendo pressão na frente do carro, que parecia recuar, não querendo entrar na rua.

A parte interna do para-brisa estava embaçada, o que dificultava a visibilidade. Cory diminuiu a velocidade quando passou pela mansão incendiada de Simon Fear. Árvores nuas estalavam e rangiam com o vento, os galhos mais baixos raspando uns nos outros.

Cory parou, limpou o para-brisa com um pano que encontrou no porta-luvas. O vidro ficou manchado, mas ele podia enxergar um pouco melhor.

Passou pela casa dos Corwin. Estava completamente escura. Parou e olhou para a casa, procurando algum sinal de vida. Não viu nada.

O telefonema teria sido uma brincadeira? Teria ido até ali para nada?

Não. Era Anna. Ele reconheceu a voz. E ela parecia assustada demais para uma brincadeira.

Parou junto à calçada na esquina. O vento açoitava as árvores. Folhas rodopiavam e se espalhavam na rua. Cory apagou os faróis, mas deixou o motor ligado.

Talvez eu deva descer do carro, pensou. *Ela pode não me ver se eu ficar aqui.*

Porém, se lembrou da sua última visita à rua do Medo, do estranho vizinho, dos uivos de um animal e resolveu esperar dentro do carro. Desligou o motor. Então o ligou outra vez. *Vou ligar o rádio. Pelo menos disfarça o uivo do vento.* Mas então pensou que poderia descarregar a bateria. Não queria ficar preso às duas da manhã na rua do Medo com um carro sem bateria. Desligou o motor outra vez.

A porta do passageiro se abriu.

Cory quase gritou.

Capítulo 10

— **A**nna!

— Oi, Cory — murmurou ela timidamente, deslizando para o banco do carro. Estava envolta num xale de renda cinzento, antigo. Seus cabelos estavam desgrenhados e os olhos azuis cintilavam de emoção na luz fraca do interior do carro. Então ela fechou a porta e a luz se apagou.

— Você me assustou — disse, virando-se para olhar para ela.

Anna sorriu para ele de um modo estranho, quase perverso. Seria efeito da luz? Ele não podia vê-la muito bem.

— Por que me telefonou? Qual é o problema?

Ela chegou mais perto dele, quase o tocando. O vento mudou de direção. Folhas foram atiradas contra as janelas do carro e tudo ficou mais escuro ainda.

— Cory, você é o único que pode me ajudar — murmurou. Ela tremia um pouco, como se tentasse dominar o medo, lutasse para não perder o controle. — Você é o único que fala comigo.

— Onde você esteve a semana toda? — perguntou ele bruscamente. — Eu procurei você.

Anna pareceu surpresa. Virou-se para trás e olhou pelo vidro traseiro. Estava completamente embaçado. Ela passou a mão no vidro ao seu lado, limpando parte do vapor.

— Esteve doente? Está bem agora?

Ela sorriu outra vez.

— Eu... eu fui à sua casa. Queria falar com você. — Cory percebeu que devia parecer insano. As palavras simplesmente saíam. Ele parecia não ter nenhum controle sobre o que estava dizendo.

Cory estava tão contente por vê-la, tão animado! Era emocionante o fato de Anna ter telefonado para ele, o fato de terem se encontrado secretamente no meio da noite. Mas do que se tratava? Por que ela não respondia às suas perguntas?

— Você está com algum problema? — perguntou. — Posso fazer alguma coisa? Pensei em você nesta semana. Na verdade, penso em você desde aquele dia no refeitório.

O refeitório. Por que ele tinha de se lembrar daquela ocasião horrível? Que vergonha!

— É mesmo? Eu também pensei em você. — Olhou para fora pelo pequeno círculo que tinha feito no vidro da janela.

— Tem alguém seguindo você? Tem alguém lá fora?

Anna balançou a cabeça.

— Eu não sei.

— Sua família disse... eles me disseram que você... — Essa não! Lá ia ele contar. Por que não podia se controlar? Por que estava falando como um idiota?

Cory detestava perder o controle daquele modo. Como ginasta, praticava o controle de cada músculo. Agora não podia sequer controlar a boca.

— Eu... eu tenho de saber se você é real! — Cory ouviu a própria voz dizer.

Ela pareceu surpresa. Um sorriso apareceu lentamente no seu rosto, um sorriso maroto.

— Eu sou real — murmurou, olhando nos olhos dele. — Vou mostrar.

Ela levantou as duas mãos bruscamente e pôs na nuca dele. Eram quentes, apesar do frio da noite. Puxou o rosto de Cory para o seu e apertou os lábios contra os dele.

Os lábios de Anna eram macios e quentes. Sua boca se abriu um pouco, depois fechou. Ela o beijou com mais força, sempre segurando sua cabeça.

Cory se esforçou para respirar. Ela apertou mais os lábios contra os dele, com um leve suspiro. Foi o beijo mais excitante do que qualquer sonho que Cory já tinha tido. Ele queria que durasse para sempre. Parecia que ia durar.

Ela o beijou com mais força. Cory ficou surpreso com a carência que percebia nela. Anna continuou segurando a cabeça dele e o beijou com mais intensidade ainda.

Cory não podia acreditar que tivesse tanta sorte. *Isto está mesmo acontecendo comigo?*, ele se perguntou. Tentou abraçá-la, mas não tinha espaço para se mover atrás da direção.

Anna o beijou, apertando os lábios contra os dele até machucar. Então afastou a boca e beijou seu rosto até a orelha. Cory sentiu no rosto a respiração quente e regular.

Anna murmurou alguma coisa. "Você é todo meu agora."

Teria sido isso? Cory tinha ouvido direito?

Você é todo meu agora?

Não. Não podia ser. Ele não tinha ouvido aquilo.

— Agora acredita que sou real? — perguntou, ainda com as mãos na nuca dele.

Cory tentou responder, mas nenhum som saiu da sua boca.

Ela riu, um riso surpreendentemente alto que assustou os dois. Estavam tão quietos até então!

O vento mudou outra vez. Grandes folhas marrons de bordo batiam com força nos vidros das janelas como se quisessem quebrá-los. Em algum lugar próximo, um animal uivou.

Anna tirou as mãos da cabeça dele e recostou-se no banco, com uma expressão satisfeita. Cory sentia ainda os lábios dela nos seus, o sabor dela, sentia ainda a pressão do rosto de Anna contra o seu.

Ficaram calados pelo que pareceu um longo tempo. Finalmente, ele quebrou o silêncio:

— Por que você me chamou, Anna?

Na verdade, ele não queria que ela respondesse. Queria que ela o beijasse outra vez daquele modo. E outra vez. E outra.

— Você parecia tão assustada! — Procurou a mão dela, mas não encontrou.

Anna sorriu para ele, dessa vez com um sorriso culpado.

— Eu só queria ver se você viria — disse, desviando os olhos. Começou a limpar outra vez o vapor da janela.

— Você... não tinha nenhum problema?

Anna não olhou para ele.

— Eu sabia que você viria. Eu simplesmente sabia.

Cory olhou para o cabelo dourado que caía despenteado sobre o xale cinzento.

Ele queria beijá-la outra vez. Queria envolvê-la nos seus braços. Queria sentir outra vez as mãos dela na nuca. Estendeu o braço e pôs a mão no ombro dela.

— Por isso você telefonou? Só queria que eu viesse?

Anna olhou para ele com o rosto inexpressivo e não disse nada.

— Quando fui à sua casa, um garoto atendeu a porta. — Tinha de perguntar. Precisava. Agora sabia que ela era real. Então por que a família dizia que ela estava morta?

— Meu irmão, Brad — respondeu, ainda com o rosto inexpressivo, olhando para a frente, para o para-brisa embaçado.

— Quando perguntei por você, ele ficou muito irritado. Disse que você não morava lá.

— Brad diz qualquer coisa — murmurou, ainda olhando para o para-brisa embaçado.

— Mas ele...

— Por favor, não me faça falar sobre Brad. Ele... ele é louco. Não me faça dizer mais nada. Apenas fique longe dele. Ele... ele pode ser *perigoso*. — Todo o corpo dela tremeu quando disse isso.

— Ele me contou que você estava morta! — disse Cory bruscamente.

Por um breve segundo, ela arregalou os olhos, surpresa. Então abriu a porta e saiu do carro.

Cory estendeu o braço para detê-la. Mas Anna já não estava mais ali.

Cory abriu a porta do seu lado e saiu. O vento soprou um punhado de folhas nas pernas da sua calça.

— Anna! — chamou. Mas sabia que sua voz não tinha força suficiente para vencer o uivo do vento.

Começou a correr atrás dela, mas Anna tinha desaparecido no escuro.

— Anna! — gritou outra vez. Mas ela se fora.

O vento pareceu tomar força. Os galhos das árvores acima da sua cabeça chacoalhavam como ossos, e as folhas secas redemoinhavam em volta dos seus pés.

Cory sentiu um gosto de sangue nos lábios. Estava repleto de desejo, desejo de compreendê-la, desejo de saber por que ela tinha fugido, por que não respondia às suas perguntas, por que tinha tanto pavor do irmão, desejo de mais beijos.

Estava perto do carro quando algo grande e forte, vindo de trás, saltou no seu ombro.

Capítulo 11

— Cory, acorde! Vamos!

— Hein?

— Acorde! Levante-se da cama! Será que preciso de um guindaste para tirar você daí?

— Hein?

— Estou tentando acordar você há dez minutos. Qual o seu problema? Não dormiu a noite passada? — Sua mãe segurou no ombro dele e começou a sacudi-lo.

— *Ai!* — O ombro doía e latejava. Cory se livrou da mão da mãe. Tudo começava a voltar à sua mente. Seu ombro doía porque um cachorro gigantesco tinha pulado nele.

— Cory... vamos. Você tem uma competição de ginástica daqui a duas horas. Acho bom acordar. — Sua mãe estava mais impressionada do que zangada. Nunca tivera tanto trabalho para acordar o filho antes.

É claro que ele nunca havia passado metade da noite na rua do Medo. Cory pensou no beijo de Anna.

— Por que está sorrindo? Cory... você está muito esquisito esta manhã.

— Desculpe, mãe. Bom dia. — Tentou clarear a cabeça. Sorriu para ela, mas sua boca não quis cooperar e o sorriso saiu meio de lado. Cory tentou parecer normal. Não queria que a mãe começasse a fazer mil perguntas. Se pelo menos suas costas e seu ombro não o estivessem torturando.

— Que dia é hoje?

— Sábado — disse sua mãe, andando para a porta.

— Sábado? A competição com Farmingville é hoje!

— Eu não acabei de dizer isso? Ou estou ficando maluca também?

Cory sentou-se na cama com um gemido. A mãe se virou para trás e olhou para ele.

— Desça logo, antes que seu café esfrie.

— O que temos para comer hoje?

— Cereais.

Os dois riram. Era uma das suas piadas favoritas.

Depois que ela saiu, Cory tirou a camisa do pijama com todo cuidado e examinou o estrago nos ombros. Estavam muito arranhados. Aquele enorme doberman, Voltaire, o tinha atacado como se ele fosse um camundongo.

A cena com todo o seu horror se repetiu em sua mente. Ouviu o rosnado alto outra vez, sentiu o bafo quente do cachorro na nuca, e então sentiu o peso das patas gigantescas nos ombros, empurrando-o para o chão, prendendo-o debaixo dele, a mandíbula maciça estalando ruidosamente, rosnando.

Cory teve a impressão de ter ficado no chão durante horas antes de o vizinho da capa cinzenta chegar.

— Saia daí, Voltaire. Sente, garoto — tinha dito calmamente, sem nenhuma emoção. O cachorro obedeceu na mesma hora, recuando em silêncio, exceto pelo resfolegar excitado e pesado. — Você está de volta, filho?

O cara nem pediu desculpas. Limitou-se a olhar desconfiado enquanto Cory se levantava lenta e dolorosamente com um gemido alto.

— Visitando os Corwin? É isso que estava fazendo? — perguntou, acariciando a cabeça negra do doberman como que congratulando-o por um trabalho bem-feito.

— Eu... bem... eu já estava indo embora — gaguejou Cory, sentindo o coração pesado, os ombros doloridos, a cabeça girando.

— Não é muita gente que vem à rua do Medo no meio da noite — disse o homem, com o rosto mais inexpressivo do que nunca. *Para Cory, soou como uma ameaça.*

Ele não disse nada. Conseguiu entrar no carro, ligar o motor e ir embora. O homem e o cachorro ficaram olhando até o carro desaparecer.

O que estava acontecendo ali?, pensou Cory. *Por que aquele cara estranho sempre aparecia quando eu parava o carro perto da casa dos Corwin? Estaria à minha espera? Era realmente um vizinho? Estaria vigiando Anna?*

É Brad, o irmão louco disfarçado!

Acorda!, disse Cory para si mesmo.

Mas quem era ele?

Agora era a manhã seguinte e ele estava a menos de duas horas de uma competição com a Farmingville. Olhou no espelho para os ombros arranhados. Como ia explicar para o treinador Welner? Como ia subir nas argolas? Girou os braços experimentando. Nada mal. Talvez o exercício fizesse passar a dor. Talvez os braços ficassem suficientemente flexíveis para o que tinha de fazer.

Vestiu-se rapidamente, com calça jeans e camiseta limpas, e desceu correndo para o café da manhã. Resolveu ir cedo para o ginásio e fazer exercícios, algum alongamento. Ia ficar bem.

Pensou em Anna. Na maciez dela, no calor. Pelo menos tinha provado que ela estava viva. Nossa! E como!

Sim. Ficaria bem, decidiu, ficaria perfeito.

Aborrecido, Cory jogou a toalha no ombro. Estava andando de um lado para outro, atrás do banco do time, e deu um encontrão em Lisa.

— Ai! — gritou ela, passando a mão no ombro. — Olhe por onde anda!

— Oi... o que você está fazendo aqui? Está havendo uma competição — disse Cory.

— É mesmo? E como é que você sabe?

— Dá um tempo! Você veio aqui só para me insultar? — perguntou sombriamente, e continuou a andar.

Lisa se apressou para alcançá-lo.

— Não. Desculpe. Isso escapou. — Pôs a mão no ombro dele para fazê-lo parar, mas Cory o afastou, sentindo dor. — Qual o problema?

— Eu... bem... acho que distorci um músculo. — Não tinha energia para contar a verdade. Não ia saber por onde começar. — Você estava assistindo à competição?

— Não. Na verdade, não. Cheguei quando você estava na barra.

— Não foi um exercício de barra. Foi uma palhaçada — disse Cory com tristeza genuína.

— Sinto muito — lamentou. Ela ameaçou bater outra vez no ombro dele, mas lembrou a tempo. — Eu vim para dizer uma coisa para você. Uma coisa que acho que vai interessá-lo. — Lisa parecia tensa, mordendo o lábio inferior.

— Não pode esperar? O treinador vai...
— É sobre Anna Corwin — disse.
— Então diga. — Cory jogou a toalha no chão.

Ela segurou as duas mãos dele e o puxou para um canto do ginásio.

— Estivemos na casa da minha prima na noite passada — disse Lisa, encostando na parede.

— Qual prima?

— O que importa? Você não conhece nenhum dos meus primos.

— Está bem.

— Minha prima estava com uma amiga que frequenta o Colégio Melrose. Perguntei a ela se conhecia Anna Corwin, porque Anna era do Colégio Melrose antes de ser transferida para cá.

— Sim, e daí?

— Bem, quando perguntei sobre Anna, a garota fez uma expressão estranha e empalideceu.

— Por quê? — perguntou Cory, impaciente. — O que ela disse?

— Você não vai acreditar. Ela disse que Anna *era* da sua classe, mas que ela está morta.

Capítulo 12

Cory primeiro ficou surpreso, depois zangado.

— Não tem graça, Lisa! Por que me tirou da competição para dizer uma coisa tão idiota...

Ele começou a voltar, mas ela o empurrou contra a parede.

— Ai! — Seus ombros latejaram de dor.

— Desculpe! Deixe-me terminar. Não é uma piada. Foi uma tragédia terrível, a amiga da minha prima disse. Todos no colégio falavam em Anna Corwin. Ninguém tinha certeza do que havia acontecido. A história era que Anna tinha caído na escada do porão de sua casa. Morreu instantaneamente.

— Mas isso é impossível! — disse Cory, com voz desanimada. Pensou nos beijos da noite anterior. Sentiu os lábios de Anna nos seus. — Completamente impossível.

— A amiga da minha prima jura que é verdade. Foi durante as férias de verão, e no outono todos ainda comentavam.

— De jeito nenhum — disse Cory, abaixando-se para apanhar a toalha. — Eu não acredito. Simplesmente não acredito.

— Existe um jeito fácil de provar isso. Vista-se. Vamos investigar.

— Está brincando? No meio da competição? — Olhou nervosamente para o treinador, que observava com tristeza o desempenho de Arnie.

— De qualquer modo, você já terminou, não é? — perguntou Lisa, impaciente.

— Sim, em mais de um sentido — disse Cory tenso, lembrando seu patético desempenho. — Mas se o treinador me pega saindo no meio...

Então, ele mudou de ideia. Sabia que não tinha escolha. Precisava saber a verdade sobre Anna, imediatamente.

— Tudo bem. Encontro com você no estacionamento — disse ele.

Certificando-se de que o treinador Welner continuava concentrado em Arnie, Cory saiu do ginásio, foi para o vestiário e trocou de roupa o mais depressa possível.

Aquela história sobre Anna não podia ser verdade.

Ela não podia estar morta. *Não podia!*

Ele não tinha beijado um fantasma, *tinha?*

Então se lembrou do medo no rosto de Anna na primeira vez que falou com ela e mencionou os fantasmas da rua do Medo.

Não. Fala sério. Fantasmas não existem. A garota que o tinha beijado com tanto calor, tanto sentimento, tinha de estar viva!

Alguns minutos depois, eles saíram do prédio no carro de Lisa e foram para a biblioteca pública de Shadyside. Tinha nevado um pouco durante a tarde, e as árvores, cobertas de branco, pareciam fantasmagóricas na luz cinzenta do começo da noite.

— O que tem na biblioteca? — perguntou Cory, quebrando o longo silêncio.

— A sala de microfilmes. Eles têm todos os jornais do estado microfilmados. Eu uso muito essa sala quando pesquiso para escrever os artigos do *Espectador*.

Fizeram o resto do caminho em silêncio.

Na biblioteca, Lisa pediu os jornais de Melrose de quatro e cinco meses atrás.

— Tome — disse ela, dando a Cory um microfilme. — Você fica com um e eu com outro. Vamos muito mais depressa desse modo.

Vinte minutos depois, Lisa encontrou o que procuravam. Um artigo no jornal da primavera anterior. Cory olhou para as letras pretas da manchete:

ANNA CORWIN, SEGUNDO ANO DE MELROSE, MORRE EM ACIDENTE

As palavras do artigo se embaralhavam aos olhos de Cory. Mas não podia tirar os olhos da foto, pouco nítida. A reprodução era muito imprecisa, toda em cinza, como se a garota fosse um fantasma antes de morrer.

É Anna, pensou. *Esses olhos. O cabelo louro. É Anna.* Olhou com mais atenção, tentando ver melhor a foto cinzenta.

— Mas... como... quero dizer... como pode explicar isto? — conseguiu dizer olhando a foto, seus pensamentos girando loucamente, pensamentos sobre Anna, sobre falar com ela, tocá-la.

— Não posso explicar — disse Lisa suavemente. — Não sei o que dizer.

Cory olhou para a foto cinzenta, depois para a manchete.

A pergunta se repetia insistentemente...

Como Anna Corwin pode estar morta?

Como Anna Corwin pode estar morta?

Sentiu outra vez os lábios dela nos seus, pressionando-os cada vez mais até seus lábios sangrarem.

Como Anna Corwin podia estar morta?

Naquela noite, Cory estava inquieto demais para fazer qualquer coisa. Tentou pôr em dia o dever de casa, mas não conseguia se concentrar. Às oito e meia, saiu de casa sem ser visto e passeou de carro pela cidade por algum tempo. Havia ainda trechos brancos nos lados das ruas e pontilhando os gramados, restos da neve daquela tarde.

Seguiu a esmo. Circundando North Hills, passando pelo colégio, atravessou a rua Canyon e voltou. Mas durante todo o tempo sabia onde o passeio ia acabar.

Na rua do Medo.

Estacionou ao lado da calçada, na frente do jardim dos Corwin, e ficou olhando para a casa malcuidada. O céu estava vermelho, lançando uma luz fantasmagórica. Fazia a casa parecer irreal, como o cenário de um filme de horror.

Como de hábito, a casa estava às escuras. As venezianas laterais batiam ruidosamente com o vento. Uma luz fraca foi acesa numa janela do primeiro andar. Cory não via nenhum movimento dentro da casa, e depois de mais ou menos um minuto a luz se apagou.

Ouviu um barulho atrás dele, um latido alto. Pelo retrovisor, viu o doberman enorme correndo para o carro, galopando como um cavalo na rua escura. O vizinho vinha logo atrás com sua capa cinzenta.

Lá está ele outra vez, pensou Cory. *Será que ele e o cachorro patrulham a rua do Medo à noite? Serão fantasmas também?*

A Guarda Fantasma, pensou. *Deviam evitar que as pessoas descobrissem a verdade sobre a rua do Medo — que descobrissem que todos os moradores da rua do Medo estão MORTOS!*

Cory balançou a cabeça violentamente para afastar aqueles pensamentos ridículos. Então, ligou o motor com pressa e pisou fundo no acelerador. Pelo retrovisor, ele viu o homem e o cachorro pararem de repente, surpreendidos por sua fuga.

Cory foi direto para casa e para a cama. Adormeceu rapidamente e sonhou com a competição de ginástica. Estava nas argolas e não sabia como descer. Todos olhavam para ele, esperando seu próximo movimento. Mas Cory simplesmente não conseguia se lembrar do que devia fazer.

Acordou com alguém tocando no seu rosto.

Sentou-se na cama, agradecido pela interrupção do sonho. A mão acariciou seu rosto outra vez. Cory piscou os olhos e despertou completamente.

Anna!

Ela estava na sua cama, sentada ao seu lado, os olhos azuis nos seus.

— O que você está fazendo aqui? Como entrou? — perguntou num murmúrio rouco, cheio de sono.

— Tome conta de mim, Cory. Por favor — implorou, parecendo assustada e tristonha. Tocou com os lábios a testa dele.

— Anna...

Ela apertou o rosto contra o dele.

Cory não podia acreditar que aquilo estivesse acontecendo. Anna estava sozinha com ele. No seu quarto. Ele queria outro beijo. Queria desesperadamente outro beijo como aquele no carro.

— Anna... — Estendeu os braços para ela. Queria puxá-la para cima dele.

Anna sorriu e seus cabelos macios tocaram o rosto de Cory.

— Anna, por que sua família diz que você está morta?

Ela não pareceu surpresa nem contrariada com a pergunta.

— Eu *estou* morta — sussurrou no ouvido dele. — Eu *estou* morta, Cory. Mas você ainda pode tomar conta de mim.

— Como assim? — De repente Cory ficou com medo. Ela parecia muito fantasmagórica agora, pálida e transparente. Seus olhos queimavam os dele. Não eram olhos amistosos. Eram ameaçadores, malvados. — Como assim? — repetiu, incapaz de disfarçar o medo na voz.

— Você pode morrer também — murmurou. — Então ficaremos juntos.

— Não! — exclamou empurrando-a. — Não... eu não quero!

O telefone estava tocando.

Cory sentou-se na cama e olhou em volta.

Não viu Anna. Tinha sido um sonho. Tudo tinha sido um sonho.

Mas parecia tão real!

O telefone era real. Cory olhou para o relógio sobre a mesa. Passava um pouco da meia-noite. Ele pegou o fone.

— Alô, Cory? — uma voz murmurou. A voz de Anna.

— Oi, Anna — murmurou também.

— Cory... venha depressa. Por favor! Você tem de vir! Por favor! Mas não estacione o carro na frente da minha casa! Eu o encontro naquela mansão incendiada. Depressa, Cory! Você é a única pessoa que pode me ajudar.

Capítulo 13

Ele ficou com o fone no ouvido um longo tempo depois que ela desligou. Precisava ter certeza de que era real, de que não estava sonhando isso também.

Sim. Anna tinha realmente telefonado. Ela era real. Ela estava viva.

Devia ir? Tinha alguma escolha?

Pensou em Anna tão perto dele no carro, com o rosto encostado no seu, beijando, beijando, beijando.

Claro que tinha de ir!

Anna precisava dele.

E ele precisava... fazer todas as perguntas que tinha na mente, descobrir a verdade sobre ela de uma vez por todas.

Cory se vestiu em segundos, apagou a lâmpada de cabeceira e começou a descer a escada silenciosamente. Estava no meio da escada quando a porta do quarto dos seus pais se abriu e seu pai saiu para o corredor escuro.

— É você, Cory?

Precisava responder. Do contrário, seu pai ia pensar que era um ladrão.

— Sim, pai. Sou eu — murmurou.

— Qual o problema? O que está fazendo?

Pense rápido, Cory. Pense rápido.

— Vou comer alguma coisa. Acordei porque estou com fome.

Seu pai resmungou alguma coisa, aceitando a história.

— Tive a impressão de ouvir o telefone — disse ele, bocejando.

— Sim. Foi engano.

Esperou o pai voltar para o quarto e fechar a porta. Depois esperou mais um ou dois minutos. Então acabou de descer a escada e chegou à porta da frente.

Fazia mais frio do que na primeira noite em que tinha saído às escondidas, mas sem vento. Sentia o solo duro e gelado debaixo das solas do tênis. A lua estava escondida atrás das nuvens espessas. Outra vez ele fez o carro descer em ponto morto até a rua e então ligou o motor.

A rua do Moinho estava escura e vazia como antes. Cory olhou para a linha branca que fazia uma curva no meio da rua e pensou em Anna.

Ela estaria realmente com algum problema desta vez? Parecia tão assustada, apavorada. Qual podia ser o problema? Ela tinha medo de contar para ele?

Ou só queria vê-lo? Nesse caso, por que tinha de ser sempre no meio da noite? E por que não podia estacionar perto da casa dela? Por que tinham de se encontrar na frente da mansão tenebrosa do velho Simon Fear?

Cory pensou no sonho perturbador que acabara de ter. E a foto do artigo do jornal apareceu em sua mente. Cory se esforçou para não pensar naquilo. Queria beijar Anna outra vez. E outra vez.

Isso era tão excitante!

Entrou na rua do Medo e parou na frente da mansão incendiada. No outro lado da rua, o cemitério estava escuro e silencioso. Ele apagou os faróis. A escuridão o envolveu. Não dava para ver nada. De repente, Cory sentiu como se estivesse isolado do resto do mundo, dentro de um túnel negro, um túnel interminável, um túnel que levava a...

Virou-se para trás e olhou pelo vidro do carro, procurando Anna. Nem sinal dela. Nada se movia. As árvores eram sombras negras no céu escuro e pareciam pintadas num cenário de fundo.

Cory abriu a janela e respirou o ar gelado. Olhou para o retrovisor. Nada de Anna. Estendeu a mão para a maçaneta da porta para sair do carro. Mas se lembrou do doberman enorme e mudou de ideia.

Fazia muito frio com a janela aberta. Ele a fechou. Onde ela estava? Levantou a mão para ver as horas, mas tinha esquecido o relógio de pulso. Virou-se para trás outra vez e olhou pelo vidro traseiro. Só escuridão.

Apesar do frio, as palmas de suas mãos estavam suadas e quentes. Ele tossiu. Sentia a garganta apertada e seca. Não podia esperar mais. Estava muito nervoso.

Abriu a porta e saiu do carro. Fechou-a rapidamente para que ninguém visse a luz. Escutou para ver se o vizinho e seu companheiro perigoso estavam por perto. A Guarda Fantasma. Silêncio.

Deve ser assim na lua, pensou. *Tão quieto. Tão parado. Tão... irreal.* O tema do seriado *The Twilight Zone* passou por sua mente.

Onde estava Anna?

Cory começou a andar na direção da casa dela. O ar estava frio e úmido, tão úmido que parecia grudar nele. Parou na rua e olhou para a velha casa.

Escura. Completamente escura.

Estava mesmo? Seria aquilo uma réstia de luz escapando por baixo da persiana do primeiro andar?

Alguém estava acordado. Seria Anna?

Estaria esperando o momento certo para sair de casa e ir até ele? Alguém a estava impedindo de sair?

Brad.

O louco Brad.

Cory estremeceu com um arrepio. Resolveu voltar e esperar no carro. A rua estava tão escura que só dava para ver poucos metros à frente. Os únicos sons eram seus passos no cascalho. Finalmente, entrou no carro e fechou a porta. Não estava muito mais quente ali dentro. Cory recostou-se no banco e puxou a jaqueta para cima da cabeça, tentando se aquecer.

Onde ela estava?

Cory olhou para o para-brisa, vendo o vapor quente da sua respiração na frente do rosto.

Estava tremendo de frio? Ou por estar começando a se preocupar com ela?

Talvez tivesse acontecido alguma coisa terrível com Anna. Talvez tivesse telefonado porque sabia que estava em perigo e ele tinha chegado tarde demais.

Olhando para as camadas opacas de vapor no para-brisa, as ideias de Cory ficavam cada vez mais absurdas. Talvez Brad estivesse mantendo Anna prisioneira naquela casa. Ela tinha dito que Brad era *perigoso*. Foi a palavra que ela usou. Perigoso. Talvez ela quisesse que Cory a ajudasse a escapar de Brad. Mas Brad tinha descoberto o plano dela e... e o quê?

Cory abriu a porta e saltou do carro. Olhou outra vez para a casa dela. Anna não ia aparecer. Sua respiração formava cortinas de fumaça na sua frente. Percebeu que estava respirando muito depressa e que seu coração pulsava acelerado.

Onde ela estava?

Cory não tinha escolha. Tinha de ir à casa dela. Precisava ter certeza de que ela estava bem.

Anna tinha pedido ajuda e tudo que Cory fez foi sentar-se no carro, tentando se aquecer. Grande ajuda.

Ele começou a correr para a casa dela, os tênis batendo com força no chão duro, o único som além da sua respiração ofegante. Correu pela passagem que ia da rua até a casa e acelerou o passo. Olhando para cima, viu a fina réstia de luz no quarto do primeiro andar.

O chão se inclinava e balançava. Ele se esforçou para continuar correndo. Na varanda agora. Então estava tocando a campainha, esquecendo que não funcionava, que estava quebrada. Agora estava batendo na porta, primeiro uma batida normal, depois, quando ninguém atendeu, com a maior força possível.

Onde ela estava?

O que estavam fazendo com ela?

A porta se abriu. Brad, parecendo cheio de sono e com os olhos inchados, saiu rapidamente para a varanda, quase derrubando Cory. Brad arregalou os olhos pequenos, surpreso por um momento, depois os entrecerrou quando a fúria tomou conta do seu rosto.

— Você... — disse, virando a cabeça como se fosse cuspir.

Cory tentou dizer alguma coisa, mas não tinha fôlego para falar.

— O que você quer agora? — perguntou Brad, inclinando-se ameaçadoramente para Cory. — O que está fazendo aqui?

— Anna me telefonou... — conseguiu dizer Cory.

O rosto de Brad se encheu de raiva. Agarrou a frente da jaqueta de Cory.

— Está tentando me torturar? — gritou. — Isto é alguma brincadeira cruel?

Cory tentou se libertar das mãos dele, mas Brad era surpreendentemente forte.

— Espere — disse Cory. — Eu...

— Eu disse para você — gritou Brad a plenos pulmões. — ANNA ESTÁ MORTA! ANNA ESTÁ MORTA! Por que não pode acreditar em mim?

Ele puxava a jaqueta com tanta força que Cory mal podia respirar. Numa desesperada tentativa para se libertar, Cory ergueu as duas mãos e bateu nos braços de Brad.

Brad o soltou. Cory começou a recuar.

Isso pareceu enfurecer Brad mais ainda. Agarrou outra vez a frente da jaqueta de Cory e começou a arrastá-lo. Ele o puxou pela porta aberta para dentro da casa.

— Agora vou me livrar de você de uma vez por todas! — disse Brad.

Capítulo 14

Isto não está acontecendo comigo, pensou Cory. *É só outro pesadelo. Acorde agora, Cory. Acorde!*

Ele não acordou. Já estava acordado. Aquilo não era um sonho.

Brad o puxou para a sala de estar. A casa estava quente e o ar cheio de vapor. Cheirava a mofo. Um pequeno fogo ardia na lareira, na outra extremidade da sala. Não havia nenhuma outra luz. Sombras se contorciam nas paredes escuras. O fogo estalou ruidosamente e Cory se assustou.

Brad riu. Estava realmente sentindo prazer com o medo de Cory.

Soltou a jaqueta, e Cory deu um passo atrás. O brinco pequeno na orelha de Brad brilhava com a luz do fogo. Seus olhos encheram-se de lágrimas de tanto rir.

— Você tem mesmo medo de mim, não tem? — perguntou, enxugando as lágrimas.

Cory não respondeu. Olhava com atenção para o jovem estranho, tentando pensar num modo de fugir se Brad o atacasse outra vez. Mas estava muito assustado para pensar direito.

— Dê o fora daqui — rosnou Brad. — Vou deixar você ir. Mas não volte nunca mais!

Cory hesitou por um segundo. Não tinha certeza de ter ouvido bem. Então correu, passou por Brad e saiu da casa. Brad bateu a porta com força.

O ar frio o reviveu rapidamente. Parou no meio da passagem que levava à casa, virou-se para trás e olhou para a janela do primeiro andar. A persiana estava levantada e a luz entrava pela escuridão.

Um vulto estava na janela, olhando para ele.

— Anna — chamou, pondo as duas mãos em concha nos lados da boca. — Anna... é você? — Acenou freneticamente para ela.

O vulto na janela baixou a persiana.

O jardim voltou à completa escuridão.

— A que distância você é capaz de cuspir isso?

— O quê? Este caroço de pêssego? — Arnie segurou o caroço vermelho entre o indicador e o polegar.

— Isso mesmo. A que distância? — perguntou David, muito sério, como se estivesse fazendo uma pesquisa científica.

— Posso cuspir naquele cesto — disse Arnie, apontando para um cesto de lixo verde no outro lado do refeitório, no mínimo a trinta metros. — Fácil.

— Você é doido — concluiu David. — Nunca vai conseguir.

— Sem problema — insistiu Arnie. — Na verdade, é fácil demais. Vou fazer uma coisa. Está vendo aquele garoto de cabelo vermelho, meio parecido com você? Vou fazer o caroço ricochetear na cabeça dele e cair no cesto. Só para dificultar a coisa.

— Impossível! — disse David balançando a cabeça. — Você não pode cuspir nem a metade dessa distância. O que você acha, Brooks?

— O quê? — Cory ergueu os olhos do seu sanduíche de presunto.

— Acha que ele é capaz?

Cory fez um movimento com os ombros mostrando indiferença.

— Desculpe. Eu estava pensando em outra coisa. — Estava pensando em Anna, é claro. Há dois dias tento telefonar para ela, mas ninguém atendia o telefone.

— Arnie diz que pode cuspir o caroço naquele cesto no outro lado — explicou David.

— E daí? — Cory franziu a testa.

— E daí? Você perdeu todo o interesse por esportes, Brooks? — perguntou David. — Já basta ter perdido seu senso de humor. Agora não se importa mais com demonstrações atléticas da liga principal?

— Por que vocês dois não crescem? — perguntou Cory com ar cansado. Deu uma mordida no sanduíche, mas estava exausto demais para mastigar.

— Você está um lixo — disse Arnie, girando o caroço de pêssego entre os dedos. — Afinal, qual é seu problema?

— Eu... não tenho dormido muito bem ultimamente — esclareceu.

— Aquela garota loura o faz ficar acordado até tarde? — disse Arnie com um sorriso exageradamente malicioso. — Como é que não está compartilhando isso com seus amigos?

— Deixe Cory em paz — disse David, fazendo Arnie virar-se na cadeira. — Cuspa o caroço. Aposto cinco dólares como ele não chega nem na metade da sala.

— Fechado — aceitou Arnie. — Aceito a aposta. — Pôs o caroço na boca e respirou fundo.

De repente, arregalou os olhos. Levou a mão ao pescoço. Abriu a boca. Esforçava-se para respirar.

— Oh, não! Ele engoliu o caroço! Está sufocando! — gritou David, saltando da cadeira e batendo freneticamente nas costas de Arnie.

Arnie estava vermelho. Tentava respirar, mas não conseguia.

— Socorro! Alguém ajude! — gritou Cory.

— Oh, meu Deus! Ele vai morrer sufocado! — disse David, horrorizado, branco como papel, como se fosse desmaiar.

— Socorro... alguém...

Cory parou de gritar. Olhou para Arnie, que estava rindo, e piscou um olho para ele. Ergueu a mão. O caroço estava dentro dela. Ele nem o tinha posto na boca.

— Peguei vocês! — disse Arnie para os dois amigos, sorrindo em triunfo. Inclinou-se sobre a mesa com um ataque de riso. David voltou a si rapidamente e juntou-se a ele, rindo e batendo com a mão na mesa.

Cory se levantou e, com cara de nojo, jogou o resto do sanduíche no lixo.

— Vocês são doentes — resmungou.

— Ora, deixa disso, Brooks — disse Arnie. — Qual é o seu problema? Foi engraçado e você sabe disso.

Cory balançou a cabeça e saiu do refeitório. Andou em volta do estacionamento por algum tempo. Fazia muito frio e ele estava sem a jaqueta, mas nem notou.

Tentava se convencer de que devia deixar de pensar em Anna, apagá-la de sua mente. Sabia que ia se sentir muito melhor se pudesse esquecê-la e voltar à sua vida antiga.

Olhe para mim, ele pensou. *Estou um lixo. Não durmo. Meus estudos estão sendo prejudicados. Minha ginástica está sendo prejudica-*

da! Eu estou me prejudicando! E tudo por causa de uma garota com um irmão nojento que não para de dizer que ela está morta!

Tinha de desistir dela, tirar Anna de sua vida. Sabia que era o que devia fazer.

Mas sabia também que era impossível.

Pelo menos não até ter algumas respostas. Sobre os recortes de jornais. Sobre o irmão. Sobre por que ela tinha telefonado e não tinha aparecido...

Cory ouviu o sinal tocar dentro do prédio. Estava quase na hora do quinto tempo. Tremendo, sentindo o frio pela primeira vez, esfregando os braços para se aquecer, ele correu para dentro.

Ele e Lisa chegaram aos armários ao mesmo tempo.

— Como vão as coisas?

Cory sacudiu a mão aberta de um lado para outro indicando mais ou menos.

— Sinto muito sobre sábado à tarde — disse ela. — Quero dizer, sobre a competição de ginástica e tudo o mais.

Cory olhou para ela para ver se Lisa não estava caçoando dele, mas ela parecia sincera.

— Sempre há outra competição.

— Sim, acho que sim — disse ela. Cory notou que ela parecia estranha. Constrangida. Não estava caçoando nem fazendo pouco dele como sempre fazia.

— E como vão as coisas com você?

— Tudo bem. — Ela estava tendo trabalho com a combinação da fechadura do armário. Finalmente, conseguiu abri-lo. — Posso perguntar uma coisa? — Sua voz era abafada pela porta do armário.

— Claro — disse ele. Não era próprio de Lisa ser tão formal. Quando queria perguntar alguma coisa, ela simplesmente perguntava.

— Bem... você sabe que a festa da escola é no sábado. Você quer ir comigo? — falou muito depressa, como se fosse tudo uma palavra só, ainda escondida atrás da porta do armário.

Cory ficou surpreso. Ele e Lisa tinham sido amigos a vida inteira. Mas nunca tinham saído juntos como casal.

Era uma ideia muito boa, percebeu rapidamente. Precisava tentar esquecer Anna. Ou pelo menos não pensar nela o tempo todo. Sair com Lisa ia ajudar. Ela era realmente uma boa amiga. Estava sempre por perto quando precisava.

— Claro! — aceitou. — Ótimo!

Lisa espiou de trás da porta do armário com um largo sorriso.

— Pego você às oito horas — disse ela, parecendo genuinamente entusiasmada.

Cory sorriu para a amiga. Lisa estava sem dúvida agindo estranhamente, como se estivesse gostando dele ou coisa parecida. Ele olhou para o corredor quase vazio. Era Anna, olhando para eles da sombra, duas portas adiante?

Ou estava imaginando que era ela?

Tenho de tirar Anna da cabeça, pensou, sentindo-se realmente assustado. *Agora estou começando a vê-la por toda parte!*

Mas, espere. Ela saiu da sombra e andou na direção deles. Era Anna.

Ela se pôs rapidamente entre os dois, sorrindo calorosamente para Cory.

— Oi — disse suavemente, os olhos revelando que estava feliz por vê-lo. Estava com uma blusa branca e uma jaqueta antiquada florida. Parecia mais frágil do que nunca.

— Oi — respondeu Cory, dando um passo atrás. Anna estava muito perto dele. Ele olhou para Lisa, que parecia surpresa.

— Oi — disse Lisa, estendendo a mão. — Na verdade, nunca fomos apresentadas. Eu sou Lisa. Lisa Blume. Você está na minha classe de física.

— Sim, eu sei — disse Anna, apertando a mão de Lisa e sorrindo calorosamente para ela. — Eu notei você. Você é muito engraçada.

— Infelizmente, ser engraçada não adianta muito em física. — Lisa balançou a cabeça, tirando o cabelo escuro da testa. Parecia nervosa. — Quando veio para Shadyside?

— Há algumas semanas — disse Anna. — É difícil ser novata aqui. É um colégio tão grande! Eu estudava no Melrose, ao norte. Eram só duzentos alunos. Cory é o único amigo que fiz aqui. — Sorriu para Cory. Ele corou.

— Você tem sorte — comentou Lisa com seu sarcasmo habitual, com um olhar significativo para Cory.

— Há quanto tempo vocês se conhecem? — perguntou Anna para Lisa.

— Tempo demais — brincou Lisa.

Cory não riu com elas. Não podia tirar os olhos de Anna. Ela era tão bonita! E era tão bom ter uma conversa normal com ela. Anna parecia se dar tão bem com Lisa!

Então, de repente, Anna pareceu chateada.

— Minha nossa! Espero não ter interrompido nada — disse para Lisa —, desculpe. Ouvi você convidar Cory para a festa. Então fiquei entre os dois e...

— Não seja boba — replicou Lisa olhando para o relógio. — O sinal vai tocar. Prometi chegar cedo hoje. Tenho de correr. — Apanhou a mochila com os livros e bateu a porta do armário. — Até logo, Cory! Foi um prazer conhecê-la, Anna! — gritou enquanto corria pelo corredor.

Assim que Lisa desapareceu, Anna segurou a mão de Cory e apertou-a com força.

— Lembra de sexta-feira à noite? — Ficou na ponta dos pés para murmurar no ouvido dele.

Sim, ele se lembrava da noite de sexta-feira. Mas com Anna tão perto, segurando sua mão, esqueceu completamente tudo que sabia.

— É claro — disse. Resposta brilhante, Cory. Realmente impressionante.

Ela roçou os lábios na orelha dele e murmurou mais alguma coisa que Cory não entendeu. Parecia: "Você agora é todo meu." Mas não podia ser.

— Anna... — começou. — Temos de conversar. Quero perguntar...

Mas ela cobriu a boca de Cory com a mão. Então substituiu a mão pelos lábios e o beijou. O beijo pareceu durar uma eternidade. Cory esforçava-se para respirar. Finalmente, foram interrompidos por um longo assobio.

Anna recuou. Cory ergueu os olhos para ver quem tinha assobiado.

O sinal tocou.

— Até logo, Cory — sussurrou, com um sorriso conspiratório, e saiu correndo pelo corredor.

— Não, espere...

Mas ela estava longe. E agora ele estava atrasado para a aula. Balançou a cabeça. Sabia que não ia ouvir nenhuma palavra dita na classe. Estaria pensando em Anna a tarde toda.

— Bela resposta, campeão.

— O quê?

— Você me ouviu — disse Lisa, três horas depois, quando terminaram as aulas daquele dia. Tinham se encontrado outra vez ao lado dos armários. — Quando o sr. Martin ficou na sua frente e disse: "Cory, Cory, acho que você não ouviu nenhuma palavra do que eu disse hoje", e você respondeu: "O quê?" Muito esperto.

— Me deixe em paz! — irritou-se Cory. — Eu só não estava prestando atenção, nada mais.

— Aposto que não estava mesmo — riu Lisa. — O que vai fazer agora? Tem treino?

— Isso aí. Ainda estou no time, acredite ou não — murmurou Cory desanimado.

— Bem... não quer ir à minha casa depois do jantar? Talvez para estudar e... — Abriu o armário. — Ei, tem alguma coisa pegajosa...

Tirou a mão de dentro do armário. Então Lisa gritou.

Sua mão estava coberta de sangue.

— Lisa, o que foi? — perguntou Cory.

Um gato morto caiu do armário em cima dos tênis brancos de Lisa. O armário estava encharcado de sangue. A barriga do gato estava aberta.

Lisa encostou a cabeça no azulejo frio da parede.

— Eu não acredito... Eu não acredito... — repetia, com a cabeça encostada na parede.

Cory viu uma coisa amarrada em volta do pescoço do gato morto. Um bilhete escrito numa folha branca de caderno.

Ele se abaixou, arrancou o bilhete e leu em voz baixa:

"LISA... VOCÊ TAMBÉM ESTÁ MORTA."

Capítulo 15

— Anna!

— Oi, Cory. Eu estava à sua espera. Como foi o treino?

Cory suspirou e pôs a mochila com os livros no ombro.

— Não pergunte. Não cheguei a tempo para o treino.

— Ah. — Ela se apressou para acompanhar o passo dele. Cory saiu para a rua. Eram cinco horas e o céu já estava escuro. Um vento úmido soprava de frente, com rajadas, e era até difícil andar contra ele.

Mas Cory precisava de ar fresco. Precisava se movimentar, usar seus músculos, gastar um pouco de energia.

— Tive de ajudar Lisa a limpar o armário — disse. — Virou-se para trás e olhou nos olhos de Anna. Queria ver se ela tinha ideia do que estava falando.

— Qual é o problema? Ela é obcecada por limpeza? — perguntou Anna, com um riso leve e musical. — Quem já ouviu falar em limpar o armário no começo das aulas?

Aparentemente ela não sabia do gato morto. Ou era uma ótima atriz.

Quando estavam limpando o armário, Lisa insistia em dizer que Anna era a principal suspeita.

— Ela ouviu você dizer que ia à festa comigo. Está com ciúme — tinha dito Lisa, olhando para as toalhas de papel em suas mãos, encharcadas com o sangue escuro do gato.

— Fala sério! Eu nunca saí com ela — insistiu Cory.

— Eu vi como Anna olhou para você. O modo que ficou muito perto de você. Muito possessiva. Foi ela quem fez isso. Eu sei.

— Isso é uma idiotice! — As acusações de Lisa o estavam deixando irritado.

— Apanhe mais toalhas de papel — disse Lisa. — Acho que vou vomitar... Ainda bem que detesto gatos.

Agora, uma hora e meia depois, Cory andava ao vento, explicando para Anna o que tinha acontecido.

— Era um gato morto. Alguém abriu a barriga dele — disse Cory para Anna, estudando sua reação.

Os lábios dela formaram um "O" de horror.

— Não!

— Tinha um bilhete amarrado ao pescoço — continuou Cory — que dizia: "Você também está morta."

— Que coisa horrível! — exclamou Anna, cobrindo a boca com a mão. — Pobre Lisa! Quem pode ter feito uma coisa tão nojenta?

Ela parecia verdadeiramente impressionada. Cory sentiu-se culpado por ter suspeitado dela. Sabia que Anna não tinha feito aquilo.

— Quer uma Coca-Cola ou outra coisa? — perguntou.

— Não — balançou a cabeça, o cabelo esvoaçando ao vento.

— Vamos apenas andar. Não posso acreditar no que fizeram para Lisa. É horrível!

— Vamos mudar de assunto — disse ele tentando se animar.

— Ouvi dizer que você foi o melhor ginasta de Shadyside no ano passado — disse, obedientemente mudando de assunto.

— Isso foi no ano passado — replicou ele, em voz baixa.

Foi antes de você chegar, pensou Cory.

— Todos os atletas têm sua má fase, não têm? — perguntou ela suavemente, segurando o braço dele, usando Cory como um escudo contra o vento.

— Vamos mudar de assunto outra vez — pediu.

— Talvez a gente possa falar sobre a festa — disse suavemente, com a boca quase encostada no ouvido dele. Cory sentiu um arrepio na espinha.

— O que tem a festa?

— Você não prefere ir comigo? — perguntou com voz doce, como uma criança pedindo uma bala.

— Bem... sim... acho que sim.

— Ótimo!

— Mas não posso fazer isso com Lisa. Somos amigos há muito tempo e...

— Poxa — ela franziu a testa, desapontada, mas quase imediatamente se animou outra vez. — Tudo bem. Fica para outra vez, acho.

Entraram na Park Drive, andando devagar, Anna segurando de leve no braço dele, de modo que Cory mal sentia o toque por cima da jaqueta. Era maravilhoso estar andando com ela. Era tão bonita! Caminhando na rua ladeada de árvores, as lâmpadas altas iluminando o começo cinzento da noite, ela parecia mais bonita, mais calma e mais feliz do que nunca.

Cory não queria interromper aquele momento de paz. Mas compreendeu que não tinha escolha. Eram muitas as perguntas que queria fazer, muitas coisas que ansiava saber.

— Eu estive em sua casa outra vez — começou. Sentiu a mão dela apertar seu braço, como se Anna soubesse o que ele ia dizer... e tivesse medo de ouvir. — Seu irmão... Brad... atendeu a porta outra vez.

— Brad... — Os lábios dela disseram a palavra silenciosamente.

Cory parou de andar e olhou para ela.

— Ele parecia muito zangado, me puxou para dentro da casa e começou a me tratar agressivamente. Não parava de dizer que você estava morta.

Ela abriu a boca, chocada, com uma exclamação de surpresa e de dor, como um cãozinho pisado por alguém.

— Não!

Tirou a mão do braço dele e começou a correr na calçada, os mocassins brancos batendo em silêncio no chão.

Desta vez Cory não ia deixar que ela fugisse. Jogando os livros no chão, correu atrás dela e a alcançou com facilidade. Segurou os braços dela e a fez virar-se para ele.

Anna desviou os olhos.

— Vá embora! — exclamou ela, empurrando-o. — Vá embora, Cory. Você não quer se envolver.

— Eu já estou envolvido! — disse ele sem soltar os braços dela. — Não consigo parar de pensar em você!

Isso a fez ficar imóvel. Olhou interrogativamente para ele, como se não acreditasse no que acabava de ouvir.

— Desculpe — murmurou.

Com a chegada da noite, o ar ficou mais frio ainda e o vento mais forte. Cory largou os braços dela. Anna começou a andar de volta, na direção do colégio. Ele a seguiu, alguns passos atrás.

— Preciso saber a verdade. Por que seu irmão disse isso?

— Eu não sei — respondeu sem olhar para trás. — Eu já disse que ele é louco.

— Na sexta-feira à noite, antes do seu telefonema, alguém me telefonou e disse para eu desistir de vê-la, porque você está morta e, se eu insistisse, estaria morto também. Foi seu irmão?

— Eu não sei. Realmente não sei. Você tem de acreditar em mim. — Ela começou a andar mais depressa. Cory quase teve de correr para acompanhá-la.

— Mas por que seu irmão ia dizer uma coisa como essa? — quis saber. — Por que ia dizer que você está morta?

Anna se virou para trás de repente e Cory quase colidiu com ela.

— Eu não sei! Eu não sei! Ele é louco! Eu já disse! Ele é louco... e muito perigoso! — gritou, com os olhos cheios de lágrimas. — Realmente não posso falar nisso. Você não compreende?

— Quem mais mora com você? — perguntou Cory baixando a voz deliberadamente. Não queria fazê-la chorar, não queria que ela ficasse histérica. A pobre garota obviamente tinha um irmão perturbado que tomava a vida difícil para ela.

— Só minha mãe — enxugou os olhos com as costas das mãos. — Mas ela não está muito bem. Somos só nós três.

Andaram por algum tempo em silêncio, lado a lado.

— Não dê ouvidos a Brad — disse finalmente. — Eu estou aqui, estou aqui com você. Não ouça o que ele diz. Apenas fique longe dele. Brad não deve saber sobre... nós.

— Desculpe por tantas perguntas — replicou Cory suavemente, passando o braço pelos ombros dela. — Não tive intenção de aborrecer você. É só que eu não sei o que pensar, e você... você me telefonou no sábado à noite e depois...

— O quê? Não, Cory, você quer dizer na sexta-feira à noite.

— Você me telefonou no sábado à noite também, fui o mais depressa possível, e...

Anna se virou e pôs as duas mãos no peito dele, fazendo-o parar. Parecia muito preocupada.

— Alguém pregou uma peça horrível em você! — Os olhos azuis queimavam os dele. — Eu não telefonei no sábado à noite.

— Então quem...

— Shhhh! Tudo bem — disse, pondo o dedo nos lábios dele. — Não vamos falar mais. — Ergueu a cabeça.

Cory se inclinou e a beijou.

— Não! — exclamou Anna de repente, assustando-o. Ela recuou, olhando para as altas cercas vivas que ladeavam a calçada. — Tenho de ir. Não me siga. Ele está me vigiando!

Anna correu na direção do colégio. Cory ficou parado durante alguns segundos, vendo-a fugir. Então foi examinar as cercas vivas. Passou para o outro lado.

Mais ou menos cem metros adiante, alguém com uma jaqueta escura de capuz corria na outra direção, acompanhando a cerca. Seria Brad?

Podia ser.

Anna estava dizendo a verdade.

Agora o irmão louco estava espiando os dois.

— Bem. Eu já sei da novidade.

— O quê? — Cory ergueu os olhos do último número da *Sports Illustrated*.

— Ouvi falar na grande novidade — repetiu sua mãe, parecendo aborrecida por Cory não saber do que se tratava. — Eu estive falando com a mãe de Lisa.

— E daí? — Cory folheou a revista até encontrar o artigo sobre ginástica que estava procurando. — E qual é a grande novidade?

— Sobre você e Lisa — disse impaciente.

— O quê?

Ela parou na frente do sofá, obrigando-o a levantar os olhos da revista.

— Estou falando com Cory Brooks do planeta Terra? — perguntou.

Cory revirou os olhos.

— Dá um tempo!

— Muito bem, você vai sair ou não com Lisa?

— Ah! — Ele de repente se lembrou da festa. — Sim, acho que vou. — *O que aquilo tinha de mais? Por que sua mãe estava sorrindo daquele jeito? Por que parecia tão satisfeita?*

— Eu sempre tive certeza de que ia acontecer — disse cruzando os braços como se estivesse se abraçando e ficando nas pontas dos pés, depois se abaixando e voltando a ficar nas pontas. Era o exercício peculiar dela. Sempre fazia isso em vez de ficar parada.

— O quê?

— Eu sempre tive certeza de que chegaria o dia em que você e Lisa não iam mais se contentar em ser apenas bons amigos.

— Mãe, de que planeta *você* veio? — perguntou Cory aborrecido.

— Bem, eu só acho muito bom que você e Lisa...

— Tenho coisas mais importantes para pensar.

— O quê, por exemplo?

Anna, ele pensou. Mas não disse nada. Apenas ignorou.

— Assim como o dever de casa? — perguntou ela.

— Está certo. Eu esqueci. — Cory se levantou do sofá e subiu rapidamente para o seu quarto. — Obrigado por me lembrar — disse para baixo. — Muito obrigado.

— Sempre às ordens. — Ouviu a mãe dizer da cozinha. — Seu pai e eu vamos sair hoje. Assim você terá silêncio e paz para estudar!

Cory sentou-se à sua mesa e tentou se concentrar na China antiga. Mas sua mente vagava. O rosto de Anna estava sempre no seu pensamento, afastando sua atenção da quarta dinastia Ming.

Ele não parava de ver o terror no rosto dela quando percebeu que Brad os vigiava.

Por que Anna tinha tanto medo do irmão? O que ele tinha contra ela? O que Brad estava fazendo com ela?

Cory pensou então que não tinha conseguido respostas satisfatórias. Na verdade, não tinha conseguido *nenhuma* resposta. Anna parecia realmente ter medo de falar no assunto.

Cory decidiu que se sublinhasse o texto talvez pudesse se concentrar. Abriu a gaveta da mesa e começou a procurar um iluminador amarelo. O telefone tocou.

Cory olhou para o aparelho, sentindo um peso na boca do estômago.

Ele sempre gostara de ouvir o toque do telefone. Agora o enchia de medo.

O telefone tocou pela segunda vez. Pela terceira vez.

Cory estava sozinho em casa. Podia deixar tocar e não atender. Olhou para o telefone, sua mão a poucos centímetros do aparelho.

Deveria atender ou não?

Capítulo 16

— Alô?

— Oi, Cory.

— David? Oi — disse, aliviado, ao ouvir a voz do amigo.

— Quais as novidades?

— Não muitas. Estudando. Lendo a matéria.

— O que você está lendo?

— Não sei direito — Cory disse. Os dois riram.

Conversaram por algum tempo sobre nada em especial. Foi o papo mais tranquilo que tiveram em semanas, provavelmente porque Cory estava tão satisfeito por ser David ao telefone.

Finalmente, Cory perguntou:

— E as suas novidades? Por que você telefonou?

— Achei que você talvez quisesse conversar — respondeu David de repente, parecendo constrangido.

— Tudo bem. Então nós conversamos — disse Cory sem entender bem.

— Não. Quero dizer... — hesitou David — ... sobre por que você anda tão esquisito ultimamente. Por que parece descontrolado, você sabe, faltando aos treinos e tudo o mais. Pensei que talvez...

— Não tenho nada para dizer.

— Eu não estou querendo me intrometer ou coisa assim. Só pensei... — David parecia realmente magoado.

— Eu estou bem — insistiu Cory. Na verdade, não estava disposto a falar no assunto. Não tinha energia para isso. — Tenho tido outras coisas em que pensar, acho.

— Quer dizer a nova aluna?

— Bem, isso aí...

— Ela é bem maneira — disse David, seu maior elogio. — Ela é... diferente.

— Sim, é — concordou Cory prontamente. Mas não queria falar sobre Anna com David. — Escute, tenho de desligar.

— Tem certeza de que não quer falar... sobre alguma coisa?

— Tenho. Obrigado, David. Estou bem. De verdade. Estou tentando recuperar o tempo perdido, acho. Eu estive muito melhor no treino no sábado. E...

— Não foi você que escorregou das barras logo no começo do aquecimento?

— Qualquer um pode cair, David — Cory estava começando a se irritar. — Só perdi a concentração por um segundo...

— Perdeu a concentração! Cory, você tem estado num mundo de sonho desde que conheceu Anna. Anda por aí como se tivesse caído das argolas e batido com a cabeça!

— E daí? O que você tem com isso? — Cory ouviu a própria voz lamurienta, surpreso com tanta veemência.

— Bem, eu pensei que era seu amigo — disse David, tão irritado quanto Cory.

— Bem, amigos não forçam a barra com amigos. A gente se vê, David.

— Não se eu vir você primeiro.

Normalmente eles teriam rido daquela antiga frase idiota. Mas dessa vez os dois apenas desligaram.

Furioso, Cory começou a andar de um lado para outro no quarto. Não sabia ao certo com quem estava zangado, se com ele mesmo ou com David. Finalmente, resolveu que estava zangado consigo mesmo por deixar que David o irritasse tanto.

Fechou o livro de história. Andou mais um pouco. Sabia que precisava estudar, mas não conseguia se concentrar. Debruçou-se na janela e olhou a noite. No outro lado do jardim, a luz do quarto de Lisa estava acesa. Cory decidiu ir até lá e ver como ela estava.

Seus tênis escorregavam na grama molhada. Ele bateu de leve na porta da cozinha, depois com um pouco mais de força. Após de um tempo, ela apareceu na cozinha, parecendo confusa.

— Não está na casa errada? — perguntou Lisa, passando a mão no cabelo comprido e abrindo a porta para ele.

— Acho que não.

Ela fez uma careta.

— Seus tênis estão molhados! Veja o chão da cozinha.

Cory olhou as marcas que estava fazendo no linóleo.

Então, num rápido movimento, facilmente ele se virou de cabeça para baixo apoiado nas mãos.

— Assim está melhor? — Começou a atravessar a cozinha.

Lisa riu.

— Está ótimo — disse, andando atrás dele. — Um perfeito chimpanzé. Pode comer com os pés?

Com uma cambalhota, ele ficou em pé quando chegou ao corredor.

— Sua vez — ele disse, indicando o chão.

— De jeito nenhum — retrucou Lisa, recuando. — Quer uma banana?

Cory balançou a cabeça e sentou pesadamente numa poltrona da sala de estar, sentindo-se exausto de repente.

— Venha para a sala da televisão — disse ela, puxando o braço de Cory. — Não quero você nos móveis bons. Afinal, o que está fazendo aqui?

— Não sei. Casa errada, acho.

Ela riu outra vez e o puxou para a sala da televisão. Cory teve certeza de que gostava da risada dela. Vinha do fundo da garganta. Muito sexy. Ela era bonitinha, pensou. Estava de short jeans desbotado e uma velha camiseta do colégio com a gola puída.

Lisa o puxou com mais força e Cory caiu por cima dela. O cabelo de Lisa cheirava a coco. Ela devia ter acabado de lavar a cabeça. Cory aspirou com força. Adorava aquele cheiro.

— Como vão as coisas com você? — perguntou. — Melhores?

— Melhores do que o quê? — perguntou de volta, empurrando alguns jornais para poder se sentar no sofá de couro preto. — Melhores do que ser atropelado por um caminhão? Quase.

— Tão mal assim, hein? — disse ela com simpatia. Sentou ao seu lado, o joelho tocando a perna dele.

— Se eu ao menos conseguisse recuperar meu equilíbrio nas argolas... — Quantas vezes tinha dito isso ultimamente?

— Vai recuperar — disse, pondo a mão no ombro dele para confortá-lo.

— Anna estava me esperando na saída do colégio. Foi uma surpresa.

Lisa tirou a mão do ombro dele e suspirou.

— O que ela queria? Algumas dicas sobre como plantar bananeira?

Cory não notou o sarcasmo. Vendo um artigo que o interessava, pegou uma parte do jornal que tinha afastado para se sentar. Um carro tinha derrapado descontrolado na rua do Medo e bateu numa árvore. O motorista, confuso, não sabia explicar o que tinha acontecido. A rua estava seca, e ele dirigia a pouca velocidade.

— Adoro essas suas visitas, Cory. — A voz de Lisa interrompeu a leitura. — Você me fala de Anna e começa a ler o jornal. Você é um cara muito divertido.

Cory largou o jornal e ia responder quando o telefone tocou.

— Quem pode ser a esta hora? — disse Lisa. Levantou-se do sofá e chegou ao telefone antes do segundo toque, para não acordar seus pais. — Alô?

Silêncio no outro lado da linha.

— Alô? — repetiu.

— Você também está morta — murmurou uma voz no seu ouvido. — Você também está morta. Você também está morta.

Exatamente como o bilhete amarrado no gato morto.

Capítulo 17

Foi Anna quem me ameaçou, Cory. Ela matou o gato. Ela deu o telefonema ameaçador.

— Não, é impossível — insistiu ele. — Ora, vamos. Lisa. Vamos dançar e não falar mais sobre isso. — Cory a puxou para o meio do ginásio, onde vários outros pares dançavam. O assoalho vibrava com a música, um disco de Phil Collins com uma batida vigorosa, maquinal e um baixo que pulsava e quase abafava a voz do cantor.

Lisa começou a dançar com Cory, meio relutante, mas logo parou e o puxou para um lado.

— Você só está tentando mudar de assunto — disse segurando as mãos dele.

Cory sentiu as mãos frias de Lisa, apesar do calor que fazia ali dentro.

— Não, estou só tentando dançar — exasperou-se. — Por que me pediu para vir? Se tudo que queria era falar sobre Anna, podíamos ter ficado na minha casa ou na sua.

— Mas ela ameaçou a minha vida, e você não faz nada a não ser defendê-la!

— Não foi Anna. Eu sei. Quando eu contei para ela do gato morto no seu armário, ela ficou horrorizada. De verdade. Ficou impressionada.

— E daí? Ela é uma boa atriz — disse Lisa com desdém. — O bastante para enganar você.

Do outro lado do ginásio, alguns meninos da equipe de ginástica acenaram para Cory. Ele cumprimentou-os de volta. Queria correr até o outro lado e falar com eles. Queria passar um tempo com eles e se divertir. Aquela primeira saída com Lisa não estava dando certo.

— Por que Anna ia pôr um gato morto no seu armário? Por quê? Por que ela ia telefonar ameaçando você? — perguntou Cory em voz alta por causa da música, um novo álbum de Prince com um som muito difícil de falar por cima... — Ela nem conhece você.

— Ela está com ciúme. Eu já disse.

— Fala sério! — Cory balançou a cabeça, incrédulo. Começou a se afastar, mas Lisa foi atrás dele.

— Ela convidou você para esta festa?

— Talvez.

— Ora, vamos, ela convidou? Diga a verdade.

— Bem... sim.

— E ela estava no corredor nos espiando quando eu o convidei?

— Não, ela não estava espiando. Ela...

— Estava ouvindo, certo? Estava lá no corredor. Ela nos viu juntos. E então, logo depois eu recebi o gato morto e o bilhete.

— Isso não prova nada.

— Minha nossa, como você é leal... a ela. — Os olhos de Lisa estavam cheios de raiva. Alguns estudantes perto deles olhavam assustados, vendo o que era obviamente uma discussão cada vez mais acalorada.

Cory ficou envergonhado.

— Lisa, por favor. — Segurou o braço dela, mas Lisa se livrou da mão dele.

— Eu conheço Anna. Ela não faria...

— Quanto você a conhece? — quis saber Lisa. — Você a conhece bem?

— Tem de ser outra pessoa tentando assustar você. Alguém que conhece você.

— Então quem? Quem pode ser?

— Eu não sei, mas não é Anna! — gritou Cory. — Anna tem os próprios problemas. Não tem tempo de criar problemas para você.

— Ah, é, não tem mesmo? — A raiva começava a dominar Lisa. Ela empurrou o peito de Cory com força para trás, para cima das flâmulas de papel crepom que adornavam a parede. — Vamos sentar. Talvez você queira me contar todos os problemas de Anna. Talvez a gente possa passar a noite discutindo os problemas de Anna. Você gostaria disso, não gostaria?

— Acalme-se, Lisa. Todos estão olhando para nós.

— *Quais são* os problemas de Anna, Cory? Vamos, diga. Vamos falar sobre eles. Quais são os problemas? Ela é magra demais? Esse é o problema? É bonita demais? É isso. Eu adivinhei, não foi? Ela é bonita demais, pobrezinha!

— Lisa... por favor. Você está se irritando por nada.

— Nada? Por nada? Alguém ameaçou a minha vida. Isso é nada?

— Não foi o que eu quis dizer e você sabe. Pare com isso. Não perca a calma. Vamos dançar ou fazer outra coisa qualquer. Eu peço desculpas. Está bem?

— Pede desculpas pelo quê?
— Eu não sei. Por qualquer coisa.
Ela suspirou e balançou a cabeça.
— Eu devia saber que isto não ia dar certo. — A música parou e a voz dela pareceu ecoar por todo o ginásio. — Você está totalmente obcecado por aquela garota. Eu estou te envergonhando, não estou, Cory? — Outra música começou a tocar.
— Não. Quero dizer, sim. Quero dizer...
— Sinto muito. Não vou envergonhá-lo mais. — Lisa correu e atravessou a pista de dança cheia. Cory começou a ir atrás, mas pensou melhor e desistiu de segui-la. Viu Lisa abrir caminho entre os casais, até chegar ao outro lado e sair pelas portas duplas.
E agora?
Dar a ela tempo para se acalmar e depois pedir desculpas? Provavelmente era essa a melhor ideia. Já tinha visto Lisa perder a calma centenas de vezes. Ela se acendia como uma fogueira, mas sua fúria desaparecia com a mesma rapidez com que começava.
Era Lisa quem estava com ciúme, concluiu. A ideia o fez sorrir, a despeito da briga que acabavam de ter. Estava com ciúme de Anna. E, é claro, tinha motivo para isso.
Anna. Por uma fração de segundo ele teve a impressão de tê-la visto no outro lado da pista de dança.
Não, não podia ser. Ele a afastou da mente. Resolveu ir até a mesa onde ficavam os refrigerantes e pegar uma Coca-Cola, talvez conversar com alguns meninos por um tempo e depois pedir desculpas a Lisa.
Estava no meio do ginásio quando ouviu um grito.
Um grito de mulher. Um grito de terror.
A música parou. Todos ouviram.
Cory teve certeza imediatamente.
Um grito de Lisa.

Capítulo 18

Já havia muita gente no corredor escuro quando Cory chegou. Só uma lâmpada amarelada, no final do corredor, iluminava todo o lugar. As pessoas eram sombras movendo-se no escuro, procurando a garota que tinha gritado.

— Não tem ninguém aqui! — gritou alguém, a voz ecoando nas paredes de azulejos.

— Então quem gritou? — perguntou outra pessoa.

Cory sabia quem tinha sido. Mas onde ela estava?

— Estou aqui embaixo. Alguém pode me ajudar? — A voz de Lisa flutuou vinda da escada.

Descendo dois degraus de cada vez, Cory foi o primeiro a chegar.

— O que está acontecendo?

— Quem é?

— Tem alguém aí embaixo?

As vozes ricocheteavam nos corredores vazios.

— Lisa, você está bem? — perguntou Cory. Ela estava sentada no chão, no fim da escada.

— Não, acho que não estou.

Ele a ajudou a se levantar, mas Lisa não podia pôr o pé direito no chão, por isso ele a fez sentar-se outra vez.

Vários alunos estavam na escada agora, olhando para eles na luz fraca...

— O que aconteceu?

— É Lisa Blume.

— Ela está bem?

— Ela caiu?

— Eu... eu estou bem — disse Lisa para eles. — Desculpem se os assustei. Podem voltar para o ginásio agora. De verdade, ficarei bem.

Alguns continuaram nos degraus. Outros começaram a assobiar alto para ouvir o eco. Finalmente a música recomeçou e todos voltaram.

— É o meu tornozelo — disse Lisa para Cory com uma careta de dor quando tentou ficar em pé outra vez. — Acho que o torci. Mas não deve ser sério. Só preciso andar um pouco para melhorar... se puder andar. Nossa, eu tive sorte. Podia ter morrido. Esses degraus são *duros*!

Cory deixou que ela se apoiasse nele para experimentar o tornozelo.

— Você caiu? — perguntou.

— Não, fui empurrada.

— O quê?

— Você ouviu.

— Mas quem...

— Ai! — exclamou, apoiando-se no braço dele com mais força. — Como vou saber? Estava tão escuro! Eu passava pela escada. Não vi ninguém. Pensei que estava sozinha. Estava tão quieto aqui. De arrepiar. Só o som das batidas vibrando no ginásio. Acho... acho melhor eu me sentar.

Cory a levou até o primeiro degrau e ela sentou-se pesadamente, respirando com dificuldade por causa da dor.

— Um primeiro encontro memorável, não é mesmo? — perguntou ela.

Os dois riram, mais por causa da tensão do que pelo que Lisa tinha dito.

— Continue — disse Cory. — O que aconteceu?

— Eu não sei. Acho que havia alguém aqui o tempo todo. Não ouvi passos ou coisa assim. É claro que não estava prestando muita atenção. Estava concentrada na minha raiva por você.

— Muito obrigado — disse Cory sarcasticamente. — Eu sabia que a culpa tinha de ser minha.

— Claro que foi — retrucou, fazendo Cory sentar-se ao seu lado, ao segurar o braço dele. — De repente duas mãos me empurraram com força. Vi o garoto ali em pé quando rolei escada abaixo. Acho que gritei.

— Um garoto? Que garoto?

— Ele era esquisito. Não vi muito bem no escuro. Tinha olhos lacrimejantes e um rosto que parecia inchado. E um brinco brilhava numa das orelhas.

— Um brinco?

O queixo de Cory foi quase até os joelhos.

— Brad! — exclamou.

— Brad? Quem é Brad? Você o conhece?

— É o irmão de Anna. Ele é muito louco.

— Mas... ele tentou me matar! — exclamou Lisa, começando a compreender que tinha escapado por pouco. — Por que o irmão de Anna ia querer me matar?

— Acabo de ter uma ideia — disse Cory, levantando-se de um salto. — A porta se abriu depois que você caiu?

— Como assim? — Lisa parecia confusa.
— A porta que dá para fora se abriu? O cara de brinco fugiu por ela?
— Não. Creio que não. Não. Tenho certeza de que não foi aberta.
— Bem. Todas as outras portas são fechadas à noite — disse Cory. — Só a porta perto do ginásio está aberta para a festa. Isso quer dizer...
— Que a pessoa que me empurrou ainda está no prédio?
— Exatamente. Vamos dar uma espiada. — Ele a ajudou a levantar-se do degrau. — Pode andar?

Lisa pôs o pé no chão para experimentar.
— Sim, está um pouco melhor.

Cory a ajudou a subir a escada.
— Vamos procurar no corredor comprido primeiro. Depois voltamos e procuramos no mais curto — disse ele em voz muito baixa.

Lisa se apoiou de leve nele enquanto andavam. Os sapatos dos dois estalavam no chão, o único som no corredor longo e escuro.
— Isso é bobagem — murmurou.
— Talvez. Talvez não — sussurrou Cory, olhando para a frente. — Shhh! — Ele parou e a fez parar. Tinha ouvido um barulho no laboratório de línguas.

Alguém estaria se escondendo ali?

Foram silenciosamente até a porta de vidro que estava entreaberta e escutaram. Ouviram o barulho outra vez. Um som arrastado, como se alguém estivesse correndo de um esconderijo para outro.

Escutaram da porta por alguns segundos.
— Tem alguém aí dentro — murmurou Cory. — Acho que vamos encontrar o cara que empurrou você.

Ele abriu a porta toda. Os dois entraram rapidamente na grande sala. Lisa passou a mão na parede até encontrar o interruptor e acendeu as luzes.

— Quem está aí? — perguntou Cory em voz alta.

O som outra vez.

Atravessaram a sala. Uma das janelas estava um pouco aberta. O som vinha da persiana batendo com o vento.

— Bom trabalho, Sherlock — riu Lisa, balançando a cabeça. — Você apanhou a persiana em flagrante!

Cory não riu.

— Venha, vamos continuar a procurar — disse apagando as luzes. — Se Brad ainda está no prédio, eu quero encontrá-lo.

Viraram na frente da sala do professor Cardoza e continuaram a andar em silêncio. Lisa apoiada mais pesadamente em Cory porque seu tornozelo começava a inchar e a doer mais. Agora o corredor ficava mais escuro à medida que se afastavam da lâmpada acesa.

Sons ásperos de movimento. Os dois pararam de repente com uma exclamação abafada. Uma coisa passou correndo na frente deles e entrou em uma das salas.

— O que foi aquilo? — perguntou Lisa.

— Pare de puxar com tanta força o meu suéter. Está arrancando toda a lã — reclamou Cory.

— Mas o que foi aquilo? — perguntou Lisa quase em voz alta, segurando no braço dele com mais força ainda.

— Uma criatura de quatro pernas — disse —, provavelmente um rato.

— Ah! — disse ela. — Acha que tem mais deles por aí?

— É possível.

Foram até o fim do corredor, muito juntos um do outro, depois voltaram, abrindo portas e olhando para dentro das salas escuras e silenciosas. Tudo parecia diferente. No escuro, as salas de aula, tão familiares, pareciam muito maiores. Eram cavernas misteriosas cheias de estalos e sombras ondulantes.

— Cory, acho que é melhor você me levar para casa — murmurou Lisa, parecendo muito desanimada. — Veja meu tornozelo. Está quase do tamanho de um melão. Acho que não posso andar mais.

— Tem certeza de que não quer dançar mais um pouco? — Uma piada fraca. Os dois sabiam que era fraca, mas riram assim mesmo.

Porém as risadas foram interrompidas por uma voz que vinha da sala de biologia do professor Burnette.

Uma voz jovem.

Muito baixa. Mas definitivamente a voz de um homem jovem.

Lisa se apoiou na parede fria. Chegaram com cuidado à porta que estava um pouco aberta.

Outro som. Uma tosse.

Alguém estava escondido ali.

— Brad? — murmurou Lisa, com a boca no ouvido de Cory.

— Logo vamos saber — murmurou Cory com o coração disparado.

Cory abriu a porta e entrou.

Acendeu a luz.

Um grito de mulher.

Ela estava sentada no colo do garoto. Seu queixo estava manchado de batom.

Cory reconheceu o garoto. Gary Harwood, do último ano e da equipe de luta livre.

— Ei, Brooks... o que pensa que está fazendo? — rosnou Gary, entrecerrando os olhos por causa da luz.

— Dá um tempo! — disse a garota, zangada, com o braço ainda no ombro maciço de Gary. — Será que não podemos ter privacidade?

— Isso mesmo. Dá o fora — ameaçou Gary.

— Desculpe — Cory disse. Apagou a luz cuidadosamente e saiu da sala.

Lisa já estava no corredor, encostada na parede, rindo e balançando a cabeça. Cory a alcançou e puxou seus cabelos.

— Não é engraçado — insistiu.

Ela o puxou pelo corredor até a pequena sala de música. Estava rindo tanto que lágrimas rolavam pelo seu rosto.

— Não vai pirar com isso — disse ele, se forçando a ficar sério.

— Mas é de pirar! — retrucou ela, limpando as lágrimas com a palma das mãos. — Um cara da equipe de luta... É com ele que você resolve implicar? Ele vai te assassinar! O cara quebra nozes com a cabeça! — Ela começou a gargalhar de novo.

— Não é engraçado — insistiu Cory. — Poxa. Temos que continuar procurando. Se o cara que te empurrou ainda estiver...

Ele parou no meio da frase. Alguém tinha aparecido no corredor escuro. Primeiro Cory viu a manga de um casaco preto quando a figura pegou a maçaneta. Então viu o capuz puxado para proteger o rosto do homem.

Lisa agarrou o braço de Cory.

— É... É *ele* — sussurrou ela.

O capuz caiu para trás quando o homem entrou na sala.

Era Brad.

Capítulo 19

Brad deu um passo para trás, se escondendo na escuridão. Mas eles já tinham visto seu rosto.

Por mais incrível que parecesse, ele estava mais assustado do que Cory e Lisa.

Ele começou a se aproximar dos dois, puxando o capuz do casaco por cima da cabeça como se pudesse se esconder nele. Cory e Lisa deram um passo para trás, em direção às janelas altas. Lisa tropeçou em um estande de partitura, que caiu com estrondo no chão. O barulho fez os dois gritarem, assustados.

Brad parou no meio da sala de música.

Seus olhos estavam agitados, indo de um lado para outro. Ele parecia incapaz de decidir o que fazer. Então começou a murmurar algo, do qual Cory só conseguiu entender a última palavra: "Engano."

Brad repetiu. De novo Cory só ouviu a palavra "engano".

Será que Brad estava ameaçando os dois? Avisando para que não viessem atrás dele? Cory e Lisa não sabiam. Não conseguiam ouvi-lo.

Brad ficou parado, encarando-os, os olhinhos escuros arregalados de pânico. Embaixo do capuz, sua testa estava coberta de pingos gordos de suor. O rosto estava muito vermelho.

De repente ele se virou e, sem dizer uma palavra, saiu correndo da sala. Cory se afastou das mãos assustadas de Lisa e correu atrás dele.

Mas Brad bateu a porta com força antes que Cory chegasse até lá. Então, Cory e Lisa ouviram um *bang* alto.

— Ei! — gritou Lisa.

Cory tentou a maçaneta. Tentou outra vez. E mais outra. Tentou empurrar a porta. Virou-se para Lisa, muito preocupado.

— Não abre. Ele deve ter encostado alguma coisa na porta.

— Tem certeza? Talvez você a esteja empurrando quando devia estar puxando.

— Você quer tentar? — irritou-se Cory.

Lisa sentou-se pesadamente numa cadeira de armar e começou a massagear o tornozelo.

— Não. Acho que vou acreditar em você. Aquele é o irmão de Anna?

— Isso mesmo.

— Vamos chamar a polícia quando sairmos daqui? Se sairmos — acrescentou ela, só para mostrar que ainda conservava sua veia sarcástica.

— Eu não sei. — Cory tentou a porta outra vez, em vão. — Eu... eu acho que gostaria de falar com Anna primeiro. Ela pode estar correndo perigo. Se mandarmos a polícia atrás de Brad, não sei o que ele pode fazer com ela.

— Vamos apenas sair daqui — disse Lisa, cansada. — Como vamos... ah, já sei. Chamamos Harwood. Ele e aquela garota provavelmente ainda estão no outro lado do corredor, certo?

Cory levantou os ombros num gesto de interrogação. Encostou o rosto na porta e gritou:

— Ei, Harwood... tira a gente daqui! Harwood!

Nenhuma resposta.

Cory tentou outra vez, mais alto. Ainda nenhuma resposta.

— Ah, que burrice! — disse Lisa. — Pare de gritar. Ninguém pode ouvir. Estamos na sala de música. Tudo é à prova de som.

Cory olhou para a maçaneta por alguns segundos, então correu para a janela e levantou as persianas de metal. A sala dava para o estacionamento dos alunos. A noite estava clara. As filas de carros refletiam as luzes fortes do estacionamento.

— Veja! — gritou Cory.

Brad corria para um pequeno carro quase na saída do estacionamento. Cory o viu entrar no carro e sair velozmente, os pneus cantando no asfalto.

— Venha... vamos sair daqui — disse ele. Destrancou uma das janelas e a abriu.

— Mas estamos no segundo andar — protestou Lisa.

Cory pôs a cabeça para fora da janela. Alguns segundos depois, virou outra vez para dentro.

— Sem problema — disse com um largo sorriso. — Sou um ginasta, está lembrada?

— Não estou gostando desse sorriso. Vai fazer agora seu ato de Tarzan?

— Isso mesmo. — Cory se coçou e balançou a cabeça como o chimpanzé de Tarzan.

— Bem, não me sinto exatamente como Jane. — Lisa fez uma careta de dor quando tentou pôr o pé no chão.

— Sem problema. Eu volto para apanhar você.

— O que você vai fazer?

— Tem uma saliência de cinco centímetros debaixo das janelas. Vou andar nela até aquela árvore, subir em um galho e escorregar pelo tronco.

— Talvez seja melhor a gente ficar aqui até a escola abrir na segunda-feira de manhã.

— Obrigado pelo encorajamento. — Cory olhou para baixo, para a saliência estreita de granito.

— Podemos nos acomodar, relaxar e ver meu tornozelo inchar — sugeriu Lisa, mancando até a janela, segurando a mão de Cory e puxando-o para dentro da sala.

— Sem problema. — Cory se livrou da mão dela. Passou a perna para fora da janela e começou a tentar alcançar a saliência. — De verdade. Não tem problema. Posso fazer isso com os olhos vendados.

Lisa se afastou da janela, sentou-se numa cadeira e pôs o tornozelo em cima da mesa ligada à cadeira. Não queria nem ver.

Cory estava com os dois pés na saliência, ainda segurando o parapeito da janela. Olhou para a esquerda. A árvore estava a mais ou menos três metros de distância.

Virou-se para trás ficando de frente para a janela. Começou a andar de lado.

— Ei! É escorregadia!

— Que ótimo! — disse Lisa, massageando o tornozelo dolorido. — Volte já para cá!

— Não. Já estou aqui fora. — Mas não parecia tão confiante quanto há poucos segundos.

Teve de largar do parapeito da janela para dar o segundo passo. Isso queria dizer que estava agora encostado nos tijolos sólidos.

Movendo-se lenta e cuidadosamente, as palmas das mãos na parede de tijolos, ele deu outro passo de lado. Então mais outro.

Para seu desapontamento, a saliência se estreitou. Teve de ficar nas pontas dos pés. E isso dificultava o equilíbrio.

Cory percebeu que estava prendendo a respiração o tempo todo. Soltou o ar dos pulmões e respirou profundamente. Virou-se para trás e olhou para a árvore.

A árvore parecia mais distante vista dali do que de dentro da sala. Aproximando-se, viu que o galho em que pretendia subir não estava tão perto da saliência como parecia. Na verdade, estava pelo menos a um metro e vinte, talvez mais longe.

Quando Cory começou a achar que nunca ia alcançar o galho da árvore, seu pé direito escorregou na saliência e ele começou a cair.

Capítulo 20

Recorrendo aos seus reflexos de ginasta, Cory estendeu o braço para cima quando começou a cair, para segurar a saliência como se fosse numa barra paralela.

Não conseguiu.

Suas mãos escorregaram na pedra molhada e ele continuou a cair, seu corpo deslizando direto para baixo, encostado na parede de pedra.

— Ai! — Seus pés atingiram a saliência do primeiro andar e ele mergulhou instintivamente, entrando numa janela aberta. Caiu com força no chão de madeira, apoiado nas mãos e nos joelhos.

Levou o que pareceu uma eternidade para retomar o fôlego. Ajoelhou devagar e olhou para a sala escura. Reconheceu-a logo. Estava na oficina de carpintaria.

— Tenho de agradecer a quem deixou a janela aberta — disse em voz alta.

Ficou em pé, alongou os músculos e experimentou o corpo. Parecia bem, a não ser pela sensação de estar ainda caindo. Lembrou-se de Lisa e saiu rápido para o corredor. Ouvia a batida da música no ginásio ecoando no corredor de azulejos. Subiu a escada de dois em dois degraus e correu para a sala de música. Viu a mesa do inspetor da área encostada na porta. Era pesada, mas ele a afastou e abriu a porta.

— Foi rápido — declarou Lisa, ainda sentada na cadeira com a perna na mesa.

— Eu peguei um atalho.

Meia hora depois, estavam no sofá da sala de estar de Lisa. Ela apoiou o tornozelo inchado na mesa de centro e recostou-se confortavelmente nas almofadas.

— Foi uma aventura — disse Cory desanimado. Ele pensava em Brad. E em Anna. Pobre Anna.

— Grande primeiro encontro — comentou Lisa, olhando para o tornozelo. — Eu sinto muito realmente. Eu...

— Não. Eu devo pedir desculpas.

Lisa se inclinou para a frente de repente e começou a beijá-lo suave, hesitantemente.

O telefone ao lado do sofá tocou. Os dois se sobressaltaram.

Lisa pegou o fone rápido, afastando os cabelos do rosto com a mão livre.

— Alô?

Ouviu a respiração no outro lado da linha.

— Alô? Alô?

— Quem é? — perguntou Cory.

Lisa ignorou e repetiu:

— Alô?

Mais respiração. Áspera, rítmica. Uma respiração ameaçadora.

— Por que está fazendo isso comigo? — exclamou Lisa.

O telefone foi desligado.

Lisa desligou também. Suas mãos estavam trêmulas, mas ela parecia mais furiosa do que assustada.

— Isto tem de parar! — exclamou.

Cory se aproximou dela no sofá, procurando consolá-la, mas Lisa o empurrou.

— Temos de chamar a polícia.

— Eu sei. Eu sei — concordou Cory. — Apenas me deixe falar com Anna primeiro. Será a primeira coisa que farei amanhã de manhã.

— Mas Brad estará lá, não estará?

— Não me importa. Não tenho medo de Brad. Vou conseguir falar com Anna. Vou fazê-la me dizer o que está acontecendo. Então explicarei que não tenho escolha. Temos de chamar a polícia.

— Ai! — Ela recostou-se no sofá e começou a massagear o tornozelo. — Grande encontro o nosso! Eu sei mesmo como divertir um garoto, não sei?

— Pelo menos não foi tedioso — disse com um riso forçado. Cory se levantou e andou para a porta. — Tem certeza de que vai ficar bem?

— Sim. É claro. Telefone amanhã, logo depois de falar com ela, não esqueça.

— Certo. Não se preocupe.

— Boa sorte amanhã.

— Obrigado. Vou precisar.

Capítulo 21

Cory entrou com o carro na rua do Medo, seguiu pelo longo quarteirão e, desta vez, parou na entrada de cascalho, na frente da casa dos Corwin. Ele nunca tinha visto a casa de dia. Parecia mais dilapidada ainda com o sol forte iluminando as telhas desbotadas e as calhas soltas.

Seus pais estranharam a saída de Cory tão cedo no domingo. Ele disse que tinha um treino especial de ginástica. Não gostava de mentir para os pais, especialmente com uma mentira tão fraca. Mas não podia dizer que ia à rua do Medo para saber por que o irmão de uma garota estava aterrorizando ele e Lisa, tendo inclusive tentado matá-la.

Cory não sabia bem o que ia fazer se Brad atendesse a porta. Tinha passado grande parte da noite acordado pensando nisso, mas não conseguiu imaginar nenhum plano. Durante toda a noite, tentara entender seus sentimentos por Anna. Estava zangado por se deixar envolver com ela e com o irmão doente e louco.

Mas também tinha pena dela. E temia por ela. E... e... sentia-se ainda terrivelmente atraído por ela, por sua beleza fora de moda, sua sexualidade, por sua... diferença.

Tinha passado todas aquelas semanas só pensando em Anna. E até agora ela era ainda um completo mistério para ele.

Muito bem, não seria mais.

Cory ia desvendar o mistério. Todos os mistérios. Não iria embora sem resposta a todas as suas perguntas.

Ele bateu com força na porta.

Nada. Esperou um pouco.

Ignorando o coração disparado e o impulso para fugir para o mais longe possível da casa, ergueu a mão fechada e bateu outra vez.

Silêncio.

Cory tornou a bater com mais força. E outra vez.

Esperou. Não se ouvia nenhum som dentro da casa, nenhum sinal de que alguém estava lá dentro.

Mais zangado do que desapontado, Cory começou a voltar para o carro.

— Bom dia.

O estranho vizinho estava encostado no capô do carro de Cory, com a mesma capa de chuva e o mesmo chapéu de tenista branco, embora a manhã estivesse ensolarada e clara. Voltaire, o grande doberman, estava ao seu lado. Cory recuou rapidamente, mas se acalmou quando viu a corrente que o prendia.

— Nunca vi você durante o dia — disse o homem, sorrindo para Cory, não exatamente um sorriso amistoso, mas com a expressão mais amável que Cory já tinha visto no rosto dele.

— Acho que não — replicou Cory, andando devagar para o carro.

— Eles não estão em casa — informou o homem, apontando para a porta dos Corwin. — Saíram cedo esta manhã.

— Ah. Sabe aonde foram?

O homem pareceu ofendido com a pergunta.

— Não sou bisbilhoteiro — disse secamente.

— Você parece saber muito sobre eles — observou Cory.

O homem olhou atentamente para ele.

— Não se pode deixar de notar algumas coisas nos vizinhos — disse por fim. — Você parece um bom rapaz.

O elogio espantou Cory.

— Obrigado.

— Por isso não posso compreender essas suas visitas. — O cão latiu. — Tudo bem, tudo bem, Voltaire. — O homem desencostou do carro de Cory. — A gente se vê — disse acenando para Cory como se fossem velhos amigos e foi embora, puxando Voltaire.

— Não se eu o vir primeiro — resmungou Cory. De dia, nem o homem nem o cachorro pareciam ameaçadores. Só um vizinho curioso levando o cão para passear de dia e de noite, tentando ver o que podia descobrir sobre os outros.

Muito bem, Cory não tinha descoberto absolutamente nada. Com um último olhar para a casa, voltou desanimado para o carro. Tinha passado a noite inteira pensando no que ia dizer. E agora não havia ninguém para ouvir.

Passou a tarde tentando fazer o dever de casa, terrivelmente atrasado. Telefonou para os Corwin de meia em meia hora. Não tinha ninguém em casa durante toda a tarde e o começo da noite.

Na manhã seguinte, nervoso e com uma estranha sensação, foi cedo para o colégio e esperou ao lado do armário de Anna. Mas ela não tinha chegado ainda quando o sinal tocou e ele foi para a classe, desapontado.

Cory só a viu depois das aulas. Encontraram-se acidentalmente no lado de fora do laboratório de biologia.

Por um momento, ela pareceu não reconhecer Cory. Então sua expressão mudou e ela sorriu calorosamente para ele.

— Cory. Oi.
— Eu... preciso falar com você.
— Não posso. Tenho de ir para casa e...

Cory segurou o braço dela, sem saber bem por quê. Não sabia ao certo o que ia fazer. Só sabia que não ia deixar Anna fugir.

— Não. Você vem comigo. Preciso falar com você. Depois levo você para casa.

Anna não resistiu. Viu que ele falava sério e que não ia aceitar um não como resposta.

Cory a levou para seu carro em silêncio, puxando-a como se ela fosse uma cativa, sem soltar a mão dela, como se Anna pudesse desaparecer no ar se não a segurasse. Seguiu para o shopping Division Street. Anna começou a brincar com o rádio, apertando os botões um a um, ouvindo cada estação por alguns segundos e passando para a seguinte.

No Pizza Oven, ele a levou a uma mesa nos fundos. Ela deslizou na banqueta de frente para ele, sorrindo embaraçada, olhando nervosamente para a frente do restaurante longo e estreito. Tudo estava quieto, com poucas mesas protegidas pelas divisórias baixas ocupadas. A maior parte dos fregueses que frequentavam o restaurante depois das aulas ainda não tinha chegado.

Uma garçonete se aproximou com o chiclete de bola estalando na boca. Cory pediu duas Cocas. Então, voltou-se para Anna e segurou a mão dela.

— Diga a verdade sobre você e Brad — pediu, olhando para os olhos azuis profundos e misteriosamente opacos. — Quero saber o que está acontecendo. Tudo.

Ela não questionou a exigência. Aparentemente, reconhecia que, dessa vez, não tinha escolha. E depois que começou a falar parecia ansiosa para contar a história. Desesperada para contar tudo para ele, aliviada finalmente por ter alguém com quem falar no assunto.

— Eu mudei para cá com minha mãe e Brad — começou, olhando para Cory, depois para a janela da frente do restaurante e outra vez para Cory. — Meu pai nos deixou. Desapareceu há vários anos. Minha mãe não está bem. Ela é muito frágil. Brad sempre foi o chefe da família.

"Há um ano", ela continuou, falando rápido com a voz suave, "aconteceu uma coisa terrível com Brad. Ele estava apaixonado por uma garota chamada Emily. Emily morreu num desastre de avião. Foi horrível. E Brad jamais se recuperou do choque."

— Como assim? — perguntou Cory.

— Ele perdeu contato com a realidade. Não se conformou com a morte de Emily. Durante algum tempo, imaginava que ela ainda estava viva. Nós tínhamos uma irmã. O nome dela era Willa. Willa era um ano mais velha do que eu. Era parecida comigo, mas bonita de verdade. Era a verdadeira beleza da família.

"Depois da morte de Emily, Brad adotou uma atitude muito protetora em relação a mim e a Willa. Ficou muito louco, muito confuso. Começou a trocar o nome de Willa, chamando-a de Emily. Logo depois, começou a dizer para todo mundo que Willa estava morta, mesmo quando ela estava na frente dele, na mesma sala!

"Não sabíamos o que fazer com Brad. Ele estava tão confuso. Tentamos convencê-lo a consultar um médico, mas ele não quis!"

— Aqui estão as Cocas. Paguem agora, por favor — interrompeu a garçonete.

Cory tirou a carteira do bolso e encontrou duas notas de um dólar. Anna rasgou a embalagem do canudinho e tomou toda a Coca avidamente, sem parar para respirar.

— Continue, por favor — disse Cory.

— A história fica pior — disse Anna com uma lágrima se formando em cada olho. *Seus olhos pareciam dois lagos azuis,* pensou Cory. — Brad continuou a confundir Willa com Emily. Continuou a dizer que Willa estava morta. Então, num dia horrível, aconteceu. Willa morreu. Caiu na escada do porão.

Cory gemeu alto.

— Que horror...

— Brad estava em casa naquele dia. Ele disse que foi um acidente. Willa carregava algumas peças de roupa para o porão, escorregou e caiu. Mas mamãe e eu nunca acreditamos nele. Suspeitávamos que Brad a tivesse empurrado.

"Primeiro ele dizia para todo mundo que Willa estava morta. E então, ela estava *realmente* morta!

"Ficamos muito assustadas. Tínhamos pavor de Brad, do que ele podia fazer. Mas não tínhamos ninguém para nos dar apoio. Meu pai nos deixou quando éramos pequenos. Ele simplesmente foi embora. Minha mãe era muito doente para trabalhar e muito orgulhosa para aceitar ajuda da Previdência Social. Não tínhamos ninguém a não ser Brad. O que podíamos fazer? Tínhamos de acreditar na história dele de que a morte de Willa foi um acidente."

— Então vieram para Shadyside? — perguntou Cory.

— Não. Não ainda. Isso foi na última primavera. Durante algum tempo, Brad parecia melhor. Mas então sua mente ficou confusa outra vez. Começou a dizer que eu estava morta. Fiquei com tanto medo... Não sabia o que fazer. Brad ia me matar? Eu passava os dias apavorada.

— Eu não acredito nisso. Simplesmente não posso acreditar — disse Cory, oferecendo sua Coca-Cola, já que ela tinha terminado a dela.

Anna tomou um longo gole.

— De algum modo, mamãe conseguiu forças para insistir na mudança. Então viemos para Shadyside. Esperávamos que a mudança de ambiente ajudasse Brad a superar o choque, a confusão. Mas não ajudou. Ele continua a dizer para todo mundo que eu estou morta e, ao mesmo tempo, é terrivelmente protetor. Não me deixa sair, nem para ir ao colégio.

— Então isso explica — disse Cory, mais para si mesmo do que para ela. Os detalhes terríveis da história giravam ainda em sua mente. *A pobrezinha está vivendo num pesadelo*, pensou. *Tenho de descobrir um modo de ajudá-la. Temos de tirar Brad daquela casa.*

Mas então ele se lembrou de uma coisa.

— Espere um pouco.

— O que foi? — Anna parecia temer o que ia ouvir.

— Eu vi um recorte de jornal. De Melrose. Dizia que você estava morta. Tinha uma foto e tudo.

— Ah. — Ela corou. Segurou com força na beirada da mesa de fórmica. Anna estava pensando profundamente. Não parecia ter a resposta. — Ah, sim, lembro-me agora daquele artigo no jornal — disse, sua cor normal voltando. — Acho que eu tinha bloqueado. Não é horrível? Pode imaginar o que é ver o próprio obituário no jornal? Brad garantiu que o jornal tinha se enganado. Mas eu acho que Brad simplesmente não podia enfrentar a morte de Willa e por isso ele disse que tinha sido eu.

Cory balançou a cabeça, incrédulo.

— Cory, eu estou sempre com tanto medo — disse segurando a mão dele entre as suas. — Eu não sei o que pensar. Será que Brad está me confundindo com Emily? Ou com Willa? O fato de ele dizer que eu estou morta significa que está planejando me matar? Estou com muito medo, especialmente agora que minha mãe está visitando a irmã... Brad e eu estamos sozinhos...

Cory apenas olhou para ela, para as lágrimas que começavam a se formar nos belos olhos e para os cabelos dourados. Não sabia o que dizer. Era uma história tão triste e assustadora.

De repente, ele se inclinou sobre a mesa e puxou o rosto dela para ele. Anna começou a beijá-lo, suavemente a princípio e depois com mais intensidade.

Então ela parou de repente e recuou.

Seu rosto se encheu de horror.

Cory virou-se para trás para ver o que ela estava olhando. Lá estava Brad, no lado de fora da janela do restaurante, o rosto encostado no vidro, com uma expressão de fúria.

— Eu... preciso ir — disse, em pânico. Ela se levantou de um salto e desapareceu pela porta dos fundos do restaurante.

Cory virou-se para a frente. Brad continuava na janela. Olhava diretamente para ele, seu rosto cheio de ódio, de fúria.

Capítulo 22

Ele tentou telefonar para Lisa assim que chegou em casa, mas ela tinha saído com a família. Então, depois do jantar, Cory tentou ligar para Anna. O telefone tocou e tocou. Ele deixou tocar vinte vezes. Contou os toques.

Então, com imagens assustadoras girando em sua mente, o rosto furioso de Brad, o medo de Anna, imagens de Anna rolando pela escada do porão, sem parar, ele desligou.

Tentou em dois outros momentos, com um intervalo de cinco minutos entre as três tentativas. Deixou o telefone tocar vinte vezes em cada ligação, mas com o mesmo resultado.

E se tivesse acontecido alguma coisa com ela? Se Brad, enfurecido por ver os dois juntos no restaurante, tivesse feito alguma coisa a ela?

Não. Não podia se permitir pensar nisso.

Mas tinha de pensar, Brad já tinha matado uma vez. Pelo menos era o que Anna acreditava. Quem poderia dizer que ele não era capaz de matar outra vez?

Com o rosto muito vermelho encostado na janela do restaurante, os olhos saltados, a boca contraída em fúria, Brad certamente parecia capaz de matar.

Cory pegou o telefone e, ignorando as mãos trêmulas, ligou outra vez para a casa dos Corwin. Alguém pegou o telefone no sexto toque.

— Sim?

Cory reconheceu a voz áspera.

— Brad? Eu sei que Anna está aí. Quero falar com ela.

— Anna não está em lugar nenhum. Anna está morta.

Cory ouviu o estalo. Brad tinha desligado o telefone.

O que Brad queria dizer? Anna estaria realmente morta agora? Brad a teria matado?

Não. Era apenas outra fantasia da mente conturbada de Brad. Ou seria verdade?

Cory compreendeu que não tinha escolha. Vestiu a jaqueta, desceu a escada dois degraus por vez e apanhou as chaves do carro na mesa ao lado da porta.

— Ei, aonde você vai? — perguntou sua mãe.

Cory resmungou uma resposta qualquer. Nem sabia ao certo o que tinha dito. Saiu, fechou a porta e alguns segundos depois estava dirigindo velozmente, quase às cegas na neblina espessa, com o rosto de Anna como guia, ia outra vez para a rua do Medo.

Anna, esteja viva, pensava ele. *Por favor... esteja viva, esteja viva!* O limpador de para-brisa, tirando a névoa úmida do vidro, acompanhava o ritmo das suas palavras: *Esteja viva, esteja viva...*

Cory teve a impressão de que levara horas para chegar. Finalmente, entrou na longa entrada de cascalho da casa dos Corwin e parou. Sem desligar o motor e os faróis, ele abriu a porta do carro e correu para a varanda.

Parou na frente da porta, ergueu a mão, bateu... e ouviu um grito prolongado.

Um grito de raiva ou de fúria.

— Ele veio me buscar! Deixe-me ir!

Ela está viva, pensou Cory.

Sem hesitar, abriu a pesada porta de madeira e entrou na casa. Estava num hall estreito e escuro, com um pequeno armário para casacos na parede. Sentiu o cheiro forte de naftalina. Depois do hall, ficava a sala de estar, iluminada só por um pequeno fogo na lareira.

— Deixe-me ir! — Ouviu Anna gritar. — Ele veio me ver! A mim!

Com o coração disparado, Cory correu para a sala de estar. No chão, na frente da lareira, Anna e Brad pareciam empenhados numa luta desesperada. Ela estava sentada no peito do irmão, lutando para tirar os braços dele da sua cintura, para poder se levantar. Conseguiu baixar os braços de Brad e os prendeu, mas ele levantou uma das mãos e empurrou o queixo dela até a cabeça de Anna virar para trás com um estalo. Então ele rolou rapidamente o corpo, saindo debaixo dela e, com um empurrão violento, a fez cair na direção do fogo. Com um rosnado, ele se levantou, preparado para atacar outra vez.

Cory atravessou a sala correndo, com os braços estendidos, pronto para ajudar Anna do modo que fosse possível. Ouvindo Cory se aproximar, Brad se voltou, assustado. Mas era tarde. Cory saltou para as costas dele, atingiu o lado do corpo de Brad com um soco e os dois caíram no chão.

— Cory! Você está aqui! — exclamou Anna, recuperando-se e se afastando do fogo.

Brad virou o corpo rapidamente, tentando acertar um soco na altura da cintura de Cory. Mas Cory recuou e o soco se perdeu no ar.

— Saia daqui! — gritou Brad, a saliva escorrendo pelo queixo, os olhos pequenos cheios de fúria. — Você não sabe o que está fazendo! Você não quer estar aqui!

— Tarde demais! — exclamou Cory. Ele abaixou a cabeça e arremeteu contra o peito de Brad, que gritou e cambaleou para trás.

— Ajude-me, Cory! Por favor... ajude-me! — gritava Anna no outro canto da sala. Estava com as mãos sobre os ouvidos, como para abafar um som ensurdecedor.

Mas Cory e Brad agora lutavam em silêncio.

Brad era flácido e não tinha muita força, mas era maior do que Cory e parecia ter mais experiência em luta. Agarrou Cory, o fez virar e o jogou com força contra a parede.

Atordoado, Cory caiu de quatro e tentou clarear a cabeça. Mas Brad saltou rapidamente nas costas dele e começou a puxar sua cabeça para trás.

— Meu pescoço! Você vai quebrar meu pescoço! — gritou Cory.

Mas os gritos fizeram Brad puxar com mais força.

— Ajude-me, Cory. Ajude-me! — continuava Anna a gritar, encolhida num canto da sala.

Ainda puxando a cabeça de Cory para trás, Brad o fez levantar-se. Cory lutava para respirar. Percebeu que ia perder a consciência. A dor impedia qualquer movimento, impedia qualquer pensamento.

Sem saber como, Cory pegou um vaso da mesa ao lado do sofá. Era pesado e quase escorregou dos seus dedos. Mas com um último assomo de força, bateu com o vaso violentamente na cabeça de Brad.

A dor fez Brad fechar os olhos com força. Ele soltou um grito breve que cessou quando seu corpo começou a deslizar para o chão. Cory, ofegante, esforçando-se para respirar, deu um passo para trás, tentando se preparar para o ataque seguinte. Mas o ataque não aconteceu. Brad caiu pesadamente no chão e ficou imóvel. Estava inconsciente.

Antes que Cory pudesse recuperar o equilíbrio, Anna estava nos braços dele. Ela o abraçou, quase o derrubando e encostou o rosto no dele.

— Obrigada — murmurou. — Obrigada, obrigada. Eu sabia que você viria. Eu sabia.

O coração de Cory batia com força como se fosse explodir. Seu peito subia e descia enquanto ele lutava para recuperar o fôlego. Seus músculos doíam por causa do esforço da luta, e ele começou a ficar nauseado.

— Eu sabia que você viria. Eu sabia. — Anna repetiu, apertando o corpo contra o dele.

— Nós... temos de chamar a polícia — declarou Cory, tentando se livrar dos braços dela, tentando se acalmar, regular a respiração.

— Obrigada por me salvar. Obrigada. — A respiração dela era quente no rosto de Cory.

Cory olhou para Brad, ainda esparramado no tapete, inconsciente.

— Anna, por favor, precisamos ser rápidos. Brad não vai ficar inconsciente por muito tempo — insistiu Cory. Não tinha certeza se ela o ouvia. — Temos de tirar você daqui. Precisamos ter certeza de que está livre dele.

— Sim — murmurou ela. — Sim. — Segurou as mãos dele e começou a puxá-lo para a escada no vestíbulo. — Venha comigo, Cory. Estamos sozinhos agora. Ele não pode nos incomodar. — Beijou o rosto e a testa dele. Então disse com um olhar malicioso: — Venha ao meu quarto, Cory. Ele não pode nos incomodar agora.

— Não, Anna... por favor. Temos de chamar a polícia — insistiu uma vez mais. Os olhos dela, agitados, pareciam irreais, como dois grandes botões azuis. Ela parecia cintilar de excitação.

— Anna... Brad vai acordar logo. Não podemos...

Ela o puxou para a escada. Os degraus gastos e irregulares rangiam.

— Temos de comemorar, Cory. Você e eu. Venha. — Um sorriso sexy e convidativo curvou os lábios dela. Os olhos ficaram maiores ainda, e mais opacos. Cory cedeu. Compreendeu que não podia resistir a ela. Começou a subir a escada.

— Quero mostrar uma coisa para você, Cory — disse quando chegaram ao patamar.

— O quê? O que é, Anna?

— Isto. — O sorriso desapareceu instantaneamente. Os olhos dela se entrecerraram. Ela estendeu a mão e apanhou alguma coisa de uma mesa.

O que era aquilo?

Cory não podia ver direito na luz fraca do corredor.

Anna ergueu o braço. Era um abridor de cartas de prata, afiado como uma adaga ao que parecia.

— Anna... — Cory sentiu o medo crescer no seu peito.

— Isto aqui vai dar um jeito em Brad — disse. Fez um gesto de atacar com o abridor de cartas, um gesto experiente.

— Não! — gritou Cory. — Não vou deixar você fazer isso!

— E eu não vou deixar ninguém me impedir. Nem mesmo você!

Ela levantou o abridor de cartas acima da cabeça. Deu um passo para ele, brandindo a arma como se fosse uma faca. Na luz cheia de sombras, o rosto dela endureceu, ficou assustadoramente feio, cheio de ódio.

— Largue isso! — exclamou Cory, recuando, confuso, sem ter certeza de que aquilo estava de fato acontecendo. Ele não tinha acabado de salvá-la? Não era ela que estava há pouquíssimo tempo em seus braços, agradecendo e convidando-o para ir ao seu quarto? — Anna, o que você está fazendo? Pare. Precisamos chamar a polícia!

Os olhos dela estavam claros e frios. Anna não respondeu, parecia não ter ouvido. Ela baixou o abridor de cartas rapidamente, tentando atingir o peito dele.

Cory saltou para trás. A lâmina passou a menos de dois centímetros do seu corpo.

Anna avançou para a frente, erguendo a lâmina outra vez, preparando outro ataque. Cory recuou, levantando as mãos para se proteger.

— Anna, o que você está fazendo? Anna... por favor... me escute.

Cory percebeu que estava de costas para uma janela aberta. Não tinha espaço para se mover agora.

Anna se lançou rapidamente para a frente, brandindo a lâmina prateada.

Cory tentou se desviar, sair do caminho.

Anna atacou.

Ele tentou saltar para o lado, perdeu o equilíbrio e caiu para trás, pela janela aberta.

Capítulo 23

Era como se estivesse acontecendo em câmera lenta. Primeiro ele sentiu os pés saindo do chão. Em seguida, viu o céu escuro e sentiu o choque do ar frio da noite no rosto. Então sabia que estava caindo para trás, caindo de cabeça.

Instintivamente, dobrou as pernas e passou-as em volta do parapeito da janela. *Ele era um ginasta, afinal,* pensou. *Tinha certas habilidades. Era só fazer uso delas.*

Tinha de usá-las. Ou morrer.

A parte de trás dos seus joelhos bateu no parapeito da janela. Ele apertou as pernas com força e parou de cair. Então ergueu o corpo, usando os músculos fortes, desenvolvidos em anos de treinamento. Virou o corpo até ficar com a cabeça para cima e deslizou facilmente para o corredor.

Anna não tinha saído do lugar. Estava no corredor, segurando o abridor de cartas na frente dela, com o olhar vazio fixo na janela.

Cory deu um salto mortal para o corredor e com um pontapé tirou a arma da mão dela.

Anna gritou e pareceu sair do estado de choque. Cory caiu em pé e olhou para ela. O rosto de Anna, inexpressivo enquanto ela olhava para a janela, se encheu de raiva. Com um grito desesperado, um grito selvagem, animalesco, de ataque, ela se lançou contra ele.

Desviando para o lado, Cory a segurou quando Anna passou por ele, virou-a e puxou os braços dela para as costas, prendendo-os.

— Me larga! Me larga! — gritou. Mas Anna era leve e fraca, e não era páreo para ele.

Segurando com firmeza os braços dela nas costas, Cory começou a andar para a frente, empurrando-a para a escada. Anna lutou com todas as forças, gritando e praguejando.

Cory começava a puxá-la pela escada quando ouviu um som. Olhando para baixo, para o seu horror, viu que Brad havia se recuperado.

Brad subia a escada, diretamente para ele.

Cory estava encurralado.

Capítulo 24

— Fique longe de mim, Brad! Fique longe de mim! — Cory ouviu a própria voz gritar.

Não estava coerente. Por que Brad ia ficar longe dele?

— Eu avisei — disse Brad com a voz cansada. Ele estava no meio da escada.

Anna lutava para se livrar de Cory, mas ele a segurava com força. Cory olhou para trás, para a janela aberta. Por um breve momento, pensou em largar Anna ou jogá-la em cima de Brad, depois saltar pela janela.

— Eu tentei assustar você para que ficasse longe — continuou Brad, subindo vagarosa e deliberadamente os degraus na direção de Cory. — Tentei assustar você, para impedir que se envolvesse com ela.

— Vá embora, Brad! — gritou Anna.

Brad subiu outro degrau. Anna continuava lutando para escapar. Cory segurou-a com mais força.

— Eu só queria salvar você dela — disse Brad.
— Cala a boca, Brad! Vou matar você também — berrou Anna.

Num assomo de força, ela se livrou das mãos de Cory e mergulhou para apanhar o abridor de cartas, mas Cory a agarrou e a puxou para ele.

Brad sentou-se no último degrau e passou a mão na nuca. Cory de repente compreendeu que Brad não tinha intenção de lutar com ele.

— Quer saber toda a história? — perguntou Brad para Cory.
— Você não vai gostar.
— Cala a boca, Brad! Cala a boca! — gritou Anna.
— Eu estava dizendo a verdade. Anna está morta.
— Cala a boca! Cala a boca!
— Ela não é Anna. É Willa. Irmã de Anna.

Cory ficou tão atônito que quase a largou.

— Quando Anna caiu da escada e morreu, minha mãe e eu suspeitamos que não tinha sido um acidente, que Willa a tinha empurrado — disse Brad, passando a mão no galo que tinha na cabeça. — Ela sempre teve um ciúme doentio de Anna. Anna tinha tudo. Anna era bonita. Tinha milhões de amigos. Só tirava dez no colégio, sem precisar estudar muito. Willa não podia competir com ela de nenhum modo... e Anna nunca a deixava se esquecer disso.

— Cala a boca, Brad. Estou falando sério...
— Mas eu não podia provar que Willa tinha matado Anna. E minha mãe não está bem de saúde. Eu sabia que ela não sobreviveria à perda das duas filhas. Por isso, nunca tentei provar nada contra Willa.

"Depois do suposto acidente com Anna, Willa parecia bem", continuou Brad com a voz tão baixa e trêmula que Cory tinha de se esforçar para ouvir. "Mas continuei a vigiá-la de perto. Mudamos para cá. Eu esperava que a mudança de ambiente nos ajudasse a esquecer a tragédia da perda de Anna. Uma esperança tola."

— Cala a boca, Brad. Você é burro. Sempre foi burro! — gritou Willa, ainda lutando para se livrar das mãos de Cory.

— Como eu disse, Willa parecia realmente ter melhorado com a mudança — disse Brad para Cory, ignorando os gritos da irmã. — Pelo menos ela agia normalmente em casa. Mas quando você apareceu, perguntando por Anna, comecei a suspeitar do que Willa estava fazendo. Notei que ela passou a se vestir como Anna. E a falar como Anna. Tentei assustar você para que se afastasse dela, Cory. Fiz o melhor possível para evitar que você se envolvesse com ela. Imaginei que ela se dizia chamar Anna no colégio, que estava tentando adotar a identidade da irmã.

— Eu vou matar você! — gritou Willa olhando para o abridor de cartas.

— Eu sei que devia ter providenciado ajuda profissional para Willa — disse Brad tristemente. — Mas não tínhamos dinheiro para isso. Foi uma bobagem. Eu devia ter feito alguma coisa por ela. Qualquer coisa.

— Eu vou matar você também! — gritou Willa. — Vou matar vocês dois!

— Eu sei que ela telefonava para você e para aquela sua amiga. Sei que fazia todo o tipo de ameaças e procurava conquistar você, obrigando-o a se encontrar com ela, atraindo-o para sua teia. Acho que ela não pôde evitar isso.

— Espere um pouco — disse Cory. — Tenho um pequeno problema com sua história, Brad. E o que aconteceu na outra noite, na festa? Não foi Anna... quero dizer, Willa, quem empurrou Lisa na escada. Foi você.

— Eu já *disse* que aquilo foi um engano — retrucou Brad vigorosamente. — Falei na sala de música que foi um engano. Eu segui Willa à festa. Calculei que ela ia criar problemas para você. Eu queria evitar que fizesse isso. Esperei por ela no corredor. Estava escuro. Eu mal podia enxergar. Pensei que fosse Willa quando ela passou correndo por mim. Estendi o braço para segurá-la. Não tinha intenção de empurrá-la, mas ela caiu. Então, quando vi quem era, percebi que tinha agarrado a garota errada. Esperei para me certificar de que ela não estava gravemente ferida. Então entrei em pânico e me escondi. Eu não sabia o que fazer. Senti-me péssimo com aquilo. Só estava tentando proteger você contra Willa.

— Anna foi à festa... não Willa. Willa está *morta*! — gritou Willa. — Pare de me chamar de Willa. Eu sou Anna! Eu sou Anna! Eu sou Anna! — começou a gritar a plenos pulmões.

Brad se levantou e estendeu os braços. Cory entregou Willa para ele. Willa recostou-se pesadamente em Brad, exausta.

— Chame a polícia — disse Brad para Cory. — Temos de providenciar ajuda para ela.

Capítulo 25

— Cory, você comeu metade do bolo de chocolate!
— Não se preocupe. Vou deixar uma fatia para você. — Cory cortou outra fatia grossa do bolo e pôs no prato. Ele estava faminto desde que saíra da casa dos Corwin.

Sentada muito perto dele no sofá de couro da sala de televisão, Lisa via Cory comer.

— Então essa é toda a história? — perguntou.

Cory pôs na boca uma garfada de glacê.

— Sim, é toda a história — disse, sentindo o apetite desaparecer de repente.

— E eu estava certa sobre o gato morto e os telefonemas... era Anna.

— Não. Tudo era Willa — corrigiu. — Mas sim. Você estava certa. — Franzindo a testa, Cory pôs o prato na mesa de centro. — Outra história de horror para o pessoal da rua do Medo — disse amargamente. Cory sentia-se abalado, trêmulo, como se estivesse prestes a gritar... ou chorar. Olhou para a parede tentando se controlar. Não conseguia distinguir tudo que estava sentindo ao mesmo tempo.

Lisa pôs a mão de leve no ombro dele.

— Quando se trata de namorada, você certamente sabe escolher — disse ela.

Cory suspirou.

— É. Talvez daqui por diante seja melhor eu deixar que você escolha para mim.

Lisa acariciou com ternura o rosto dele com as costas da mão.

— Talvez seja melhor mesmo eu escolher — replicou suavemente.

Cory olhou para ela.

— Tem alguém em vista?

O rosto dela estava a poucos centímetros do dele. Lisa se inclinou e desfez a distância. Ela o beijou, um beijo longo, um beijo doce.

— Talvez... — disse Lisa.

Fim de Semana Alucinante

Prólogo

—Você está me machucando!

Respirando pesadamente, o peito arfando, ele afrouxou um pouco os dedos. Recuando, Della viu a corrente prateada em volta do pescoço dele. Três caveiras de prata pendiam na corrente. Oh! Eram tão feias, tão reais, tão sinistras!

Ele olhou nos olhos dela. Parecia tentar ler seus pensamentos.

— O que você quer? — perguntou ela.

Ele não respondeu. Não moveu nem piscou os olhos. Aquele silêncio era mais assustador do que quando ele falava.

De repente, ela se lembrou da pistola de paintball. Estava no bolso traseiro da sua calça jeans. Levou a mão ao bolso, sentiu primeiro o cano, depois segurou o punho. Levou o braço para trás, ergueu a arma e atirou.

Um jato de tinta amarela acertou a testa dele.

Ele engasgou, surpreso, depois gritou furioso e largou o braço dela para enxugar a testa.

Della fugiu correndo, tropeçando, voando baixo. Para onde estava indo? Não sabia. Não se importava. Só sabia que faria *qualquer coisa* para escapar...

Capítulo 1

Della O'Connor puxou o cadeado de segurança, se perguntando porque nunca conseguia abri-lo na primeira tentativa. Em toda a extensão do longo corredor, portas de armário batiam e crianças riam e gritavam umas para as outras, felizes com o fim das aulas.

O cadeado abriu na terceira tentativa. Ela o retirou e abriu a porta do armário do colégio, gemendo quando viu o coração no lado de dentro. Setembro passado, tinham rabiscado no centro do coração as palavras DELLA & GARY, por cima da tinta cinza.

Pela centésima vez, Della pensou em procurar alguém para apagar o desenho. Não queria lembrar de Gary toda vez que abria a porta do seu armário.

Tinha terminado com ele zangada, há três semanas, jamais sonhando que ele a levaria a sério, que o namoro não chegaria ao baile da primavera. Mas a festa chegou e se foi — e Gary tinha simplesmente ido embora! Não telefonava para ela desde a briga. E sempre que ela o encontrava por acaso nos corredores do colégio, ele passava direto sem dar-lhe chance de dizer nada.

Della esperava ansiosamente a noite programada pelo Clube de Campo. Gary estaria lá e ela poderia pedir-lhe desculpas então. Imaginou-o sorrindo para ela. Olhando para o coração na porta do armário, via os cabelos louros e ondulados, os olhos castanhos cheios de vida, que se franziam quando ele sorria, e as pequenas sardas no rosto. *A noite será tão romântica*, ela pensou. Acampar de noite sob as estrelas. Só nós dois...

É claro que os outros sócios do Clube de Campo estariam lá também — inclusive Suki Thomas, que entrou para o clube para ficar perto de Gary. Mas Della não se preocupava com Suki. Tinha certeza de que podia ter Gary de volta se conseguisse falar com ele. Bem... quase certeza.

Ela jogou os livros no chão do armário e ajeitou o cabelo na frente do espelhinho quadrado que havia instalado por dentro da porta, acima do coração. Com a pele muito branca, os olhos verdes brilhantes, os cabelos pretos, longos e lisos, Della era muito bonita. Era magra, com corpo esguio. Sempre parecia calma, sofisticada e controlada, mesmo quando não se sentia assim. Bateu a porta do armário e ficou surpresa ao ver sua amiga Maia Franklin em pé ao seu lado.

— Maia, há quanto tempo está aí?

— Não muito. Como você consegue que seu cabelo faça isso?

— Faça o quê?

— Fique tão liso.

As duas riram. Os cabelos de Maia eram ruivos e curtos, os cabelos mais enrolados do mundo, provavelmente dignos de estar no *Guinness World Records*! Com os óculos de lentes redondas, baixinha e aparência infantil, Maia lembrava-lhe a órfã Annie.

— Você vai ao acampamento do Clube de Campo? — perguntou Maia.

— Claro — Della fechou o cadeado de segurança. — Seus pais deram permissão para você passar a noite?

— Deram. Finalmente. Depois de telefonarem cinco vezes para o professor Abner e fazerem com que ele garantisse que iríamos muito bem acompanhadas e prometesse que ficaria de olho, especialmente em mim, o tempo todo.

Os pais de Maia eram muito rigorosos com ela. Eles a tratavam como se tivesse dez anos.

— Afinal, qual o problema deles? — perguntou Della, balançando a cabeça.

— Não sei. Acho que pensam que se eu for acampar em uma ilha onde haja garotos, vou me comportar como uma coelha no cio.

— E o que há de errado nisso?

As duas entraram rindo na sala de aula do professor Abner. Três outros sócios do Clube de Campo já estavam lá, sentados na primeira fila. Gary conversava com Suki Thomas. Ele ergueu os olhos por uma fração de segundo e, quando viu que era Della, voltou outra vez a atenção para Suki.

Suki parecia muito satisfeita com a atenção de Gary. Sorria, com a mão no braço dele. À primeira vista, ela não parecia uma candidata provável ao Clube de Campo. Era punk demais. Com cabelo platinado e espetado e quatro brincos em cada orelha, vestia um suéter preto justo, com um rasgo comprido proposital em uma manga, e uma saia curta de couro preto por cima da meia-calça roxa. A cor da meia-calça combinava perfeitamente com o batom que ela usava.

Vejam só Gary se derretendo todo com Suki, fingindo que não me vê!, pensou Della. *Afinal, o que os garotos veem nela?* Não precisava perguntar. Todo o colégio sabia a resposta. Suki tinha uma fama e tanto.

Pete Goodwin disse oi com um sorriso quando Della e Maia se dirigiam para a primeira fila. *Ele é bonitinho*, Della pensou, sentando-se ao lado dele, *pena que seja tão certinho*. Pete tinha cabelos castanhos curtos e olhos castanhos sérios. Parecia filho de família rica. Alguns dos seus amigos até o chamavam de "Riquinho" e ele parecia não se importar.

— Onde está Abner? — Della perguntou para ele, sentando-se, com os braços apoiados na carteira. Viu Suki acariciar o braço de Gary.

— Foi chamado ao gabinete do diretor e disse que logo estaria aqui — respondeu Pete. — Como vão as coisas, Della?

— Bem, acho.

As janelas estavam abertas. Uma brisa suave de primavera pairava no ar. O cheiro doce de grama cortada invadia a sala. Della ouvia as batidas de raquetes nas bolas de tênis nas quadras atrás do estacionamento dos professores.

— Acho que vamos planejar o acampamento hoje — disse Pete, um pouco sem jeito.

— Acho que sim — respondeu Della, também sem jeito.

Della pigarreou alto e arrastou a cadeira um pouco para a frente, tentando chamar a atenção de Gary. Mas ele não olhou, mantendo os olhos em Suki, que puxava os fios da manga do suéter dele enquanto falava.

— Ora, ora, veja quem saiu debaixo da pedra — Maia avisou Della num murmúrio alto.

Todos olharam quando Ricky Schorr entrou na sala. Ele vestia uma enorme camiseta branca com letras pretas grandes na frente, que diziam: Nada a dizer. Isso, de certo modo, indicava o senso de humor de Ricky, na opinião de muitos alunos do colégio Shadyside. Ele tentava com tanto empenho ser engraçado o tempo todo que este fato era a única coisa realmente engraçada nele.

Era baixo e bochechudo. Suas roupas pareciam sempre um ou dois tamanhos maiores. O cabelo preto nunca penteado caía embaraçado na testa e Ricky sempre o empurrava para trás com a mão gorducha.

Andando depressa, Ricky foi para a frente da sala.

— Não aplaudam. Apenas joguem dinheiro — disse ele com uma risada exageradamente alta.

Os outros cinco sócios do Clube de Campo gemeram em uníssono. Era a resposta que Ricky estava acostumado a ouvir. O sorriso não desapareceu do seu rosto.

— Muito bem. Hora das perguntas — anunciou ele. — Peguem uma folha de papel e numerem de um a dois mil. Não, é brincadeira — acrescentou rapidamente. — Vejam isso. — Ele ergueu um ramo de folhas e pôs na carteira de Gary.

— O que é isto? — perguntou Gary, pela primeira vez desviando os olhos de Suki.

— Este é o Clube de Campo, certo? — perguntou Ricky, com um largo sorriso, e apontou para as folhas na carteira de Gary. — Identifique estas folhas. Aposto que não é capaz.

Gary parecia confuso. Pegou as folhas.

— Você quer que eu identifique isto?

— Isso mesmo. Você é o presidente do clube. Identifique-as.

Gary aproximou as folhas dos olhos e as virou de um lado e de outro, estudando-as.

— Vamos lá, Gary. Você consegue — incentivou Pete.

— Não, ele não consegue — disse Ricky, inclinando-se sobre a carteira de Gary.

— Bem, é de algum tipo de árvore, certo? — perguntou Gary. — Faia? Sassafrás?

Ricky sacudiu a cabeça, muito satisfeito consigo mesmo. Gary detestava errar. Ele bateu com as folhas na palma da mão.

— Ora, quem se importa? — disse ele, irritado.

— Você deveria se importar — respondeu Ricky. — É urtiga! — disse ele, rindo.

— O quê? — Gary, furioso, levantou da cadeira num pulo, com as folhas ainda na mão. Ricky tentou fugir, mas Gary foi mais rápido. Derrubou Ricky no chão e começou a esfregar as folhas no rosto e na testa dele.

Ricky ria e gritava ao mesmo tempo, procurando se livrar. Della, Suki, Pete e Maia incitavam Gary a continuar.

— O que está acontecendo? — uma voz perguntou da porta.

Viram o professor Abner entrar na sala, as pernas compridas levando-o rapidamente até os dois lutadores.

— Gary, saia de cima dele! O que está fazendo?

Gary, ofegante, saiu de cima de Ricky.

— Só me preparando para a noite no acampamento — disse ele para o professor alto e magro. — Estamos identificando algumas folhas de urtiga.

Ricky gemeu e se levantou devagar. Sua camiseta estava levantada, mostrando uma grande extensão da barriga branca.

— Urtiga? — O professor Abner parecia confuso e tirou as folhas da mão de Gary. — São folhas de uma planta doméstica, um tipo de hera — disse ele, olhando zombeteiramente para Gary, depois para Ricky.

— Primeiro de abril — disse Ricky para Gary, com um largo sorriso, afastando para trás os cabelos dos olhos.

Todos riram, especialmente por causa da cara espantada de Gary.

— Ele te pegou — disse Suki para Gary, puxando-o para a cadeira. — Desta vez ele te pegou. — Gary deu um sorriso forçado, mais em consideração a Suki do que aos outros.

— Sentem-se todos. Infelizmente este nosso encontro vai ser curto — disse o professor Abner, indo até a janela e olhando para o estacionamento.

Todos ficaram em silêncio. O que ele queria dizer? O professor Abner, normalmente calmo e alegre, estava muito sério.

— Tenho uma emergência em casa, em Nashville — disse ele, ainda olhando pela janela. — Tenho de ir para casa neste fim de semana, portanto não poderei levá-los ao acampamento no sábado.

Suki e Ricky lamentaram alto. Não se ouviu mais nenhum som. Della olhou para Gary, depois para o chão, desapontada.

— Temos de adiar — disse o professor Abner, virando e sentando no parapeito da janela. — Mas ainda haverá tempo. Estamos apenas em maio. Marcaremos outra data quando eu voltar, certo?

Todos concordaram com um murmúrio.

— Tenho de ir — continuou, olhando para o relógio de parede acima da sua mesa. — Desculpem. Vejo vocês na próxima semana. — E caminhou apressadamente para a porta com passos mais largos do que nunca, parecendo preocupado.

Della e os amigos ficaram em silêncio até ele sair da sala.

— Que pena! — exclamou Della, começando a se levantar.

— Ouvi no rádio que sábado vai ser um dia bonito — disse Pete.

Todos começaram a se levantar.

— Ei, esperem. Tive uma ideia — disse Suki, fazendo sinal para que voltassem. — Ouçam. De verdade. Tive uma ideia. *Vamos* ao acampamento.

— O quê?! — exclamou Maia. — Suki, o que está dizendo?

— Vamos ao acampamento assim mesmo, gente. Sem o professor Abner.

— Sem um monitor? — Maia parecia escandalizada com a ideia. — Meus pais me matam! Vou ficar de castigo pelo resto da vida. Por *duas* vidas!

— Eles nunca saberão — rebateu Suki.

— Sim. Certo — gritou Ricky, entusiasmado. — Ideia bacana. Vamos sozinhos. Será fantástico. Ninguém para nos incomodar ou dizer o que temos de fazer. — Ele olhou para Suki. — Quem quer ficar na minha barraca?

— Cai na real, Schorr — disse Suki, revirando os olhos. — Nem os *mosquitos* vão querer ficar na sua barraca.

Todos riram. Ricky pareceu magoado.

— Nossos pais pensarão que estamos acompanhados. Acharão que Abner está conosco — explicou Suki, abaixando a voz, embora não houvesse ninguém por perto para ouvi-los. — O que os olhos não veem o coração não sente. — Ela pôs a mão no braço de Gary. — O que acha? Você é o presidente do clube.

— Bem... — começou Gary.

— Mas meus pais vão me matar! — protestou Maia.

— Acho que é uma boa ideia — disse Pete, olhando para Della. — Afinal de contas, somos responsáveis. Não vamos fazer nenhuma loucura, certo?

Suki olhou para Gary com um largo sorriso.

— Não, se pudermos evitar — respondeu ela, maliciosamente.

— O que você acha, Della? — perguntou Pete.

Della estava ansiosa para ir.

— Pode ser divertido — disse. — Na verdade, não precisamos de Abner. — *Pode ser muito divertido*, ela pensou. *Especialmente se eu puder tirar Gary das garras de Suki por tempo suficiente para acertar as coisas com ele.*

— O que você diz, Gary? — perguntou Suki.

— Bem, está certo. — Sorriu para ela. — Vamos fazer isso. Vamos no sábado de manhã, como estava combinado.

Aquilo trouxe alegria a todos, exceto a Maia.

— Não posso — disse ela, infeliz. — Se meus pais descobrirem...

— Eles não descobrirão, Maia — retrucou Della. — De verdade. Vai dar tudo certo. Teremos bons momentos, até melhores do que se tivéssemos um monitor. Voltaremos para casa na manhã de domingo, como combinado. E nenhum dos nossos pais vai saber.

— Você promete? — perguntou Maia a Della, sem poder acreditar.

— Prometo — disse Della. — Confie em mim, Maia. Não vai acontecer nada de mais.

Capítulo 2

— Você está levando a escova de dentes? Onde está sua escova de dentes?

Della contou até três em silêncio. Então, controlando o tom de voz, disse:

— Sim, mamãe. Minha escova de dentes já está na mala. Acha que devo levar também o secador de cabelo? E mais três ou quatro mudas de roupa? Afinal, é *só* uma noite.

— Não precisa ser sarcástica — replicou a senhora O'Connor, apertando mais o saco de dormir já enrolado. — Está bem enrolado? Acha que vai poder carregar?

A mãe de Della era baixa e muito magra — pesava menos de cinquenta quilos — e sempre se movia e falava rapidamente, fazendo dez perguntas no tempo que todo mundo consegue fazer uma. Ela lembrava a Della uma borboleta voando de flor em flor, sem descanso. Agora, no sábado de manhã, ela voava atarefada no quarto de Della, enquanto a filha se preparava para o acampamento.

— Mãe, por que está tão nervosa? — perguntou Della. — Acampávamos muito quando papai ainda estava aqui. — Sentiu uma pontada de remorso. Talvez não devesse ter mencionado o pai tão negligentemente. Seus pais estavam divorciados há dois anos e logo seu pai casou outra vez.

A mãe não reagiu. Estava muito ocupada apertando o saco de dormir.

— Esse professor Abner — disse ela —, você nunca fala muito nele.

— Porque não tenho nenhuma aula com ele, é só o monitor do nosso clube. Ele é legal. De verdade. Não precisa se preocupar, mamãe.

— Mas por que a Ilha do Medo? — perguntou a senhora O'Connor. — É um lugar tão sinistro!

— Bem, por isso mesmo — disse Della, indo até o espelho e começando a escovar o cabelo longo e liso, embora não precisasse. — É para ser mais emocionante, sabe?

— Mas a Ilha do Medo... Há histórias horríveis. — A mãe arrumou alguns livros na estante, depois afofou o travesseiro na cama de Della.

A Ilha do Medo era pequena e desabitada, cheia de pinheiros, no centro do lago, atrás do bosque da rua do Medo. Embora fosse um lugar perfeito para piqueniques e acampamentos, apenas a alguns minutos de barco no lago, poucas pessoas se aventuravam a ir lá, por causa das histórias horríveis sobre ela.

Alguns diziam que estranhos animais mutantes, criaturas hediondas e perigosas, que não existiam em nenhum outro lugar, viviam no bosque da ilha. Outros diziam que a ilha estava infestada de cobras venenosas. E havia histórias de a ilha ter sido usada há muito tempo como cemitério indígena e que fantasmas percorriam os bosques à noite procurando se vingar dos seus destinos.

Della não acreditava em nenhuma dessas histórias. Tinha certeza de que eram inventadas por pessoas que gostavam de acampar, para desencorajar a ida de muita gente à ilha. Mas, sem dúvida, acrescentavam um ar de aventura a uma noite passada lá.

— Não queremos acampar em um parque chato qualquer — falou Della para a mãe. — Queremos alguma coisa mais emocionante.

— Bem, espero que não seja emocionante *demais* — disse a mãe, aproximando-se da filha e puxando para baixo a camiseta dela.

— Se acontecer alguma coisa, você me telefona imediatamente, certo?

Della virou para a mãe sorrindo.

— Telefonar para você? De onde? Vamos combinar assim, mando um sinal de fumaça, está bem?

— Não tem graça — disse a senhora O'Connor. Mas estava rindo também.

A buzina de um carro soou na frente da casa, encerrando a conversa.

— É Pete — disse Della para a mãe. Pôs a mochila no ombro e apanhou o saco de dormir azul.

— Quem é Pete? — perguntou a mãe, desconfiada. Não tinha se acostumado ao fato de Gary não estar sempre por perto.

— Um garoto do clube. — Della inclinou-se, beijou o rosto da mãe e cambaleou para a porta, sob o peso da mochila.

Acenou para Pete, que desceu da caminhonete Subaru azul para ajudá-la com a bagagem. Ele vestia uma calça esporte cáqui e um suéter xadrez de flanela.

— Oi — disse ele, abrindo a porta de trás do carro. — Belo dia. — O sol estava alto num céu solidamente azul.

— É... está tão calmo aqui fora.

— Calmo? — Ele pareceu confuso.

— Minha mãe não está aqui fazendo um milhão de perguntas.

Ele riu. *Ele tem dentes perfeitos*, pensou Della. *Perfeitos demais.* Então ela se censurou por ser tão rigorosa com ele. Pete era um cara agradável, afinal de contas. Foi muita gentileza da parte dele oferecer uma carona até o lago. Ele não tinha culpa se seus dentes eram perfeitos demais, e se o seu nariz era reto e perfeito, seu cabelo macio e se se vestia melhor do que todo mundo.

Na verdade, parecia gostar dela. *Talvez*, Della pensou, sentando no banco na frente, ao lado dele, *eu deva tentar gostar dele também.*

Mas durante a viagem até o lago a conversa entre eles foi sem naturalidade. Pete contou de um acampamento que tinha feito com a família, mas Della não conseguia prestar atenção. A voz dele entrava e saía do seu consciente. Não conseguia deixar de pensar em Gary. Pensava no que ia dizer a ele, como ia começar a fazer as pazes quando estivessem sozinhos no bosque.

— Terminaram? — perguntou Pete.

— O quê? — Ela se deu conta de que não tinha ouvido uma palavra do que ele dizia há pelo menos dois quilômetros.

— Você e Gary terminaram? — Ele olhava para a frente, para a rua.

— Bem, sim. Acho que sim. Quero dizer, não. Não sei.

Pete disse com um riso forçado:

— Devo escolher uma das respostas acima?

— Desculpe — disse Della. A pergunta a tinha deixado confusa. — Gary e eu... quero dizer, ainda não resolvemos.

— Ah. — Pete não escondeu o desapontamento. — Esta noite vai ser divertida — disse ele, mudando de assunto. — Não tem medo de passar uma noite na Ilha do Medo, tem?

— Não, acho que não.

— Fique perto de mim. Eu a protegerei — disse ele com uma voz firme.

— Protegerá do quê? Das piadas infames de Ricky?

— Eu o acho meio engraçado — admitiu Pete, entrando na rua do Medo e se dirigindo para o bosque. — De um modo primitivo e sem graça.

O carro entrou na rua, que terminava na entrada do bosque da rua do Medo, a uns cinquenta metros da água.

— Todos já chegaram — disse Della. Pete buzinou quando viu os outros.

Ela viu Gary e Ricky discutindo sobre alguma coisa. Maia estava sentada perto da água. Suki ao lado de Gary. Pete parou o carro e desligou o motor. Della viu mochilas e sacos de dormir empilhados ao lado de duas canoas trazidas por Gary.

Ela acenou para os amigos e ajudou Pete a tirar a bagagem dos dois da mala da caminhonete.

— O lago está tão bonito hoje! — disse. A água estava calma e muito azul, refletindo o céu claro. Dois patos grasnaram e inclinaram a cabeça, nadando para perto da praia. A Ilha do Medo era uma elevação verde no horizonte.

— Muito bem. Estamos todos aqui. Podemos ir — disse Gary olhando para Della. Ele vestia uma jaqueta jeans desbotada sobre uma camiseta vermelha. O cabelo louro e ondulado brilhava como ouro no sol.

Ele está um gato, pensou Della. Ela sorriu calorosamente para ele, e Gary retribuiu o sorriso.

— Gary, eu quero... — começou.

Mas Suki se pôs rapidamente na frente dela.

— Eu nunca remei. Quer me ensinar? — perguntou ela a Gary com voz brincalhona.

— Claro — disse ele. — É só sentar no meio da canoa e olhar como se faz. A pessoa que está no meio não rema.

— Vou ficar com esta canoa. Vocês podem ficar com a outra — disse Ricky. — Então saltou para dentro da canoa e deitou no fundo, ocupando todo o espaço.

— Muito engraçado, Schorr. Lembre-nos de rir mais tarde — falou Suki.

Della teve de rir notando a roupa de Suki. Não era apropriada para o ar livre. A calça jeans tinha tachas prateadas nas pernas. Ela vestia uma camiseta longa preta com outra branca mais curta do Guns N' Roses por cima. Como sempre, usava quatro brincos diferentes em cada orelha.

— Oi, Della. Estou aqui. — Maia correu para Della, sorrindo e parecendo preocupada ao mesmo tempo.

— Ótimo — disse Della. — Seus pais reclamaram muito?

— Na verdade, não — respondeu Maia. — Só quando me deixaram aqui e não queriam mais ir embora. Queriam falar com o professor Abner primeiro.

— Ah, não! O que você fez?

— Schorr contou algumas piadas e eles resolveram que era melhor ir embora — riu Suki.

— Dá um tempo! — exclamou Ricky, ainda deitado na canoa. — Ei, onde fica o pedal do acelerador desta coisa?

— Eles mudaram de ideia — disse Maia para Della —, mas tenho certeza de que vão descobrir. — E fechou as mãos nervosamente ao lado do corpo.

— Não seja ridícula — retrucou Della. — Como podem descobrir?

★ ★ ★

Alguns minutos depois estavam remando, três em cada canoa, no calmo lago azul, a caminho da Ilha do Medo.

— A água hoje está tão clara que se pode ver os peixes — disse Pete, inclinando-se pela borda e espiando o fundo.

A canoa começou a adernar.

— Ah, desculpem! — Ele endireitou o corpo e continuou a remar.

— Vai nadar, Pete? — perguntou Ricky, da outra canoa. — Você não trouxe sua boia de patinho!

Ninguém riu. As duas canoas navegavam lado a lado. Pete e Della remando em uma delas, com Maia no meio, Gary e Ricky na outra, com Suki praticamente sentada no colo de Gary.

Será que ela não vai deixar Gary sozinho nem por um minuto?, Della pensou. Estava resolvida a falar com Gary o mais depressa possível. Ensaiara várias vezes o que ia dizer. Sabia que ele iria querer voltar para ela se falasse com ele, desculpando-se. Suki podia procurar outro qualquer. Não seria problema para ela.

Paciência, tenha paciência, Della repetia em silêncio enquanto remava. Mas era tão difícil esperar! Por que, na vida, havia tanta espera? Mesmo quando você devia estar se divertindo, passava a maior parte do tempo esperando!

A batida dos remos na água era agora o único som. Della começou a sentir calor apesar do ar frio. Movia o remo suavemente, acompanhando o ritmo de Pete. A ilha crescia à medida que se aproximavam. Ela via a praia rochosa na frente de uma fileira de pinheiros. Mais alguns minutos...

— Opa! — Ouviu Ricky gritar e ergueu os olhos. Ele estava de pé na outra canoa, com os olhos arregalados, cobrindo a boca com a mão. A canoa balançou de um lado para outro.

— Sente-se! — gritou Gary para ele.

— Estou enjoado! Estou enjoado! — gritou Ricky, esforçando-se para ficar de pé, com a canoa balançando violentamente debaixo dele.

— Deixa de babaquice! Você vai virar a canoa! — exclamou Suki, muito assustada.

Ricky ergueu o remo acima da cabeça com uma das mãos, a outra tampando a boca.

— Enjoado! *Gulp!* Enjoado!

— Sente-se e passe mal! — gritou Gary outra vez.

— Ah. Boa ideia — Ricky desmoronou de volta ao seu lugar. Olhou para Gary e Suki com um largo sorriso. Estava fingindo o tempo todo.

— Não tem graça, Schorr — disse Gary, balançando a cabeça.

— Você devia mudar seu nome para Schorr Sem Graça — acrescentou Suki, ainda abalada.

— Ora, vamos — protestou Ricky, recomeçando a remar. — Vocês bem que acharam engraçado, não acharam? Não acharam?

Ninguém respondeu.

As canoas começaram a balançar para cima e para baixo quando a corrente ficou mais forte perto da praia da ilha. Della estava gostando do passeio, da sensação do remo nas mãos levando a canoa para a frente com cada movimento, do vento frio no rosto e da batida da água ondulante.

Alguns minutos depois estavam puxando as canoas para a praia.

— Eu queria continuar — disse ela, para ninguém em particular. — Estava tão bom na água!

— É muito melhor em terra firme — replicou Suki. — Ei! — Ela largou a beirada da canoa e examinou a mão. Uma das suas longas unhas postiças, pintadas com esmalte roxo, estava quebrada. — O que vou fazer agora? Não trouxe nenhuma extra — resmungou.

— Acho que é o que se chama dar duro — ironizou Ricky.

Suki mostrou a língua para ele.

Ela acompanhou os outros, examinando a unha quebrada quando puxaram as canoas pela trilha estreita de cascalho, até onde começavam as árvores.

— Acho que ficarão bem aqui — disse Gary, deixando cair a proa da canoa ao pé de um pinheiro alto.

— Já está na hora do almoço? — perguntou Ricky. — Podemos pedir uma pizza ou coisa assim?

— Boa ideia! Por que você não vai buscar? — disse Suki, jogando a unha quebrada na areia. — Esperamos por você aqui.

Ricky ficou magoado.

— Adoro fogueiras e fazer cachorros-quentes no fogo — disse Maia, parecendo mais animada.

— Ei, ainda é de manhã, estão lembrados? — disse Gary. — Temos muito o que fazer antes de acender uma fogueira. Vamos. Peguem suas mochilas e o resto. Vamos procurar um lugar para acampar.

— Sim, comandante — respondeu Ricky, fazendo uma continência tardia para Gary.

Pete ajudou Della a pôr a mochila no ombro e deu-lhe o saco de dormir. Ela agradeceu e foi para o lado de Maia. Pete estava sendo muito carinhoso. Carinhoso até demais. Della não queria encorajá-lo.

Eles andaram pela praia por algum tempo, perto da linha das árvores. O sol estava agora mais alto no céu e começava a fazer calor. Della procurou ver de onde vinha o barulho alto e discordante que ouvia. Dois gaios azuis no galho baixo de uma árvore pareciam discutir.

— Veja como são grandes! — disse para Maia, apontando.

— Os gaios azuis são os pássaros mais barulhentos — disse Maia, desaprovadoramente. — Não são como os azulões. Os azulões são uns amores.

— Bem-vinda ao Estudo da Natureza 101 — interrompeu Ricky.

— Ora, Ricky, deixa disso! — repreendeu Della. — Por que você veio se não gosta de ver a natureza?

— Para ficar perto de *vocês,* minhas queridas — disse Ricky com um sorriso malicioso. — Quer saber, eu trouxe um saco de dormir de casal. Dá bem para mim e para uma amiga.

— Que convite irresistível! — Della fez uma careta e apressou o passo. Uma trilha de terra levava às árvores e eles seguiram por ela. A trilha sinuosa levava à mata fechada, ainda cheia de folhas marrons do inverno. Logo chegaram a uma clareira circular com grama e mato alto.

— Parece bom — disse Gary, jogando no chão a barraca que carregava nos ombros. — Vamos ficar aqui.

Agradecidos, todos tiraram as mochilas dos ombros e as puseram no chão. Havia duas barracas para armar, uma para os rapazes e outra para as moças.

— Não, vire-as para o outro lado — ensinou Pete, depois que tinham estendido a lona sobre as estacas. — O vento geralmente vem do norte. Por isso a parte de trás das barracas deve ficar para o norte.

— Impressionante, Pete — disse Gary, meio de brincadeira. Olhou para o sol, diretamente acima deles. — Mas como sabemos onde é o norte?

— Fica para lá — respondeu Pete, apontando. — Tenho uma bússola no relógio. — Ergueu o pulso, mostrando um daqueles relógios com várias funções.

— Acha que Daniel Boone tinha um desses? — perguntou Ricky.

Outra vez todos o ignoraram. Viraram as barracas e as prenderam com firmeza no chão. Depois, saíram em diferentes direções à procura de lenha suficiente para durar a noite toda.

Pete começou a seguir Della, mas, outra vez, ela se apressou a ficar ao lado de Maia.

— Isto é meio assustador — disse Maia, desviando cuidadosamente de uma profunda poça d'água.

— Mas divertido — observou Della. Sentia que estava muito animada, sem saber por quê. Talvez porque estavam realmente sozinhos, sem nenhum adulto por perto. Qualquer coisa podia acontecer. Qualquer coisa. Só os seis, sozinhos no bosque uma noite inteira. Poderia ser tão romântico...

Ela se afastou de Maia e seguiu na direção que Gary tinha tomado. *Esta é a minha chance de falar com ele.* Della pensou. Sentiu o coração batendo forte. Sua boca estava seca. Nunca imaginou que podia ficar tão nervosa.

Gary deve significar muito mais para mim do que estou pronta para admitir, pensou. Passava rapidamente por cima das folhas secas e dos gravetos, procurando por ele entre as bétulas e pinheiros.

O cheiro do bosque era tão bom, suave e fresco. Ela mal podia esperar para falar com ele, estar outra vez com ele, sentir seus braços em volta do corpo. Como podia ter sido tão idiota descontrolando-se daquele modo e terminando o namoro? Nem lembrava mais por que tinham brigado.

Um esquilo parou no meio do tronco de uma árvore. Olhou para Della quando passou apressada, depois fugiu pelas folhas para outra árvore.

"Gary, quero me desculpar", era a primeira coisa que ia dizer. Nada de introduções justificativas ou explicações rebuscadas. Apenas pediria desculpas e tudo estaria acabado.

Ela parou. Lá estava ele. Podia vê-lo através de uma brecha entre as árvores. Della abafou uma exclamação de horror.

Gary estava encostado no tronco grosso de uma árvore. Suki estava encostada nele, unidos num forte abraço e num longo, longo beijo, com os olhos fechados.

Capítulo 3

Ninguém se surpreendeu quando, naquela tarde, Ricky tirou uma arma da mochila.

— Vamos, pessoal, cada um fica com uma. — Tirou mais cinco pistolas da mochila, uma de cada vez.

— Ótimo! Vamos nessa! — exclamou Pete, entusiasmado.

— Tudo bem — Gary disse com o mesmo entusiasmo. Então tirou a pistola das mãos de Ricky e fingiu que atirava em Pete. Pete se jogou no chão, fingindo contra-atacar com sua arma.

As três meninas resmungaram em uníssono.

— Outra guerra de paintball não — suspirou Della.

— Detesto jogos de guerra — queixou-se Suki. — São tão... competitivos.

Que palavra comprida para ela, pensou Della, com ironia. Desde que tinha visto Suki e Gary no bosque, sua mágoa se transformou em raiva.

— Nunca brinquei disso — disse Maia. — A gente se divide em equipes ou é cada um por si?

— Vamos formar equipes — falou Ricky, tirando da mochila a tinta para as pistolas de paintball.

— Estou fora — avisou Suki.

— Ora, vamos, meninas! Vai ser divertido — disse Gary. — Há algumas semanas fizemos uma guerra de paintball no parque Shadyside. Acabamos cobertos de tinta. Foi hilário!

— Parece uma verdadeira orgia do riso — comentou Suki sarcasticamente.

— Tudo bem. Estou dentro — disse Della, mudando de ideia. Se Suki era contra, então ela seria a favor. Faria Gary ver quem era a melhor esportista.

— Eu também, acho — concordou Maia, olhando para Della para se tranquilizar.

— Ótimo! — exclamou Gary. — Vamos, Suki, só você é do contra. — Ele pôs uma mão no ombro dela.

— Já disse que não gosto de brincar de guerra — insistiu Suki, afastando-se de Gary.

— Não é uma guerra. Pense nisso como se fosse um jogo, com tiros — sugeriu Ricky.

Suki olhou para Ricky, furiosa, e espetou a barriga gorducha dele com um dedo.

— Terei a oportunidade de atirar tinta em você, Schorr?

— Sim, acho que sim — disse Ricky. — Ah! Me espeta outra vez. Eu adoro!

— Cala a boca! — exclamou Suki, ameaçando-o de brincadeira com o punho fechado. — Está bem, vocês venceram! Vou brincar. Mas só porque quero massacrar *você*, Schorr.

— Mulheres contra homens — sugeriu Pete.

— Boa pedida — concordou Gary rapidamente.

Della ficou desapontada. Queria ficar no grupo de Gary. E não queria ficar no mesmo time de Suki.

Ricky estava ocupado carregando de tinta as pistolas de paintball, amarela para as meninas e vermelha para os meninos.

— Não esqueçam, dois tiros e você é um prisioneiro. Três, você está morto — explicou ele, muito sério.

— Eu devia saber que você ia trazer as armas — observou Pete, girando a arma carregada na mão. — Sua mochila era muito maior que as outras.

— Eu as levo para toda a parte — disse Ricky. — Levei-as ao casamento do meu primo!

— Por quanto tempo vamos jogar? — perguntou Maia, olhando para o relógio. — Não até ficar escuro, certo?

— A essa altura, eles estarão liquidados — respondeu Suki, apanhando a sua arma carregada das mãos de Ricky. Atirou para o ar uma faixa de tinta amarela. Ricky olhou para ela, zangado.

— Só experimentando — justificou.

— Nada de tiros por dez minutos — disse Ricky. — Isso dá tempo para nos espalharmos e tomarmos posição.

Só nas guerras de paintball Ricky ficava sério. Della resolveu que gostava mais dele desse modo, sem as piadas infames, nem tentando tão desesperadamente ser engraçado. Infelizmente, segundo Gary, Ricky não era muito bom no jogo. Era um alvo muito grande e estava sempre sendo atingido.

Uma sombra passou sobre o acampamento. Della olhou para o céu. Algumas nuvens cinza e fofas interrompiam o azul-claro. De repente o ar ficou mais frio.

Os garotos saíram primeiro do acampamento e foram juntos para o sul. As meninas resolveram esperar alguns minutos e depois seguiram para oeste. Então se separariam e cercariam os garotos. Depois que eles saíram, rindo e brincando, Suki vestiu um suéter verde-oliva, dizendo que era melhor camuflagem.

Nossa! Outra palavra grande. Duas em um dia, pensou Della. Nunca gostou de Suki. Na verdade, nunca pensava muito nela. Não frequentavam os mesmos grupos. Mas agora Della tinha motivo para pensar em Suki e muitos motivos para não gostar dela. Ou estaria sendo injusta? Tinha terminado com Gary, afinal. Mais ou menos.

— Venham. Vamos embora — disse Maia. A pistola parecia enorme e fora de lugar na sua mão pequenina.

Começaram a andar juntas no bosque.

— Isso é meio sexy — disse Suki.

— O quê? Sexy? — Della não entendeu.

— Você sabe. Caçar e ser caçada.

— Ah!

— É assim, excitante — disse Suki, pisando cautelosamente num galho de árvore caído.

Uma rajada de vento fez murmurar e estremecer as folhas verdes novas das árvores. Uma nuvem grande ficou na frente do sol e, de repente, o bosque ficou escuro.

— A tinta é lavável? — perguntou Maia. Seu entusiasmo durou pouco tempo. Ela parecia outra vez preocupada como sempre.

— Sim, é claro — respondeu Della bruscamente. — Ricky *nos disse* que é lavável. Ela sairá.

Maia olhou para ela, sentindo a impaciência na sua voz. Della lembrou que era com Suki que estava ressentida. Não devia descarregar em Maia.

— Vamos nos separar aqui e fazer um círculo — disse Suki, fazendo o gesto do círculo com a pistola grande e cinzenta.

— Tudo bem — concordou Della imediatamente. Percebeu que queria ficar sozinha, longe de todos.

— Como encontro vocês se eu me perder? — perguntou Maia, puxando para baixo as mangas da camiseta.

— Dê as costas para o sol. Para o leste; e estará indo para o acampamento — recomendou Della.

Maia olhou para o sol, como para se certificar de que ele estava lá.

— Tudo bem. Até mais tarde. — Virou e andou devagar no meio das árvores, segurando a pistola na frente do corpo.

— Procure ouvir o som de passos — disse Della para ela. — Ninguém vai poder chegar atrás de você sem barulho de passos.

— Obrigada! — respondeu Maia.

— Ela é mesmo uma menininha — comentou Suki em voz baixa. Não foi uma crítica, mas Della não gostou da ideia de Suki diminuir sua amiga.

— Ela é legal — disse Della, parecendo mais zangada do que estava.

— Gary é adorável — replicou Suki, de repente.

Della não tinha certeza de ter ouvido direito.

Suki olhava para os olhos dela, como que procurando uma reação. Della se esforçou para não demonstrar nada. Não ia revelar para Suki o que sentia tão facilmente.

— Você terminou com ele, certo? — perguntou Suki.

Mas antes que Della pudesse responder — e o que ia responder? —, Suki entrou no bosque, empurrando arbustos altos para abrir caminho. Seus Reebok brancos amassavam as folhas secas.

Della encostou em um tronco branco e macio, vendo Suki desaparecer no bosque. Afinal, o que ela tentava provar? Será que queria encontrar uma desculpa por conquistar Gary tão depressa? Ou a estava desafiando? Estava tentando ser amiga? Estava zombando dela?

Della seguiu na direção geral que as duas tinham tomado. Sua mente girava, tentando descobrir o que Suki pretendia com aquelas observações casuais e inesperadas. Della não prestava atenção para onde estava indo. Esqueceu completamente a pistola grande de plástico que tinha na mão, a arma que devia estar pronta para atirar se encontrasse algum dos garotos.

O som de passos a fez voltar à realidade. Virou para trás e se abaixou quando um esguicho de tinta vermelha passou por cima da sua cabeça. Ajoelhou, ergueu a pistola e atirou sem fazer pontaria.

— *Ei!* — ela ouviu Ricky gritar.

Espiando entre o mato alto, ela o viu esfregar uma mancha amarela no suéter.

— Você não me acertou! — gritou, rindo. Sempre abaixada, ela correu para a esquerda e se escondeu atrás de um tronco grosso de árvore.

— Foi só sorte! — gritou Ricky, correndo para ela a toda velocidade. Ele atirou, mandando um jato de tinta vermelha, que desapareceu antes de alcançar a árvore.

Della atirou uma, duas vezes, errou os dois tiros. Então fugiu, correndo por uma trilha estreita em meio aos abetos e pinheiros.

Ela virou para trás a tempo de ver Ricky, a mancha amarela de tinta na frente do suéter, tropeçar num tronco baixo e cair de bruços na terra. A pistola de paintball voou da sua mão e caiu no chão.

Com um sorriso triunfante, Della saiu da trilha e continuou a correr. Empurrava galhos e arbustos do seu caminho, correndo a toda a velocidade. Era divertido, ela pensou. Ricky jamais a acharia agora.

De repente as nuvens ficaram mais numerosas e cobriram o sol. Ficou quase tão escuro quanto a noite no bosque denso. Pássaros chilreavam voando em círculos, depois pousavam nos galhos altos das árvores. O vento rodopiava levantando poeira e folhas secas em volta dos seus tênis.

Della estremeceu e só então percebeu que não tinha notado para onde ia.

Onde estou?

Olhou para o sol para calcular sua posição, mas nuvens escuras o escondiam quase completamente. Grande conselho tinha dado para Maia, olhar para o sol, ela pensou. Provavelmente a pobre Maia também estava perdida.

— Ei, Maia! — ela gritou, sem se importar se os meninos a ouviam ou não.

Nenhuma resposta.

— Maia! Suki! Podem me ouvir?

Nada de resposta.

De repente os pássaros silenciaram. *Sinistro*, Della pensou, como se alguém os tivesse desligado, como se desliga uma televisão.

Era um silêncio estranho, sobrenatural.

Não comece a ficar mórbida, pensou.

O vento mudou de direção. Um galho se partiu em algum lugar atrás dela. Della se sobressaltou quando o galho caiu no chão com uma batida surda. Ela virou para trás rapidamente, pensando que havia alguém.

— Maia? Suki?

Onde elas estavam?

Virou e começou a voltar para o acampamento. Não sabia se estava na direção certa, mas parecia que estava. Della tinha bom senso de direção. Mas, é claro, nunca estivera sozinha no meio de um bosque.

Ainda bem que estavam em uma ilha. O bosque não continuaria para sempre. Se continuasse a andar em linha reta, sairia do meio das árvores. Mas estaria andando em linha reta? Não tinha certeza.

O terreno subia e depois descia. Della viu que não tinha passado por ali. Musgo espesso e verde crescia no lado de uma árvore velha e inclinada. *Musgo. Musgo na árvore. Só cresce de um lado da árvore,* ela lembrou. Mas de que lado? Não conseguia lembrar.

— Maia? Suki? Alguém?

Onde estavam todos?

Um som de folhas amassadas. Atrás dela. Passos?

Della virou para trás. Não viu ninguém.

Ela voltou, passou outra vez pela árvore com musgo. O terreno agora começava a subir cada vez mais íngreme à medida que ela andava.

Outra vez o som. E outra vez.

Definitivamente, alguém a seguia. Della não olhou para trás. Provavelmente era um dos garotos, planejando um ataque. Mas não era possível um ataque de surpresa quando cada passo fazia barulho.

O que ela devia fazer?

Contar até dez, virar rapidamente e atirar.

Continuou a andar, passando por cima de folhagens altas inclinadas pelo vento. Três... quatro... cinco...

Os passos atrás dela eram mais altos agora. Fosse quem fosse, estava se aproximando.

— Oito... nove... dez.

Della virou para trás rapidamente, ajoelhou e apertou o gatilho.

Um jato de tinta amarela brilhante cortou o ar, manchando folhas e troncos de árvores, pingando no chão escuro.

Um esquilo virou e fugiu, amassando as folhas secas.

Um esquilo. Era só um esquilo.

Della riu alto e mandou outro jato de tinta para o ar.

Estava sendo seguida por um esquilo. E tinha atirado nele.

Boa jogada, campeã!

Acho que mostrei a ele que não deve se meter com Della O'Connor.

Atirou no tronco de uma árvore e errou por quase trinta centímetros.

Agora estava escuro de verdade, mas ela não se sentia mal. O esquilo a animou. Não tinha mais medo. Era bobagem ter medo.

O que havia para temer?

Desceu uma rampa íngreme e começou a atravessar uma área plana, o solo espesso com agulhas cheirosas de pinheiro e pinhas secas.

De repente, a poucos metros dela, alguém saiu rapidamente de trás de uma árvore.

— Pete? Gary? — Della parou.

Não era nenhum dos seus amigos. Era um homem desconhecido. E se aproximava dela rapidamente.

Capítulo 4

Ele parou muito perto dela, com as mãos nos bolsos da jaqueta de couro marrom de aviador. Seu cabelo era cor de areia, muito curto. Sorriu para ela. Um belo sorriso, pensou Della. Na verdade, ele era muito bonito, como um astro do cinema.

Della percebeu que estava prendendo a respiração. Soltou rapidamente o ar dos pulmões. Seu coração estava disparado.

— Oi — disse ela, hesitante. — Você me assustou. Eu não...

Sempre sorrindo, seus olhos escuros a examinaram da cabeça aos pés.

— Desculpe. Você também me assustou. — A voz era suave, melodiosa. Della calculou que ele devia ter uns vinte e um ou vinte e dois anos.

— Eu não esperava...

— Eu também não — disse ele, dando de ombros, sempre com as mãos nos bolsos.

Ele é mesmo um gato, pensou. *Que sorriso!*

— O que você está fazendo aqui? — perguntou, acrescentando rapidamente: — Eu estava procurando meus amigos. Acho que estou perdida. Quero dizer... — Por que estava dizendo isso para ele?

— Perdida? — Aparentemente ele achou divertido. O sorriso se alargou, revelando dentes retos e muito brancos. Ele tirou uma das mãos do bolso e passou-a no cabelo curto.

— Você também está perdido? — perguntou.

Ele riu.

— Não, acho que não.

— Ah. Então por que estava sozinho no meio da Ilha do Medo?

— Você é de Shadyside? — perguntou ele.

— Sim. Estou passando a noite aqui. Estamos acampando.

— Estamos? — ele riu.

É o cara mais bonito que já vi, Della pensou. *Veja aquelas covinhas quando ele ri. Podia ser modelo ou coisa assim.*

— Você também está acampando? — perguntou ela.

— Mais ou menos.

Sem dúvida ele estava fazendo um jogo com ela, intencionalmente não dizendo por que estava ali.

— Gosta de responder perguntas? — provocou ela.

— Claro. Pergunte qualquer coisa. Quer saber o número do meu seguro social? — Ele arregalou os olhos, provocando também.

—Não. Eu só...

— Quer saber minha altura e meu peso? O tamanho dos meus sapatos? O nome de solteira de minha mãe? — falava depressa, agitado. Della não sabia se ele estava brincando ou não.

— Sim, acho que isso seria muito interessante — disse ela, brincando também, atenta à reação dele.

Ele riu. Um riso caloroso, tranquilizador. Della sentiu-se atraída por ele por causa daquele riso, por causa dos olhos escuros, por causa da aparência limpa e bonita.

— Então por que está aqui, no meio do bosque, na Ilha do Medo? — perguntou ela, encostando-se no tronco estreito de uma árvore.

— Bem, eu voltei, sabe... — começou ele.

— Voltou da universidade?

— Sim. Certo. Voltei da universidade. Estou na Universidade de Boston. — Ele deu um pontapé numa raiz grossa e curvada que sobressaía do solo.

— Mas é muito cedo para as férias — disse ela.

— Bem... sim. Não estou de férias. Estou aqui numa espécie de projeto. Você sabe. Sobre árvores. — Bateu com a mão no tronco de uma árvore próxima. — Há muitas árvores para estudar aqui na ilha. Estou fazendo um trabalho sobre a reprodução das árvores.

— Reprodução?

Ele sorriu.

— Isso mesmo. Você sabe o que é, não sabe?

Os dois riram.

— Parece muito... interessante — disse ela olhando para os olhos dele. Por que sentia vontade de flertar com aquele homem? Não sabia coisa alguma sobre ele. Nem o nome.

— Sou Della. Qual o seu nome?

— Della? Engraçado. Esse é também o *meu* nome.

— Ora, deixe de brincadeira...

— Não. Falo sério. — Levantou a mão como se estivesse jurando que dizia a verdade. Deu alguns passos aproximando-se. Agora ele estava bem na frente dela.

— Gosto da sua jaqueta — disse Della. Estendeu a mão e tocou a manga. — Vinil de verdade?

Ele riu.

— Você é muito engraçada. — Os olhos dele pareciam procurar alguma coisa nos olhos dela. — Senso de humor é muito importante, não acha? Eu acho. Algumas pessoas não têm senso de humor. Como se lida com elas? Você sabe? O que se pode fazer? Às vezes é o único meio de alcançar as pessoas. Quando você quer alcançar alguém e a pessoa não sabe de onde você vem. Sabe o que quero dizer?

— Não — respondeu ela, rindo.

Ele não riu com ela. Mordeu o lábio inferior e ficou muito sério. Olhou para ela e, pela primeira vez, Della notou o quanto ele era alto, quase trinta centímetros a mais que ela.

— Estou falando de comunicação — disse ele, gritando a última palavra. — Estou falando de comunicação com as pessoas quando elas não querem se comunicar conosco. Sabe o que quero dizer?

— Sim. Acho que sim. — Ele começava a assustá-la. O que era aquela crítica ridícula sobre comunicação? Não fazia sentido. Por que ele começava a ficar tão agitado?

Della deu um passo para trás. Resolveu mudar de assunto.

— Então você gosta de árvores, certo?

— Árvores? — Por um segundo ele pareceu não saber do que ela estava falando — Ah, sim, claro. Gosto do seu cabelo.

— Está todo despenteado pelo vento.

— Gosto disso. — Olhou para o céu. — Cheio de nuvens. Espero que não chova. — Estava calmo outra vez.

— É.

Ele chegou mais perto e segurou a manga do casaco dela.

— Bonito casaco.

— É vinil verdadeiro. — Ela sentia a respiração dele no pescoço. Recuou, mas ele não soltou a manga. — Acho que preciso voltar.

— Voltar?

— Para meus amigos. Provavelmente estão imaginando onde estou.

— Onde você está? — perguntou ele. Não parecia exatamente uma piada. Havia algo desagradável no modo como falou. Alguma coisa ameaçadora.

— Meus amigos. Tenho de voltar para o acampamento.

— Mande esta menina para o acampamento — ele disse sem sorrir, olhando nos olhos dela.

Pela primeira vez ela notou que ele estava suando.

Que estranho, ela pensou. *Está muito frio para suar assim. A jaqueta de couro não pode ser tão quente!*

— Foi um prazer conhecer você, Della — disse ela, tentando manter a leveza da conversa, mas louca para sair de perto dele.

O homem não disse nada. Permaneceu olhando para ela sem expressão. Parecia estar pensando, concentrado em alguma coisa.

— Isso é ouro *de verdade*? — perguntou ele, levando a mão a um dos seus brincos de argola.

— Eu não sei — disse ela, rapidamente, afastando-se dele.

De repente, ele a agarrou com força pelos cabelos, puxando a cabeça para trás.

— Ei! — gritou. — O que está fazendo?

— Acho que *são* — disse ele. — Ouro maciço. Você é uma *princesa*, não é?

— Não. Me solte! — Tentou em vão não deixar o pânico transparecer na voz.

Ele segurou os cabelos com mais força.

— Ora, vamos, me deixe ir. *Estou falando sério!*

— Eu também — ele disse em voz baixa, carregada de ameaça.

Ainda puxando os cabelos com uma das mãos, com a outra segurou o braço de Della acima do cotovelo e a puxou para ele. Ela sentiu o cheiro do couro da jaqueta misturado com suor.

— Ei, pare com isso! — pediu. — Está me *machucando*!

— Desculpe, Princesa. — Ele a segurou com mais força.

Della tentou se livrar, mas ele era muito forte. Ele a arrastou para uma encosta coberta de mato. Lá de cima, ela viu um barranco profundo.

— O que você quer? — perguntou ela. — O que vai fazer comigo?

Capítulo 5

Ainda segurando Della com uma das mãos, com a outra ele abriu o zíper da jaqueta. Um dos sons mais altos que ela já tinha ouvido, e mais assustador.

— Pete! Gary! — gritou.

Ele riu silenciosamente.

— Ninguém pode ouvi-la — murmurou ele, e levou Della para a beirada do barranco.

— Não, espere! — gritou ela.

— De que adianta esperar? — questionou ele. Sua voz estava calma, suave, apavorantemente calma. — Estou esperando aqui. Há muito tempo. Estou esperando uma porção de coisas. Finalmente resolvi ficar com alguma coisa. Para mim. Sabe do que estou falando? — Ele falava depressa outra vez, de um modo desconexo, os olhos enlouquecidos, borrifando saliva no rosto dela quando chegava mais perto.

— Apenas me solte — disse ela, procurando manter a voz firme. — Não vou fugir. Prometo.

— Não peço muito. Mas quero *alguma coisa* — continuou ele, ignorando o pedido dela. — Foi o que eu disse para o velho. Mas ele não quis ouvir. Eu não consegui me comunicar, compreende? Era disso que estávamos falando. Comunicação. Mas encontrei um meio de me comunicar com ele. Encontrei um meio. Mas não adiantou. Quero dizer, você não aprende uma lição *se* está morto. Sabe aonde quero chegar?

— Sim... Sim. Por favor, me solte.

— Você não sabe do que estou falando, sabe? Bem, é melhor não saber. Finja que é burra, certo? *Certo?* Você gosta de mim. Eu sei. Acho que posso me comunicar com você. Sim?

— Sim. Não. Você está me machucando!

Respirando pesadamente, o peito arfando, ele afrouxou um pouco os dedos. Recuando, Della viu a corrente prateada em volta do pescoço dele. Três caveiras de prata pendiam na corrente.

— Ah! — ela exclamou. Eram tão feias, tão reais, tão sinistras.

Ele olhou nos olhos dela. Parecia tentar ler seus pensamentos.

— O que você quer? — perguntou ela.

Ele não respondeu. Não moveu nem piscou os olhos. Aquele silêncio era mais aterrorizador do que as palavras incoerentes.

De repente, ela lembrou da pistola de paintball. Estava no bolso traseiro da sua calça jeans. Levou a mão ao bolso, sentiu primeiro o cano, depois segurou o punho. Levou o braço para trás, ergueu a arma e atirou.

Um jato de tinta amarela acertou a testa dele.

Ele engasgou, surpreso, depois gritou furioso e largou o braço dela para enxugar a testa.

Ela fugiu, correndo, tropeçando, voando baixo. Para onde estava indo? Não sabia. Não se importava. Estava se livrando dele.

Tropeçou numa raiz saliente do solo, mas se levantou rapidamente. Corria às cegas agora, a folhagem espessa passando como um borrão na paisagem.

E ele estava bem atrás.

Ele mergulhou para a frente. Passou os braços em volta das pernas dela e a derrubou.

Della caiu com força no chão. Uma dor latejante no joelho subiu por todo o seu corpo.

Ele passou os braços em volta da cintura dela.

Antes que tivesse tempo de perceber que fora recapturada, ele a pôs de pé e a sacudiu com raiva. Pegou a pistola de paintball e encostou o cano nas costas dela.

— Me solte! Me solte! — gritou ela.

O homem olhou para ela, ofegante, o suor escorrendo da testa no rosto de pele macia.

Ele a empurrou para a frente dele e voltaram para o barranco. Ela lutava para se livrar, mas ele a segurava com força, prendendo o braço dela nas costas, pressionando o cano pontiagudo da pistola de paintball contra as suas costas.

Ele parou no alto do barranco. Segurou Della pelos ombros e a sacudiu com força.

— Você não devia ter feito isso — rosnou.

Quando ele aproximou o rosto, Della levantou as duas mãos e o empurrou com toda a força.

Ele arregalou os olhos, surpreso, e perdeu o equilíbrio.

— Ei!

O homem caiu para trás e começou a escorregar pelo lado do barranco íngreme. Procurando desesperadamente agarrar alguma coisa para evitar a queda, tudo que suas mãos encontravam era o ar.

Della fechou os olhos.

Ouviu-o bater na encosta, uma, duas vezes. Ouviu o grito. Ouviu um baque surdo. Um gemido. E então, o silêncio.

Tudo levou, no máximo, três ou quatro segundos.

Pareceu um ano.

Ela abriu os olhos. Tudo parecia mais escuro. As árvores, o solo, o céu. Ela respirou profundamente e prendeu o ar. Às vezes isso a acalmava.

Desta vez não funcionou.

Seu primeiro instinto foi fugir. Mas sabia que não podia fugir sem olhar para o fundo do barranco.

O solo parecia se inclinar. As árvores pareciam crescer em ângulos estranhos, lutando umas contra as outras. Della balançou a cabeça, tentando se livrar do começo de vertigem.

Olhou para baixo. O barranco não era tão fundo e íngreme quanto tinha imaginado.

Ele estava caído no fundo, o corpo contorcido, a cabeça em uma posição estranha, como se tivesse sido tirada do corpo e reposta por alguém que não sabia como deve ficar uma cabeça.

Com passos cautelosos, Della desceu um pouco o barranco.

Ele não se mexeu. A boca estava escancarada, os olhos fechados, a cabeça inclinada para o lado. Parecia encostada no ombro.

— Não!

Teria quebrado o pescoço?

Della sentiu náuseas. Tudo começou a girar. Ela se sentou no chão e esperou que a floresta parasse de se mover.

O que vou fazer?, Della pensou. *Isso não está acontecendo de verdade, está?* Sua mente girava mais depressa que as árvores. Ela queria acordar e esquecer aquele sonho. Queria evitar o pânico que sentia. Se ao menos pudesse pensar com clareza...

Antes de perceber o que fazia, Della estava de pé, descendo o barranco, escorregando e tropeçando. No fundo, parou ao lado do corpo imóvel, olhando para o cordão com as três caveiras de prata que pareciam olhar para ela.

Ele estava com a boca escancarada numa expressão de horror. Parecia dizer *"Você* fez isto comigo. Você me matou, Della".

— Não! — gritou ela. — Levante-se! Levante-se!

Ela agarrou o braço dele e começou a puxá-lo. O braço parecia mole e sem vida. Largou-o, sentindo uma onda de repulsa subir-lhe o estômago.

— Levante-se! Levante-se!

Estava tão escuro, era tão difícil ver alguma coisa. Se ao menos tudo parasse de girar. Se ela pudesse respirar normalmente, pensar normalmente.

O que devia fazer? O quê?

Ele tem de estar vivo, pensou. *Isto não pode estar acontecendo. Não pode.*

Com mãos trêmulas, ela ajoelhou sobre as folhas secas e pegou a mão dele. Pôs os dedos no pulso, procurando algum sinal de vida.

Onde está? Onde está? Vamos, deve *ter um pulso...*

Sim!

Ela encontrou. A batida era insistente no pulso dele, tão forte, tão rápida. Sim, ele tinha pulsação. Ele estava vivo. Ele...

Não.

Ela estremeceu. Estava sentindo o próprio pulso.

Suas mãos tremiam. Pôs a mão no pescoço dele. Tinha visto isso nos filmes. Verifica-se o pulso apertando o lado do pescoço.

A cabeça rolou, sem vida, para trás. Ela apertou os dedos no pescoço dele. Nada. Mudou os dedos. Nada.

Nada. Nada. Nada.

Agarrou o pulso dele.

Nada.

Della se levantou e cobriu o rosto com as mãos.

Ele estava morto. Morto por ela.

Autodefesa, ela pensou. *Foi autodefesa.*

Mas o que importava isso? Matara um homem, um ser humano. E agora?

Agora sua vida estava *arruinada*.

Agora seus pais iam saber que tinham ido ao acampamento sem o professor Abner. Agora *todos* os pais iam saber. Pensou em Maia, na promessa que tinha feito a ela de que nada daria errado.

E, agora, tudo tinha dado errado.

Toda a cidade ia saber que ela matara um homem. Pelo resto da vida seria atormentada por aquele momento. Sua vida arruinada, *arruinada*.

Não.

Por que arruinar minha vida por causa daquele... homem horrível?

Por que arruinar todas aquelas vidas?

Olhou outra vez para ele, para pensar melhor. Percebeu que sua mente disparava loucamente. Era difícil pensar com clareza, pensar em linha reta.

Mas sabia que a decisão estava tomada.

Não contaria para ninguém.

Não havia motivo para contar. E *muitos* motivos para não contar.

Afinal, foi um acidente. Apenas um acidente. Ele podia ter escorregado e despencado do barranco, batendo a cabeça e quebrado o pescoço, ou coisa parecida, mas tudo feito por ele mesmo, só por ele mesmo.

De repente, ela teve certeza do que ia fazer. Era fácil. E tão inteligente. Sim, estava sendo inteligente.

E não estava apenas se protegendo. Estava protegendo os amigos. Eles não mereciam ter suas vidas arruinadas para sempre por causa daquele... acidente.

Ela se curvou e encheu os braços com uma porção de folhas secas, mortas pelo inverno que acabava de passar. Então cobriu as pernas dele com as folhas. Outra braçada de folhas. Cobriu as botas. Outra braçada.

Não vou demorar muito para cobri-lo, pensou. *Então volto para o acampamento como se isso nunca tivesse acontecido.*

Juntou mais uma braçada de folhas. Quando começou a jogá-las em cima do peito dele, olhou para cima, para o alto do barranco.

Ricky e Maia olhavam para baixo, para ela.

Capítulo 6

— *Ele me atacou!* — exclamou Della, subindo para o alto do barranco. — Não fiz de propósito. Não pretendia empurrá-lo. Ele caiu. Foi um acidente!

Maia parecia mais apavorada do que Della, mas correu para ela e a abraçou pelo ombro, ajudando-a a se afastar do barranco, procurando acalmá-la.

— Não tenha pressa — ela sussurrou no ouvido de Della. — Não se apresse. Conte tudo devagar.

— Quem *é* esse cara? — perguntou Ricky, de pé na beirada do barranco, olhando para o corpo meio coberto com folhas.

— Eu não sei — disse Della, procurando parar de tremer, e de respirar tão depressa e tão profundamente. — É o que estou tentando dizer. Ele simplesmente me atacou. Ele queria... queria... eu o empurrei e ele caiu. Ele... ele está morto. Está morto de verdade.

Maia tirou o braço do ombro de Della e recuou.

— Della, você me prometeu... — começou, mas estava nervosa demais para terminar a frase. — Meus pais... vão...

Pete se aproximou e pôs a mão no ombro de Della.

— Acalme-se. Já acabou — disse ele, gentilmente. — Vamos ver o que podemos fazer.

Della sorriu para ele. Começava a se acalmar um pouco.

— Isso é realmente nojento — ouviu Suki dizer para Gary. — Nunca vi ninguém morto.

— Mas quem é ele? O que ele estava fazendo aqui? — perguntou Ricky, parecendo muito sério, pelo menos uma vez.

— Algum doido — murmurou Della, com um arrepio.

— Mas o que ele estava fazendo aqui sozinho? — repetiu Ricky, em voz alta e lamentosa.

— Ricky, como vou saber? — retrucou ela, irritada. — Não era meu amigo íntimo, sabe? Foi um cara que me atacou no bosque. Ele não me contou antes a história da sua vida.

— Desculpe — disse Ricky suavemente. — Não precisa gritar.

Gritar? Della tinha vontade de berrar a plenos pulmões.

— Tem certeza de que ele está morto? — perguntou Gary de repente.

— O quê?

— Tem certeza de que ele está morto?

— Bem, tenho — respondeu Della, recordando na mente suas tentativas frenéticas e vãs de encontrar o pulso. Pensando nisso, ela começou a ficar tonta outra vez. Sentou no chão, inclinada para trás, apoiada nas mãos, e fechou os olhos.

— Talvez seja melhor verificar — disse Gary.

— Não acredito que isso esteja acontecendo! — exclamou Maia. — Nossas vidas destruídas por causa de um acampamento idiota!

— Ora, *cala a boca,* Maia! — gritou Della, perdendo o controle, não se importando mais.

— Mas meus pais vão me *matar*! — insistiu Maia. Della olhou para ela. As lágrimas desciam pelo seu rosto.

Por que ela está chorando?, Della pensou. *Como ela pode ter coragem de chorar?* Quem *acabou de matar um homem fui eu!*

— Fica fria, Maia — disse Suki asperamente. — Isso não vai ser bom para a reputação de nenhum de nós.

— Não estou me sentindo muito bem — disse Ricky. — Meu estômago... — Ele correu para as árvores.

— Vou descer — disse Gary.

— Para quê? — Suki segurou o braço dele.

Mas ele livrou-se dela e começou a descer o barranco.

— Espere — pediu Pete. — Vou com você. — Mas não se mexeu para segui-lo.

Della se levantou e viu Gary descer para o fundo do barranco. O vento estava forte e movia as folhas com que Della havia tentado cobrir o corpo, dando a impressão de que ele estava se mexendo. Ela ouviu ao longe um crocitar. Os corvos a fizeram pensar em abutres. Imaginou abutres vorazes, grandes e pretos, atacando o estranho, fazendo-o em pedaços.

Ela balançou a cabeça, tentando afastar da mente a imagem repugnante. Gary estava inclinado sobre o corpo agora, afastando algumas folhas que Della tinha empilhado.

— Ele está frio — gritou Gary lá de baixo, com voz trêmula, mais estridente que de costume.

Ninguém disse nada. Ricky voltou do bosque, suando copiosamente, parecendo muito abalado.

— Não encontro nenhum pulso — disse Gary.

— O que vamos fazer? — perguntou Ricky, sentando no chão, cruzando as pernas e segurando a cabeça com as mãos.

— Vamos acabar de cobri-lo com folhas — respondeu Suki, como se tudo estivesse resolvido.

— Vamos? — perguntou Maia, mais esperançosa que surpresa. — Vamos fingir que não sabemos de nada?

— O que você acha, Della? — perguntou Pete, chegando muito perto, começando a pôr um braço em volta dos ombros dela, mas parou, hesitante.

— Podemos guardar um segredo desses? — perguntou Della olhando para as árvores, não para algum deles.

— Devemos — insistiu Maia.

— Temos de guardar — disse Ricky, sombrio, com a cabeça abaixada.

Gary reapareceu, respirando com dificuldade, parecendo abalado.

— Nenhum pulso — confirmou ele.

— Resolvemos cobrir o corpo e fingir que isso não aconteceu — disse Suki para Gary.

— Acho que é melhor — Gary balançou a cabeça. — Alguém discorda desse plano?

Ninguém respondeu.

— Então vamos — disse Gary, olhando para Pete.

— Eu ajudo — disse Della, saindo atrás deles.

— Não — Pete levantou a mão. — Gary e eu podemos fazer isso.

Eles desapareceram no fundo do barranco. Della não olhou, mas ouvia o ruído das folhas jogadas sobre o corpo do homem. Sabia que jamais esqueceria aquele som.

Alguns minutos depois, os seis foram para o acampamento, em silêncio. De certo modo, Della ficou surpresa ao ver as barracas, as mochilas, o equipamento, a lenha exatamente como tinham deixado. Todo o seu mundo havia mudado naquele momento na beira do barranco. Descobriu que esperava ver tudo diferente agora. Era tranquilizador encontrar o acampamento do mesmo modo que antes.

Talvez tudo *continue como era*, ela pensou. Talvez o segredo ficasse ali na Ilha do Medo e aos poucos fosse esquecido.

— Vamos arrumar as coisas e dar o fora daqui — disse Suki, pegando sua mochila.

— Certo — concordou Maia. — Não quero passar nem mais um segundo nesta ilha horrível!

— Não. Esperem — insistiu Della. — Não podemos voltar agora. Nossos pais vão querer saber por que voltamos tão cedo, por que não passamos a noite aqui.

— Ela tem razão — disse Gary, rapidamente.

— Está dizendo que temos de passar a noite toda aqui? — Maia perguntou. — Não! Eu não quero! Não quero! — pegou a mochila e, furiosa, a jogou na pilha de lenha.

— Maia, se não ficar fria vamos cobrir você com folhas também! — ameaçou Suki.

Maia deixou escapar uma exclamação abafada. Ricky riu. Ele começava a parecer outra vez o Ricky de sempre.

— Todo mundo procure ficar calmo — disse Gary. — Della tem razão. Temos de ficar aqui até amanhã. Temos de fazer com que tudo pareça normal. Não podemos dar a nossos pais nenhum motivo para suspeitar que o acampamento não foi um grande sucesso.

— Que chatice — resmungou Suki. — Acho que ninguém está disposto a isso agora.

— Eu sei — disse Gary. — Mas não temos escolha, certo? Temos de ficar.

— Mas estou com tanto frio... — choramingou Maia.

— Vamos acender o fogo — disse Gary. — Uma fogueira vai fazer com que todos se sintam melhor.

— Um jantar quente me faria sentir melhor ainda — disse Ricky. — Especialmente depois que pulei o almoço!

Eles acenderam uma grande fogueira e fizeram cachorros-quentes. Surpresa, Della viu que não tinha perdido o apetite. Ninguém falou muito. Até Ricky comeu em silêncio, avidamente.

A noite estava clara e fria. O vento soprava e rodopiava, fazendo o fogo bruxulear e se inclinar para o lado. Della olhou para o céu cheio de estrelas brilhantes, brancas e amarelas.

— Como você está? — perguntou Pete, sentando na manta ao lado dela.

— Bem, acho — sorriu Della. Pete estava sendo um amor. Gary e Suki, sentados no outro lado da fogueira, partilhavam uma manta, mas comiam em silêncio.

Maia se sentou o mais perto possível do fogo. Esfregava as mãos para esquentá-las.

— Não consigo me aquecer — disse ela, notando que Della e Pete a olhavam.

— Acho que hoje ninguém quer contar histórias de fantasmas em volta da fogueira — Ricky ironizou quando terminaram de comer. Foi sua primeira tentativa de fazer graça e foi recebida com o mesmo silêncio que todas as outras.

— Acho que devemos ir dormir o mais cedo possível — disse Maia. — Então, quando acordarmos, será hora de voltar para casa. — Ela balançou a cabeça tristemente na luz alaranjada do fogo. — Não vejo a hora de voltar para casa.

Levantou-se e começou a arrastar a manta para a barraca das meninas.

— Não, espere — disse Gary, tirando o braço do ombro de Suki. — Primeiro temos de fazer um juramento.

— Hein? Que tipo de juramento? — perguntou Ricky, enrolado na manta e só com o rosto de fora.

— Um juramento de guardar segredo — disse Gary. — O segredo da Ilha do Medo deve ficar aqui para sempre. Temos de dar as mãos e jurar.

O vento uivava quando os seis ficaram de pé solenemente, formando um círculo. Cada um estendeu uma das mãos para o fogo. As seis mãos se uniram.

Suki retirou a mão.

— Isso é idiota! — disse.

— Não, não é. Uma cerimônia torna a coisa oficial — disse Gary.

Suki revirou os olhos, mas estendeu a mão outra vez. Todos se inclinaram para a frente, os rostos alaranjados pela luz do fogo.

— O segredo deve ser guardado — disse Gary devagar, em voz baixa.

E quando ele falou, uma rajada de vento apagou o fogo.

Maia gritou. Foram precisos alguns segundos para acalmá-la. Pete e Suki reacenderam a fogueira rapidamente. Só Maia reagiu, mas todos pareciam bastante abalados agora.

— Pelo menos não é lua cheia — disse Ricky. — Provavelmente não precisamos nos preocupar com lobisomens. — Foi uma piada fraca. Ninguém reagiu.

Empilharam as mochilas em volta do fogo, porque não havia lugar para elas nas barracas pequenas. Então Della levou Maia para a barraca das garotas. Quando chegaram, ela olhou para trás e viu Gary e Suki abraçados pela cintura, saindo do acampamento.

Dentro da barraca o ar estava quente e úmido. Della começou a desenrolar seu saco de dormir e parou. Ouvia o vento lá fora e o farfalhar das folhas.

O sussurro das folhas sendo jogadas em cima do corpo do homem morto. Enterrado debaixo de folhas. De folhas. Enterrado nas folhas sussurrantes.

— Não! — Ela levou as mãos aos ouvidos, mas o som das folhas continuou.

— Você está bem? — perguntou Maia, entrando no saco de dormir completamente vestida.

— O quê? — Era difícil ouvir Maia com o barulho das folhas. Tantas folhas secas, marrons, empilhadas tão alto.

— Perguntei se você está bem.

— Sim, claro, acho que estou.

— Não devíamos ter vindo — disse Maia. — Eu sabia que nunca devíamos ter feito isso. — E virou a cabeça para o lado.

Della não disse nada. Terminou de desenrolar o saco de dormir, ouvindo o vento e as folhas, pensando no jovem, sentindo outra vez a testa dele encostada no seu rosto, sentindo o cheiro do couro da jaqueta de aviador, depois vendo-o cair para trás quando o empurrou, quando o empurrou para a morte.

Della procurou pensar em outra coisa. Gary. Não. Também não podia pensar em Gary. Ele estava no bosque agora, transando com Suki. Por que ela concordou em passar a noite na ilha? Sua intenção era reatar com Gary. Mas isso estava fora de questão agora. Acabado. Completamente liquidado.

Como o jovem no bosque.

Pare com isso, Della. Pare de pensar nisso.

Não, não posso. Não posso. Nunca vou parar.

Algumas horas depois, ela acordou de um sono sem sonhos. Seu braço estava dormente. Estava deitada em cima dele. Colocou-o para fora do saco de dormir e o sacudiu, tentando fazer a circulação voltar.

Seu rosto estava molhado e frio. Tudo ali era úmido. Della se sentou e esperou que seus olhos se ajustassem ao escuro. Maia dormia, encolhida no saco de dormir. Suki também dormia, respirando ruidosamente pela boca. Quando ela teria voltado?

Della passou a mão no cabelo. Úmido, úmido, úmido. As barracas não deviam ser à prova de orvalho da noite?

Ouviu um barulho no lado de fora da barraca. Sentiu um arrepio na espinha. Havia alguém lá fora?

Ela escutou.

O vento tinha amainado. Tudo era silêncio agora.

O estalo de um graveto partido quebrou o silêncio. Seria o som de um passo? Ouviu o barulho de alguma coisa se movendo. Sim, havia alguém lá fora.

Alguém mais estava acordado?

Ela escutou. Outro estalo, como pés pisando em gravetos ou em folhas secas.

Della se sentou. O braço continuava a formigar. Ela estava completamente acordada agora.

— Maia! Suki! Acordem! — gritou. — Maia, por favor! Alguém acorde!

Elas acordaram.

— Que horas são? — Maia finalmente perguntou, a voz ainda rouca de sono.

— Shh! — avisou Della. — Escute. Acho que tem alguém lá fora.

Aquilo acordou completamente Maia e Suki. As duas se ajoelharam nos sacos de dormir.

— O quê? Provavelmente é o vento — murmurou Suki. Mas parecia tão assustada quanto Maia.

— O que vamos fazer? — perguntou Maia, puxando para cima o saco de dormir, para se agasalhar.

— Shh! Escutem — Della murmurou.

Ouviram o som de alguma coisa sendo pisada. Um som como de um sapato na terra. Então, outro som.

O que era aquilo? Uma tosse?

Della ficou de joelhos e começou a ir, cautelosamente, para a abertura da barraca. Um lado do seu corpo doía. Seu pescoço estava duro. Quem disse que é confortável dormir no chão?

— Della, volte — pediu Maia. — Aonde você vai?

— Vou ver quem ou o que é — murmurou Della. — Vocês vêm comigo?

Suki deitou outra vez no saco de dormir e cobriu a cabeça. Maia nem tentou se mexer.

— Parece que tenho de ir sozinha — suspirou Della.

— Volte a dormir — disse Suki com a voz abafada pelo saco de dormir. — Isso tudo é só um pesadelo.

Outra vez o som de pés na terra fora da barraca, agora um pouco mais alto, um pouco mais perto.

— Leve isto — disse Maia, parecendo culpada, dando uma lanterna para Della.

Com a lanterna em uma das mãos. Della calçou os tênis. Hesitou na entrada da barraca, depois saiu, movendo rapidamente a lanterna em círculos por todo o acampamento.

Ninguém.

Deu outro passo para fora da barraca. O fogo estava quase apagado, brasas vermelhas estalavam fracamente na frente dela. Della parou para escutar.

Passos. Logo depois da barraca dos garotos.

— Quem está aí? — perguntou com voz fraca. Sabia que não podia ser ouvida além das barracas.

Outro passo.

— Tem alguém aí? — com voz mais forte desta vez.

Mantendo a luz da lanterna na frente do corpo e virada para baixo, ela passou pela barraca dos garotos, pisando com cuidado porque os cordões dos tênis estavam desamarrados. Chegou ao fim da clareira. Não havia mais vento. O único som era o da sua respiração. E de outro passo nas folhas secas.

Della entrou um pouco no bosque.

— Quem está aí? — Outra vez girou a lanterna num círculo largo.

Della estremeceu, mais de medo que de frio. *O que estou fazendo aqui fora? Quem penso que vou encontrar? Por que estou sendo tão corajosa?*

Tremendo outra vez, ela voltou.

Provavelmente era um animal, pensou.

Que coisa mais idiota. Andar na floresta no meio da noite, atrás de um animal estúpido. Estou ficando doida.

Passou pela fogueira cautelosamente e ia entrar na barraca das meninas quando alguma coisa chamou a sua atenção. As mochilas. Antes empilhadas em ordem ao lado da fogueira, agora espalhavam-se pelo chão.

Alguém as teria derrubado?

Deu alguns passos na direção das mochilas e as iluminou com a lanterna. Não pareciam ter sido abertas.

Não. Certamente foi o vento. Ou talvez um animal, um guaxinim à procura de comida. Nada mais que isso. Os passos que ouviu indo para a floresta devem ser do mesmo guaxinim.

Maia e Suki estavam sentadas perto da entrada da barraca, esperando nervosamente a sua volta.

— Apenas um guaxinim, acho — disse Della, dando de ombros.

— Eu sabia — replicou Suki, balançando a cabeça e voltando para o saco de dormir.

— Ainda bem — disse Maia, aliviada.

Della tirou os tênis e voltou para o saco de dormir. Agora estava frio e ela sabia que ia levar um tempo para se aquecer outra vez. Escutou. Mas agora tudo o que ouviu foi a respiração ruidosa de Suki.

Ouvindo os roncos de Suki e Maia inquieta e se ajeitando pelo resto da noite, Della não conseguiu dormir.

De manhã todos estavam sonolentos e doloridos, como ursos saindo de uma longa hibernação. Maia parecia sempre prestes a chorar, mas não cedeu nem uma vez, não chorou uma vez sequer.

Tomaram um café da manhã rápido e arrumaram as coisas quase em completo silêncio, ansiosos para sair da ilha, ansiosos para acabar aquele acampamento, ansiosos para não estarem juntos por algum tempo, para poderem ir a algum lugar e pensar em silêncio no que tinha acontecido.

O sol vermelho da manhã começava a subir acima das árvores quando saíram do bosque para a praia rochosa. O lago parecia plano e avermelhado na luz da manhã. O ar estava claro e eles podiam ver a cidade no outro lado da água.

— Ah, não! Minha mochila! — exclamou Ricky. — Deixei-a lá. — E voltou correndo a toda para o acampamento.

Os outros foram para onde tinham deixado as canoas. Seus tênis rangiam no cascalho.

Então, todos pararam. E olharam incrédulos.

— As canoas! — disse Della.

Tinham desaparecido.

— Oh, não! — exclamou Maia. — Estamos presos aqui!

Capítulo 7

— Alguém deve tê-las levado — disse Della. — Tenho certeza de que as deixamos aqui! — Ajeitou a mochila pesada nos ombros e olhou para a cidade, no outro lado do lago. Estava tão perto e tão distante!

— Muito bem, não entrem em pânico — disse Gary, parecendo muito preocupado.

— Não entrar em pânico? Como assim, não entrem em pânico?! — Maia exclamou com o rosto muito vermelho, os olhos arregalados de medo. — Quem pode ter feito isso? O que vamos fazer? Tenho de ir para casa! Meus pais vão me *matar*!

— Não ficaremos aqui por muito tempo. Quando não chegarmos em casa a tempo, alguém virá para nos procurar — disse Gary.

Sua intenção era tranquilizar a todos, mas não tranquilizou Maia.

— Então todos vão saber que viemos sem o professor Abner! — exclamou ela.

— Tem certeza de que foi aqui que as deixamos? — perguntou Suki, chutando a areia.

— Sim. Claro — disse Gary. — Veja as marcas na areia.

— Então alguém as roubou — concluiu Della em voz baixa. Pensou no rapaz morto, enterrado debaixo das folhas. Estavam presos na ilha, presos com ele.

— O que está acontecendo? — perguntou Ricky, saindo ao bosque e arrastando a mochila.

— As canoas... — disse Maia.

— Oh, não! — Ricky empalideceu — Nossa! Desculpem. Levei as canoas para outro lugar.

— Você fez *o quê*?

— Por quê?

Com um sorriso culpado, Ricky recuou, deixou cair a mochila na areia e levantou as mãos como para se defender de um ataque.

— Era para ser uma brincadeira. Fiz isso ontem, antes do... do acidente.

— Não acredito! — Suki olhou para Ricky furiosa. — Você tem um grande senso de humor, Schorr.

— Desculpem. Foi só uma brincadeira. Ontem eu vim até aqui, durante a guerra de paintball, e levei as canoas para outro lugar — disse Ricky. — Então, me condenem. Quando fiz isso, não sabia que Della ia matar o cara!

Com uma exclamação abafada, Della disse:

— Ricky!

— Dá uma folga a ela, Schorr — disse Pete, rapidamente.

— Dê uma folga a todos nós — acrescentou Gary com impaciência. — Tudo que queremos é dar o fora daqui. Onde você deixou as canoas?

— Bem ali. — Seguiram Ricky por cerca de cem metros na praia. As canoas estavam entre juncos altos, atrás de uma duna baixa.

— Você é mesmo um cretino, Schorr — disse Suki, olhando para ele como se fosse uma coisa nojenta.

— Já pedi desculpas. — Ele deu de ombros.

Levaram as canoas para a água, jogaram o equipamento dentro delas e embarcaram. A viagem para a cidade pareceu durar uma eternidade. Ninguém falou. Ninguém olhou para trás, para a Ilha do Medo.

Só um dia passou e somos todos pessoas diferentes, Della pensou. *Temos um segredo agora. Todos partilhamos um pesadelo que devemos esconder.*

Olhou para Maia. Seu cabelo ruivo estava despenteado e embaraçado. Os olhos vermelhos, com olheiras profundas. Parecia que tinha chorado a noite inteira. Pete, sempre limpo e bem-arrumado, estava vestindo um casaco manchado e amassado. O cabelo despenteado caía sobre os olhos.

Os ocupantes da outra canoa também pareciam exaustos. O cabelo espetado de Suki estava grudado na cabeça. Ela nem tentara pentear. Seu rosto estava pálido, branco como farinha de trigo, como se tivessem drenado todo o seu sangue. Ricky remava em silêncio na popa da canoa, com a respiração pesada, o suor pingando do rosto, apesar do ar frio da manhã. Só Gary parecia normal, a não ser pelo ar tenso e preocupado, enquanto remava ritmadamente, sem tirar os olhos da praia que se aproximava.

Logo estarei em casa, pensou Della. *Mas não será o mesmo. Nada jamais será igual.*

A batida dos remos na água transformava-se em sua mente no farfalhar das folhas secas sendo empilhadas em cima do corpo sem vida no fundo do barranco. As folhas estavam por toda a parte, tão secas, tão mortas. Ela olhou para baixo. O lago estava cheio delas, cheio de folhas mortas, cheio de morte.

— Della, você está bem? — a voz de Pete interrompeu seus pensamentos. O farfalhar das folhas foi substituído pela batida dos remos e da água nos lados das canoas.

— Sim, estou. Estava só... pensando. — Forçou um sorriso. Sabia que não estava sendo nada convincente.

— Tudo vai ficar bem — disse Pete. — Você está quase em casa.

Quase em casa. Talvez me sinta melhor quando chegar lá, pensou Della.

Mas, menos de uma hora depois, quando ela abriu a porta dos fundos da casa e viu a mãe vestida para a igreja, acabando de tomar o café na cozinha, foi dominada por uma sensação de medo.

Como Della podia encará-la?

— Tudo bem? — perguntou a senhora O'Connor, levando a xícara à boca para o último gole. — Como foi o passeio? Chegou tão cedo!

— É. Nós levantamos cedo. — Della conseguiu dizer. Imaginou se a mãe podia ver o quanto estava nervosa. A senhora O'Connor geralmente parecia ler sua mente. Via mais nos olhos e na expressão de Della do que era cientificamente possível.

— Parece que você não dormiu muito a noite passada. — A mãe balançou a cabeça desaprovadoramente.

— Não muito — disse Della. Foi até a geladeira e apanhou suco de laranja. De repente, sentiu vontade de chorar. Esperava que uma atividade qualquer, como apanhar o suco de laranja, a ajudasse a se controlar.

Mas como posso me controlar? Matei um homem a noite passada!

Será que a mãe viu o tremor de suas mãos quando pôs o suco no copo? Não.

— Suponho que não quer ir à igreja comigo — disse a mãe.

— Vou para a cama. Sou capaz de dormir por uma semana — disse Della.

— Foi divertido? — perguntou a senhora O'Connor, levantando e ajeitando o vestido.

— Mais ou menos — respondeu Della, tomando o suco de laranja virada para a pia, de costas para a mãe.

— Ficaram acordados a noite inteira? — perguntou a senhora O'Connor.

— Não. Não a noite inteira.

— Quer tomar o café da manhã?

— Não. Acho que não.

— Você falou com Gary? — A mãe sabia que Della detestava perguntas sobre os namorados, mas isso não a impedia de perguntar.

— Não muito. — Della bebeu metade do suco e jogou o resto na pia.

— Eu estava só perguntando — disse a mãe, dando de ombros.

Pergunte se matei alguém a noite passada, pensou Della.

— Você parece exausta — comentou a senhora O'Connor, preocupada.

Vou contar tudo para ela, decidiu Della. *Não posso guardar mais. Simplesmente não posso.*

— Mamãe, eu...

— Sim? — Ela estava quase na porta.

Della hesitou.

— O que é, Della?

— Vejo você mais tarde — disse.

A senhora O'Connor saiu e fechou a porta.

★ ★ ★

Della dormiu a manhã toda e grande parte da tarde. Quando desceu, um pouco antes das quatro horas, a mãe não estava em casa. Fez um sanduíche de atum e comeu-o avidamente, acompanhado de Coca-Cola.

Sentia-se um pouco melhor. O sono ajudou bastante.

Levando um prato com batatas fritas, voltou para o quarto e estudou um pouco a matéria sobre o governo. Para sua surpresa, conseguiu se concentrar no que lia. Só uma ou duas vezes pensou no jovem no fundo do barranco, e mesmo assim como uma lembrança distante, como algo que tivesse acontecido e acabado.

Quando a mãe chegou em casa, Della já não sentia necessidade de contar tudo para ela. Ao jantar, contou histórias sobre o acampamento, algumas delas inventadas e outras verdadeiras. Contou sobre a guerra de paintball, disse como os cachorros-quentes feitos na fogueira eram gostosos, contou que Ricky escondeu as canoas e como eles ficaram preocupados.

Afinal de contas, posso fazer isso, ela pensou. *Posso deixar tudo no passado e continuar com a minha vida.*

Começou a se sentir confiante, relaxada, quase bem consigo mesma, até o telefone tocar às sete e meia. Ela atendeu e ouviu a voz trêmula de Maia.

— Della, você pode vir até aqui? Não estou muito bem.

— Como assim? Está doente?

— Não. É só que... bem, tenho certeza de que meus pais desconfiam de alguma coisa.

De repente, Della sentiu um arrepio na espinha. Os músculos do seu pescoço enrijeceram.

— Maia, você não contou nada para eles, contou?

— Não. Claro que não — respondeu Maia rapidamente, com voz tensa e alta — É claro que não, Della. Mas acho que eles suspeitam... quero dizer, é só uma impressão. E eu não... sei por quanto tempo mais posso...

— Tudo bem, procure se acalmar — disse Della, irritada quando o que pretendia era tranquilizar Maia. — Vou já para aí.

— Obrigada, Della. Venha depressa, por favor.

Della desligou, mais aborrecida do que solidária. Parecia que Maia nem estava tentando superar tudo aquilo. Bem, talvez estivesse. Talvez estivesse fazendo o melhor possível.

De certo modo, ela havia envolvido Maia na confusão. Maia nem teria ido ao acampamento se Della não tivesse insistido.

Tenho de parar de pensar em Maia com tanta severidade. Vou até lá e converso com ela para animá-la. Afinal, para isso servem os amigos.

Amigos.

Seus amigos iriam até o fim por ela? Guardariam o segredo como tinham jurado?

Tinham de guardar, Della decidiu. *Tinham de guardar.*

Vestiu uma calça jeans limpa e um suéter leve, escovou o cabelo até ficar macio e liso atrás dos ombros, aplicou um pouco de gloss nos lábios e olhou em volta à procura da sua carteira. Não estava na mesa. Não estava na estante ao lado da porta, onde ela geralmente a guardava.

Minha carteira, ela pensou. *Quando a vi pela última vez? Eu a levei para o acampamento? Sim. Estava na mochila.*

Não tinha esvaziado a mochila. Della lembrou. Estava ainda esquecida debaixo da cama.

Queria esquecer dela, é claro. Ao apanhá-la e jogar na cama tudo que estava dentro, aquela sensação de medo a invadiu outra vez. O som das folhas secas parecia sair da mochila.

Ela a jogou no chão e procurou no meio das roupas amarrotadas e dos artigos de toalete que tinha levado. Onde estava a carteira?

Sei que estava aqui, pensou ela.

Mas desapareceu.

Alguém a teria pegado? Não. Era impossível.

Tudo dentro da mochila parecia tão frio. Tinha trazido para casa o frio úmido da Ilha do Medo. E agora estava gelada também, procurando outra vez, e não encontrando a carteira.

Um mistério.

Resolveu ir à casa de Maia sem a carteira. Ficava a poucas quadras da sua casa, na parte de North Hills da cidade. Della disse para a mãe que ia estudar com Maia e saiu.

A noite estava quente, quase perfumada, um agradável contraste da noite anterior. Em um jardim, abaixo do quarteirão, um grupo de crianças jogava beisebol, embora já estivesse escuro. Mais adiante, a senhora Kinley chamava o filho, dizendo que estava na hora de ir para casa, completamente ignorada por ele.

North Hills era um bairro tão quieto, tão pacato, o melhor de Shadyside. Por algum motivo, Della se sentiu triste vendo as crianças jogando bola, passando pelas casas grandes e quietas, pelos jardins bem tratados. Já não se sentia uma parte daquele mundo pacato, quieto e respeitável. Seu segredo fazia dela uma estranha.

Pare com isso, Della se repreendeu. *Pare agora mesmo. É natural sentir pena de você mesma agora. Mas isso vai passar.*

Maia abriu a porta assim que Della tocou a campainha. Sem dizer uma palavra, levou Della para cima, para o seu quarto, e fechou a porta.

Ela não se conformava com o quarto de Maia. Era o quarto de uma menina pequena, com cortinas brancas de renda nas janelas, estantes cheias de bonecas e bichos de pelúcia por toda parte.

— Maia, você está horrível! — exclamou Della, e imediatamente se arrependeu. Que modo de animar alguém!

Maia começou a chorar.

— Fico o tempo todo chorando, parando de chorar e chorando outra vez — ela soluçou. Tirou um punhado de lenços de papel de uma caixa em cima da cômoda e cobriu o rosto, enxugando as lágrimas. Quando tirou os lenços, seu rosto estava vermelho.

Della pôs o braço em volta dos ombros de Maia.

— Maia, tudo vai ficar bem. Eu prometo — disse ela, suavemente.

— Você prometeu antes — replicou Maia, sem olhar para Della.

Della não sabia o que dizer.

— Com o que você está preocupada? Diga. — Della levou Maia para a cama. Maia deitou sobre o edredom cinza e rosa.

Della sentou na pequena poltrona de veludo cinza ao lado da cama.

— Meus pais. Sei que eles estão desconfiados.

— Como você sabe? O que eles disseram?

— Bem... nada exatamente. Mas minha mãe olhou de um modo esquisito para mim.

— Eu não a culpo — disse Della. — Você não está com a sua melhor aparência. O que você contou sobre a viagem?

— Não muita coisa. Só que me diverti e que não passei a noite na barraca dos garotos e que não foi a orgia que eles tinham imaginado.

— Com certeza — murmurou Della. — Bem, parece que você se saiu bem. Você dormiu um pouco ou coisa assim?

— Tentei, mas não consegui — disse Maia com voz chorosa. — Eu só via aquele cara no fundo do barranco.

— Você precisa dormir — disse Della. — Vai se sentir muito melhor. Acredite. Dormi quase um dia inteiro. E estou me sentindo...

— O quê?

— Estou me sentindo melhor. De verdade. Você sabe, o que aconteceu com aquele cara a noite passada foi um acidente.

— Eu sei — disse Maia, enxugando o nariz escorrendo com a mão.

— Ele me atacou. Não é como se ele fosse uma criança inocente.

— Sim, eu sei — repetiu Maia, nervosa.

— Ele caiu e morreu. Não é como se eu tivesse tentado matá-lo intencionalmente. Você precisa se lembrar disso. Foi um acidente.

— Eu sei.

— Muito bem. Então por que está tão nervosa, Maia? — perguntou Della pacientemente.

— É que... vamos ser descobertos. Todo mundo vai saber. Do acidente. Vão saber que estivemos lá sozinhos, sem o professor Abner... vão saber de tudo.

— Isso não é verdade — insistiu Della. — O corpo só será descoberto dentro de semanas, ou meses, se for descoberto. Nada nos ligará a ele.

Maia começou a chorar outra vez. Della levou um tempo enorme para acalmar outra vez a amiga. Conversaram por mais de duas horas, Della fazendo o melhor possível para garantir a Maia que suas vidas logo voltariam ao normal e que seu segredo continuaria como segredo.

A princípio ela se irritou vendo que Maia estava muito mais preocupada do que ela. Afinal, foi Della a atacada, quem empurrou o homem, quem... o matou.

Mas olhando para o quarto cheio de bonecas e bichos de pelúcia e pensando nos pais rigorosos e superprotetores de Maia, Della começou a compreender. Maia não tinha muita oportunidade de agir como adulta. Seus pais faziam o possível para que ela continuasse a ser criança.

Quando Della acabou de falar com ela, Maia parecia mais calma.

— Agora procure dormir um pouco — disse Della, caminhando para a porta do quarto. — Vai se sentir muito melhor amanhã. Sei que vai.

— Obrigada, Della — replicou Maia, sorrindo pela primeira vez. — Desculpe por essa chatice toda.

Della acenou um boa-noite, desceu a escada e saiu da casa. Era bom respirar o ar fresco. O quarto de Maia estava quente e abafado. Della ficou surpresa ao ver que a calçada estava molhada. Devia ter chovido enquanto estava na casa de Maia.

Andou rapidamente pela rua, que parecia brilhar com a luz dos postes refletida na calçada molhada. Os jardins molhados brilhavam também e, de repente, Della teve a sensação de estar andando em outro planeta, um planeta verde, molhado e brilhante, de luz suave e estranho silêncio.

Sua casa estava escura, a não ser pela luz amarela da varanda. Sua mãe devia ter se deitado cedo. Abriu a porta de tela e uma coisa caiu aos seus pés.

Um envelope.

Della o apanhou e examinou na luz amarela. Não havia nada escrito no envelope. Só uma mancha preta, provavelmente uma impressão digital. No canto inferior direito.

Sentiu alguma coisa pesada dentro.

Deixou fechar a porta de tela e recuou para abrir o envelope. O que estava dentro caiu na sua mão.

Era uma caveirinha.

Uma caveira da corrente que estava em volta do pescoço do homem morto?

Examinou o envelope e viu um pedaço de papel. Com mão trêmula, ela o tirou.

Uma única linha escrita a lápis.

Dizia: EU VI O QUE VOCÊ FEZ.

Capítulo 8

— Meu primeiro pensamento foi que era uma das suas brincadeiras, Ricky — disse Della, espetando com o dedo o peito flácido dele.

Ricky recuou, parecendo terrivelmente magoado.

— Della, dá um tempo! Eu não faria uma coisa tão idiota!

— Quer dizer, tão idiota quanto esconder as canoas? — perguntou Suki.

Todos, menos Pete, que chegaria depois porque sua família sempre jantava mais tarde, estavam tensos, sentados na sala de estar de Della. Era noite de terça-feira, duas depois de ela encontrar o envelope na porta. Sua mãe estava jogando bridge na casa dos Garrison, na mesma rua.

Embora não quisessem estar juntos, especialmente tão perto ainda da noite passada na ilha, os seis sócios do Clube de Campo compreendiam que não tinham escolha. Não podiam ignorar o envelope. Tinham de descobrir quem o mandara e por quê.

— Tem certeza de que não foi você? — Suki acusou Ricky, olhando para ele com evidente desprezo.

— Deem uma folga a Ricky — disse Gary. — Ele não é tão insensível, vocês sabem.

— Sim, eu sou — disse Ricky, com um largo sorriso para Gary. — Mas não tirei a caveira do pescoço do morto e a mandei para Della.

— Vejam — disse Gary. — Eu também recebi uma — tirou do bolso da calça uma caveira de prata idêntica.

— Gary... como? Onde a arranjou? — perguntou Della.

— Quando voltei do colégio, ontem à tarde, e fui apanhar o correio, ela estava no escaninho — disse Gary, e Suki tirou a caveira da mão dele para examinar.

— Tinha um bilhete também? — perguntou Della.

— Não. Nenhum bilhete.

— Isso é estranho — disse Ricky.

— Ele é muito profundo, não é? — caçoou Suki.

— Pare com isso, Suki! — exclamou Ricky, zangado.

— Então me faça parar — resmungou Suki, e devolveu a caveira para Gary.

— Por favor! Temos de ficar calmos — disse Gary, olhando para Suki. — Não podemos começar a brigar. Temos um problema real aqui. Quem deixou essas caveiras sabe onde moramos!

Todos ficaram calados. Della estremeceu, pensando em alguém na varanda da sua casa, abrindo a porta de tela e prendendo com ela o envelope. Alguém bem na frente da sua casa. Alguém que os viu naquela noite no barranco. Alguém que os viu cobrir com folhas o corpo do homem.

E depois? E depois esse alguém, essa testemunha do crime, fez o quê? Descobriu o corpo? Tirou as caveiras de prata da corrente? As mandou para Della e Gary. Por quê?

— Alguém mais recebeu alguma coisa? — perguntou Ricky.
— Eu não recebi nada.
— Eu também não — disse Suki.
Maia negou com a cabeça. Sentada no canto, numa poltrona estofada, com as pernas dobradas debaixo do corpo e a testa franzida, ela não havia pronunciado uma palavra.

— Onde está Pete? — perguntou Suki.
— Ele chegará logo — disse Della. — Mas esta tarde ele me disse que não recebeu nada.
— Por que só nós dois? — questionou Gary, pensativo. Levantou-se do sofá de couro, onde estava sentado ao lado de Suki, e foi até a janela da sala. — Por que só nós dois?

Parou de repente e virou para eles.

— Ei, pensei uma coisa. Perdi minha carteira. Alguém mais perdeu a sua?
— Eu perdi — disse Della, levantando a mão, como se estivesse na escola.

Ninguém mais se manifestou.

— Estava na minha mochila. Tenho certeza — disse Della, indo até a janela onde Gary estava.
— A minha também — disse ele. — Talvez isso explique como o cara conseguiu nossos endereços.

Della lembrou dos barulhos que ouvira da barraca tarde da noite, os passos que tentou seguir. Talvez não fossem causados por um guaxinim. Talvez alguém tivesse estado no acampamento, a pouca distância de onde ela dormia. Talvez tivesse revistado as mochilas e roubado as duas carteiras.

Della olhou para o jardim escuro fronteiro. Ele podia estar ali agora, ela pensou. Foi rapidamente para o lado da janela e fechou a cortina.

— Temos de ir à polícia — disse Gary, de repente, olhando para Della.

— Não! — exclamou Maia, sua primeira palavra naquela noite. — Você não pode. Quero dizer, nós não podemos!

— Mas, Maia... — disse Gary.

— Nós todos temos muito a perder. Nossos pais jamais confiarão em nós outra vez — interrompeu Maia, aos gritos, segurando com força o braço da poltrona. — Todos na cidade vão saber que...

— *Mas esse cara sabe onde moramos!* — gritou Gary para ela. Atirou para o ar a caveira de prata. A caveira bateu no teto e caiu no tapete bege aos pés de Maia.

— Gary, se acalme — disse Suki. Bateu com a mão no sofá de couro. — Volte a se sentar. Vamos todos pensar nisso com calma, certo?

Gary balançou a cabeça.

— Estou calmo — disse. Mas voltou e se sentou ao lado de Suki, inclinado para a frente, com as mãos entre os joelhos, estalando ruidosamente as juntas dos dedos.

— É, você está mesmo calmo, estou vendo — retrucou Suki. — Então, o que você acha que esse cara das caveiras está querendo, afinal?

— Não sei — disse Gary, estalando as juntas da outra mão.

— Nos assustar, acho — disse Della.

— Mas não nos entregar para a polícia — acrescentou Suki. — Se ele fosse nos delatar, já teria feito, certo?

— Provavelmente — admitiu Gary.

— Se ele fosse informar sobre o corpo, já teria informado — continuou Suki. — Mas não é isso que ele quer. Só quer nos torturar, nos assustar. Por quê?

Gary deu de ombros.

— Só para se divertir, certo?

— Talvez.

— Muito bem, e se nós não nos assustarmos com tanta facilidade? — sugeriu Suki. — E se ele não nos assustar e não corrermos para a polícia? Se simplesmente ignorarmos essas caveiras idiotas? Provavelmente ele vai embora.

— Ela tem razão! — exclamou Maia, talvez a primeira vez na vida que concordava com Suki.

— Mas você está esquecendo algumas coisas importantes — interrompeu Della, ficando de pé atrás do sofá. — Para começar, talvez ele queira fazer mais que nos amedrontar. Talvez queira nos chantagear ou coisa assim. Se ele viu mesmo o que fizemos, se estava realmente lá nos assistindo, pode usar isso contra nós. Pode nos chantagear, chantagear nossos pais.

— Sim, mas... — insistiu Suki.

— Deixe-me terminar — disse Della, batendo com a mão aberta no braço do sofá. — Mais importante ainda, veja o que ele fez. Ficou lá nos espiando. Então, desenterrou o corpo. Depois o saqueou. Roubou o cordão do morto. Esse cara é doido, doentio. Pode fazer *qualquer coisa*. Podemos todos estar em perigo.

— Mas se ele quisesse realmente nos prejudicar, fazer alguma coisa horrível, já teve a oportunidade. — argumentou Suki. — Mas tudo o que está fazendo é deixar pequenas caveirinhas por aí. Não acho que isso seja suficiente para...

Foi interrompida por uma batida forte na porta da frente.

— Deve ser Pete — disse Della, correndo para a porta. — Oi — disse ela, abrindo a porta.

Mas não viu ninguém.

— Ei! — Surpresa, abriu a porta de tela e saiu. Não viu ninguém. Voltou para dentro, fechou e trancou a porta. — Será que estou ouvindo coisas? — perguntou. — Todos ouviram a batida na porta, não ouviram?

— Talvez seja ele. Talvez ele tenha voltado — disse Maia, apavorada. — Todas as portas estão trancadas?

— Acho que sim — respondeu Della. — Vou ver. — Correu para a cozinha para verificar a porta dos fundos. Estava trancada. Então verificou as portas de correr de vidro na sala íntima. Não estavam trancadas. Com esforço, tentou puxar para baixo a fechadura. Aquela porta era sempre difícil, mas finalmente conseguiu.

Olhou através do vidro para o quintal escuro. A lua prateada e pálida começava a subir acima do telhado da garagem. Della encostou a testa no vidro frio.

O que era aquele vulto movendo-se no quintal? Imaginação sua? Não.

Afastou-se da janela e encostou na parede. Com cuidado, colocou a cabeça um pouco mais para a frente, apenas o suficiente para ver o quintal.

Era só um gato.

Della inspirou profundamente e expirou devagar. Seu coração estava disparado. Suas mãos de repente ficaram geladas.

Aquilo foi idiota, pensou. *Me assustar com um gato.*

Lembrou que os outros deviam estar estranhando a sua demora. Verificou a porta dos fundos mais uma vez e entrou no hall.

Estava quase na sala quando ouviu outra vez a batida forte na porta de frente.

Capítulo 9

— **Q**uem está aí? — perguntou Della.

Nenhuma resposta.

Gary juntou-se a ela no hall.

— Quem é? — gritou ele.

Silêncio do outro lado da porta.

Impulsivamente, Gary girou a chave e começou a puxar a maçaneta.

— Não, Gary, não faça isso! — exclamou Della. Porém, tarde demais. A porta já estava aberta.

Não havia ninguém na varanda da frente.

Gary empurrou a porta de tela e saiu. Mais adiante, na rua, um carro só com um farol cantou pneus na esquina e passou velozmente pela frente da casa, muito além da velocidade permitida, de cinquenta e cinco quilômetros por hora. Quando passou por um poste de luz. Della viu que estava cheio de adolescentes.

Isso é o que devíamos estar fazendo, ela pensou tristemente. *Passeando, nos divertindo.*

— Gary, por favor! Volte para dentro — chamou Della, vendo-o através da porta de tela, examinando o jardim.

— Ninguém aqui — disse ele, aliviado. Voltou para a varanda. — O solo está mole, mas não vi nenhuma pegada. — Coçou a cabeça e seu cabelo louro e ondulado.

— Talvez seja um fantasma — brincou Della.

— Alguém está fazendo uma brincadeira — disse Gary, entrando na casa e passando por ela no hall. — Uma brincadeira sem graça.

Della fechou a porta e a trancou cuidadosamente. Voltaram para a sala.

Ricky, Maia e Suki estavam de pé, tensos, na frente da janela.

— Ele está... ele está lá fora? — perguntou Maia.

Gary deu de ombros.

— Não vi ninguém.

— Mas quem estava batendo? — perguntou Maia, fechando as mãos com força ao lado do corpo.

— O Fantasma do Natal Passado — disse Della.

Ninguém riu.

— Talvez seja *melhor* procurar a polícia — sugeriu Suki, parecendo preocupada pela primeira vez. Estava com um suéter turquesa grande demais, que chegava-lhe aos joelhos. Abraçava o próprio corpo, quase desaparecendo dentro do suéter enorme.

— Não! — insistiu Maia. — Ainda não temos motivo para isso. Pode ser algum garoto da vizinhança fazendo uma brincadeira idiota.

— Eu costumava fazer isso — admitiu Ricky, sorrindo.

— Grande surpresa! — disse Suki sarcasticamente.

— Eu achava muito engraçado — disse Ricky. Foi até o sofá e recostou a cabeça no espaldar. — Agora não tenho tanta certeza.

— Somos presas fáceis aqui — disse Della sombriamente.

— Olhe, não vamos perder a calma — retrucou Gary para ela. — O cara está só brincando. Se ele quisesse entrar ou fazer alguma coisa terrível, podia ter feito nas duas vezes em que a porta foi aberta. Ele só quer nos deixar nervosos.

— Estamos nervosos — disse Ricky. — Estamos nervosos!

— Vamos estar prontos para ele na próxima vez que bater — disse Gary.

— Do que você está falando, Gary? — perguntou Della, desconfiada. Gary era legal e todos gostavam dele. Mas um dos motivos disso era ele não ser perfeito, e às vezes ele fazia coisas loucas e imprudentes, coisas que eram comentadas durante semanas.

Della conhecia muito bem Gary. Foram namorados durante muito tempo. E ela conhecia aquela expressão no rosto dele. Uma expressão que não gostava de ver. Uma expressão ousada, de *desafio*. Sua expressão de *desafio* para quem quisesse impedir o que ia fazer.

— Ora, vamos, Gary. No que está pensando? — perguntou Della, acompanhando-o para o outro lado da sala.

— Nada de mais. Não olhe assim para mim, Della. Não vou fazer nenhuma loucura. Só quero ver a cara desse palhaço.

— Vamos para casa — disse Maia, juntando-se a eles no hall. Ricky e Suki a acompanharam, nervosos.

— Mas a festa está só começando! — exclamou Gary e depois riu como se tivesse dito uma piada hilariante.

— Ora, vamos, Maia, temos de esperar Pete — disse Della.

— Além disso, não resolvemos nada — acrescentou Suki. — Não decidimos o que vamos fazer com as caveiras e o bilhete.

— Fazer? O que podemos fazer? — choramingou Maia. — Uma coisa que podemos fazer é não ficar parados nesta casa e deixar que esse cara nos aterrorize.

Gary tinha subido a escada. Voltou com a máquina Polaroid de Della.

— Que tal um retrato do grupo? — perguntou ele, sorrindo.

— É o único modo de fazer este grupo sorrir — gracejou Ricky.

— Há outro meio de me fazer sorrir, Schorr. Vá embora! — disse Suki, zangada.

— Pare com isso, Suki — disse Gary. — Pare de implicar com Ricky.

— Ricky implica comigo só por *eu* existir — resmungou Suki.

— Lembre-me de rir mais tarde — disse Ricky, revirando os olhos.

— Parem com isso vocês dois — pediu Della.

— Vou embora. De verdade. Tenho de ir para casa — disse Maia, passando por eles a caminho da porta.

— Não! Não faça isso! — disse Gary, puxando Maia para trás. Você vai espantar o cara antes que eu possa tirar uma foto dele.

— É esse o seu plano? — perguntou Della. — Quando ele bater, você abre a porta, grita "Sorria!" e tira uma foto?

— É — disse Gary defensivamente. — Esse é o meu plano. Você tem um melhor?

— Tudo bem. Esqueça.

— E se ele não quiser ser fotografado? — perguntou Suki.

— E se ele ficar zangado? — perguntou Ricky.

— Deixem-me ir para casa... por favor! — pediu Maia.

— Depois que eu tirar a foto, bata a porta e tranque-a, Della. Ele vai ficar espantado demais para reagir rapidamente — disse

Gary. — Então chamamos a polícia. — Olhou para Della. — O que você acha?

Della revirou os olhos para o teto.

— Uma bobagem — disse ela. — Mas sei que você vai fazer assim mesmo.

Gary sorriu.

— Certo.

— Por favor, me deixem ir — repetiu Maia.

— Maia, pare. Estamos juntos nisso. Temos de continuar juntos. Temos de ajudar uns aos outros — disse Della.

— Então vamos *todos* embora! — sugeriu Ricky. Levantou rapidamente as duas mãos. — Uma piada. Só uma piada!

Maia voltou furiosa para a sala.

— Não podem me manter prisioneira aqui — disse ela.

— Você não é prisioneira — disse Suki. — Mas também não pode ser uma desertora.

— Mas todos vocês parecem loucos! — insistiu Maia com voz alta e tensa — Eu só quero que tudo isso acabe.

— É o que todos nós queremos — reforçou Suki. — Mas fugir para a mamãe não vai fazer acabar, Maia.

— Silêncio. Precisamos estar prontos — disse Gary, ignorando Maia e posicionando a câmera. — Assim que ele bater, Della, você abre a porta. Tem de ser rápida, do contrário a gente perde o cara.

— Mas como... — disse Della.

Antes que tivesse tempo de terminar a frase, todos ouviram uma batida forte na porta.

Della deu um pulo, sobressaltada. O tempo pareceu congelar.

Sua respiração pareceu congelar.

Todos no hall pareceram congelados.

A batida se repetiu.

Della começou a respirar outra vez. De algum modo, conseguiu fazer o cérebro funcionar, o braço a se mover. De algum modo, virou a chave e, com um movimento rápido, escancarou a porta.

Gary se adiantou e disparou a câmera. A luz branca do flash explodiu desde o corredor até a varanda.

Capítulo 10

O clarão luminoso revelou movimento, um rosto, o cabelo, a roupa escura. Era um homem. Ele desapareceu tão depressa quanto a luz.

Ele saltou pelo lado da varanda. Della ouviu quando ele se chocou contra os arbustos e continuou a fugir.

Devia estar na lateral da casa agora, ela pensou.

A surpresa, o fato de que havia realmente um estranho na varanda paralisou Della e Gary. Era quase como se *eles* tivessem sido apanhados pela câmera e imobilizados no filme.

Quando abriram a porta de tela e olharam para fora, não havia nem sinal de alguém lá fora.

— O filme. A foto. Vejam. Está sendo revelada. — A mão de Gary tremia quando ele segurou a foto da Polaroid, vendo as cores ficarem mais escuras.

Maia, Suki e Ricky estavam atrás deles agora, todos olhando em silêncio, vendo a foto começar a aparecer.

— Bela foto da porta de tela — disse Ricky, balançando a cabeça.

A porta de tela parecia brilhante e prateada na foto. Atrás dela havia só a noite, nem mesmo o vulto vago de alguém fugindo da varanda.

— Não o pegamos — disse Della.

— De volta à estaca zero — resmungou Gary, desapontado.

Alguém apareceu de repente na varanda.

Oh, não! Não fechamos a porta, pensou Della. *Ele deu a volta na casa e está aqui outra vez!*

Ela agarrou a porta e começou a fechá-la.

— Ei, o que está fazendo? — o vulto escuro na varanda gritou.

— Pete! — exclamaram todos, aliviados.

Pete ficou confuso.

— Desculpem o atraso. Muita gentileza virem todos até a porta para me receber. Vejo que a festa está no auge.

— Não foi uma grande festa — disse Della com um suspiro.

— Tivemos uma visita. — Passou por ele e fechou a porta. — Viu alguém lá fora?

— Não. Ninguém. — Pete olhou para a câmera. — Tirando fotos?

— É, estamos começando um álbum de família — gracejou Ricky.

— Estou fora. Não quero Schorr na *minha* família — disse Suki.

Maia voltou para a sala e se sentou pesadamente na poltrona, mais desanimada do que nunca.

— Posso ir agora? — gemeu.

— Acho que a festa não está grande coisa — concordou Pete, e todos foram para a sala.

Maia fez uma careta.

— Vou embora — disse ela. Mas não saiu da cadeira.

— Espere, Maia — disse Pete. — Eu trouxe uma coisa. Acho que você vai querer ver.

Tirou do bolso da calça esporte um recorte dobrado de jornal e o abriu na mesa de centro. Todos se aproximaram para ver.

Era do *Beacon* de Shadyside. A manchete dizia:

VIZINHOS TESTEMUNHAM ASSALTO, TIROTEIO FATAL

E logo abaixo:

Polícia procura dois homens por assassinato

— Leia em voz alta — disse Suki para Pete.

— Isso porque ela não sabe ler — zombou Ricky. Suki deu uma cotovelada com força na barriga dele.

— Lê você, Della — disse Pete, dando o recorte para ela. — Ainda estou com a luz do flash nos olhos.

A reportagem dizia que vizinhos tinham visto dois jovens invadirem a casa de um jardineiro do lugar. Houve tiros, as testemunhas disseram, e depois os dois rapazes saíram correndo para fora da casa, com as mãos vazias.

O jardineiro foi encontrado morto a tiros dentro da casa. Dizem que ele era um milionário excêntrico, supostamente com uma fortuna em dinheiro escondida na cabana — o objetivo dos assaltantes, a polícia pensava. Quando os assaltantes não encontraram o dinheiro, o policial continuou, atacaram e mataram o homem.

Os dois homens ainda estão foragidos, a reportagem continuava, e encontrá-los é a prioridade número um da polícia. Um vizinho os viu bem quando fugiam. O retrato falado do assaltante estava ao lado da reportagem.

— Oh, não! Vejam este rosto! — exclamou Della, levantando o recorte para que todos pudessem ver.

Era o homem da Ilha do Medo, o homem que tinham enterrado no fundo do barranco.

— Então ele era um assassino — disse Suki, pegando o recorte e olhando para o desenho, como para memorizar o rosto do homem, e devolveu-o para Della. — Então não precisamos nos sentir tão mal.

— Ele falou alguma coisa sobre um velho — disse Della, lembrando. — Ele começou a falar muito depressa, como um louco, e disse alguma coisa sobre não ser capaz de se comunicar com um velho e que foi preciso dar uma lição nele ou coisa assim. Não fez nenhum sentido no momento. Eu estava tão assustada que, na verdade, nem podia ouvir o que ele dizia.

— Muito bem, agora sabemos quem ele era — retrucou Pete, dobrando o recorte do jornal e guardando-o de volta no bolso —, e sabemos quem nos viu cobrir o corpo com folhas. E sabemos quem mandou a caveira de prata para Della. Seu parceiro.

Seu parceiro.

Então isso explica, Della pensou. O jovem não estava sozinho no bosque. Ele e o parceiro deviam estar se escondendo na ilha. Quem ia pensar em procurá-los em uma ilha desabitada?

E o parceiro estava escondido no bosque, perto do barranco. Ele viu tudo.

— O que vocês acham que esse cara quer? — perguntou Maia em voz baixa.

Estavam todos quietos, pensando na notícia do jornal que Pete trouxe. Compreendiam que seu segredo não era mais segredo. Havia mais alguém implicado, alguém que assassinara um homem velho. Alguém que sabia onde Della e Gary moravam. Alguém que tinha estado bem ali, na frente da sua porta.

— Certamente ele não quer nos agradecer — disse Suki secamente.

— Talvez ele queira vingança — sugeriu Ricky.

Todos olharam para Ricky para ver se ele estava falando sério. Sim, estava.

Uma sensação de desânimo os invadiu. Ninguém disse nada durante um tempo.

— O que é pior: sermos chantageados por ele ou alvos da sua vingança? — perguntou Gary, quebrando o silêncio.

— Como ele pode nos chantagear? — perguntou Maia. Seu rosto estava vermelho. Parecia que ia recomeçar a chorar.

— Não a nós, mas a nossos pais — disse Pete, olhando para o chão. — Eles não conseguiram nada com o assalto à casa do jardineiro. Provavelmente o parceiro nos vê como um meio de compensá-lo por isso.

— Quase todos os nossos pais estão em boa situação — disse Gary.

— Fale por você. Os meus não têm um centavo — retrucou Suki com certa amargura.

Gary a ignorou.

— O parceiro pode contar tudo para nossos pais. Pode ameaçar nos delatar para a polícia se nossos pais não pagarem uma boa grana.

— Não! Isso é impossível! Isso é *horrível*! — exclamou Maia.

— Esperem um pouco — disse Della, levantando-se do banco do piano onde estava sentada em silêncio, pensando. — Isso não faz nenhum sentido.

— Nada faz sentido — murmurou Suki.

— Esse parceiro não pode ir à polícia. Ele matou um velho, estão lembrados? — observou Della.

— Tem razão — concordou Maia, parecendo um pouco aliviada.

— Ele não pode entrar na delegacia e contar que nos viu matar seu parceiro.

— De qualquer modo, talvez a polícia nos agradeça — disse Ricky, animando-se. — Talvez nos dê uma recompensa ou coisa assim.

— Isso não é verdade — replicou Della, balançando a cabeça, impaciente. — Mas de modo nenhum ele pode procurar a polícia.

— Ele pode ameaçar, dizendo que vai contar à polícia. Seria fácil para ele telefonar e contar o que viu — disse Pete.

— Pete tem razão! — exclamou Maia, horrorizada.

— Portanto, escolham — disse Della, tensa. — Chantagem ou vingança?

— Estamos ferrados de qualquer jeito — disse Suki. — Ele pode nos chantagear pelo resto da vida.

— Acho melhor chamar a polícia — disse Gary com firmeza.

— A polícia não pode proteger você e Della — argumentou Maia.

— Oh, Maia, pare de pensar só em você, para variar. — Della explodiu, perdendo a paciência finalmente. — Você só se preocupa com a possibilidade de os seus pais descobrirem que passou a noite na ilha sem um monitor. Não se importa com *o que* pode acontecer com o resto de nós!

Maia ficou boquiaberta e vermelha como um tomate. Della se arrependeu imediatamente. Agora ia passar meses pedindo desculpas. E o que tinha conseguido gritando daquele jeito? Nada. Não ia mudar Maia.

— Não é verdade! — protestou Maia. — Eu só... eu só... Tudo bem. Não vou dizer mais nada. — Cruzou os braços desafiadoramente e olhou furiosa para Della.

— Mas Maia está certa — disse Pete de repente, olhando para Della. — O que a polícia vai fazer para proteger você, ou qualquer um de nós, desse bandido? Nada. Vão pôr um policial de guarda em sua casa, vinte e quatro horas? Ou escoltar você quando vai para o colégio e quando volta? De jeito nenhum.

— Com a nossa ajuda, a polícia pode pegar o parceiro — disse Della.

— Quando? — perguntou Ricky. — Depois de sermos todos assassinados enquanto dormimos?

— Pare com isso! Não *fale* assim! — gritou Maia.

— Por favor, estamos ficando histéricos — disse Suki. — Temos de esfriar a cabeça. Até agora tudo que o cara fez foi...

Ela parou de falar quando ouviu uma batida na porta da frente.

Todos ficaram paralisados. Maia soltou um grito e afundou na poltrona. Della olhou para a porta como se esperasse que alguém fosse arrombá-la e entrar na sala.

— Deixei a câmera na escada — murmurou Gary.

— Não vou atender — murmurou Della. — Acho que não devemos atender.

Ninguém concordou ou discordou. Todos olhavam para o hall de entrada num silêncio medroso.

Outra batida, desta vez mais forte e comprida.

— Por que ele está *fazendo* isso? — perguntou Maia.

— Venha, vamos atender — disse Gary, andando até a porta. — De qualquer modo, não vai ter ninguém lá fora.

— Não, Gary — disse Della.

Mas Gary estava resolvido. Foi até a entrada, hesitou por um segundo e, então, encostou o rosto na porta e disse:

— Quem é?

Depois de um breve silêncio, um homem do outro lado da porta disse:

— Chegamos!

Capítulo 11

Gary ficou confuso por um segundo. Então destrancou e abriu a porta da frente.

A mãe de Della entrou acompanhada por um homem alto e calvo.

— Oi, Gary. Que agradável surpresa — disse a senhora O'Connor, parecendo um pouco espantada. — Este é o senhor Garrison. Ele me acompanhou até aqui.

— Sua mãe esqueceu a chave de casa — explicou o senhor Garrison para Della.

A senhora O'Connor parou na porta da sala de estar e ficou ainda mais espantada ao ver que Della tinha mais visitas.

— Della, uma festa em dia de semana?

Grande festa, pensou Della.

— O que *você* está fazendo aqui? — perguntou ela. — Quero dizer, por que voltou tão cedo?

— Ninguém estava com muita disposição para jogar bridge esta noite. Por isso resolvemos acabar cedo — disse a senhora O'Connor. — O que está havendo aqui? — perguntou ela, jogando seu livro de bolso numa mesinha e entrando na sala.

— Mamãe, quero que você conheça os sócios do Clube de Campo — disse Della, recobrando a compostura. Apresentou todos à mãe.

— Gosto do seu cabelo — disse a senhora O'Connor para Suki. — Como você consegue que ele fique assim espetado?

— Uso gel — disse Suki, tentando descobrir se a mãe de Della estava zombando dela ou não.

— É muito... como é que chamam? Muito... radical — disse a senhora O'Connor.

Ricky começou a rir, mas parou imediatamente.

— Não, eu gosto mesmo — insistiu a senhora O'Connor. — É claro que, se Della fizer isso com o cabelo dela, eu a mato.

— Mamãe, por favor... — interrompeu Della.

— E por que a reunião especial do clube? — perguntou a senhora O'Connor, ignorando o protesto da filha.

— Ah... estávamos falando sobre o acampamento — respondeu Della, pensando rapidamente.

— Ouvi dizer que foi um sucesso — disse a senhora O'Connor, arrumando uma pilha de revistas na mesa de centro. Ela não podia ficar parada conversando. Tinha de estar sempre fazendo alguma coisa útil ao mesmo tempo.

— Sim, foi ótimo — disse Gary.

— Foi radical — acrescentou Ricky. Ninguém riu. Se a senhora O'Connor percebeu que era zombaria, não demonstrou.

— Na verdade, estávamos terminando — disse Della, olhando para os outros para se certificar de que tinham compreendido que estava na hora de ir embora.

— Sim. Reunião suspensa — disse Gary, e sorriu para a senhora O'Connor. — Eu sou o presidente. Se não disser isso eles não podem ir para casa.

A mãe de Della riu com a sua risada estridente.

— É tão bom ver você, Gary! — disse ela. — Sentimos sua falta por aqui.

Gary ficou embaraçado e muito vermelho. Della teria gostado do seu desconforto, a menos que ela também não ficasse embaraçada.

Todos se despediram e saíram para a noite, exceto Pete, que ficou parado na porta.

— Della... posso falar com você um minuto?

— Claro — disse Della, imaginando porque ele parecia tão nervoso. Estaria com medo de sair porque o parceiro do homem morto estava por perto? Não. Ela esperava que ele não quisesse falar mais sobre aquilo tudo, não com sua mãe por perto.

— Eu estava pensando... — disse ele, levando-a para a varanda, com mais privacidade — ... se você quer sair comigo na sexta-feira à noite?

— Oh! — Não era nada do que ela esperava. Della respirou fundo. O ar estava frio e suave. Ela sentia o cheiro das flores de maçã das árvores que ladeavam a entrada da casa. — Sim, está bem — ela sorriu para ele. — Parece bom.

Pete sorriu também.

— Apanho você depois das oito, certo? Talvez a gente vá ao cinema. Ou talvez ao Moinho.

— Ótimo.

O moinho antigo, em ruínas, construído no fim da estrada do Velho Moinho, quando a cidade de Shadyside ainda não existia, fora recentemente restaurado e reabriu como um clube de dança para adolescentes, chamado O Moinho. Muitos amigos de Della do colégio Shadyside iam dançar e se encontrar no

Moinho nos fins de semana. Mas ela não podia imaginar Pete lá com sua calça preguada de algodão e camisa polo Ralph Lauren.

Talvez ele não seja tão mauricinho, ela pensou, vendo-o ir para sua caminhonete na frente da casa. *Ele tem sido um doce comigo. Talvez seja exatamente o que eu preciso para esquecer Gary.*

Sentiu um arrepio, lembrando que alguém podia estar à espreita. Alguém escondido na escuridão, observando-a, vigiando-a naquele momento, planejando contra ela, cheio de ódio.

Ainda tremendo, entrou em casa, batendo a porta com tanta força que os cachorros de toda a vizinhança começaram a latir e a uivar.

Não posso acreditar que estou me divertindo tanto, Della pensou. Era noite de sexta-feira, ela e Pete já tinham dançado no Moinho por mais de uma hora. Ela riu e bateu no ombro dele quando Pete tentou um passo de dança ridículo só com uma perna.

Na verdade, Pete não dançava bem. Não tinha a menor noção de ritmo. Mas pelo menos tentava. Até fez piada sobre o modo como dançava. *Eu nem sabia que Pete tinha senso de humor,* Della pensou, censurando-se por ter uma impressão tão errada dele.

O clube era famoso e estava lotado. A pista de dança estava repleta de adolescentes, chocando-se uns com os outros, movendo-se ao ritmo da música ensurdecedora, de batida insistente e com ritmo constante, vinda da profusão de alto-falantes suspensos em cada canto da sala enorme. Luzes azuis e vermelhas giravam, dando a impressão de que a pista girava também. No bar, que ocupava todo o comprimento da sala, ou do balcão baixo, acima da pista de dança, uma multidão de rapazes e moças assistia àqueles que dançavam.

Della e Pete dançaram sem parar. O barulho era tanto que não dava para conversar. Um pouco depois da meia-noite, ela o levou para o estacionamento.

— Chega! Estou um trapo! — exclamou ela, satisfeita.

Ele riu. Embora a noite estivesse quente, sentiam o ar frio bater em seus rostos. Quando ela olhou para o céu, ainda podia ver as luzes coloridas que giravam sem cessar. O ritmo marcante vindo do clube de dança — bateria, guitarra e baixo —, acompanhava as mesmas batidas do seu coração.

— Quer comer alguma coisa? — perguntou ele.

— Eu não sei. É tão tarde! — Della sabia que devia estar cansada, mas sentia exatamente o oposto, estava a mil, ansiosa para continuar a se mover, totalmente ligada.

— Vamos comer um hambúrguer — disse ele, puxando-a pela mão. A mão dele estava quente e úmida.

Della recuou de repente, pegando-o desprevenido, e ele tropeçou para mais perto dela. Impulsivamente, ela pôs a mão na nuca dele, o segurou e deu um longo beijo.

Quando Della se afastou, Pete parecia atônito.

— Foi um beijo de boa-noite — disse ela, rindo da cara espantada dele. — Eu só queria fazer isso logo. Agora vamos comer um hambúrguer.

Entraram na caminhonete e abriram as janelas, tentando se refrescar. Pete saiu da vaga e atravessou o estacionamento lotado.

Outro carro, com os faróis altos acesos, saiu logo atrás. Pete entrou na estrada do Velho Moinho e olhou para o retrovisor.

— Gostaria que ele abaixasse os faróis — resmungou.

A rua estava vazia, nada além da escuridão à frente, até onde a vista de Della alcançava. Não havia nenhum motivo para estar nesta parte afastada da cidade, tão tarde da noite, a não ser para ir ao Moinho ou voltar de lá.

Della se acomodou no banco, com os joelhos encostados no painel. Sentia-se ótima, relaxada, cansada e feliz. Mas percebia que alguma coisa preocupava Pete.

— Qual o problema?

— Esse cara não sai de trás da minha traseira — disse Pete, olhando no retrovisor,

— Diminua a marcha. Talvez ele passe — sugeriu ela.

Pete diminuiu. Della virou-se para trás e olhou pelo vidro traseiro. O carro de trás não ultrapassou, mas também diminuiu a marcha.

— Talvez seja um conhecido — sugeriu Della. — Não dá para ver. Os faróis altos estão me cegando. — O vidro de trás estava fortemente iluminado, por isso era impossível enxergar alguma coisa.

Pete diminuiu mais a marcha. Depois parou no acostamento rebaixado de areia.

— Ei, o que pensa que está fazendo? — gritou pela janela aberta.

O outro carro foi também para o acostamento e parou poucos centímetros atrás deles. Pete segurou a maçaneta da porta, para descer do carro.

— Não, espere — disse Della, segurando o braço dele. De repente ela sentiu medo.

E se não fosse algum conhecido? E se fosse... alguém que eles *não queriam* conhecer? Não tinha pensado no homem morto e seu parceiro a noite toda. Mas, agora, tudo voltou à sua lembrança.

— Não saia, Pete. Tranque a porta.

Pete olhou para ela com uma expressão engraçada, mas fez o que ela pedia.

Observaram o carro atrás deles, ele pelo retrovisor, ela pelo vidro de trás, esperando que alguém abrisse a porta e saísse, para que pudessem ver quem era.

Mas a porta não se abriu. Quem quer que estivesse no carro, acelerou em ponto morto até o motor roncar.

— Estou com medo — admitiu Della. — Vamos sair daqui, Pete.

Obedientemente, ele engatou a marcha e acelerou. Os pneus cantaram no solo macio e o carro guinou de volta à estrada com um solavanco. Peter perdeu o controle por um instante ao derrapar na pista. Então, rapidamente, guinou de volta para a sua mão, mantendo o pé na tábua, e saiu em disparada.

Della afundou no banco, tentando não entrar em pânico. Olhou para o velocímetro verde fosforescente. Estavam a cento e trinta.

— Por favor — disse Della, sem perceber que estava falando em voz alta. — Por favor, vá embora, seja você quem for.

Ouviram um guincho agudo atrás deles, seguido pelo ronco do motor do outro carro. Luzes fortes amarelas refletiram no retrovisor, novamente enchendo o carro de luz e de sombras irrequietas.

— Não acredito! — exclamou Pete. O volante vibrava nas suas mãos. A velocidade alta exigia toda a sua habilidade e concentração para dirigir na velha estrada sinuosa. — Ele continua atrás de nós! Que loucura!

Pete acelerou mais. Della viu o ponteiro subir para cento e quarenta.

— O que estamos fazendo? — gritou ela. — Que doideira! Detesto cenas de perseguição de carro nos filmes! Nunca esperei participar de um na vida real!

— Verifique seu cinto de segurança — disse Pete. — Às vezes ele se abre sozinho.

— Obrigada por me dizer! — exclamou ela. — Escolheu mesmo uma boa hora para isso!

Pete olhou para o retrovisor e pareceu mais preocupado.

— Ele... ele está aumentando a velocidade!

— Mas está bem aí atrás. Vai bater em nós! — gritou Della, abaixando-se no banco e fechando os olhos.

— Meu pai vai me matar — disse Pete. — Ele adora esta caminhonete.

— Como pode se preocupar com o carro? — gritou Della, acima do ronco do motor. — E a sua vida?

— Você não conhece meu pai — disse Pete, passando para a pista da esquerda e depois voltou rapidamente para a da direita. — Ele tem muito amor a tudo que possui.

— *Ah!* — exclamou Della quando sentiu o impacto, depois outra batida e mais outra do carro de trás no para-choque traseiro deles.

— Mas que... — Pete olhava para a frente, procurando não perder o controle do carro. — Ele está mesmo tentando nos jogar para fora da estrada... ou é só um jogo ou o quê?

Della fechou firme os olhos e segurou nos lados do banco individual. Gritou outra vez quando foram atingidos com força. O carro pareceu levantar-se da estrada e caiu cantando pneus.

— Saia daqui! — gritou Della. — Entre em outra estrada. Talvez ele não nos siga.

— Não posso — disse Pete, com medo na voz. — Estou indo muito depressa. Não sei se consigo manter o controle.

Outra batida, desta vez mais forte. Os faróis altos pareciam iluminar todo o carro, infiltrando-se em cada canto, envolvendo-os com uma desagradável luminosidade amarela.

— É um Taurus — disse Pete, olhando para o retrovisor. — Conhece alguém que tenha um Taurus preto?

— Não — disse Della. — O que vamos fazer?

— Segure-se bem — disse Pete. — Isso pode ser uma estupidez, mas vou tentar. Se não der certo... bem... pelo menos já vi fazerem.

— O que vai fazer? — perguntou Della.

Em vez de responder, ele pisou com força no freio e virou o volante. O carro cantou pneus e derrapou por uns cem metros, depois girou. O outro carro desviou desordenadamente para a direita para sair do caminho e passou por eles em alta velocidade.

Pete virou a direção freneticamente, tentando tirar a caminhonete da derrapagem. Estavam completamente virados para trás, na direção de onde tinham vindo. Ele acelerou outra vez e seguiram para a frente.

— Um velho truque de Kojak! — exclamou Pete, evidentemente aliviado por estar ainda vivo para dizer isto. — Você está bem?

— Não sei. Acho que sim. Nós o despistamos?

Pete olhou no retrovisor.

— Sim. Acho que sim. Nós...

Ouviram o chiado de freios e pneus.

— Ele está voltando!

Então ouviram a batida, tão forte que as mãos de Pete se ergueram no ar. Della gritou, mas não podia ouvir o próprio grito.

A batida foi acompanhada por um som horrível de esmagamento, vidro quebrado e metal contra madeira.

Pete parou o carro. O coração de Della disparou. A princípio ela pensou que *eles* tinham batido! Tudo era tão irreal. Levou um longo tempo para compreender que o outro carro saíra da estrada e batera nas árvores.

— Temos de voltar — disse Pete. — Quem quer que seja, deve estar em péssimo estado depois disso.

— Acho que sim — concordou Della, estremecendo. Ela virou-se para Pete. — Você está legal?

— Estou — disse ele, voltando com o carro. — Estou legal. Um primeiro encontro realmente animado, não acha?

— Ora, cala a boca — disse ela, brincando.

Ele virou o carro e dirigiu até avistarem o Taurus. Os faróis ainda estavam acesos, mas iluminavam virados para o céu. O carro estava empinado no tronco grosso de uma árvore. Com as rodas ainda girando, parecia querer subir na árvore.

Quando chegaram perto, Pete e Della viram que o lado direito do carro estava completamente amassado. Surpreendentemente, o lado do motorista estava relativamente intacto. Pedaços de vidro espalhavam-se pela estrada.

— Vamos ver se ele está muito ferido — disse Pete.

Com uma exclamação abafada. Della segurou o braço dele e não se moveu.

— Você não quer vir comigo? — perguntou ele ternamente.
— Sem problema. Pode ficar no carro.

— Não — disse ela, de repente sentindo-se nauseada. — Não. Quero sair do carro. Quero ver quem estava lá, quem estava fazendo isso conosco.

Pete abriu a porta e saiu. Passou pela frente da caminhonete e abriu a porta para ela.

Della saiu do carro vacilantemente e, seguindo o brilho dos faróis, foram até o lado do motorista do carro acidentado,

— Agora vamos ver quem é ele — disse Della. Segurou a maçaneta e abriu a porta do Taurus.

O carro estava vazio.

Capítulo 12

— Então quem estava no carro? — perguntou Maia. — Quem perseguia vocês?

— Eu não sei — disse Della, dando de ombros.

Era a tarde de segunda-feira e elas estavam encostadas na parede de azulejos amarelos, fora da sala do professor Abner. As aulas tinham terminado há dez minutos e os corredores já estavam quase vazios.

Della acabara de contar para Maia toda a apavorante história da perseguição de sexta-feira à noite, a primeira pessoa do Clube de Campo que tinha encontrado. Della relutava em falar naquilo, mas simplesmente *tinha* de contar para alguém. Agora se arrependia, porque Maia estava pálida e trêmula.

— Você não sabe quem estava no carro? — perguntou Maia, sem compreender.

— Não havia *ninguém* no carro — explicou Della, sussurrando, embora o corredor estivesse vazio.

— Quer dizer que...

— Quem estava nele correu para o bosque antes que chegássemos ao carro.

— Isso é tão assustador — disse Maia, encostando a cabeça na parede e fechando os olhos. — Você acha que era...

— O parceiro? Pode ser — completou Della. — Não era ninguém do colégio ou coisa assim. Ninguém que conhecemos tentaria uma coisa tão perigosa.

— Mas por que ele... — Maia parou de falar quando Ricky apareceu ao lado delas.

— Falando de mim outra vez, hein? — disse ele, abraçando ambas com seus braços gorduchos. — Bem, desculpem. Não posso ser das duas. Vão ter de lutar entre si.

Ele riu, passou por elas e entrou na sala de aula. Maia franziu a testa, aborrecida. Ouviram-no cumprimentar Suki, Gary e Pete.

— Ele não é tão ruim — disse Della.

— Não tão ruim como o quê? Como a peste bubônica? — exclamou Maia. Então perguntou preocupada: — Quer dizer que você está bem? Não se machucou nem um pouco?

— Não — garantiu Della. — Pete e eu ficamos bem. Só um pouco assustados. Voltamos para casa *muito* devagar — passou os livros de uma das mãos para a outra e mudou o peso do corpo para o outro pé. — Mas não consegui dormir muito bem. Toda vez que adormecia, eu via os faróis e sonhava que estava sendo perseguida outra vez.

— Isso é horrível — comentou Maia, balançando a cabeça tristemente. — Eu também tenho tido pesadelos. Que erro nós cometemos. Se tivéssemos ficado em casa em vez de... Ah! Aí vem o professor Abner.

— Oi, meninas. Desculpem o atraso — disse ele do corredor. Em rápidos passos largos, dirigia-se para elas com as botas de vaqueiro de couro marrom, batendo ruidosamente no piso à medida que andava. Com a calça jeans de pernas retas e a camisa de flanela xadrez vermelha e preta, ele mais parecia um caubói alto e magricela do que um professor, pensou Della.

— Sobre o que estão falando tão sérias? — perguntou ele.

— Nada de mais — disse Maia, rapidamente, corando.

— Estávamos sérias? — perguntou Della com humor. — Seria a primeira vez na vida, certo?

Eles entraram na sala. A duas sentaram na primeira fila. Pete sorriu para Della. Suki batia de brincadeira na mão de Gary.

O professor Abner fechou uma janela, bloqueando a luz do sol que inundava a sua mesa.

— Belo dia — disse ele, para ninguém em particular. — É uma pena que estávamos aqui e o perdemos.

— Eu não quis perder — replicou Ricky. — Por isso não vim às aulas de manhã! — Ele riu alto para que o professor Abner soubesse que era uma piada.

O professor Abner olhou para ele com um sorriso amarelo. Então sentou na frente da mesa e cruzou as pernas, olhando para as botas de vaqueiro.

— Estou de volta — disse ele. — Quero pedir desculpas outra vez, por ter de adiar o acampamento. Sei que todos vocês trabalharam bastante preparando-se, e sei o quanto o esperavam ansiosamente.

Della, que estava desconfortável, mudou de posição na cadeira. Puxou uma longa mecha dos seus cabelos escuros, um hábito nervoso. Percebeu que ultimamente fazia isso com frequência. Tinha muitos motivos para estar nervosa.

Agora se preocupava com a possibilidade de algum deles contar que tinham ido sozinhos acampar, sem o professor Abner. *Ele bem que podia mudar de assunto*, ela pensou. *Este é muito perigoso*. É claro que ninguém ia revelar nada deliberadamente. Mas se alguém se distraísse...

— ... Esses problemas de família. Estou certo que sabem o que quero dizer — dizia o professor Abner. Della percebeu que tinha perdido toda a história que ele acabara de contar.

O professor descruzou as longas pernas e voltou a cruzá-las no sentido oposto.

— De qualquer modo, estou de volta — disse sorrindo — e tenho notícias muito boas para vocês.

Todos ouviam atentamente agora.

— Consegui remarcar o nosso acampamento na Ilha do Medo para o próximo sábado — disse o professor Abner. Ele inclinou-se para a frente, esperando uma reação alegre ao seu comunicado. Seu sorriso desapareceu rapidamente quando ninguém disse nada.

— Ah, isso é ótimo! — exclamou Della finalmente, esperando parecer pelo menos um pouco sincera.

Com todo o terror que experimentaram nas duas últimas semanas, todos tinham esquecido que o professor Abner procuraria remarcar o acampamento.

— Sim. Fantástico — disse Ricky, nem um pouco convincente.

— Este fim de semana? Não sei se vou poder ir — disse Maia. — Minha família vai viajar para o norte, acho. Para visitar... bem... parentes.

— É isso aí, a minha também — disse Gary. — Quero dizer... não para o norte. Mas tenho certeza de que eles têm planos, professor Abner.

O monitor ficou magoado.

— Sei que vocês ficaram desapontados. Por isso deixei de lado alguns planos meus. — Olhou para a janela, mas não viu nada, porque havia fechado as persianas. — Tenho de admitir que fiquei um pouco surpreso com a reação de vocês — disse ele, coçando a bochecha esquerda com as unhas. — Ou melhor, com a falta de reação. Este *é* o Clube de Campo, certo? E vocês ficaram em cima de mim o inverno todo para organizar um acampamento, certo?

— Ainda estamos entusiasmados — respondeu Gary. — De verdade.

— Todo o meu equipamento continua pronto — disse Della.

Vamos, todos, ela pensou. *Mostrem um pouco de entusiasmo. O professor Abner está começando a ficar desconfiado. Não podemos deixar que ele comece a fazer perguntas para saber porque não queremos voltar à Ilha do Medo. Simplesmente não podemos.*

— Ainda estou louca para ir — disse Suki, que até então estivera calada e pensativa. — Mas também preciso verificar quais são os planos da família para o fim de semana. — Olhou para Gary, como esperando que ele a apoiasse ou dissesse alguma coisa para ajudar.

Gary olhou para ela envergonhado. Então, virou-se para o professor Abner e disse:

— Talvez o clube deva se reunir outra vez mais tarde na semana. O senhor sabe, na quarta-feira ou coisa assim. Então todos saberemos se vamos poder ir.

— Bem, acho melhor fazer isso — disse o professor Abner, sem disfarçar o desapontamento. — Devo dizer que estou atônito com a resposta entusiamada de vocês. Há alguma coisa acontecendo aqui que eu não sei?

Della sentiu um arrepio na espinha. Olhou para Maia, que segurava com força os lados da cadeira, fitando o chão.

— Acho que é só a influência da primavera — disse Gary, com um largo sorriso tranquilizador para o professor Abner.

— Estamos todos exaustos por causa do fim de semana. Fui a uma porção de festas. Festas demais — disse Suki.

Todos riram embaraçados.

— Ainda estamos ansiosos para ir — disse Pete.

Estamos ansiosos como para um teste de matemática, pensou Della. *De jeito nenhum algum de nós volta à Ilha do Medo. Se ao menos pudéssemos contar para ele. Ele não é má pessoa. Mas é um professor. Não temos como explicar a ele.*

— Muito bem, então — disse o professor Abner, dando de ombros resignadamente. Ele se levantou depressa. — Estamos combinados. Nos encontramos novamente depois das aulas, na quarta-feira, e vocês me dizem se o acampamento pode ser encaixado nas suas agendas lotadas.

Levantou-se, apanhou alguns papéis da mesa e saiu rapidamente da sala.

Assim que tiveram certeza de que ele estava longe, Gary levantou-se, foi para a frente da sala e fez um sinal para todos ficarem sentados.

— Precisamos conversar — disse ele, nervoso, olhando para a porta. — O que vamos dizer para o professor Abner?

— É, como vamos nos livrar desse acampamento idiota? — perguntou Suki, parecendo zangada por alguma razão. — De jeito nenhum vou acampar outra vez, disso eu tenho certeza!

— Isso mesmo! — gritou Ricky.

Gary fez sinal para ele abaixar a voz.

— Estou certo de que todos pensam assim — disse Gary. — Portanto, temos de descobrir um meio...

Ouviram o barulho de alguém abrindo um armário no corredor.

— Acho melhor não conversarmos aqui — disse Della.

— Vamos para fora, para trás do estacionamento — sugeriu Gary.

— Só tenho alguns minutos — disse Maia, consultando o relógio. — Eu disse para a minha mãe que estaria em casa às quatro horas.

Eles saíram apressadamente pela porta lateral e foram para o estacionamento dos alunos, atrás do prédio. Só havia dois carros no estacionamento. Todos já tinham ido para casa. No campo de treino, atrás das quadras de tênis, o time de beisebol de Shadyside fazia exercícios de aquecimento.

— Só temos de enrolá-lo — sugeriu Pete quando estavam encostados na cerca alta metálica que separava o estacionamento do campo de treino. — As aulas terminam dentro de quatro ou cinco semanas. Se estivermos todos ocupados nos fins de semana, o acampamento não acontecerá.

— Talvez devêssemos explicar o que aconteceu, contar a história toda para o professor Abner — sugeriu Gary. — Seria bom, acho, contar para um adulto. Ele não irá à polícia ou coisa assim. Não acredito.

— Não! — protestou Maia imediatamente. — É o nosso segredo. Temos de guardar segredo. Fizemos um juramento, estão lembrados?

Os outros rapidamente concordaram com ela. Não podiam saber o que o professor Abner faria se descobrisse o que tinham feito.

— Podemos enrolá-lo — disse Suki com convicção. — Temos de estar certos de que as nossas histórias...

— Ei, acabo de lembrar de uma coisa — interrompeu Ricky. Virou para Della e espetou-lhe o ombro com o dedo —, minha pistola de paintball. Voltei do acampamento só com cinco. Você não me devolveu a sua. Pode levá-la até a minha casa esta noite?

— Ah, não! — disse Della, segurando com força na cerca metálica. De repente ficou gelada.

— Não esta noite? Bem, pode então levá-la para o colégio amanhã? — perguntou Ricky, sem notar que Della estava apavorada.

— Eu... eu a deixei lá — conseguiu dizer Della.

— O quê?

— Eu estava com ela no barranco. Então o homem... ele... tirou de mim e... — Ela balançou forte a cabeça, como se estivesse tentando afastar o que estava lembrando. Olhou para Ricky. — Deixei a arma com o corpo. Na Ilha do Medo.

— Não! Isso é impossível! — exclamou Ricky. Bateu na cerca com o punho fechado, fazendo o metal tinir. Vários jogadores de beisebol olharam para eles.

— Shhh! Baixe a voz, Ricky — avisou Gary.

— Mas a minha arma! Quero dizer, você não pode deixá-la! — gritou para Della, ignorando Gary. — Quando a polícia encontrar o corpo debaixo das folhas, minha arma vai estar lá.

— Não vão saber que é sua, Schorr — disse Suki, olhando para ele com desprezo.

— *Todo mundo* sabe que eu vivo fazendo guerras de paintball. — Muito agitado, Ricky desviou-se de Della para Suki. — Todos no colégio sabem que sou o único que tem as pistolas de paintball. Tudo que a polícia tem a fazer é perguntar para qualquer aluno de Shadyside quem tem armas de paintball, que virão direto para mim. Aquela arma os trará diretamente para Ricky Schorr! E vou dizer mais uma coisa...

Gary o puxou de perto de Suki.

— Fica frio, cara. Vamos, Ricky.

Ricky puxou o braço, livrando-o da mão de Gary.

— E vou dizer mais uma coisa. Não vou levar a culpa pela morte daquele cara. Se a polícia me procurar, vou contar tudo sobre você também.

— Seu filho... — Os olhos de Suki estavam cheios de ódio. Gary rapidamente se pôs entre os dois.

— Esperem! Parem! Pare todo mundo! — gritou Della. Todos se voltaram para ela. — Ricky tem razão. Eu sou a responsável por isso tudo.

— Espere um pouco, Della... — começou Pete a dizer, mas ela cobriu a boca dele com a mão e o fez calar.

— A arma era minha responsabilidade e eu a deixei lá. Portanto, acho que não tenho escolha. Vou voltar... voltar à Ilha do Medo... e trazer sua arma de volta, Ricky.

— Tudo bem — disse Ricky, ainda olhando furioso para Suki.

— Parem, esperem um pouco! — exclamou Pete. — Não pode voltar lá sozinha, Della. Eu vou com você.

— Obrigada — disse Della, terna, sorrindo para ele.

— Talvez nós todos devêssemos ir — comentou Gary de repente.

— O quê? — perguntou Maia, transtornada.

— É isso aí. Talvez seja melhor nós todos irmos ao acampamento. Então Della pode dar uma fugida e pegar a arma. Afinal, nós todos estamos nisso.

— E se nós todos formos, não vai ser tão ruim — acrescentou Pete.

— Bem... Acho... — disse Suki, depois de pensar um pouco. — Acho que, se acontecer alguma coisa de mal desta vez, o professor Abner estará lá. Ele pode chutar qualquer estranho com suas botas de vaqueiro.

Todos riram, menos Maia.

— Mas... Mas o que faremos se o parceiro estiver lá? — perguntou Maia, segurando a cerca e olhando para o chão.

— Espero que ele esteja — disse Gary, com raiva. — Estou cheio desse negócio idiota de parceiro. Tenho vontade de dar uma surra no cara. Tenho mesmo.

Della olhou para ele, duvidosa. Detestava quando Gary começava a bancar o valentão.

— Vocês não precisam ir — disse ela com um tremor na voz.

— Estamos juntos nisso — replicou Gary. — É claro que vamos. Certo?

Todos, exceto Maia, concordaram num murmúrio. Finalmente, Maia disse:

— Bem, talvez, acho... Não pode ser pior do que da última vez, pode?

Capítulo 13

Quando começaram a atravessar o lago em três canoas — o professor Abner e o equipamento em uma, três membros do clube em cada uma das outras duas —, o tempo não estava muito promissor. Nuvens altas escondiam o sol, e o céu e a água estavam ameaçadoramente cinzentos. Uma leve neblina dificultava a visibilidade de onde a água acabava e começava o céu.

Ninguém falava. Só o som dos remos batendo ritmadamente na água e o grasnar rouco de dois patos grandes sobrevoando as canoas quebravam o silêncio.

Della inclinou-se para a frente, olhando para Pete, que estava sentando após Maia na frente da canoa, acertando o ritmo do seu remo com o dele. As ondas estavam mais fortes nesta viagem, agitadas por um vento quente, mas forte, e tornavam difícil impelir a canoa adiante.

— Isto é um filme mudo ou o quê? — perguntou o professor Abner da sua canoa, alguns metros na frente deles. — Que tal algum barulho? Alguém sabe uma canção?

— Não — responderam Ricky, Gary e Suki em uníssono.

— É muito cedo numa manhã de sábado para cantar — acrescentou Suki.

— Alguém já disse que vocês são muito divertidos? — perguntou o monitor, reforçando as remadas contra a corrente.

— Não — disse Gary. — Ninguém.

— Pois estavam certos! — devolveu o professor Abner.

Todos riram desanimados.

— Não acredito que estamos fazendo isto — resmungou Maia. — Não acredito que estamos voltando àquela ilha horrível.

— Maia, shhh — avisou Della. — O vento pode levar sua voz. Você sabe porque precisamos voltar. Vamos tentar fazer o melhor possível.

Maia franziu a testa, fechou os olhos e pôs as mãos dentro do casaco para aquecer.

Começou a garoar. O céu cinzento escureceu. A névoa, cada vez mais espessa, fazia tudo parecer estranho e ameaçador.

Perfeito, pensou Della. *A atmosfera perfeita para voltar à Ilha do Medo, para voltar à cena do... crime.*

Pare de pensar assim, ela se corrigiu. *Não foi um crime. Foi um acidente.* Pensou no corpo debaixo das folhas marrons crepitantes. Pensou em alguém — o parceiro do homem morto — indo até o corpo e arrancando as caveiras de prata da corrente em volta do pescoço do homem morto. Pensou na pistola de paintball ao lado do corpo.

Teria realmente a coragem de voltar ao barranco e pegar a pistola?

Sim. Não tinha escolha. Não podia deixar que fosse encontrada pela polícia.

Pensou no homem morto, no corpo sob as folhas se deteriorando, deteriorando, deteriorando. Teria de olhar para ele?

Não. Pegaria a pistola no chão e sairia correndo.

Talvez Pete fosse com ela. Sim, provavelmente ele iria.

Olhou para ele, remando na proa da canoa, o cabelo castanho despenteado pela brisa forte. Sentiu que começava a gostar dele. Quando ela chegou ao lago, uma hora atrás, e viu Gary chegar com Suki, isso não a incomodou. Olhou para ele e não sentiu aquela mágoa, aquela impressão de "por que não estamos juntos". Agora, Gary era apenas outro cara, apenas outro garoto do colégio. E isso a deixava contente.

A garoa parou e a cobertura de nuvens clareou um pouco quando desceram das canoas e as arrastaram para a praia rochosa. A ilha parecia toda envolta em tons cinza — as árvores, as dunas, a praia. Della teve a impressão de ter entrado num filme em preto e branco.

— Levem as canoas para as árvores — disse o professor Abner, sem notar que elas já estavam lá.

Acho melhor termos cuidado, pensou Della, *para não demonstrarmos que já conhecemos a ilha.*

— Esta ilha é toda coberta de árvores? — perguntou ela. — Não venho aqui desde que era pequena.

— Pelo que sei — disse o professor Abner, arrastando a sua canoa com todo o equipamento e as barracas. — Nunca estive do outro lado da ilha. Não sei o que tem lá. — Deixou a canoa no lugar. — Ei, é uma boa ideia. Vamos fazer uma caminhada até o outro lado da ilha. A manhã está ótima para caminhar!

— Ah, não — gemeu Suki.

Ninguém demonstrou grande entusiasmo.

— Não temos de armar as barracas e apanhar lenha e arrumar tudo primeiro? — perguntou Ricky, esperançoso.

— Deixaremos tudo nas canoas — disse o professor Abner, resolvendo ignorar a relutância do grupo. — Arrumamos na volta. Vamos. Deixem tudo e levem suas mochilas. Não será uma caminhada longa. No máximo duas ou três horas.

O monitor apanhou sua mochila azul e a pôs nos ombros, com um sorriso satisfeito. Della e os amigos viram que não adiantava reclamar. Iam a pé ao outro lado da ilha.

— Grande dia para uma caminhada — disse Pete com ironia, andando ao lado dela. — Como vão as coisas com você?

— Comigo? Tudo bem, acho. Pode estar certo de que não vejo a hora de este fim de semana acabar. — Della apanhou sua mochila. Ele a segurou enquanto ela passava os braços pelas alças.

— Você e eu — disse ele com um suspiro. A garoa recomeçou, não exatamente uma chuva, mas uma garoa fina que umedecia tudo, até o ar que respiravam. — Vou com você apanhar a pistola de paintball. Talvez possamos dar uma fugida durante a caminhada.

Della ergueu os olhos e viu o professor Abner olhando para eles.

— Talvez seja melhor depois da caminhada — murmurou ela.

— Vamos mais tarde, quando todos estiverem apanhando lenha.

— Obrigada — murmurou. — Só espero não ter de caminhar todo o fim de semana. O professor Abner está muito mais entusiasmado com o passeio do que pensei.

Ele seguiram os outros através do bosque. Della puxou para cima o capuz do casaco, cobrindo a cabeça e o cabelo, mas não se protegendo do frio nem do medo crescente que sentia. Não queria andar outra vez naqueles bosques, pisando de tênis as folhas secas marrons.

Agora o terreno era em aclive. Seus tênis escorregavam na lama. A caminhada começava a ficar escorregadia por causa da chuva. Segurou o braço de Pete, e ele a ajudou a subir uma ladeira íngreme.

Passaram cautelosamente por uma árvore caída e seguiram os outros mais para dentro do bosque. De repente, o professor Abner chegou correndo com uma câmera de vídeo encostada no olho.

— Não olhem para a câmera — recomendou, apontando para Della e Pete e recuando para enquadrá-los.

Eles pararam e olharam para a câmera.

— Não, não parem! — exclamou. — Continuem a andar. Com naturalidade.

— Professor Abner, o que está fazendo? — perguntou Della.

— Uma gravação completa do nosso acampamento — disse ele, continuando a filmá-los. — Quando voltarmos para casa, mando fazer cópias para todos.

Pobre homem, pensou Della. *Não tem ideia do que está acontecendo. Nem imagina que essa não é uma experiência da qual vamos querer lembrar. Este acampamento é uma coisa que nós todos queremos esquecer o mais depressa possível.*

— Podiam pelo menos sorrir — sugeriu o professor Abner, recuando, mantendo a câmera apontada para eles. Della e Pete fizeram uma débil tentativa. Então, de repente, o professor Abner tropeçou em uma raiz saliente e caiu de costas na lama.

Os seis membros do clube esforçaram-se para não rir. Mas a cena dele caindo de costas, a câmera voando da sua mão, suas pernas compridas agitando-se no ar era demais, e todos caíram na gargalhada. Ele se levantou devagar, parecendo desconcertado, e verificou a câmera de vídeo para assegurar-se de que ela ainda funcionava.

— Regra número um da caminhada: não ande de costas — disse ele, tirando folhas úmidas e limpando a sujeira do fundilho da calça. Então acrescentou: — Fiz isso para acordá-los. É a primeira risada que ouço esta manhã.

Ele tinha razão, pensou Della. *Não estavam conseguindo muito bem agir normalmente. Mas o que podiam fazer? Nenhum deles, nem mesmo Ricky, tinha vontade de se divertir.* Para Della era difícil até pensar direito. Só pensava em como dar uma fugida e no que tinha de fazer.

Parecia que estavam andando há dias, parando só uma vez para comer os sanduíches que tinham levado. Finalmente, cansados e extremamente irritados, chegaram ao destino. O outro lado da ilha, como era de esperar, era igualzinho ao lado que conheciam. Os pinheiros davam passagem às dunas baixas de uma praia rochosa. Se havia terra no outro lado do lago não podiam ver por causa das nuvens baixas e da névoa, que bloqueavam a visão.

— Não deixa de ser bonita — disse Della para Pete, olhando para o lago. — Toda cinzenta e misteriosa. É quase como um sonho.

— Acho que sim — replicou Pete, ajeitando a mochila. Ele gemeu. — Esta coisa estava leve quando começamos. Agora, pesa uma tonelada.

O professor Abner terminou de filmar a praia e abaixou a câmera de vídeo.

— Não parece que aquelas nuvens vão sair dali — disse ele, pondo a mão em pala na testa para proteger os olhos da claridade.

— O que fazemos agora? — perguntou Ricky, mal-humorado.

— Voltamos, é claro — disse o professor Abner, sempre olhando para o lago.

— Está dizendo que temos de atravessar o bosque outra vez? — gemeu Maia.

— Você quer que eu traga o carro? — perguntou o professor Abner, rindo. — Vamos fazer uma coisa, vamos voltar pela praia. Daremos a volta na ilha em vez de atravessá-la.

A ideia pareceu agradar a todos. Mas quando chegaram às canoas e aos suprimentos, a tarde estava no fim, os tênis encharcados, todos gelados até os ossos e suas pernas doloridas de andar por tanto tempo na areia.

Ricky desabou dentro de uma canoa. Della e Maia se ajoelharam na areia fria, molhada e grossa.

— Ah, foi estimulante! — exclamou sorrindo o monitor enquanto guardava cuidadosamente sua câmera. — Ei, não se sentem. O divertimento acabou. Está na hora de começarmos a trabalhar!

Resmungando e reclamando, levaram as barracas e os suprimentos para uma clareira além da linha das árvores. Della percebeu que não estavam longe do primeiro acampamento, a uns cem metros mais ou menos, no meio das árvores.

Depois de as barracas estarem armadas, o professor Abner os mandou apanhar lenha.

— Tentem encontrar madeira seca — instruiu.

— Está tudo molhado — disse Suki, irritada. — Onde vamos encontrar madeira seca?

— Acho que tenho alguma lá em casa — ofereceu Ricky. — Vou buscar.

— Ricky — disse o professor Abner, zangado.

— Não. É verdade. Eu não me importo — brincou Ricky. — Vou apanhar a lenha e volto.

— Procurem debaixo das folhas ou debaixo de outras madeiras — falou o professor Abner, ignorando Ricky. — Estará mais seca do que a que está exposta. Podemos queimar madeira molhada. Só leva um pouco mais de tempo para aquecer.

Os seis se separaram, partindo em várias direções.

— Maia, fique aqui e me ajude a desembrulhar os mantimentos para o jantar — disse o professor Abner. Maia foi imediatamente para o centro do acampamento, parecendo aliviada.

— Apanhem muita madeira — gritou o monitor. — Parece que será uma noite fria e monótona.

— Não sei sobre o frio, mas ele está certo quanto a ser monótona — murmurou Suki para Gary quando saíram juntos.

— Aposto que posso alegrar você — Della ouviu Gary dizer a Suki.

— Pare com isso, Gary. Tire as mãos de mim! — Della ouviu Suki protestar, sem muita convicção.

Della encontrou Pete jogando gravetos molhados no chão.

— Não tem nada seco — resmungou. — Abner está louco. — Um vento começou de repente, fazendo estremecer os galhos e espalhando folhas por todos os lados.

— Este é o dia mais longo da minha vida — suspirou Della.

— Você se sentirá melhor quando nós... — A voz de Pete esmoreceu. Ele olhou em volta. Ninguém à vista. — Ei, vamos.

— Hã?

— Vamos pegar a pistola de Ricky. Agora mesmo. Enquanto ainda tem alguma luminosidade.

Della hesitou. Ela podia sentir a garganta apertar e uma sensação de peso no seu estômago.

— Eu acho...

— Abner está ocupado com Maia, no acampamento. Ele não notará. Buscaremos a pistola e estaremos aqui de volta em poucos minutos.

— Está bem — disse Della, levantando o capuz do seu casaco. — Acho que a hora é boa como qualquer outra.

Seguiram juntos na direção do barranco.

— Ei, aonde vocês estão indo? — era Abner.

Voltaram-se, surpreendidos em vê-lo no bosque.

— Íamos só, ah...

— O que é isso, gente — o professor Abner censurou, balançando a cabeça. — Vocês conhecem as regras. Sem malandragem.

— Mas não estávamos... — protestou Della.

— Claro que estavam — insistiu o professor Abner, rindo.

— Voltem para mais perto do acampamento. Não têm de ir tão longe para recolher lenha.

— Certo — responderam Della e Pete em uníssono. Seguiram-no de volta ao acampamento e começaram a recolher lenha na beirada da linha das árvores.

— Nunca sairemos. Nunca — protestou Della.

— Shhh! Veja — apontou Pete. O professor Abner e Maia foram para o outro lado da clareira — Vamos. Ele não pode nos ver. Vamos tentar de novo.

— Certo. Rápido — disse ela, seus olhos fixos no professor Abner.

— Lembra-se exatamente onde fica o barranco? — perguntou Pete. O capuz do casaco enrolou no cabelo dela. Ele a ajudou a endireitá-lo. A mão dele estava fria ao tocar-lhe a testa.

— Tenho... Tenho certeza

— Então, vamos — disse Pete.

Correram para as árvores.

Quando rapidamente começaram a andar no solo molhado e escorregadio, Pete segurou a mão dela. Largou-a quando ouviram um grito.

Vinha do acampamento, um grito estridente e alto, um grito de completo horror.

Della reconheceu imediatamente.

— É Maia! — exclamou.

Capítulo 14

Um segundo grito ecoou entre as árvores, um grito de socorro.

Della e Pete chegaram juntos ao acampamento, no momento em que Gary e Suki apareceram, assustados e confusos.

— Maia! Onde você está? — chamou Della.

Ricky entrou na clareira carregando uma porção de gravetos. Jogou tudo perto de uma barraca.

— O que é essa gritaria?

— Aqui! — gritou Maia. Sua voz vinha de perto da entrada do bosque, no outro lado das barracas. — Ajudem, por favor!!

Com o coração disparado. Della deu a volta nas barracas e correu na direção da voz de Maia, seguida pelos outros. Encontraram a amiga ajoelhada ao lado do professor Abner, que estava deitado de costas. Maia apoiava a cabeça do monitor nos braços. Quando chegaram perto, viram que os olhos do professor Abner estavam fechados, a boca aberta e um filete de sangue escorria da sua cabeça.

— Maia... professor Abner... o que...

— Ele está inconsciente — informou Maia. — Não consigo fazer com que volte a si.

— Mas quem fez isso?

— Você viu o que aconteceu?

— Ele caiu? Levou... um tiro?

Pete e Gary ajoelharam ao lado de Maia. Gary pôs a mão no moletom do professor Abner, acima do peito.

— O coração dele está batendo — disse ele. — O que aconteceu?

— Ele foi... atacado — informou Maia, com voz trêmula. — Levou uma pancada na cabeça. — Eu vi alguém... um homem... Ele correu para as árvores. — Olhou para o bosque atrás deles. — Por ali.

— Um homem? — gritou Della. — Você viu o rosto dele?

— Quem era? — perguntou Gary.

— Não sei. Foi como se estivesse tudo embaçado. Um vulto escuro. Vestia uma jaqueta preta, acho.

O professor Abner gemeu, virou um pouco a cabeça, mas não abriu os olhos.

— Temos de ir buscar ajuda para ele — disse Maia. Cuidadosamente pôs a cabeça do professor Abner no chão e recuou. As mangas do seu casaco estavam sujas de sangue. — Acho que ele está gravemente ferido.

Della ficou surpresa vendo Maia reagir tão bem numa emergência. *Ela é mais forte do que pensamos*, pensou Della.

— Quem fez isso? Por quê? — perguntou Suki. Ela parecia mais zangada do que com medo.

— Talvez o parceiro do homem morto — respondeu Pete, olhando para Della. — Talvez ele tenha nos seguido até aqui.

— E agora ele pretende liquidar a gente, um a um — disse Ricky, olhando para as árvores, o rosto redondo crispado de medo.

— Cala a boca, Schorr — ordenou Suki, irritada. — Você sempre sabe piorar as coisas.

— O que pode ser pior? — disse Maia em voz baixa. Correu para o outro lado da barraca. Voltou logo depois com um saco de dormir enrolado e o pôs debaixo da cabeça do professor Abner. — Alguém desenrole outro saco de dormir para cobri-lo — ordenou.

Pete se apressou a cumprir a ordem.

— Estamos indefesos aqui — disse Della, pensando em voz alta. — Não podemos ajudar o professor Abner nem fazer nada para nos proteger se quem tenha feito isso voltar.

— Alguém tem de ir à cidade procurar ajuda — disse Maia, ajudando Pete a cobrir o professor Abner com o saco de dormir.

— Eu vou! — prontificou-se Ricky imediatamente.

— Não está muito ansioso para ir, ou coisa assim, Schorr? — disse Suki.

— Larga do meu pé — disse Ricky, zangado.

— Quem vai me obrigar? — Suki fez uma careta para ele.

— Parem com isso. Vamos, chega! — disse Gary, irritado. — Temos uma emergência aqui.

— Ele está perdendo muito sangue — disse Maia, apertando o lado da cabeça do professor Abner com um lenço, tentando em vão conter a hemorragia.

— Tudo bem. Vamos buscar ajuda — disse Gary. — Venham, Ricky, Suki. Vamos embora. Vocês três ficam e tomam conta dele.

Della viu os três correrem para as canoas. De repente, Ricky parou e virou-se para trás.

— Ei — disse ele —, minha pistola de paintball. E a minha pistola de paintball?

— Vou buscá-la agora — respondeu Della. Respirou profundamente, vendo os três desaparecerem entre as árvores. — Acho que não tenho escolha — ela disse para Pete. — Tenho de recuperar a arma. Antes que eles voltem com a polícia.

— Tudo bem. Vou com você — disse Pete, olhando para o professor Abner. — Voltaremos o mais depressa possível, Maia.

— Não! — exclamou Maia, segurando o braço dele. — Você não pode ir!

— O quê?

— Não pode me deixar sozinha aqui.

— Mas, Maia... — disse Della.

— Não. Falo sério. Isso não é justo. E se o homem voltar? Não terei ninguém para me ajudar. Não podem me deixar assim. Não podem!

— Ela tem razão — concordou Della para Pete.

— Mas, Della...

— Tenho de ir sozinha — disse Della. — Você fica e ajuda Maia.

— Mas eu não quero...

— Nós não queremos voltar e encontrar Maia desacordada por uma pancada na cabeça também. Ou coisa pior. A culpa seria sua, Pete. Você tem de ficar com ela. Eu volto logo. Vou direto para o barranco, apanho a arma e volto correndo.

Pete livrou o braço da mão de Maia.

— Não. Não posso deixá-la ir.

— Veja — disse Della, mostrando um apito que pendia de um cordão do seu pescoço. — Está vendo isto? Tenho um apito. Faz bastante barulho. Se tiver algum problema, eu uso. Está bem?

— Um apito? — Pete não parecia convencido de que era um bom plano. Mas olhou para Maia, pálida e trêmula ao seu lado, e compreendeu que não tinha escolha senão deixar que Della fosse sozinha.

— Volto logo. De verdade — disse Della, pensando que talvez, se ficasse repetindo isso, começaria a acreditar. Ficou na ponta dos pés e deu um beijo no rosto de Pete. Para dar sorte. Depois, virando-se e, enchendo-se de coragem, entrou no bosque.

— Espere, pare! Della! — Pete correu para ela. — Tome, leve isto. — Ele lhe entregou uma lanterna grande de metal. — Está começando a ficar escuro.

Ela apanhou a lanterna e ficou surpresa com o peso. Então cada um foi para o seu lado. Ouviu Maia chamando por ele, temendo que Pete tivesse mudado de ideia deixando-a sozinha.

Maia é tão infantil, pensou Della.

Mas então corrigiu. *Maia está certa. Tem um bom motivo para estar assustada. E eu também.*

Segurou com força a lanterna. *Posso usá-la como arma se for preciso*, pensou.

Como arma?

O que estou pensando? Será que fiquei doida? Esta sou eu, andando neste bosque para encontrar um homem morto, para reaver uma arma idiota de plástico? Sozinha no bosque, enquanto alguém está de tocaia, um doido que atacou o professor Abner na cabeça e que agora pode estar atrás de mim, me vigiando, pronto para...

Pare com isso!

Pare de pensar, disse a si mesma. *Não pense em nada. Continue a andar até encontrar o barranco. E não pense em mais nada. Neste momento, não há nada que possa pensar que a fará melhor. Nada que puder pensar a fará se sentir mais segura.*

Que tal Pete? Vou tentar pensar em Pete.

Mas ela imaginou Pete atingido na cabeça. Imaginou um homem com uma jaqueta preta correndo entre as árvores.

Imaginou Pete caído no chão como o professor Abner, com sangue pingando da cabeça.

Sangue, sangue no solo. Sangue por toda a parte.

Não. Não posso pensar em Pete.

Vou pensar na minha casa. Segura, quente, sossegada.

Mas o parceiro do homem morto esteve na minha varanda, deixou o envelope com a caveira de prata e o bilhete ameaçador. Bem na minha varanda. Praticamente dentro da minha casa. Ele sabe onde moro. Ele me conhece. Ele...

Estará me vigiando agora? Estará me vendo andar no bosque? Está esperando que eu tropece e caia para me atacar?

Estará esperando sua vingança, esperando para me fazer pagar pela morte do amigo, por tê-lo coberto de folhas e fugido?

Não!

Pare de pensar!

Della olhou em volta e percebeu que tinha perdido o senso de direção. Tudo parecia igual para ela, as árvores sussurrantes, o mato marrom, as folhas mortas que flutuavam junto ao solo.

Estivera ali antes? Estaria andando em círculo?

Não. Tinha de estar na direção certa. Lembrava daquela rocha grande e quadrada no pé da pequena colina.

Sim. Estava indo para o barranco. Estava quase lá. Talvez.

Precisava se concentrar no caminho que estava fazendo, afastar outros pensamentos da cabeça.

De repente escureceu, como se tivessem apagado a luz. Della ligou a lanterna, lançando um facho estreito de luz branca no solo, à sua frente.

Sim. Era melhor. Pelo menos podia ver o chão agora, podia evitar aquele galho caído e dar a volta naquele buraco e se afastar daqueles arbustos espinhosos.

É logo ali em cima, acho. Olhou acima do facho de luz da lanterna, tentando enxergar pelo meio das árvores. Agora subia uma encosta. Sim, lembrava-se disso. Lembrou de como ficava íngreme de repente, extremamente íngreme e...

Que luz era aquela?

Através das árvores, viu um facho de luz branca, à sua direita. *Será um reflexo da minha lanterna?*

Não. Viu outra vez, um raio de luz estreito, interrompido por um galho de árvore.

Pensando rapidamente, ela apagou a lanterna. *Por que mostrar onde estou?*

Com um arrepio na espinha, ela tentou respirar normalmente. Quem era?

A luz desapareceu, depois apareceu novamente, mais perto dela. Parecia flutuar e piscar, como se estivesse livre da gravidade, emitida por um vaga-lume gigante voando entre as árvores.

Talvez seja Pete.

Sim, é claro. É Pete. Ele acalmou Maia e veio me procurar.

Devia chamá-lo?

Sim. Não. Sim. Mas e se não fosse Pete? Se fosse o criminoso que atacou o professor Abner?

Não. Não o chame.

A luz se aproximou mais ainda.

— Pete? — chamou Della com voz fraca e medrosa. A palavra saiu instintivamente. Não pretendia dizer nada. Mas tinha dito e repetiu: — Pete? — Um pouco mais alto desta vez.

A luz flutuou para mais perto. Agora ela ouvia passos.

— Pete?

Uma tosse. Ouviu uma tosse de homem.

Não era Pete.

Agora ele andava para ela.

Della ficou paralisada. Que idiotice. Idiotice ter falado, deixando que ele soubesse onde estava. Trazê-lo diretamente até ela.

Não! Pare de pensar! Pare de pensar e fuja.
Ela virou e começou a correr. Não pensava em nada agora. Sua mente estava vazia, clara. Todos os pensamentos afastados pelo medo.

Estava só, correndo, ouvindo os passos que se aproximavam rapidamente atrás dela, correndo sobre as folhas marrons e escorregadias, saltando sobre os galhos e troncos caídos, passando por espinhos e arbustos e mato alto.

Segurava a lanterna com força, mas apagada. Não teve tempo de ligá-la. E não precisava dela. Corria guiada pelo radar, o radar do medo. Ele a conduzia no escuro.

Mas a luz atrás dela flutuava cada vez mais e mais perto.

Agora ela estava subindo uma encosta íngreme, fugindo da luz, na direção...

Antes que desse conta, estava perto do cume da subida. Sem perceber estava no topo. Então continuou a correr e não viu a árvore caída no meio do caminho.

Della tropeçou, não gritou, não fez nenhum som, assustada demais para gritar. Sabia onde estava. Sabia para onde estava caindo.

Sabia que tinha encontrado o barranco. E caindo para a frente, quase mergulhando pela lateral, viu a sinistra e horrível pilha de folhas — e sabia que estava caindo bem em cima dela.

Capítulo 15

Ela estava bem em cima dele.

Vou vomitar, pensou Della. Uma onda de náusea subiu à sua garganta. Respirou profundamente e a prendeu, esperando passar a sensação.

Atordoada. Estou tão atordoada!

Tentou levar o corpo para cima com os braços, mas suas mãos escorregavam nas folhas molhadas.

Estou bem em cima dele, em cima do corpo morto, em decomposição.

Esforçou-se para ficar de pé, sempre prendendo a respiração, ainda estonteada.

Eu estava em cima de um homem morto.

A lanterna. Onde estava a lanterna?

É isso, Della. Pense na lanterna. Pense em encontrar a pistola de paintball e em sair deste barranco. Não pense no monte de folhas. Não pense no corpo em decomposição sobre o qual caiu. Não pense...

Espere. O monte de folhas. Estava tão baixo. Lembrou-se da pilha de folhas que tinham feito.
Bem, talvez parte das folhas tenha sido levada pelo vento.
Cautelosamente ela chutou as folhas com a ponta do tênis.
As folhas caíram.
Chutou outra vez, levando o pé mais para o fundo da pilha.
Nada, a não ser folhas.
Com a respiração pesada, ela ficou de pé sobre as folhas. Seu tênis mergulhou até tocar...
... O solo!
Chutou as folhas outra vez, mais outra, espalhando-as em todas as direções.
Ele não estava mais ali. O corpo tinha desaparecido. Não estava debaixo da pilha de folhas.
O corpo fora removido.
Della ficou olhando para as folhas espalhadas. Não sabia o que sentir. Estava aliviada por não ter caído em cima do corpo em decomposição. Mas o fato de ter sido removido criava uma porção de perguntas na sua mente.
Balançando a cabeça, como para clarear os pensamentos, ela se inclinou e procurou a pistola de paintball entre as folhas. Espalhando-as com as duas mãos, batendo em cima delas, parecia um cachorro desenterrando um osso perdido.
Não encontrando a pistola, levantou-se e começou a procurar em volta, arrastando o tênis em linhas retas, chutando montes de folhas secas.
Nada.
— Tenho de encontrá-la — disse ela em voz alta. — Tenho.
Ela arrastou o tênis por uma área mais ampla, sem sucesso.
"Tem de estar aqui", murmurava para si mesma, abaixando-se e escarafunchando entre as folhas.
Sua mão bateu em alguma coisa dura.
Assustada, suspendeu-a. Era a sua lanterna.

Isso poderia ajudar, pensou. Ligou-a. Sem luz. Ligou-a novamente. De novo.

Devia ter quebrado durante a queda.

Frustrada, bateu com ela na lateral da perna da sua calça jeans.

— Ai!

Calma, garota. Não perca o controle.

A luz ainda não acendia.

Estava quase jogando fora a lanterna quando ouviu a tosse.

Atrás dela.

Virou-se.

Alguém estava acima dela na escuridão. Primeiro ela viu suas botas pretas sujas de lama. Depois viu o seu jeans justo.

Ergueu os olhos para a jaqueta de couro de aviador.

— NÃO! NÃO PODE SER! — ela gritou com uma voz que não reconheceu. — VOCÊ ESTAVA MORTO! EU SEI QUE VOCÊ ESTAVA MORTO!

Com um grunhido mais animalesco do que humano, ele desceu pelo lado do barranco, arremessando-se a ela e agarrando-lhe a garganta com ambas as mãos.

Capítulo 16

Della recuou, escapando das mãos dele.
Respirando ruidosamente a cada exalada, ele deu um passo para trás e investiu contra ela novamente.

Sem pensar, sem perceber o que estava fazendo, ela levantou o braço, e quando ele chegou perto o suficiente, bateu com a lanterna na cabeça dele o mais forte que pôde.

Fez-se um barulho *surdo*. Metal contra osso.

A lanterna acendeu, iluminando o chão com um facho de luz branca.

De repente Della sentiu como se outra pessoa tivesse feito aquilo. O braço de outra pessoa dera o golpe. A mão de outra pessoa segurava a lanterna. Outra pessoa a tinha atirado contra a cabeça do homem.

Mas seu medo era real. Sentia o gosto agora.

O medo tem gosto amargo, Della percebeu.

Caiu de joelhos sobre as folhas. Tudo girava em volta dela, as árvores, o solo, o homem caído tão imóvel ao seu lado. Girando, girando. Se ao menos pudesse tirar o gosto amargo da boca...

Ela esperou, com a cabeça abaixada, respirando profundamente. Esperou que tudo parasse de girar. Esperou que as batidas do seu coração voltassem ao normal.

Começou a se sentir melhor depois de algum tempo. Ficou de pé. Ergueu a lanterna e iluminou o rosto do homem inconsciente.

— Ah! — Olhou para o rosto, tão pálido à luz branca da lanterna, para os olhos fechados, para o cabelo louro e cacheado. Para o nariz curto e arrebitado, para a longa cicatriz reta no queixo.

Não era o mesmo homem. Não era o homem morto, aquele que caíra do barranco no primeiro acampamento.

Manteve a luz no rosto dele até sua mão começar a tremer tanto que não podia mais firmar a lanterna. Então, se afastou dele para pensar.

Deve ser o parceiro, pensou.

É claro. Claro que era o parceiro.

Então ela pensou, *só quero ir embora daqui.*

Não se importava mais com a pistola de paintball de Ricky, nem para onde o corpo do homem morto tinha sido levado, sobre o parceiro, *nada mais* importava. Tudo que queria era fugir, correr para o acampamento, sair com Pete e Maia e remar para longe da Ilha do Medo e de todos os seus terrores — para sempre.

Sem olhar para o homem caído no chão, ela iluminou o caminho à sua frente, para cima do lado íngreme e enlameado do barranco, e começou a subir. Era escorregadio demais para andar de pé, por isso usou as mãos também, subindo como um animal, procurando segurar a lanterna à medida que ia se arrastando até o topo.

Quando chegou no alto, os joelhos da calça jeans estavam encharcados de lama, frios e molhados, encostando nas suas pernas ao começar a correr na direção do acampamento, mantendo o facho de luz para baixo, na sua frente. As suas mãos estavam feridas e cobertas de lama molhada.

Galhos batiam no seu rosto enquanto corria. Um espinho grande rasgou seu blusão. Ela gritou, mais de surpresa do que de dor, mas não diminuiu o passo.

— Tenho de voltar, tenho de voltar — disse em voz alta, as palavras saindo entre a respiração ofegante.

Provavelmente os outros já haviam voltado da cidade. E teriam trazido a polícia, um médico ou alguém.

Faltava pouco. Logo estaria a salvo.

— Ahhh!

Tropeçou e caiu de cabeça em cima de um galho de árvore que estava no chão.

Estou bem. Estou bem. Tenho de continuar.

Levantou-se rapidamente. Sua mão esquerda estava cortada. Sentia o sangue quente escorrendo no pulso.

Tenho de continuar.

Já não havia tantas árvores. Estava quase chegando.

Então ouviu passos atrás dela.

O parceiro?

Não, ele não podia já estar ali, não podia ter se refeito tão depressa.

Devia ser Pete, pensou.

Assim que os outros voltaram da cidade, Pete devia ter saído para procurá-la.

Parou, pegou o apito dependurado no pescoço, levou-o aos lábios e assoprou. Não saiu nenhum som. Della o sacudiu. O apito não possuía a bolinha dentro dele.

— Grande proteção — suspirou ela e jogou fora o apito, desgostosa. — Pete! — chamou. — Pete! Aqui! Estou bem, Pete! Estou aqui!

Correu na direção do som dos passos.

Um pé se estendeu de trás de uma árvore. Della tropeçou nele e com um grito de surpresa caiu de quatro na lama macia.

Uma risada.

Ela virou-se rapidamente e olhou para ele.

O homem morto. O homem que ela havia matado.

— Você está morto — disse ela, sem se levantar, vendo os olhos escuros e furiosos. — Você está morto. Sei que está.

— Tudo bem. Sou um fantasma — disse ele em voz baixa. Deu de ombros e saiu de trás da árvore. Vestia a mesma jaqueta de couro de aviador.

— Mas... não! Você não tinha pulso. Eu verifiquei. Gary verificou também.

O jovem ficou de pé ao lado dela, o rosto bonito crispado com desdém, as mãos preparadas para o caso de Della fugir.

— Sou uma anomalia — disse ele, suave e calmamente. — De verdade. Tenho o pulso muito fraco. Até os médicos têm dificuldade para encontrá-lo.

— É mesmo? — perguntou com voz fraca. Olhou rapidamente para os dois lados, procurando o melhor caminho para escapar. — Então era você o tempo todo — disse ela. — Mas por quê? Por que queria nos assustar? Só por vingança?

— Vingança? — disse ele com uma risada seca e amarga. — Que palavra idiota!

— Então por quê? — repetiu.

Ele deu de ombros.

— Não conseguimos nada com o velho jardineiro. Nem um centavo. Se ele tinha dinheiro escondido, não encontramos.

Foi uma decepção. Então, quando vocês apareceram e encenaram o meu pequeno enterro, tivemos uma ideia. Primeiro queríamos assustar um pouco vocês. Você sabe, amaciá-los, para que vocês e seus pais resolvessem nos dar algum dinheiro. Quanto vocês estariam dispostos a pagar para manter em segredo um assassinato, meu assassinato?

Ele chutou o tronco de uma árvore, incapaz de disfarçar a raiva.

— Seus pais têm muita grana. Provavelmente pagariam... para esconder o fato de a filha ser uma assassina.

— Mas eu não sou! — protestou Della. — Você não estava morto.

— Detalhes — sorriu ele.

— Era você no Taurus preto, na estrada do Velho Moinho?

— Aquele era o meu parceiro — riu baixinho. — Só se divertindo. Mas parece que vocês arranjaram mais divertimento do que ele esperava. O pobre coitado teve de voltar a pé para o bosque.

— Então as caveiras... o bilhete... tudo para nos assustar e nos fazer pagar?

Ele sorriu.

— Acho que pode dizer isso. Sim. Queríamos primeiro nos divertir um pouco. Depois tratar de negócios.

Entreolharam-se. Della tinha visto um caminho livre entre as árvores. Se pudesse fazer com que ele se distraísse por um segundo, podia tentar fugir.

Como se pudesse ler seus pensamentos, ele a segurou.

— Sua tola idiota! — disse ele, levando o rosto para muito perto do dela. — Por que não verificou se eu estava respirando?

— Ai, meu braço. Está me machucando!

Ele apertou mais os dedos, em vez de soltar.

— Por quê? — perguntou. — Por que não verificou se eu estava respirando?

— Eu... eu estava assustada — disse ela, tentando se livrar da dor. — Estava muito assustada. Não conseguia... não conseguia pensar com clareza. Tudo girava à minha volta. Não conseguia pensar *no que* tinha de fazer.

— Não é verdade! — ele gritou no rosto dela, os olhos selvagemente insanos. Afrouxou um pouco os dedos no braço dela. — Você nem se importou — disse ele com desdém. — Não se importou o bastante para ver se eu estava respirando ou não.

— Não! — protestou ela.

— Cala a boca! — Ele soltou um braço, levou a mão para trás e esbofeteou-a fortemente com as costas da mão.

— Não!

— Calada! Calada! Calada! — Ele estava furioso.

Della sossegou, olhando para o chão, com o rosto latejando de dor, e esperando-o se acalmar. Ele ainda segurava seu braço, com o rosto perto do dela, com a respiração quente em cima.

Finalmente ele a libertou e recuou um passo.

— Não sou um cara mau, de verdade. Algumas garotas dizem que sou bem bonito. O que *você* acha?

Sua fúria amainou. Agora estava fazendo um jogo com ela, provocando-a, testando-a.

Ela não queria dizer ou fazer nada que pudesse novamente fazê-lo explodir de raiva. Mas qual seria a resposta certa?

Se ao menos ela pudesse se livrar, tinha certeza de que conseguiria fugir. O acampamento não devia estar longe. Mas, agora, parecia estar no outro lado do mundo!

— E aí? — Ele esperava uma resposta.

— Sim. Sim, você é bonito — disse ela, sem olhá-lo, tentando evitar seus olhos, que queimavam os dela. — Muito bonito.

— Diga com sinceridade — disse ele.

— O quê?

— Você ouviu! — gritou. — Diga com sinceridade!

— *Fui* sincera — disse ela com voz fraca, vendo seu humor variar.

— Bem, talvez isso a ajude a sentir-se um pouco mais sincera. — Pôs a mão no bolso e segurou alguma coisa na frente do rosto dela.

Era uma pistola.

— Não! — gritou ela. Não queria ter gritado, mas naquele momento ela percebeu que ele queria matá-la.

O medo a fez agir. Com um empurrão, afastou-se dele e começou a correr.

Mas ele a capturou rápido, agarrando seu braço e fazendo-a girar.

Os olhos escuros dele estavam loucos de raiva.

— Não! — berrou ele. — Não! Não! Não! Você devia ser *simpática*. Será que não sabe *nada*!

Ele ergueu a pistola e encostou-lhe o cano na testa.

— Não, por favor... — ela conseguiu dizer, num murmúrio.

— *Você teve a sua chance!* — gritou. Ele puxou o gatilho.

Capítulo 17

Ela não teve tempo de gritar.

Primeiro, viu que ainda estava viva. Depois, sentiu um líquido escorrendo no lado do rosto.

Tinta. Ele havia atirado com a pistola de paintball.

Com os dedos, ela tocou e esfregou o líquido para ter certeza. Sim. Tinta amarela.

Ele largou o braço dela e começou a rir, apontando e balançando a cabeça, achando hilariante o medo, o olhar de horror que via no rosto dela. Riu mais alto, com mais vontade, fechando os olhos, apontando, o riso mais cruel que Della já tinha ouvido.

Ele girou a arma no dedo e atirou um jato de tinta para o ar. Isso o fez rir ainda mais. Tinha lágrimas nos olhos. O riso ficou estridente. Ele ria tanto que mal podia respirar.

É agora, Della pensou. *Esta é a minha chance.*

Virou-se e começou a correr. Já havia escolhido o caminho da fuga. O riso dele era a distração que ela precisava para tentar.

Sabia que tinha só alguns segundos de vantagem — mas talvez alguns segundos fossem tudo o que precisava.

Ela se moveu rapidamente, quase flutuando acima do solo. Enquanto corria, a liberdade repentina fazia com que se sentisse leve. Com surpresa, sentia que, se quisesse, podia voar.

Voe para longe, Della. Voe para longe.

Nunca corri tão depressa, pensou.

Ficou surpresa quando ele a segurou pela cintura e a derrubou no chão.

Della caiu de lado violentamente, gemendo de dor quando ele caiu em cima dela. Teve a impressão de ter quebrado uma costela.

Ele se levantou devagar, olhando para ela, toda a alegria sumira do seu rosto. Era como se nunca tivesse existido. Agora, tudo o que o seu rosto revelava era somente raiva.

Ele a puxou para cima e rudemente empurrou-a com força para trás.

— Não devia ter feito isso — disse ele, ofegante. Balançou a cabeça. — Não, não devia ter tentado isso.

Ele olhou para a pistola de paintball, que deixara cair antes de agarrá-la. Della pôs a mão no lado dolorido. A dor começava a desaparecer. Provavelmente nada quebrado.

— Tenho uma arma de verdade também — disse ele, com suavidade. — Eu a usei na casa daquele velho. Posso usá-la outra vez.

— Não — retrucou Della, limpando a terra molhada das mãos. Não via nenhuma arma de verdade. Mas não tinha a menor intenção de desafiá-lo.

— Posso usá-la outra vez — repetiu ele com a fúria começando a aparecer nos olhos. — Não tenho nenhum problema com isso, na verdade. Se é o que precisa ser feito para me comunicar. Tudo que quero é me comunicar, sabe? Não devia ser tão difícil. Cara a cara. Esse tipo de coisa. Sabe o que quero dizer? Então, por que tem de ser tão difícil? Por que tem de ser tão difícil para as pessoas compreenderem isso? Por que tenho de usar uma arma? Você sabe aonde quero chegar, não sabe? Você parece uma garota inteligente. Você entende o que digo, não entende?

Ele parou, como que esperando uma resposta.

Della olhou para ele. Não sabia o que dizer.

— Sim, entendo — disse ela por fim.

Ele é louco, ela pensou. *Completamente fora de órbita.*

De repente ela sentiu vontade de gritar.

Estou encurralada aqui com um cara totalmente doido. Ele pode fazer o que quiser comigo. O que quiser!

— O que você vai fazer comigo? — perguntou.

Ele piscou os olhos, surpreso com a interrupção. Sua expressão de raiva desapareceu, substituída por um olhar vazio.

— O que importa? — perguntou ele, amargamente. — De qualquer modo estou morto, certo?

— Não — gaguejou ela.

A raiva voltou. Segurou com força o braço dela.

— Estou morto, certo? Você me enterrou debaixo de um monte de folhas mortas, lembra? Nem estou aqui, certo?

— Não! Quero dizer...

— Estou morto. Sou um homem morto, um homem morto — repetiu, puxando Della para ele.

— Não! Por favor!

A luz forte a sobressaltou, quase tanto quanto o seu captor.

Viram sombras que se moviam, o som de passos e, então, um triângulo de luz branca brilhante.

A luz iluminou e ofuscou os olhos do homem. Ele fez uma careta e soltou Della.

— Ei, não consigo ver nada! — ele levantou as mãos para proteger os olhos.

Outra mão segurou o braço de Della.

— Venha... vamos embora!

— Pete! — exclamou ela, tudo finalmente entrando em foco.

Pete dirigia a luz forte da sua lanterna de halogênio diretamente para os olhos do homem.

— Venha! — exclamou ele.

Mas Della não foi imediatamente. Pensando depressa, ela se inclinou e apanhou a pistola de paintball do chão. O homem abaixou as mãos para ver o que estava acontecendo. E ela atirou duas vezes, três vezes, quatro.

Ele gritou. A tinta queimava seus olhos. Ele os cobriu outra vez, cego, gritando de dor.

Estava na hora de fugir.

— Não... por aqui! — gritou Pete.

Della estava indo na direção errada o tempo todo.

Ela se virou e o seguiu, tropeçando em um pedaço de tronco de árvore caído.

— Depressa, Della. Ele está vindo atrás de nós.

Della olhou para trás, viu que ele os perseguia, ainda esfregando os olhos. *Será que ele tem mesmo uma arma como disse?* Se tivesse, ela sabia que ele a usaria. Deixara isso bem claro para ela.

Levantou-se e recomeçou a correr.

— Pete, não espere por mim. Fuja! — gritou ela.

Mas Pete esperou que ela o alcançasse.

— Demorei tanto para encontrá-la! Não volto sem você! — exclamou ele.

Correram juntos, lado a lado, olhando para trás de vez em quando. O homem ainda os perseguia. Não esfregava mais os olhos, mas corria incerto, cautelosamente, como se não pudesse ver direito aonde estava indo.

— Estamos quase lá! — exclamou Pete, ofegante.

— Eu... não posso... — gemeu. — Não posso... correr mais. Eu...

Pete segurou a mão dela.

— Vamos. Você consegue!

Olharam para trás. O homem com a jaqueta de aviador ganhava distância.

— Volte! Quero falar com você! — gritou ele a plenos pulmões.

O som da sua voz, tão alta, tão próxima, tão descontrolada, os fez correr mais depressa.

— Pare! Eu só quero conversar! Nada mais. De verdade! Parem! Quero só me *comunicar* com vocês!

Della estava com o lado do corpo dolorido e mal podia respirar, mas continuou acompanhando os passos de Pete. Finalmente chegaram à clareira e, vendo as barracas, seus amigos e a pequena fogueira, ela se jogou para a frente, investindo com todo o corpo. Agora voava, flutuava acima do solo, acima da dor, porque estava de volta ao acampamento e a salvo.

Ofegante, ela caiu de joelhos na frente do fogo. Maia e Suki correram para ajudá-la, para confortá-la.

E o jovem com a jaqueta de piloto entrou na clareira.

— Lá está ele! — ela ouviu Pete gritar.

Ouviu passos correndo. Havia muito movimento, muita confusão.

Della ergueu os olhos e, assustada, viu três policiais entrarem correndo na clareira. A princípio pensou que era sonho, uma alucinação provocada pela longa corrida, pela exaustão, pelo medo.

Mas os policiais eram reais.

O jovem olhou incrédulo para eles. Ficou parado, não tentou fugir.

Eles o rodearam e o prenderam com facilidade. Nem sequer tentou resistir. Estava surpreso demais, confuso demais, cansado demais para lutar.

— De onde *vocês* vieram? — perguntou ele, muito espantado.

— Cincinnati — respondeu um policial jovem e corado em tom de brincadeira. — De onde *você* veio?

— De Marte — foi a resposta amarga.

— Não quero saber de onde ele veio — disse o outro policial, dando-lhe um empurrão. — Mas sei para onde ele vai.

— Vocês, da polícia, sabem de tudo — disse em voz baixa o homem com a jaqueta de piloto.

— Leia os direitos dele — ordenou o terceiro policial. Depois se aproximou de Della: — Está bem, moça?

— Sim. Acho que sim — disse Della, sem muita certeza. — Ele estava me retendo no bosque. Ele queria...

— Tudo bem. — O policial pôs a mão quente e pesada no ombro dela. — Pode contar mais tarde. Descanse um pouco, para tomar fôlego. — Começou a voltar para os outros.

— O parceiro dele... — disse Della.

O policial virou-se para trás rapidamente, muito interessado.

— Sim?

— O parceiro dele está no bosque. No barranco. Eu o levo lá.

— Tudo bem. Deixe-me primeiro passar um rádio para a delegacia. — Ele disse para os dois companheiros: — Ei... o parceiro também está aqui. No bosque! — Então, voltou-se para Della: — Quer saber, há uma recompensa pela captura destes dois caras.

Della sorriu para Pete, que derramava a água de um cantil na cabeça para refrescar. Ele sorriu também, através da água que escorria pelo seu rosto.

— A melhor recompensa — disse ela — é que o pesadelo acabou.

Capítulo 18

— Aonde você vai esta noite? — perguntou a mãe de Della, ajeitando o cabelo da filha com as mãos.

Della afastou-se. Sua mãe sempre rearrumava o seu cabelo depois que conseguia deixá-lo exatamente como queria.

— Ao cinema, acho. Ou talvez à casa de Pete para ver alguns filmes. Pete não informou.

— Bem, um cinema está bom — disse a mãe, ajeitando a almofada do sofá. — Não quero que volte muito tarde. — A mãe olhou pensativa para ela, do outro lado da sala.

Provavelmente ela está se lembrando das coisas horríveis que contei, pensou Della. Depois de confessar aos pais — e à polícia — tudo o que tinha acontecido desde o primeiro acampamento sem o monitor Abner, era difícil para eles pensarem em outra coisa.

Della passara grande parte da semana pensando em tudo aquilo, revivendo, até sonhando à noite. Agora, uma semana depois, estava na hora de tirar da mente esses pensamentos, sair, se divertir na noite de sábado.

A campainha da porta tocou e ela se apressou em atender.

— Oi, Pete.

— Como vão as coisas, Della?

— Tudo bem. — Disse boa-noite para a mãe, saiu e fechou a porta.

Alguns minutos depois estavam indo para a cidade, na caminhonete da família de Pete.

— Ei, espere um pouco! — disse Della, alarmada. — O que é *aquilo*?

Apontava para a barraca verde dobrada no banco de trás do carro.

— Ah, isso — disse Pete com um largo sorriso. — Pensei que você gostaria de acampar ao ar livre!

Della bateu com a mão fechada no ombro dele com toda a força.

— Foi só uma brincadeira — protestou ele, encolhendo-se, tentando se proteger de outro soco. — Eu a estou levando para consertar para o grupo de escoteiros do meu irmão.

— Tudo bem — disse ela, rindo e recostando no banco. — De agora em diante, o único acampamento que quero fazer é na frente da televisão na minha toca.

— Também gostei da ideia — disse Pete, fazendo sinal para ela chegar mais perto dele. — Mas será que é possível assar marshmallows na frente da televisão?

— Podemos tentar — disse Della, chegando mais perto dele. — Podemos tentar.

Festa de Halloween

Capítulo 1

A laje do túmulo estava tingida de cinza pela à luz da lua, suas bordas desgastadas formavam desenhos irregulares. Musgo espesso cobria as palavras gravadas na superfície, exceto as da última linha:

MORTO EM 31 DE OUTUBRO DE 1884.

Terry Ryan tentou passar rapidamente pelo antigo monumento, mas sua namorada, Niki Meyer, largou sua mão, fazendo-o parar.

— Veja, Terry — disse ela. — A pessoa neste túmulo morreu neste mesmo dia, há cem anos.

Niki se aproximou, sua lanterna lançando um arco de luz na laje. Terry apertou o casaco contra o corpo. O vento uivava como o grito de uma pessoa morta há muito tempo. Em algum lugar, alguma coisa se moveu sobre uma pedra com um ruído áspero.

Não acredito que estou no meio do cemitério da rua do Medo à noite, pensou Terry. Segurou outra vez a mão de Niki e a apertou de leve. Ela se virou para ele, os belos olhos escuros brilhantes de animação. Com seu vestido vermelho e a capa preta, parecia uma princesa medieval.

— Eu gostaria de saber quem era essa gente — disse ela, indicando com um gesto as lajes desgastadas pelo tempo.

— Provavelmente os primeiros habitantes de Shadyside — concluiu Terry. — Há anos ninguém é enterrado aqui.

— Isto aqui é de arrepiar — disse Niki. — Mas tem uma certa beleza também. Como você acha que começaram todas essas histórias sobre os mortos-vivos saindo dos túmulos?

— São só histórias — desconversou ele. — Venha. Vamos embora.

Uma rajada de vento passou por eles. Terry viu Niki tremer de frio sob a capa. Começaram a andar outra vez e Terry escolheu um caminho nas passagens cobertas de mato, entre os túmulos. O chão rangia a cada passo deles, com um som de ossos se quebrando. Lá em cima o vento uivava, açoitando os galhos. Terry lançou um olhar furtivo para Niki. Os olhos dela brilhavam de animação.

O uivo do vento não perturba Niki, pensou Terry. Niki era quase surda desde um acidente, quando ela estava no segundo grau. Mas falava com tanta clareza e lia lábios com tanta facilidade que as pessoas nem percebiam sua deficiência.

Niki nunca agia como se fosse diferente dos outros. Nunca quis tratamento especial de modo algum. Na verdade, era até o contrário. Ela estava sempre pronta para aventuras.

Mas estaria pronta para essa noite?

Estavam quase no fim do atalho que levava à margem do cemitério. Além do muro de pedra que o circundava, Terry via o contorno da velha mansão Cameron. As árvores altas, em volta dela, balançavam de um lado para o outro. De onde estavam, parecia que a casa também balançava vagarosamente.

O portão de madeira, no meio do muro, estava aberto. Quase instintivamente, Terry começou a andar mais depressa. Niki puxou sua mão outra vez.

— Eu deixei cair minha máscara lá atrás — disse ela. — Só preciso de um segundo para ir buscar.

Apontando a luz da lanterna para os pés, Niki voltou rapidamente pelo caminho que tinham acabado de percorrer.

— Não tão depressa — pediu Terry, e então lembrou que ela não podia ouvir. Niki abaixou atrás da laje onde havia parado para ler a inscrição.

— Encontrei! — avisou ela.

Terry escorregou numa pedra coberta de musgo e caiu. Levantou rapidamente e foi direto para o túmulo. Mesmo que as histórias assustadoras não fossem verdadeiras, não queria perder Niki de vista. Tinha quase o alcançado quando um grito estridente cortou o ar.

— Niki! — chamou ele. Com o coração disparado, correu para trás da laje do túmulo. Niki estava lá, limpando a terra da máscara preta de seda.

— O que aconteceu? — perguntou ela erguendo os olhos para ele.

— Eu ouvi um... — O grito se repetiu. — Outra vez! — disse ele. Abraçou Niki com força.

O som vinha da direção do portão. Ele pensou em retomar pelo caminho por onde vieram e *dar a volta* no cemitério. Mas levaria muito tempo. Além disso, queria sair dali o mais depressa possível.

Com a lanterna em uma das mãos e o outro braço na cintura de Niki, Terry andou cautelosamente para o portão. Estavam quase chegando, quando um vulto alto e escuro saltou de repente na frente deles.

Niki gritou e se encostou em Terry.

Bloqueando o caminho, estava uma figura de pesadelo. A roupa preta da coisa pendia em frangalhos. O rosto — ou o que restava dele — parecia em decomposição. E a carne das mãos soltava-se dos ossos.

Isso não está acontecendo, pensou Terry. *Esta coisa não pode ser real.*

Com mãos trêmulas, pôs Niki atrás dele e levantou a lanterna ameaçadoramente. *Será que uma arma pode ferir um morto-vivo?*, pensou.

Mas antes que tivesse tempo de encontrar a resposta, o vulto, de repente, ergueu a mão e arrancou fora a própria cabeça, revelando o rosto sorridente de Murphy Carter. Terry precisou de um momento para compreender que a cabeça medonha era uma máscara.

— Peguei vocês! — disse Murphy. — Cara, vocês dois ficaram mortos de medo. Precisavam ver suas expressões.

— Sim, claro — ironizou Terry, esperando que sua voz não tremesse. — Sabíamos que era você o tempo todo.

— Claro que sabiam — replicou Murphy. — E minha avó é a prefeita de Shadyside! — Sorriu para Niki, depois fez um gesto com uma das luvas que pareciam mãos decompostas. — Venham, vamos embora — disse ele. — Não queremos nos atrasar para *esta* festa.

Capítulo 2

Duas semanas antes

Às vezes, Terry pensava que estava sempre tentando fazer coisas demais. Às vezes, sabia que estava fazendo. Só nessa última semana, além do trabalho do colégio e do emprego depois das aulas, tinha de entregar um projeto de ciências e presidir uma reunião do conselho estudantil. Havia também prometido ensinar a irmã a andar na nova bicicleta.

Sua cabeça estava tão cheia de projetos que teve de girar duas vezes a combinação do cadeado para abrir seu armário. E, depois que abriu, lembrou que tinha planejado limpá-lo.

Era difícil acreditar que tanta coisa coubesse num espaço tão pequeno. Cuidadosamente, Terry começou a tirar sua jaqueta, a raquete de tênis, meia dúzia de livros e os objetos para seu projeto de ciências.

— Está aqui, em algum lugar — pensou alto. — Sei que está.

— O que está em algum lugar? — perguntou alguém atrás dele. Terry virou a cabeça e viu Trisha McCormick. Trisha era baixinha, com cabelos pretos crespos e gorduchinha. Era a pessoa mais amistosa e entusiasmada que Terry conhecia.

— Oi, Trisha. O que você disse?

— Com quem você estava falando? — perguntou Trisha.

— Bem, comigo mesmo. Sou um ótimo ouvinte.

— Desculpe — riu Trisha. — Não tive a intenção de bisbilhotar.

— Eu estava procurando meu lanche — explicou Terry. — Ah, Ah! Aqui está ele. — Triunfante, tirou o saco de papel pardo, amarrotado, do meio da desordem e viu que um lado estava molhado. Jogou o resto das coisas no armário. Quando bateu a porta, um pedaço de papel voou para o chão.

— O que é isso? — perguntou Trisha.

— Não sei.

Terry apanhou o papel. Era um envelope branco tarjado de negro. Na frente, em letras caprichosas, estava seu nome: Terry Ryan.

— Quer segurar meu lanche? — pediu ele para Trisha.

Curioso, abriu o envelope. Dentro estava um cartão com o desenho de um caixão funerário. Mais abaixo estava escrito: Reservado para VOCÊ.

— Um caixão? — estranhou Terry, começando a rir. — O que é isso, propaganda de uma funerária?

— Vire do outro lado — disse Trisha.

Terry virou. Viu que estava escrito alguma coisa.

— Ei! — disse ele.

— É um convite para uma festa das bruxas na casa de Justine Cameron, certo? — perguntou Trisha.

— Isso aí — respondeu Terry. — Como você sabia?

— Também recebi um. Provavelmente todos na escola receberam. Mas leia o que diz o convite. É muito estranho.

— Festa de Halloween à fantasia, a noite inteira — leu Terry.

— A noite inteira. Ei, isso é legal! Onde está a parte estranha?

— Continue a ler — disse Trisha.

— Surpresas especiais — leu Terry. — Dança, jogos. Não vejo nada de...

— Você leu onde é a festa? — perguntou Trisha.

— Mansão Cameron, oito horas da noite. Sexta-feira, primeiro de outubro — leu Terry. — E daí?

— Daí que é na velha mansão Cameron. A que fica atrás do cemitério, na rua do Medo.

— Está brincando! Como podem dar uma festa lá? Há anos ninguém mora naquela mansão! — espantou-se Terry.

— Justine e o tio moram lá agora. Estão reformando. Eu sei porque a firma do meu pai está fazendo a parte elétrica.

— Não diziam que aquela casa era assombrada? — perguntou Terry.

— Tudo na rua do Medo é supostamente assombrado — respondeu Trisha. — Tome seu lanche amassado.

— Obrigado.

Andando com Trisha para a sala de almoço, Terry pensava em algumas das coisas que tinha ouvido sobre a rua do Medo. Embora gente perfeitamente igual a todo mundo morasse em algumas das suas belas e velhas casas, outras estavam abandonadas e havia rumores de que abrigavam maus espíritos. Coisas terríveis tinham acontecido na rua do Medo: assassinatos, desaparecimentos misteriosos. Era o lugar perfeito para uma festa de Halloween.

— Por que você acha que Justine nos convidou para a festa? — perguntou Trisha quando chegaram na porta da lanchonete.

Terry deu de ombros.

— Não tenho ideia. Eu não a conheço. Só sei como ela é.

Todos no colégio sabiam como Justine era, pensou Terry.

Era a garota mais bonita do Colégio Shadyside — talvez de toda a cidade. Até as outras garotas achavam. Era alta e esbelta. Parecia mais modelo do que estudante, com o cabelo longo, louro e brilhante, e os olhos verde-jade. Justine era uma aluna transferida, nova no colégio, e, até agora, ninguém conseguira conhecê-la bem, embora muitos garotos tivessem tentado.

Terry ia perguntar a Trisha mais sobre Justine, quando viu Niki sentada a uma mesa perto da porta. Pediu licença a Trisha e sentou-se na frente de Niki para que ela pudesse ler seus lábios.

— Oi, Carinha Engraçada! — chamou-a por seu apelido especial.

— Oi, Terry — disse Niki, com um grande sorriso. De repente, Terry se sentiu como a pessoa mais especial do mundo. Niki sempre tinha aquele efeito nele. Há seis meses estavam namorando, e ele ainda não podia acreditar na sua sorte. Niki não era a garota mais bonita de Shadyside, nem a mais inteligente, mas era sem dúvida a mais especial.

Quando ela chegava a algum lugar, todos automaticamente se sentiam mais felizes. Quando Niki sorria, com os dentes perfeitos e muito brancos, contrastando com a pele bronzeada, era como o sol nascendo no horizonte.

— O que você tem feito? — perguntou Niki.

— Não muita coisa — disse Terry. — Mas veja isto. — Entregou o convite para ela.

— Eu também recebi um — disse Niki.

— Creio que todo o colégio recebeu.

— Acho que não — retrucou Niki. — Ninguém na minha classe recebeu. E nenhuma de minhas amigas, como Jade e Deena, receberam.

— Eu queria saber por que ela *nos* convidou. Eu nem a conheço. Você a conhece?

— Não muito bem — admitiu Niki. — Ela está na minha aula de ginástica e já joguei basquete com ela. Porém, mal falamos uma com a outra.

Terry abriu o embrulho do seu lanche e descobriu que o que estava vazando era o molho do sanduíche de carne com tomate, completamente amassado.

— Nojento! — disse ele, olhando para o molho pegajoso.

— Tome, fique com metade do meu — ofereceu Niki. Ela sempre comia a mesma coisa: um sanduíche de pasta de amendoim e banana com tiras de aipo e de cenoura ao lado.

— Tudo bem — disse Terry. — Talvez eu compre um cachorro-quente na máquina.

— Não sei como você pode comer esse lixo — disse Niki. — Pelo menos coma um pouco de cenoura.

Terry apanhou um pedaço de cenoura e começou a mastigar.

— Você vai fantasiado de quê? — perguntou Niki.

— O quê?

— A festa de Justine. É uma festa à fantasia, lembra?

— Eu não sei. Talvez fosse melhor não irmos. Nenhum dos nossos amigos vão. E não conhecemos Justine...

— E daí? — disse Niki. — Adoro festas à fantasia. Além disso, nunca estive numa festa na rua do Medo.

— Tem de haver uma primeira vez — disse Terry.

— Então está combinado. Além disso, gostaria de conhecer melhor Justine.

— Como ela é nos esportes? — perguntou Terry.

— É a melhor atleta da classe. Realmente em ótima forma. Perguntei o que ela faz e me disse que levanta peso.

Terry assobiou.

— Nossa! — disse ele. — Não admira que ela seja tão... — não terminou a frase.

— Tão o quê? — Niki perguntou, com um brilho perigoso nos olhos.

— Tão... *você* sabe — respondeu, contendo um sorriso. Olhou para Niki atentamente, para ver se ela estava zangada de verdade ou só brincando.

— Tão *bem-dotada*? — perguntou Niki.

— Bem, sim — disse Terry.

Niki começou a rir.

— Vocês garotos são todos iguais. Gostaria de saber quem Justine convidou como seu acompanhante.

Durante o resto do dia, ninguém falou em outra coisa que não fosse Justine e sua festa... Todos sabiam, embora nem todos tivessem sido convidados.

Um pouco antes de soar a campainha para o último tempo, Lisa Blume fez Terry parar no corredor. Ela era editora assistente do jornal do colégio e, geralmente, sabia de tudo que acontecia. Na verdade, era uma fofoqueira, só que chamava isso de ser repórter.

— Ouvi dizer que você foi convidado para a festa de Justine — disse ela. — Por que acha que ela o convidou?

— Não tenho a mínima ideia. Você é repórter, talvez possa me dizer.

— Minha teoria é que ela quer conhecer melhor o pessoal do colégio. Mas sente-se intimidada por causa das histórias horríveis sobre sua casa.

— Do que você está falando?

— Você não sabe? — disse Lisa. — Os últimos proprietários da mansão Cameron morreram, numa espécie de acidente, há muitos anos. Dizem que nunca mais ninguém conseguiu morar lá, porque seus espíritos assombram a casa.

— Bela história. Então, por que Justine está morando lá?

Lisa deu de ombros.

— Minha tia diz que Justine é prima distante dos primeiros proprietários. Seu tio herdou a casa e resolveu reformá-la.

— Ouvi dizer que mora lá com o tio.

— Ele é responsável por ela — disse Lisa. — Parece que seus pais estão mortos, são divorciados, ou coisa assim. Dizem que Justine e o tio já moraram em todo o país e até na Europa.

Terry sabia que a informação de Lisa geralmente era verdadeira, mas não entendia o que Justine tinha a ver com ele e com Niki. Pensava ainda nisso durante a aula de biologia, quando Ricky Schorr sentou ao seu lado.

Ricky estava sempre fazendo brincadeiras de mau gosto e muitos o achavam o maior chato do colégio. Seu cabelo preto estava despenteado, como de costume, e, como de costume, vestia uma camiseta horrível, manchada de suco de laranja, que ninguém usaria nem morto, onde estava escrito: "Beije-me, sou um marciano."

— Ei, Schorr! — disse Terry.

— Oi, Terry. — Ele pôs um saco de papel amarrotado na mesa do laboratório, entre os dois. — Ouvi dizer que você e Niki foram convidados para a festa de Justine.

— Certo — confirmou Terry.

— Eu também fui — disse Ricky.

— O quê? Não brinca! — Terry estava surpreso. Não podia imaginar por que Justine tinha escolhido ele e Niki, mas era mais esquisito ainda ela ter convidado Ricky e Trisha. Eles não andavam juntos.

— Gostaria de saber quem mais vai — disse Ricky. — Você sabe?

— Não. Como vai seu projeto de biologia? — perguntou Terry, mudando de assunto intencionalmente.

— Está quase terminado. Na verdade, está aqui. — Apontou para o saco de papel.

Terry olhou incrédulo para o saco que pulsava e estava começando a se mover sobre a mesa.

— Detesto dizer isso — disse Terry —, mas seu projeto de ciências parece que está tentando escapar.

Ricky abriu o saco. Imediatamente, uma rã verde saltou e começou a pular na mesa. Terry a agarrou e a segurou com nojo, longe do corpo.

— Este é seu projeto de biologia, Schorr? Uma rã?

— Não é todo o projeto. — Ricky parecia ofendido. Enfiou a mão no saco e tirou um vidro com água escura. — Meu projeto é sobre metamorfose — disse ele. — Tenho girinos aqui dentro.

Terry olhou incerto para o vidro.

— Quer dizer que *tinha* girinos — consertou ele. — Isso aí não está se mexendo.

— Deixe-me ver — disse Ricky. Apanhou o vidro e examinou atentamente, virando de um lado para o outro. Então, ele o sacudiu. — Acho que eu devia ter feito aberturas na tampa para entrada de ar — disse finalmente. — Tudo bem, é a vida, certo? Aqui hoje, pegajoso e nojento amanhã. Posso sempre apanhar mais alguns no lago. — Terry deu a rã para ele, que a pôs dentro do vidro cheio de girinos mortos, guardando-o no saco outra vez.

— Grande projeto, Schorr — ironizou Terry.

— Me chame de senhor Mago — pediu Ricky. — Então, quem mais foi convidado para a festa? — perguntou, depois de algum tempo.

— Eu não sei — respondeu Terry. — Trisha McCormick. Não conheço mais ninguém.

— Murphy Carter — disse Ricky.

Murphy Carter era o primeiro nome da lista que fazia sentido para Terry. Murphy era da linha de defesa do time de futebol americano e conhecido como festeiro. Mas não tinha nada em comum com os outros convidados.

Terry ia perguntar mais a Ricky, quando o senhor Rothrock entrou na sala, pronto para falar sobre genética. Durante os quarenta minutos seguintes, Terry esqueceu completamente da festa. Mas, depois das aulas, saindo para se encontrar com Niki, passou por um grupo nos degraus da frente do colégio. Lisa Blume falava para esse pequeno grupo de estudantes. Niki o alcançou na calçada e segurou no braço dele.

— Oi, Terry — disse ela. — Como foi o seu dia?

— Esquisito — disse Terry sinceramente. — E o seu?

— Bastante esquisito também. Eu me senti como uma celebridade, por causa do convite para a festa.

— Que caminho quer fazer hoje? — perguntou Terry.

— Acho que... Espere um pouco — disse Niki. — Lisa está lendo uma lista. — Olhou para onde Lisa estava falando. Talvez para compensar sua surdez, Niki tinha ótima visão e podia ler lábios de um lado ao outro de uma sala. — Ela descobriu todos que foram convidados para a festa — disse Niki. — São nove...

— Só *nove*! — perguntou Terry.

— É o que ela diz. Você e eu, Trisha. Ricky Schorr, Murphy Carter, Angela Martiner, Les Whittle, David Sommers e... e Alex Beale.

— Alex? Maravilha! — resmungou Terry com ironia.

Durante anos, ele e Alex foram os melhores amigos. Cresceram juntos, jogavam tênis juntos, saíam juntos com suas namoradas — até o ano anterior, quando Niki parou de sair com Alex e começou a sair com Terry. Alex nunca deixou de gostar de Niki e, às vezes, Terry se perguntava se Niki *ainda* gostava de Alex.

— Toda essa lista é estranha — ponderou Niki. — Nenhum de nós costumamos andar juntos, exceto talvez Murphy e David.

David, como Murphy, estava no time de futebol e também jogava basquete. Angela era uma ruiva esbelta e bonitinha, com fama de ser fácil, e Les era um perito em ciência que vivia quase sempre sozinho. Terry não podia imaginar por que qualquer um deles fora convidado.

Mas se Alex Beale estava na lista, de repente ele se sentiu feliz por estar também.

— Veja! — disse Niki. — Aí vem Justine. Talvez ela explique a lista.

Justine saiu pela porta da frente, andando apressada. O grupo de alunos se aproximou dela. Relutantemente, Terry também subiu os degraus, acompanhando Niki.

— Onde você andou o dia inteiro? — perguntou alguém para Justine.

— Tinha hora marcada com o médico em Waynesbridge — respondeu ela. — Só voltei para a última aula.

— Então vamos — disse Lisa. — Explique sua lista de convidados.

— O que há para explicar? — perguntou Justine docemente. — Estou apenas dando uma festa.

— Já sei! — exclamou Murphy Carter. — Se você examinar a lista, verá que todos os convidados são atletas, medrosos ou namorada de alguém. É isso, Justine?

— Desculpe, mas não sei do que você está falando. — Justine deu de ombros. — Eu só convidei algumas pessoas que quero conhecer melhor. — Ela estava com um vestido branco de lã, muito justo, e, com os cabelos louros e os olhos verdes, parecia mais do que nunca uma modelo.

— Gostei da ideia de Murphy — disse David. — Os atletas e os medrosos.

— Então, o que você acha, *medroso*? — perguntou Murphy, olhando para Terry. — Será que tem coragem de ir à festa e ficar a noite inteira?

— Espero que *todos* venham à festa — disse Justine, olhando para Murphy com um sorriso estonteante. — Posso contar com você, Murphy?

— Ora... claro — respondeu, de repente, meio embaraçado.

— Pode contar comigo também — disse David.

— Fico contente — replicou Justine. — Agora, vocês dois têm de prometer que vão dançar comigo. Tenho um sistema de som *muito* legal e comprei uma porção de *excelentes* CDs de dança.

Justine estava forçando a barra e Terry percebia que Murphy e David estavam encantados.

— Ei, eu gostaria de dançar com você — disse Bobby McCorey, aparecendo, de repente, com seu amigo Marty Danforth. Bobby estava no primeiro time de futebol, mas tinha um gênio péssimo e a maioria dos alunos não andava com ele. Ele e Marty eram os valentões do colégio.

— Bem, eu gostaria de dançar com você também, Bobby — retrucou Justine, em tom, de repente, sarcástico. — Por que não aparece na minha classe de aeróbica?

Todos riram e Bobby olhou furioso para eles, antes de dizer para Justine:

— Em vez disso, por que não vou à sua festa? Você provavelmente esqueceu de me mandar um convite.

— Não — disse Justine, sorrindo outra vez. — Eu não esqueci.

— Bem, acho melhor você mudar de ideia — disse Bobby, carrancudo. — Eu e Marty não gostamos que nos deixem fora das coisas.

— Lamento que você se sinta assim — disse Justine. — Mas é uma festa pequena e vocês dois não estão na lista.

— Isso nós vamos ver! — disse Bobby, ameaçador. — Venha, Marty — acrescentou. — Vamos deixar esses imbecis se divertirem um pouco. — Ele e Marty montaram nas suas motos e foram embora. Terry teve a impressão de que eles não iam desistir, mas Justine não parecia nem um pouco preocupada.

— Ei, Justine, e as namoradas? Posso levar minha namorada, não posso? — perguntou Murphy.

— Não é uma festa para namorados. Não é esse tipo de festa, de jeito nenhum — respondeu Justine.

— Mas Monica e eu estamos juntos há anos — disse Murphy.

— Então tenho certeza de que ela não se importará em dar a você algum espaço só por uma noite.

Terry e Niki iam deixá-los, quando a porta da frente do colégio se abriu violentamente. Alex Beale desceu os degraus com seu gingado, o corpo enorme e musculoso parecendo ocupar todo o espaço da porta. Terry tinha de admitir que Alex era bonito, com os cabelos louros curtos, o sorriso confiante, os olhos escuros risonhos. Assim que chegou perto de Justine, piscou para ela.

— Recebi seu convite — disse ele.

— Ótimo. Espero poder contar com você.

— Sim, pode contar comigo — disse Alex. — Um, dois, três, quatro, cinco...

O que vem depois de cinco, Alex?, pensou Terry. Alex sempre o deixava um pouco desconfortável e sarcástico, ultimamente.

— Eu sabia que podia contar com você, Alex. — Justine sorriu outra vez. Virou e acenou para os que ainda estavam ali.

— Vejo vocês depois — disse ela e saiu para o estacionamento.

Terry segurou a mão de Niki, apertando-a de leve. Mas, antes que pudessem descer os degraus, ouviram a voz de Murphy Carter acima do barulho.

— Ei, Terry *Medroso*! Onde vai com tanta pressa? — perguntou Murphy.

— Nós vamos para casa — respondeu Terry. — O que você acha?

— Certo. Mas não respondeu à minha pergunta. — Rapidamente explicou para Alex sobre os convites terem sido enviados para medrosos e chatos. — Por isso perguntei a Terry se ele achava que podia ir tão longe e ficar a noite toda.

— Boa pergunta — disse Alex, rindo. — *Você* acha que é capaz?

— Ora, puxa. Uma casa assombrada — respondeu Terry. — Estou tremendo de medo.

Alex, com sua melhor voz de Drácula, disse:

— Mesmo sendo na rua do Medo?

— Na minha opinião, é só uma outra rua qualquer — disse Murphy. — Toda aquela bobagem sobre coisas terríveis não passa de superstição.

— Não tenho tanta certeza — disse Alex, pensativo.

—*Agora* quem é o medroso? — riu Murphy, um pouco confuso. — Ei, Alex, de que lado você está?

— Dá um tempo, Murphy — disse Alex, revirando os olhos escuros. — Noite de Halloween, na rua do Medo? Estou pronto. — Virou para Terry, com um sorriso irônico. — Que tal, Terry? Acha que você e os medrosos vão conseguir passar a noite numa casa assombrada?

— Não tenho nenhum problema com isso — declarou Terry. — Mas tem certeza de que sua mãe vai deixar você sair de noite?

Alex ignorou a pergunta e chamou Ricky Schorr, que ia para o estacionamento, carregando uma sacola de papel com seu projeto morto de biologia.

— Ei, Schorr! — gritou ele. — E você? Vai se juntar à equipe de Terry e aparecer na festa?

— É claro que vou aparecer — respondeu Ricky. — E não sou medroso.

Alex, David e Murphy riram.

— Adorei! — debochou Murphy. — Ele não é medroso.

— Ele não tem *coragem* para ser um medroso! — exclamou David.

Os três começaram a rir outra vez, batendo nas mãos abertas uns dos outros.

— Então, quem mais está na sua equipe, Terry? — perguntou Alex. — Les Whittle, talvez... e Trisha? Acha que terão coragem de ir?

— Pergunte a eles — respondeu Terry. Respirou fundo.

Niki olhou para ele, preocupada, depois virou para os atletas.

— Vamos, pessoal — disse ela —, isso não é uma competição. Por que não podemos todos...

— Desculpe, Niki — interrompeu Murphy. — Talvez tenha começado como uma festa, mas agora é uma competição. Nós contra eles. Os atletas contra os medrosos.

Terry ficou parado, por um momento, exasperado. Alex estava sempre tentando provocá-lo. Por que não podia aceitar que ele e Niki eram namorados agora?

— Procure outra pessoa para fazer seu jogo — disse Terry finalmente. — Vamos, Niki.

— Em outras palavras — continuou Alex —, você é covarde demais para ir. Nesse caso, Niki, talvez seja melhor você vir para o nosso time. Parece que Terry não tem muita certeza de que pode protegê-la.

— Posso cuidar de Niki, sem dúvida, melhor do que você! — gritou Terry, perdendo a calma e imediatamente ficando embaraçado por isso.

— Vocês dois querem parar de agir como crianças? — gritou Niki. — Posso tomar conta de mim mesma! E, para sua informação, não estou em nenhum do que vocês chamam de times! É a ideia mais idiota que já ouvi!

— É mesmo? — perguntou Alex, sentindo-se atingido. — Talvez seja melhor você pensar duas vezes sobre isso. — Deu um passo para a frente, o rosto, de repente, transtornado de raiva.

— Fica frio, Alex — disse Terry. — Ninguém quis dizer nada disso. É só uma festa, certo?

— É mais do que isso, agora — resmungou Alex. — E você sabe disso. — Ele caminhou rapidamente para o estacionamento.

O grupo começou a se desfazer.

— Oi, Capitão Medroso! — chamou Ricky, alegremente, do outro lado do estacionamento. — Vamos dar uma surra nesses caras, hein, companheiro?

— Eles não têm a menor chance — respondeu Terry, sem perceber, entrando na competição. — Vamos mostrar quem são os verdadeiros medrosos. E não somos nós.

Ele estendeu a mão para a de Niki, mas parou, surpreso. Ela olhava para ele, imóvel, com uma expressão de sofrimento.

— Ei, Carinha Engraçada — disse. — Qual é o problema?

— Essa competição idiota — respondeu, franzindo a testa. — Por que deixou que aqueles caras convencessem você a entrar nela?

— Ninguém me convenceu à coisa alguma — negou Terry. — Além disso, não precisa se preocupar. É só uma brincadeira.

— Para você, talvez — ponderou. — Mas não para Alex. Não viu a cara dele? Está levando isso a sério. Muito a sério.

Capítulo 3

Os pais de Terry concordaram imediatamente com sua ida à festa, que duraria a noite toda, mas só porque o tio de Justine estaria com eles. Foi mais difícil convencer os pais de Niki, mas, quando ela mostrou a fantasia que levara horas fazendo, finalmente eles cederam.

Enquanto isso, Terry, Ricky, Les e Trisha — o time dos medrosos — pensavam nas peças que podiam pregar nos atletas. Terry tomou parte na conversa sem muita convicção, sabendo que a verdadeira competição era entre ele e Alex.

Niki recusou-se terminantemente a tomar parte em qualquer competição ou em pregar peças. Mas esperava ansiosa pela festa.

Todos os dias no colégio era como o dia Primeiro de Abril. A princípio, era só um divertimento inocente.

Certa manhã, os atletas puseram uma enorme cobra de plástico no armário de Schorr.

Então Les se vingou entrando escondido na sala dos armários e enchendo os tênis de basquete de Alex e de Murphy com creme de barbear.

No dia seguinte, Trisha recebeu um telefonema de alguém dizendo que ela havia ganhado quinhentos quilos de peixe morto numa competição de medrosos.

Mas então a brincadeira começou a ficar feia. Dois dias antes do Halloween, Terry abriu seu armário e estendeu a mão para apanhar sua raquete de tênis, sem olhar.

— Opa!

Alguma coisa lá dentro passou por sua mão.

Era pegajosa e fria. Como carne morta.

Terry deixou cair a raquete, enojado.

Recuou; depois, com esforço, olhou para a raquete.

Dependurada nas cordas, a cabeça de uma galinha depenada olhava para ele com olhos sem vida.

— Ah, que nojento!

Apanhou a raquete e leu o bilhete enrolado no cabo: "Aqui está o começo da sua fantasia de medroso. Vai ver coisa pior, a não ser que perca a coragem e esqueça a festa."

— Coisa de uma pessoa muito madura, Alex — disse Terry para o corredor vazio.

Deu de ombros e jogou a cabeça da galinha e o bilhete na lata de lixo mais próxima. *Como ele e Alex podiam ter se tornado inimigos?*, ele se perguntou. Lembrava dos anos em que cresceram juntos, quando a família de Alex morava na mesma rua.

Eram tão amigos na época. Quase inseparáveis.

Agora não podiam ficar juntos por cinco minutos sem entrar em alguma competição idiota.

Era tão idiota, tão idiota.

Mas mesmo sabendo disso, Terry ainda não queria perder para Alex. Não agora. Nem nunca.

Na quinta-feira, antes da festa, Terry estava correndo para a biblioteca do colégio, para trabalhar no seu projeto de biologia, durante o período de estudo. Tinha escolhido germinação de sementes porque parecia realmente interessante. E era, mas era também muito mais complicado do que tinha imaginado.

Tentou germinar algumas e preservá-las em estágios diferentes de crescimento, mas nada brotava. Teria de substituir por desenhos.

Virou a esquina, logo antes da biblioteca, e parou de repente. No fim do corredor, estava um pequeno grupo: Murphy, David, Alex — e Niki. Niki vestia um suéter vermelho-vivo e uma saia xadrez. Estava tão bonita que Terry sentiu vontade de correr para ela e abraçá-la. Mas Niki sorria e falava com Alex.

Alex viu Terry primeiro. Não disse nada. Apenas o olhou, como se ele fosse um inseto ou outra forma inferior de vida. Então, deliberadamente, olhou outra vez para Niki. Inclinou-se e disse alguma coisa no ouvido dela. Niki balançou a cabeça rapidamente, parecendo aborrecida. Os atletas riram e se afastaram. Terry se esforçou para agir como se não tivesse notado coisa alguma.

— Ei, Carinha Engraçada — cumprimentou ele.

— Oi, Terry — disse Niki. Sorriu, mas não era seu sorriso de sempre. Parecia preocupada com alguma coisa.

— Que negócio foi aquele? — disse ele, casualmente.

— Que negócio?

— Com Murphy e Alex. Do que estavam falando?

Por um momento, Niki não respondeu. Então olhou para Terry com aquele olhar, significando que ele estava em solo perigoso.

— Por que não posso falar com eles? — perguntou na defensiva.

— Bem, o caso é o seguinte, eles estão no outro time — disse Terry. Então, tentando levar a coisa na brincadeira, acrescentou: — Afinal, estamos em guerra!

Mas Niki não achou graça.

— Para sua informação, não é guerra nenhuma — declarou. — E não estou em nenhum dos dois times. Ou por acaso você esqueceu?

— Não esqueci, mas... bem, você vai à festa *comigo*, logo...

— Vou à festa com você — disse Niki. — Mas falo com quem quiser.

Terry sabia que ela estava com a razão.

— Desculpe. Não queria ser tão agressivo. É só que você parece preocupada.

— Para falar a verdade, *estou* preocupada. Essa festa começa a parecer cada vez mais estranha.

— Como assim?

— Bom, essa competição idiota. Justine também está nela. E ainda não consegui descobrir o porquê da lista de convidados. Esse grupo não combina de modo nenhum.

— Eu sei. Mas e daí?

— E por que ela disse que ninguém pode levar os namorados?

— Isso não é problema para *nós* — argumentou Terry. — Está dizendo que não quer ir?

— Não — respondeu Niki. — Mas, Terry, tenha cuidado. Esta manhã, Angela me disse que os atletas estão planejando algumas brincadeiras para a festa que podem ser realmente perigosas.

— O que, por exemplo?

— Eu não sei. Era o que eu estava perguntando para Alex.

— O que ele disse?

— Não quis me contar. Disse só que eu devia entrar para o time dele — respondeu Niki, mais preocupada ainda. — Disse que pode não ser seguro eu ficar com os medrosos!

Terry respirou fundo e prendeu a respiração.

— O que você disse para ele? — perguntou. Detestou perguntar, mas precisava saber.

— Bem, eu disse que ele tinha razão e que eu resolvi ir com os atletas. O que você acha?

O sarcasmo na voz dela era pesado como cimento e Terry se sentiu péssimo.

— Niki, desculpe. Eu não quis...

— De que adianta se desculpar? — disse ela. — Não posso acreditar no modo como você e Alex estão agindo. Estão levando a coisa toda muito a sério! Por que vocês não podem se acalmar e ver tudo apenas como uma festa?

— Ei, não sou eu quem está levando muito a sério — retrucou Terry. — Alex é que está planejando pregar peças. É ele quem está ameaçando você, tentando criar problemas entre nós dois...

— Dá para ouvir o que está dizendo? — Os olhos dela, de repente, estavam furiosos. — Por que simplesmente não admite que tem tanto ciúme de Alex quanto ele tem de você? Na verdade, é nisso que consiste essa competição idiota!

Ela virou-se zangada e começou a andar pelo corredor.

Terry pensou em ir atrás dela, mas desistiu. Não ia adiantar. Quando Niki ficava assim tão furiosa, precisava de um tempo para se acalmar.

Terry tinha a biblioteca toda só para ele durante o período de estudo, mas poderia estar também numa estação de trem, apinhada de gente, pela quantidade de trabalho que realizou naquele dia no seu projeto. Olhava para as fotografias de sementes, mas tudo que via era o rosto de Alex Beale.

Fosse o que fosse que Alex estivesse tramando, pensou ele, não iria conseguir. E Terry recusava-se a ficar assustado com aquela conversa de "perigoso". Afinal era só uma festa de

Halloween. Esperava alguns sustos nesse dia — *gostosuras ou travessuras* e tudo o mais.

No entanto, por mais que tentasse não se importar, Terry não podia ignorar um pequeno arrepio de presságio.

Terry ia da biblioteca para a próxima aula, quando ouviu vozes exaltadas perto da entrada da lanchonete. Ia continuar seu caminho, quando ouviu um pequeno grito e uma voz assustada de mulher:

— Pare, você está me machucando!

Com o coração disparado, Terry empurrou a porta. Na área de serviço, estavam Bobby McCorey e Marty Danforth. Entre eles estava Justine, muito pálida e assustada.

— Eu não posso! — ela insistia. — Vocês não compreendem? A festa já está pronta...

— Pois acho melhor você "desaprontar" — disse Bobby, muito agressivo.

Justine tentou se livrar deles, mas Marty a segurava pelo pulso.

— Como eu já disse, Justine — ameaçou ele. — Não aceitamos não como resposta.

Terry se aproximou deles sem pensar.

— Tudo bem, você dois. Deixem ela ir — disse.

— É mesmo? — perguntou Bobby. — Quem disse?

— Eu estou dizendo — respondeu Terry. — Parem com isso.

— Você não me assusta — enfrentou Bobby. Mas soltou o pulso de Justine.

— Deixa para lá, Bobby — disse Marty. — Podemos terminar isso mais tarde.

— E não pense que não vamos fazer isso — acrescentou Bobby e começou a entrar na lanchonete, mas parou de repente e olhou furioso para Justine. — Você tem até amanhã à noite para mudar de ideia.

— Esqueça — manteve-se firme Justine. — Você não vai à festa.

— Veremos — disse Marty, sarcástico. — Quanto a você, *medroso* — acrescentou, apontando para Terry —, se não me deixar em paz não vai precisar de uma máscara no Halloween.

Gingando, os dois valentões desapareceram no corredor.

Justine olhou para eles por um momento.

— Caras agradáveis — ela ironizou.

— Eles pensam que mandam em tudo — disse Terry. — Mas quando se olha de perto, são provavelmente os dois maiores covardes de Shadyside.

— Bem, acho que o que você fez foi muito corajoso — elogiou Justine, com um sorriso brilhante e de certo modo íntimo.

— Obrigada.

Terry notou que o cabelo louro brilhante estava puxado para trás com uma trança, e ela vestia um suéter verde-lima, o que fazia os olhos grandes parecerem mais verdes ainda.

— Ei, escute, não se preocupe com aqueles dois — disse Terry. Então, de repente, compreendeu o que tinha feito. Tinha enfrentado os dois caras mais malvados de Shadyside.

Eu podia estar morto agora, pensou.

Foi um acesso de loucura, ou o quê?

— Você foi maravilhoso — disse Justine. — Algum dia gostaria de mostrar o quanto sou grata — continuou sorrindo. — Quero também pedir desculpas a você — acrescentou, com a voz musical baixa e íntima.

— Pedir desculpas? — Terry ficou surpreso. — Por quê?

Justine pareceu embaraçada.

— Eu... eu compreendo que meus convites para a festa causaram alguns problemas. Que há uma espécie de competição.

— Bem, sim — disse Terry. — Mas não é sua culpa.

— Obrigada por dizer isso. Jamais tive intenção de provocar sentimentos ruins com minha festa. Tudo que quero é reunir algumas pessoas especiais para que eu possa conhecê-las melhor. — Por um momento, seus dedos tocaram de leve o braço de Terry. Ele sentiu uma descarga elétrica em todo o corpo.

— Bem... quero dizer... nós todos também queremos conhecer você melhor — gaguejou ele.

— O que estou dizendo é que não precisa de uma competição — continuou Justine. — Planejei todo tipo de divertimentos. A ideia dessa competição me parece realmente boba.

— É o que Niki também acha — disse Terry. — Niki, minha namorada — acrescentou rapidamente. — Na verdade, ela não quer ter nada a ver com a competição.

— Bom para ela — replicou Justine. — Ela está na minha aula de ginástica, você sabe. É verdade que ela é surda? Alguém me disse, mas acho difícil de acreditar.

— É verdade — confirmou Terry. — Mas a maioria das pessoas não percebe.

— Estou contente porque ela vai à minha festa também. Não tenho nenhuma boa amiga em Shadyside e tenho uma ótima impressão de Niki.

— Direi a ela. — Terry foi embora sentindo-se aquecido. *Essa festa iria ser mesmo especial*, pensou ele. E ninguém, nem mesmo Alex, iria estragar a festa dele e de Niki.

Niki esperava ao lado do armário de Terry, quando as aulas terminaram. Quando ela o viu, sorriu timidamente.

— Oi, Terry — disse ela.

— Oi, Carinha Engraçada.

— Sinto muito ter ficado tão zangada — desculpou-se ela.

— Tudo bem. Eu também sinto muito. Você estava com razão. Eu estava levando muito a sério a competição. Prometo, de agora em diante, esquecer e relaxar.

— Ótimo — ela respondeu, aliviada.

Terry sorriu. Era bom ver Niki feliz outra vez. E ele se sentia mais relaxado do que nunca naquela semana.

— Então, qual o caminho que vamos fazer para casa? — perguntou. — O longo ou o atalho?

— Acho que o longo é melhor, você não acha? — disse Niki, apertando a mão dele.

— Pode apostar. — O caminho longo significava mais uns dez minutos juntos.

Terry examinou o que tinha na mochila.

— Deixe que eu levo seus livros — disse ele.

Ela entregou os livros para ele, mas o de geografia caiu no chão e um pequeno pedaço de papel saiu de dentro dele. Ela o apanhou, olhou e deixou escapar uma exclamação abafada.

— O que é? — Terry tirou o papel da mão dela. Em letras mal desenhadas e grandes estava escrito:

VOCÊ VAI DESEJAR SER CEGA TAMBÉM.

Capítulo 4

Gelo.

Gelo, pensou Terry.

Sentiu como se estivesse congelado. Como se tivesse se transformado em gelo.

E então estava queimando de raiva.

— Não acredito que alguém possa fazer uma coisa tão cruel! — disse finalmente.

Niki não respondeu. Ela apenas se manteve ali, de pé, obviamente nervosa.

— Só há uma pessoa ruim o suficiente para fazer isso — disse Terry. — E você sabe muito bem quem foi, tanto quanto eu.

— Não comece nada, Terry, por favor.

— Eu não comecei nada, mas estou pronto para acabar com alguma coisa — disse Terry zangado. — Alex está por trás disso tudo. Só pode ser Alex.

— Terry, não, por favor. — Niki segurou no braço dele. — Não foi Alex. Alex gosta de mim. Você está errado. Não está pensando claramente.

— Escute, Niki, eu sei que...

— Você não sabe quem foi. Se for tirar satisfações de Alex, só vai piorar as coisas!

— Sim, mas não posso apenas...

— Por favor — repetiu Niki. — Vamos esquecer isso.

— Esquecer? — Terry ficou chocado com o fato de Niki pensar em sugerir aquilo.

— É só... uma brincadeira — disse ela. — É cruel e idiota, mas não passa disso. Se fingirmos que não aconteceu, quem fez não terá nenhuma satisfação.

Terry achou que ela provavelmente tinha razão, mas não gostou.

— Não dizer nada?

— Certo — confirmou Niki. — E não parecer aborrecido.

— Isso vai valer um prêmio da Academia de melhor performance do ano — disse Terry.

— Por favor, Terry, por mim.

Terry olhou para ela e se sentiu derreter. Em momentos como aquele, sabia que Niki era a pessoa mais importante em sua vida e que faria qualquer coisa por ela.

— Tudo bem, Carinha Engraçada. Por você — enfatizou ele. Niki ficou nas pontas dos pés e o beijou no rosto.

— Obrigada.

— Na verdade — disse Terry —, tenho uma ideia. Vamos passar pela Pete's Pizza. Podemos praticar nosso Prêmio da Academia tomando refrigerantes.

Niki sorriu outra vez, um sorriso genuíno.

— Combinado — disse ela.

★ ★ ★

O Pete's Pizza era um dos locais mais populares entre os adolescentes e, naquele dia, estava cheio, com alunos de Shadyside e do curso preparatório da universidade próxima. Terry e Niki tiveram sorte de encontrar um lugar.

Enquanto esperavam para fazer os pedidos, ele começou a falar sobre seu projeto de biologia. O barulho era tanto que mal podia ouvir o que Niki dizia, mas ela conseguiu entender tudo que ele contava. Chegara à divisão da semente em duas partes, quando Niki o interrompeu.

— Terry, veja — apontou.

Terry seguiu a direção do dedo dela e viu Justine numa cabine telefônica, falando muito séria.

— Acho que podemos convidá-la a se juntar a nós — sugeriu Terry. — Ela me disse que quer conhecer melhor você.

— Tudo bem. Vamos ficar de olho nela e... — parou de falar, com uma expressão estranha.

Terry segurou a mão dela.

— O que foi, Niki, o que aconteceu?

— Talvez nada. Mas... olhe para Justine.

Viraram para a cabine telefônica. Justine falava ainda com um ar intenso e estranho. Era como se fosse outra pessoa, mais velha e cruel.

— Não tive intenção de ser indiscreta — disse Niki. — Mas li seus lábios. Ela disse: "Eles vão pagar. Cada um deles vai pagar."

Capítulo 5

Noite de Halloween

O vento aumentou, com rajadas fortes, no velho cemitério, balançando os galhos nus das árvores, finos como dedos de esqueletos. Niki apertou a mão de Terry quando se aproximavam da mansão Cameron. Seguiam Murphy, que ria ainda do susto que pregara neles.

De repente, Niki virou para trás. Duas outras pessoas atravessavam o cemitério, suas fantasias brilhando à luz pálida e prateada da lua de outubro.

Todos tinham recebido instruções idênticas de como chegar à mansão. Todos deviam estacionar no beco no fim da rua do Medo e atravessar o cemitério até a casa de Justine, na entrada dos bosques.

Apesar do susto pregado por Murphy, Terry percebeu que atravessar o cemitério era uma boa ideia. O que podia ser melhor para deixar todo mundo arrepiado, num estado próprio de noite das bruxas?

De perto, a mansão Cameron parecia mais fantasmagórica do que vista do cemitério. Era ladeada por árvores nuas que pareciam ter centenas de anos. As janelas do andar térreo tinham pesadas grades de ferro e as persianas de madeira balançavam ao vento.

Eles devem estar reformando esta casa velha, pensou Terry. *Talvez seja mesmo assombrada.* Nesse momento, o vento diminuiu e ele ouviu música e risadas dentro da casa. Parecia que a festa já tinha começado.

Murphy subia os degraus da frente da varanda, sua fantasia de zumbi tremulando ao redor dele, ao vento. Terry olhou rapidamente para Niki e apertou a mão dela para tranquilizá-la. Ela estava vestida como uma antiga foliona, com um belo vestido vermelho de cetim e uma capa solta. Copiou o vestido de um livro de fantasias antigas. Estava linda. Sorrindo para Terry, animada, pôs a máscara preta enfeitada de penas.

Rapidamente Terry pôs também sua máscara. Sua mãe o ajudara a se vestir como um almofadinha dos anos 1950. Calça social preta e sapatos Oxford antigos do seu pai, encontrados no sótão. Tinha enrolado um maço de cigarros numa das mangas da camiseta justa e tinha uma jaqueta folgada por cima. Seu cabelo estava penteado para trás nos lados, cheio de vaselina, e levantado na frente. Quando saiu de casa naquela noite, pensou que estava muito legal, mas agora se perguntava se não parecia simplesmente bobo.

Como um medroso.

Como se pudesse ler seus pensamentos, Niki o beijou no rosto.

— Você está ótimo, Terry — disse ela.

Terry sorriu.

— Você também, Carinha Engraçada. — Abaixou a máscara e se inclinou para beijá-la. Niki devolveu o beijo e, por um momento, ficaram ali, abraçados, um tanto desajeitados por causa das fantasias, se beijando.

— Nossa, Terry, e a festa? — lembrou Niki, depois de um momento.

— Que festa? — perguntou ele. Mas se afastou e sorriu para ela outra vez. Então, de mãos dadas, subiram os degraus para a varanda cheia de hera. Murphy já devia estar lá dentro, porque a varanda estava vazia.

Havia uma aldraba pesada em forma de caveira no centro da velha porta de madeira. Terry estendeu a mão para ela quando, de repente, uma aranha enorme e cabeluda voou lá de cima e pousou no seu braço.

— Não!

Niki gritou e Terry pulou para trás, com o coração disparado.

— Peguei vocês outra vez!

Terry virou para trás e viu Murphy de pé na grade da varanda, escondido por algumas trepadeiras. Rindo como um louco, Murphy saltou na varanda. A gigantesca aranha de borracha estava amarrada a uma vara comprida com um elástico que ele sacudia para cima e para baixo como um ioiô.

Murphy riu.

— Vocês, sem dúvida, se assustam à toa. Se todos os medrosos são como vocês, os atletas vão ganhar facilmente a competição.

— Muito engraçado, Murphy — disse Terry. Respirou fundo e depois riu.

Ajeitando a máscara, ergueu a mão para bater na porta outra vez. Houve um rangido e a porta se abriu lentamente.

A sala de estar de Justine era maravilhosamente assustadora, a mais bem-acabada fantasia do mais perfeito sonho de Halloween — ou pesadelo. Havia teias de aranha artificiais em todos os cantos, e esqueletos de papelão; bruxas e morcegos mergulhavam e voavam do teto.

Festa de Halloween

Ao longo de uma varanda estreita, acima de um lado da sala, holofotes coloridos pareciam devastar tudo no tempo da música, as luzes piscando, fazendo com que tudo se movesse sinistramente. A única outra luz vinha de uma enorme lareira aberta, onde um grande caldeirão fervia, emitindo bolhas de fumaça verde.

Todos os móveis eram de outro século, mas a música alta dos alto-falantes escondidos era *atual*. O efeito total era o de um ultramoderno castelo assombrado.

Até Murphy ficou impressionado.

— Nossa! — disse ele, parando na entrada da sala. — Minha nossa!

—Ah, Terry, é excelente! — Niki agarrou o braço dele entusiasmada.

Ficaram na porta aberta por um momento e uma aparição da beleza — ou do mal — atravessou a sala. Terry levou um momento para reconhecer Justine, de preto, usava um vestido longo muito justo e sandálias de salto alto. O cabelo louro e farto, penteado no alto da cabeça, e o rosto e o pescoço, cheios de pó, tinham a brancura dos mortos. Exceções eram a linha vermelha dos lábios cheios e o brilho dos olhos verdes.

— Ela parece aquela mulher de cabelos pretos da TV, dos filmes de terror. Elvira — murmurou Terry.

Justine parou para efeito e sorriu calorosamente.

— Bem-vindos à minha cripta — disse ela. — Quase todos estão aqui. Começávamos a pensar que os espíritos os tinham levado.

— Bela fantasia, Justine — elogiou Niki.

— Obrigada. Eu sempre quis ser uma vampira — ela disse, parecendo sincera, depois riu. — Sua fantasia é muito legal também. Me faz lembrar... de uma que vi no Carnaval de Veneza.

— No quê? — perguntou Niki.

— Uma grande festa que dão em Veneza uma vez por ano. Todos usam fantasias e há festas nas ruas e nos canais. Em Veneza,

Itália — acrescentou. — Eu morei lá com meu... meu tio. O que me faz lembrar... Tio Philip, quero que conheça meus novos amigos.

Um homem muito magro saiu das sombras ao lado da lareira. Estava fantasiado de um palhaço de cetim azul e tinha o rosto pintado com uma máscara de expressão tristonha. Uma única lágrima brilhante estava grudada debaixo do olho direito.

— Estes são Murphy Carter, Niki Meyer e Terry Ryan — disse Justine.

— Tenho muito prazer em conhecer vocês todos — cumprimentou Philip, olhando atentamente para cada um com seus tristonhos olhos de palhaço.

— Temos muito prazer em conhecê-lo — disse Terry, apertando a mão de Philip. — Sua casa está uma maravilha.

— Sim — concordou Niki. — É a festa mais incrível em que já estive.

— Ora, muito obrigado — replicou Philip. — Contratamos um engenheiro do Disco Starlight para instalar as luzes e o sistema de som. Justine escolheu as fitas e os CDs. Nós, minha sobrinha e eu, fizemos todo o possível para terem uma festa da qual jamais esquecerão.

— Deixe que eu leve seus casacos — disse Justine. — Venham se divertir. Tem comida ali em cima, naquele caixão, e refrigerante gelado, naquele caldeirão.

Justine e o tio se afastaram para falar com outros convidados.

Terry ficou ao lado da porta, olhando a decoração fantástica. Alguns dançavam ao lado da lareira e outros comiam e riam. Com toda aquela decoração, o lugar parecia um set de filmagem.

Justine e o tio deviam ter muito dinheiro, pensou Terry. Aquela festa devia custar um bocado. Gostaria de saber por que ela quer gastar tanto dinheiro só para nove pessoas.

— Estranho, não é? — refletiu Niki.

— Estranho? Está brincando? É maravilhoso! — exclamou Terry.

— Gastaram muito dinheiro nesta festa — disse Niki, como se tivesse lido o pensamento dele. — Gostaria de saber por que ela teve todo esse trabalho.

— Não me pergunte — disse Terry. — Talvez sejamos sua caridade favorita.

— Sorte a nossa. Ainda assim... eu gostaria de saber mais sobre Justine.

Terry riu. Niki era a pessoa mais naturalmente curiosa que ele conhecia.

— Ei, Carinha Engraçada. Você pode bancar a detetive Nancy Drew mais tarde. Agora, vamos ver as comidas e bebidas.

Ele segurou a mão dela e a levou para o lado da sala. Como Justine tinha dito, a mesa do bufê era um caixão mortuário preto e brilhante. Estava coberto com queijo, pão, crackers e várias pastinhas e *hors d'oeuvres,* incluindo várias coisas que Terry nunca tinha visto. Numa prateleira acima do caixão, havia terrinas grandes de batatas fritas e pizzas — pepperoni, cebola, salsicha e todas as combinações que Terry já tinha ouvido falar. Debaixo de toda a comida, havia um enorme caldeirão com gelo e dezenas de latas de refrigerantes.

— Veja isso! — exclamou Terry. — Nunca vi tanta comida numa festa.

— Nem eu — concordou Niki. — Exceto, talvez, quando meus pais dão a festa de Ano-Novo. — Estendeu a mão para uma bolacha coberta com alguma coisa cor-de-rosa. — Huumm — disse. — O que será isto?

— *Tarama salata* — respondeu Angela, aparecendo de repente ao lado de Niki. Tocou no ombro dela e repetiu as palavras para que ela pudesse ler seus lábios. — É um prato grego feito de ovas de peixe. Perguntei para Justine. Ela disse que aprendeu a fazer quando morou nas ilhas gregas.

— É bom — disse Niki, pensativa. — Experimente um pouco, Terry.

— Ova de peixe? — indagou ele. — Muito obrigado. Vou ficar com a pizza. — Recuou um pouco e admirou a fantasia de Angela. Estava vestida de motoqueira, toda de couro, com tatuagens removíveis nos braços e no pescoço. — Fantasia legal — disse ele.

— Obrigada. Você precisava ver algumas das outras. Esta é definitivamente a melhor festa que já vi.

Enquanto Niki experimentava uma coisa verde com espirais brancas em cima, Terry comia sua pizza, examinando o resto da festa. Era um pouco difícil ver com tanta sombra, mas conseguiu distinguir Trisha e David conversando num canto, debaixo de uma caveira humana. David vestia seu uniforme de basquete, mas, em vez de uma bola, segurava uma caveira de papel-machê.

Trisha, o rosto redondo, alegre e alerta, vestia os trajes de líder de torcida dos anos cinquenta, com um suéter cor-de-rosa justo, saia branca curta e botas até os tornozelos. Segurava um grande megafone e pareceria ridícula se não estivesse se divertindo tanto.

Na frente da lareira, Justine dançava com Murphy: a vampira e o zumbi. Pareciam repulsivos, mas também fascinantes, como criaturas de um filme de terror.

Terry imaginava onde estariam os outros convidados, quando ouviu um barulho estranho atrás dele. Virou e abriu a boca, depois começou a rir. Não pôde evitar. Era Ricky Schorr, vestido de sapo.

Usava roupa de baixo comprida, verde, dois pés de pato e uma meia máscara, no alto da cabeça, com olhos pretos saltados.

— Ria à vontade — disse ele.

— Eu não acredito. Você veio com o seu projeto de biologia — disse Terry, quando conseguiu parar de rir.

— Gostou? — perguntou Ricky, tomando um gole de refrigerante diet. — Eu mesmo tingi a roupa. Minha mãe não gostou muito, não conseguiu tirar toda a tinta da máquina de lavar.

— Acho que esse é você — atacou Angela. — Meio pegajoso e idiota.

— Ah, é? — disse Ricky. — Isso mostra tudo que você sabe. Se me beijar, viro um príncipe.

— Prefiro arriscar com o zumbi, obrigada — alfinetou Angela.

Murphy e Justine pararam de dançar. Angela se aproximou e segurou a mão de Murphy.

— Ei, Carinha Engraçada — chamou Terry, tocando no braço de Niki. — Se você puder parar de comer por alguns minutos, quer dançar?

Estava tocando um rap, e Niki fechou os olhos, por um momento, para sentir melhor a vibração no assoalho.

— Claro — disse ela. — De qualquer modo, acho melhor eu parar de comer. Terry, esta é a comida mais fabulosa! Ela tem aqui coisas da Grécia, do Japão, da França, do México...

— Para não mencionar a velha pizza americana — acrescentou Terry.

— Não seja um estraga-prazeres — disse Niki. Ela girou se afastando dele e depois voltou. — Mas eu não compreendo como Justine pode ter morado em todos esses lugares. Quero dizer, ela ainda está no último ano.

— Pergunte para ela mais tarde. — Outra música começou e eles continuaram a dançar. Ele olhava com orgulho para Niki. Ela era a menina mais bonita da festa. Justine era muito fantasmagórica e Angela parecia uma prostituta, mas o vestido vermelho de Niki acentuava as cores vibrantes do seu rosto e dos lábios e fazia seus olhos pretos brilharem como brasas.

Ao lado, Ricky e Trisha dançavam, o sapo verde e a gorducha líder de torcida pareciam estar se divertindo muito.

Esta é uma festa legal, pensou Terry. *Ainda não sei por que fomos convidados, mas fico feliz.*

O toca-discos desligou. Enquanto Philip foi mudar a fita, ouviram uma batida forte na porta da frente. Justine foi atender e todos viraram para ver quem chegava.

Por um momento, fez-se silêncio total. De pé, na entrada da sala de estar, delineada contra o corredor escuro, estava uma figura vestida de prateado, brilhante da cabeça aos pés.

Ele fez uma pose, como um toureiro, depois entrou na sala. Agora Terry podia ver que era Alex, com uma malha prateada e uma máscara cintilante. Sob a roupa prateada, seus músculos se retesavam com cada movimento.

Que exibicionista, pensou Terry.

Niki segurou a mão de Terry com força e murmurou:

— Nossa! Ele está fantástico!

Nem Justine conseguia tirar os olhos de Alex.

— Senhoras e senhores — apresentou ela. — Apresento para vocês o Príncipe Prateado!

Alex continuou a entrar na sala como se ela lhe pertencesse.

Terry não pôde deixar de dizer alguma coisa. A exclamação de Niki acerca de quanto Alex estava fantástico o irritou.

— Ei, Alex — disse. — O que você é? O Homem de Lata? Ou a Sininho?

Alex riu.

— Admita, Ryan. Você não poderia parecer tão formidável nem em um milhão de anos.

Terry tentava ainda pensar numa resposta sarcástica quando a música recomeçou e, por um momento, Alex dançou sozinho, o absoluto centro das atenções.

Niki puxou o braço de Terry.

— Venha, Terry. Vamos dançar. — Olhou para ele com tanto amor que, por um instante, Terry esqueceu de invejar a fantasia espetacular de Alex. *Toma essa, Príncipe Prateado*, pensou. *Exiba-se quanto quiser, mas Niki quer dançar comigo.*

Mesmo sem ouvir a música, Niki era uma das melhores dançarinas que Terry conhecia. Ela havia explicado para ele como sentia o ritmo no corpo, mas Terry ainda não entendia muito bem como ela fazia isso.

Tudo que sabia era que gostava. Sentia que podia dançar para sempre, abraçando Niki, sentindo o calor do seu corpo, inalando seu perfume.

A música lenta que estava tocando terminou e outra, tão lenta e romântica quanto a primeira, começou. Terry começou a roçar seus lábios nos cabelos de Niki, imaginando sua deliciosa fragrância.

TRUUUMMMM.

Um estrondo como o de um trovão.

— O que foi *isso*? — gritou alguém.

Todos ficaram assustados.

— Ei, o que está acontecendo?

Então a sala se encheu de fumaça. E começaram os gritos de pavor, os murmúrios confusos.

Ninguém sabia ao certo se era uma brincadeira ou uma catástrofe.

Terry ia puxar Niki para a porta, quando Justine apareceu no centro da sala.

— Gostaram da minha surpresa? — perguntou, seu corpo sexy quase desaparecendo na fumaça. — É o que chamam de *flash pot*. Meu tio aprendeu quando era diretor de palco. Eu queria a atenção de todos. Consegui?

Alguns bateram palmas. Outros estavam ainda assustados demais para reagir.

Justine sorriu, depois levantou uma sobrancelha.

— Prometi muitas surpresas — continuou. — E outras virão. Mas, por enquanto, quem quer continuar dançando?

Os aplausos foram mais fortes dessa vez. Terry se surpreendeu aplaudindo também. Ao que parecia, qualquer coisa poderia acontecer naquela festa, e ele estava pronto para o que viesse.

— Ótimo — disse Justine. — Mas primeiro tenho de contar uma história verdadeira. Em toda a história do mundo, as pessoas sempre adoraram dançar. Mas, na Idade Média, dançar era, às vezes, muito mais do que divertimento. Na verdade, diziam que alguns eram possuídos por espíritos malignos quando dançavam. Dançavam cada vez mais depressa, mais depressa, até literalmente morrer de tanto dançar. Não sei se temos espíritos malignos aqui esta noite, mas tudo pode acontecer na noite das bruxas. Alguém tem coragem de tentar uma música realmente rápida?

— Sim!

— Vamos!

— Oba!

Agora estavam prontos para qualquer coisa. Se Justine tivesse dito para saltarem numa piscina vestidos, pensou Terry, todos obedeceriam.

— Vamos ver até onde podem ir! — incentivou Justine. Estendeu a mão e ligou um interruptor. As velas no corredor se apagaram. Ao mesmo tempo, uma luz *strobe* apareceu e a música voltou, alta e rápida, um ritmo agitado sintetizado, com vozes eletrônicas repetindo "Aumenta o som, aumenta o som", sem parar.

O fogo apagou na lareira e era agora só brasas, portanto a única luz era a do estroboscópio. No seu giro rápido, tudo parecia se mover cada vez mais depressa.

Terry segurou a mão de Niki e a fez dar uma volta. Todos dançavam rindo, gritando e mudando de par. Naquela luz era difícil dizer quem dançava com quem. Em certo momento, Terry se viu dançando com Ricky!

Era divertido, mas não parava mais. Sempre que Terry começava a ir mais devagar a música ficava mais rápida.

No centro da sala, Alex girava como um pião prateado e Terry, de repente, se perguntou onde Niki estava. Então, no momento em que ele a viu dançando com David, as luzes apagaram-se. O toca-fitas parou com um gemido tristonho.

Por um instante, fez-se um silêncio de morte. A não ser pelo brilho fraco da lareira, a sala estava completamente escura.

— O que é isso, Justine, outra surpresa? — perguntou Murphy depois de uns segundos.

— Eu não sei o que aconteceu — respondeu Justine. Parecia um pouco assustada. — Tio Philip...

— Vou ver a caixa de fusíveis. — A voz de Philip soou calmamente. — Não vão embora.

— Não se preocupem — disse Justine, ainda assustada. — Acabamos de instalar um novo sistema de eletricidade e o estroboscópio deve ter aquecido demais a fiação. Meu tio vai trocar os fusíveis e nós...

Nesse momento, a luz das velas artificiais voltou e o toca-fitas recomeçou a tocar.

Mas ninguém tinha mais vontade de dançar, porque a luz mostrou uma cena horrível.

Na frente da lareira, metade em cima e metade fora do tapete, estava um corpo imóvel.

O sangue pingava pelos lados do enorme ferimento causado pela faca cravada nas suas costas.

Capítulo 6

Por um momento, ninguém se moveu ou falou. Então alguns começaram a gritar juntos. O coração de Terry batia tão depressa que ele podia ouvir as batidas. Segurou numa cadeira para se firmar.

Levou algum tempo para sua cabeça clarear. Os sons voltaram. Ele podia ouvir as vozes de cada um.

— Ah, não, não!
— É de verdade?
— Quem é?
— Alguém telefone para a emergência da polícia.

Segurando a mão de Niki com força, Terry começou a andar para o corpo, com os outros convidados. Via agora que era alguém com uma fantasia de esqueleto. Mas quem?

Todos pareciam relutar em chegar muito perto. Finalmente Alex agachou. Hesitante, estendeu a mão para tocar no corpo e, de repente, o esqueleto se levantou de um salto.

— *Gostosuras ou travessuras!* — gritou o esqueleto, e caiu outra vez no tapete, rindo incontrolavelmente.

Era Les Whittle.

Um murmúrio de surpresa percorreu a sala.

Então risos, nervosos a princípio, cresceram até quase fazer estremecer a casa.

— Um ponto para o lado dos *medrosos*! — gritou Ricky em triunfo.

— Grande truque, Les! — Terry bateu no ombro dele.

— *Foi bom* — concordou Trisha com voz trêmula —, mas você quase *nos* matou de medo. Por que não contou para nós que ia fazer isso?

— Porque Justine e eu só tivemos a ideia essa manhã — disse Les, ainda rindo. Mostrou a faca para todos. Era apenas um cabo de faca. O "sangue" era do tipo que vem num tubo. — Encontrei numa loja de brincadeiras e pensei que seria uma pena desperdiçar — explicou. — Foi a coisa mais fácil do mundo.

— Sim, tudo bem. Para sua informação, ninguém ficou assustado — disse Murphy. — É o tipo de truque de gente medrosa.

Les não se abalou.

— Claro, Murphy. Conte outra — disse, rindo. Pôs os óculos sobre a máscara de esqueleto, o que o fez parecer absurdo, como um cadáver estudioso. — Fiquei meia hora escondido na cozinha — informou. — Onde está a comida? Estou faminto.

A maioria, exausta por causa da dança e do susto, deixou-se cair nos móveis antigos, comendo e conversando.

— Que brincadeira boba! — disse David, com a perna sobre o braço de uma antiga cadeira de balanço.

— Está com inveja porque não pensou nisso — atacou Trisha.

— Pensamos em truques melhores — David vangloriou-se.

— Muito melhores. Vão ver, a não ser que tomem juízo e vão para casa agora.

— Nunca — disse Ricky. — Vocês, atletas, não têm nenhuma chance.

— Quem não tem chance são vocês — retrucou Alex. — Mas tenho de admitir: Les fez um cadáver bacana.

Terry não disse nada. Niki estava sentada, de costas para todos, com outro prato de comida. Terry gostou que ela não tivesse ouvido a conversa, porque provavelmente ia ficar zangada outra vez.

— Então, o que vocês acham, caras? — perguntou Alex jovialmente, sentando ao lado de Terry e de Niki, no braço do banco antigo de madeira. — Acham que o seu time abriu uma distância?

— Temos uma chance melhor do que seu time — respondeu Terry. — Temos alguns cérebros do nosso lado.

Alex riu. Ele queria que fosse uma risada bem-humorada, mas Terry sabia que não era.

— Bela fantasia, Niki — disse Alex, com um olhar de admiração.

— Obrigada. Eu mesma fiz.

— Você sempre foi capaz de fazer de tudo — replicou Alex. — Lembro aquele vestido lindo que você fez para o baile dos calouros. Você era a mais bonita do baile.

— Ora, obrigada. — Seus olhos brilhavam e Terry respirou lenta e profundamente. Detestava sentir ciúmes, mas não podia evitar.

Afinal de contas, Niki estava sentada ao *seu* lado, segurando *sua* mão, portanto, por que tinha tanto ciúme de Alex? Por que tinha vontade de socar a cara dele?

— Escute, Niki — disse Alex, em tom de brincadeira. — Não acha que está na hora de se juntar ao time dos atletas?

Os olhos de Niki mudaram. O ar provocante foi substituído por uma expressão tristonha — e um pouco zangada.

— Ora, quer parar com esses jogos idiotas? Eu já disse umas cem vezes que não estou de nenhum lado!

Ela se levantou bruscamente e foi para perto da lareira.

A música para dançar tinha recomeçado e Terry viu, com surpresa, Niki convidar Ricky para dançar.

— O que há com ela? — perguntou Alex para Terry. — Aposto que está saindo com você há tanto tempo que esqueceu de apreciar uma piada.

— Ei, Beale, você é a piada — resmungou Terry. — Ela só não gosta da ideia de uma competição.

— Ei, cara, pensei que você fosse bom em argumentar. Você sabe, grupo de debate e tudo o mais. E está dizendo que não pode convencer Niki a entrar para o seu time? Nossa!

— Niki toma as próprias decisões. — Terry se levantou. — Eu não sou dono dela.

— Caramba. Um pouco agressivo, certo, Ryan? Pare com isso, está bem? — Alex se inclinou para trás e levantou as mãos, como para se defender de Terry. — Você e eu éramos amigos, lembra?

Éramos, pensou Terry. *Essa é a palavra-chave.*

Percebeu que Alex procurava se aproximar dele e que estava lembrando a amizade que havia entre os dois até recentemente.

Alex olhava para ele na expectativa, mas Terry não podia responder. Tinha um mau pressentimento sobre Alex. Não podia fingir que eram amigos outra vez.

Alex pareceu desapontado.

— Até mais tarde, cara — disse ele bruscamente e se levantou do banco.

Alex foi para perto da lareira com seu andar gingado. A música terminou. Ele se aproximou de Niki e de Ricky e segurou a mão dela.

Como se fosse o dono dela ou coisa parecida, pensou Terry, com desconforto crescente.

Tentando fingir que não estava vendo, Terry olhava uma vez ou outra para Niki e Alex. Dançavam uma música rápida e Niki estava sorrindo.

Por que Niki precisava sorrir?, pensou Terry. Talvez fosse melhor interromper os dois. Mas Niki ficaria zangada e, na verdade, Terry não queria nenhum confronto com Alex.

Ele olhou para os outros por algum tempo. Ricky e Trisha estavam dançando outra vez. Enquanto Terry olhava, Ricky disse alguma coisa que fez Trisha quase cair de tanto rir.

David dançava com Angela. Ele dançava bem e Terry pensou que, na verdade, não conhecia David. Era mais quieto do que os outros atletas e parecia não levar a competição tão a sério quanto eles.

A música acabou e outra começou. Niki dançava ainda com Alex. Agora era demais, pensou Terry. Começou a se aproximar deles quando uma voz musical o fez parar.

— Vai a algum lugar?

Terry virou e viu Justine de pé, atrás do sofá.

— Eu... bem... estava pensando em dançar.

— Não é uma coincidência? Eu estava pensando a mesma coisa. Que tal dançar comigo? — Olhou para ele com o sorriso mais quente do mundo e Terry sentiu que tremia nas bases.

— Bem, claro. Eu gostaria muito.

— Ótimo — disse Justine. Segurou a mão dele e o levou para perto da lareira. Tocava uma música lenta. Terry viu Niki passar com Alex, o Príncipe Prateado, mas ela não o viu.

Tão perto um do outro, Terry sentiu o calor animal de Justine e seu perfume, levemente almiscarado, diferente de todos que já tinha sentido.

— Que tal, está gostando da festa? — perguntou com sua voz rouca.

— Está incrível — respondeu sinceramente. — Acho que todos entraram realmente no clima da festa agora.

— Ótimo. É muito importante para mim que vocês todos se divirtam.

— Tudo está perfeito — disse Terry, evitando pensar em como se sentia. — A comida, a música, as luzes. Você pensou em tudo. Você e seu tio.

— Por falar nisso, tio Philip está no sótão agora — informou —, preparando mais algumas surpresas.

— Como vocês pensaram em tudo isto? — perguntou Terry.

— Tivemos muito tempo para pensar. Mas chega de perguntas. Vamos aproveitar a música e a companhia.

Ela apertou mais o corpo contra o dele e, por um momento, Terry esqueceu tudo, exceto o perfume e a proximidade de Justine.

A música terminou e os pares se separaram. Justine apertou a mão de Terry e foi pôr outra fita.

Sentindo-se culpado, Terry viu Niki de pé ao lado da lareira, olhando para ele. Ela não parecia enciumada, nem mesmo zangada, mas havia uma expressão estranha no seu rosto.

Alex disse alguma coisa para ela e Niki balançou a cabeça. Ela começou a ir em direção a Terry, mas parou, de repente, arregalando os olhos, surpresa.

Todos ouviram uma forte batida na porta — e um rugido distante.

O ruído era tão forte que Niki sentiu as vibrações. Abriu a boca e virou para a frente da sala.

Ricky abriu a porta e o rugido se tornou uma verdadeira explosão de som.

Então, enquanto todos olhavam chocados, duas motocicletas brilhantes entraram barulhentas na sala.

Capítulo 7

Tudo que Terry e os outros puderam fazer, a princípio, foi olhar, chocados, para as motos. Os motoqueiros usavam jaquetas e calças de couro e tinham o rosto completamente cobertos pelos capacetes pretos e brilhantes.

— Nossa! — gritou alguém, acima do barulho dos motores.

— Radical! Realmente radical! — Ricky berrou, achando que estava fazendo um comentário engraçado.

Vendo a cena maluca, Terry lembrou do filme *Clube dos Cafajestes* que ele e Niki haviam alugado algumas semanas antes. No filme, um homem subia e descia escadas com uma moto.

Será outra das brincadeiras de Justine?, pensou Terry, gostando da cena maluca e caótica.

Com um rugido final, os dois motoqueiros desligaram os motores. O silêncio repentino era quase ensurdecedor.

O maior dos dois motoqueiros tirou o capacete e desceu da moto. Com uma sensação de desânimo, Terry viu que era

Bobby McCorey. Bobby tinha os olhos vermelhos e uma expressão maldosa.

— Bela festa — ironizou.

— Sim — concordou Marty Danforth, o outro motoqueiro. Girando o capacete nas mãos, olhou em volta. — Lugar legal que você tem aqui. Pena que tivemos de bater com tanta força na porta.

— Por algum motivo, a porta estava trancada — acrescentou Bobby. — É quase como se você não quisesse nossa presença.

Justine deu um passo à frente, seu rosto uma máscara de fúria.

— Saiam daqui — ordenou friamente.

— Sair? — perguntou Bobby. — Acabamos de chegar.

— Eu disse que não foram convidados — continuou Justine. Ela não parecia nem um pouco assustada, Terry notou, mas sua voz tremia de raiva.

— Bem, e nós dissemos que não gostamos de ficar fora das coisas — disse Bobby, tentando uma cara de durão.

Agora Philip estava no centro da sala.

— Quem são esses homens? — perguntou para Justine.

— Dois palhaços do colégio — respondeu Justine. — Não estão na lista.

Philip se aproximou de Bobby e de Marty, como um professor desapontado com sua classe. Terry percebeu que Philip não sabia o quanto Bobby e Marty podiam ser cruéis.

— Se forem embora agora — avisou Philip —, não chamo a polícia.

— Ouviu isso? — perguntou Marty para Bobby, com a expressão de desprezo de um péssimo imitador de Elvis. — Ele não chama a polícia... — Os dois riram.

— Não nos faça nenhum favor, cara — disse Bobby e empurrou Philip com força. Philip caiu para trás e bateu numa mesa.

— Tio Philip? — exclamou Justine, horrorizada. Vários convidados correram para ajudar Philip. Niki, os olhos escuros arregalados de medo, correu para Terry, segurando a mão dele com força.

— Desculpe — disse Bobby, com voz arrastada. — Foi um acidente. — Tropeçou numa tábua do assoalho.

Terry viu que ele estava bêbado.

Mas agora os convidados começavam a se refazer do choque da entrada das motos.

— Vão para casa — gritaram vários. — Deem o fora daqui, seus cretinos!

Bobby e Marty os ignoraram.

— Belo lugar que eles têm aqui — apreciou Bobby. — Parece com sua casa, hein, Marty?

Os dois riram como se fosse a piada mais engraçada do mundo.

— Por que não os ajudamos um pouco e limpamos as teias de aranha? — indagou Marty. Tirou uma corrente do cinto e começou a bater com ela nas teias de aranha artificiais, acima da lareira, fazendo-as cair no chão aos pedaços.

Terry olhava incrédulo. Por que *ninguém* fazia nada? Agora Marty começava a despedaçar as decorações acima das janelas.

Terry não se conteve.

— Ei, cara, *não faça* isso! — gritou.

Deu um passo para Marty, mas Bobby foi mais rápido. Terry sentiu a sua cabeça ser jogada para trás como se acabasse de ser atropelado por um caminhão. Quando se deu conta do que acontecia, estava deitado de costas, com Niki muito perto e assustada, olhando para ele.

Tentou sentar, mas Niki o empurrou de volta para trás.

— Não tente se mexer — murmurou ela.

— Ora, ora, o magricela escorregou — disse Bobby, sorrindo. Olhou para os outros ameaçadoramente. — Espero que ninguém mais tropece ou coisa assim.

Marty riu. Bateram as mãos enluvadas, umas contra as outras, abertas no ar.

Esses caras certamente sabem como se divertir, pensou Terry. Fosse o que fosse que tivessem fumado ou bebido, os fazia pensar que eram hilariantes.

Justine deu um passo à frente outra vez. Ainda estava zangada, mas Terry viu que agora estava também assustada.

— Tudo bem — disse. — Então eu cometi um erro. Errei quando não os convidei para a festa. Mas tudo estava planejado para nove pessoas, que já estão aqui. Se vocês forem embora agora, prometo que dou uma festa especial só para vocês na próxima semana.

— Ei, está tudo bem — garantiu Bobby. — Estamos nos divertindo muito. Não se preocupe. — Foi para onde estava a comida. Ricky, Angela e Trisha, que estavam perto, se afastaram rapidamente.

Bobby deu uma mordida em um *hors d'oeuvres* e cuspiu.

— Eca! — gritou. — O que é esta coisa? Tem gosto de peixe! — Virou zangado para Justine. — Você não tem comida de verdade aqui? Batatas fritas? Pizza?

— Tem muita pizza naquela prateleira — disse Justine. — Pegue quantas quiser e...

— E bebidas? — interrompeu Marty. — Só vejo bebida de criança. — Virou para Philip, que estava sentado numa banqueta baixa e parecia nauseado. — Onde você guarda os vinhos, cara? — perguntou Marty.

— Eu não bebo — respondeu Philip secamente. — Nunca tenho bebida alcoólica em casa.

— Não acredito — enfureceu-se Marty. — Que espécie de anfitrião você é? Meu amigo e eu estamos com sede. — Segurou as lapelas de Philip.

— Pare com isso!

O grito de Alex fez Marty parar por um momento. Como um relâmpago prateado, Alex atravessou a sala, agarrou Marty e o puxou para longe de Philip.

Marty urrou de raiva. O triunfo de Alex durou pouco. Um momento depois, Bobby o agarrou por trás e Marty deu um pontapé no seu estômago.

— Ahhh.

Com um gemido de dor, Alex caiu no chão e ficou encolhido, tentando respirar.

— Puxa, cara, outro acidente — disse Bobby, passando por cima de Alex.

Enquanto os convidados olhavam sem poder fazer nada, Bobby e Marty começaram a destruir a bela sala, abrindo portas e armários e jogando no chão tudo que encontravam.

Sempre que alguém ameaçava impedi-los, Bobby brandia a corrente ameaçadoramente. Encontraram uma garrafa de vinho tinto e começaram a tomar goles; ora um, ora outro.

Isso tem de parar, pensou Terry. *Eles podem ser durões, mas nós estamos em maioria.*

Da outra extremidade da sala, David olhou para ele e com a cabeça indicou as motos. Terry fez um sinal afirmativo, levantou-se devagar e começou a caminhar para as máquinas. Casualmente, pegou um castiçal pesado de uma mesa. Niki olhou para ele, com os olhos arregalados.

— Está tudo bem — disse, apenas movendo os lábios.

Bobby e Marty estavam tão entretidos em comer e em destruir a sala que não viram Terry e David nas suas motos, até o ar se encher com o ronco dos motores.

— Ei! — Bobby e Marty esqueceram o que faziam e saltaram para as motos. — Deixem isso aí!

Mas Terry e David estavam decididos. Quando os dois alcançaram as motos, Terry e David saltaram delas. Bobby e Marty pularam para cima dos dois, mas só pegaram ar.

Com um grito de raiva, Marty se levantou e brandiu a corrente na direção de Terry.

Terry prendeu a ponta da corrente com o castiçal, puxou e Marty gritou de raiva e de dor quando a corrente saltou da sua mão.

Enquanto isso, David e Bobby lutavam, rolando no chão. Bobby lutava sujo, mas estava meio bêbado, e David era mais rápido. Conseguiu ficar por cima e estava socando o rosto de Bobby. O sangue esguichava dos dois. Com outro murro, deixou Bobby semiconsciente e se levantou, satisfeito.

Marty tinha esquecido a corrente e avançou para Terry ameaçadoramente, brandindo o punho.

Terry se desviava dele, recuando, procurando uma abertura, um modo de detê-lo. Com o canto do olho, viu David, de repente, montar na moto de Marty, fazer a volta e seguir para a porta da frente. Saltou da moto no último minuto.

— Ei, Marty — disse David. — Sua moto foi embora sem você.

Marty olhou horrorizado, fez meia-volta e saiu correndo atrás da moto fujona.

Um segundo depois ouviram uma batida barulhenta.

— O que acha de fazer o mesmo com a sua moto? — perguntou Terry para Bobby, que se esforçava para levantar do chão.

Sem uma palavra, Bobby, montou na sua moto, com o rosto ensanguentado.

— Caras durões, hein? — arrematou Bobby com sarcasmo. Olhou para Terry primeiro e depois para David com tanto ódio que Terry sentiu o estômago dar uma volta. — Vocês estão mortos, caras. Acabados. Os dois.

Olhou em volta devagar, ameaçadoramente.

— Até mais — disse.

Com um olhar final de ameaça, ligou a moto e saiu para a noite.

Capítulo 8

O cheiro da fumaça dos motores pairou no ar. Vários convidados começaram a dar os parabéns para Terry e David por terem se livrado do motoqueiros, mas eram agradecimentos discretos. Todos pareciam em estado de choque.

— Foi ótimo — disse Murphy.

— Fizemos o que tínhamos de fazer — declarou David, enxugando o sangue do rosto com um lenço de papel. — Talvez, durante algum tempo, eles procurem provocar outras pessoas.

— Justine, onde fica o telefone? — perguntou Terry. — Temos de informar a polícia.

Pânico e alarme apareceram nos olhos de Justine.

— Não, nada de polícia.

— Mas eles invadiram e vandalizaram sua casa! — disse David. — E você ouviu as ameaças.

— Não passou disso, ameaças — afirmou Justine. Chegou mais perto de David, pôs a mão no braço dele e ergueu os olhos.

— Aqueles garotos são valentões provocadores — disse. — Tudo da boca para fora, sem substância. Não se atreveriam a voltar depois do modo que você e Terry os enfrentaram.

— Bem, eu não sei — hesitou David.

— De verdade, está tudo bem agora — disse Justine. — Algumas decorações estão arruinadas, mas e daí? O importante é que ninguém se machucou. Alex? Terry? Vocês estão bem?

— Ótimo — murmurou Alex.

— Estou bem — disse Terry. Seu rosto estava dolorido onde Bobby o tinha acertado e provavelmente ia surgir um grande hematoma, mas era só.

— Muito obrigada a todos vocês por serem tão corajosos — disse Justine, com seu sorriso mais cativante. Com um ar malicioso, acrescentou: — Agora, todos são corajosos o bastante para a próxima surpresa?

— Está dizendo que vamos continuar como se nada tivesse acontecido? — perguntou Angela.

— Bem, espero que sim — respondeu Justine. — Se pararmos agora, Bobby e Marty terão vencido. Além disso — acrescentou, mostrando-se um pouco amuada —, trabalhei tanto para que tudo fosse perfeito. Não tivemos nem metade das surpresas ainda.

— Também não acertamos as coisas entre os atletas e os medrosos — observou Murphy Carter. — É claro, se vocês, os medrosos, quiserem se declarar vencidos agora...

— De jeito nenhum — disse Ricky. — Estamos tão dispostos quanto vocês. E, para sua informação, nosso time ainda tem mais alguns truques secretos.

— Ótimo — disse Justine. — Então, está combinado. Por que todos não relaxam por algum tempo para podermos começar a caça ao tesouro?

Terry começava a se refazer e imaginou qual seria a próxima surpresa de Justine. Olhou para Alex, que estava encostado ao lado da lareira, completamente refeito do ferimento.

Alex olhou para ele e deu de ombros. Então disse uma palavra só com o movimento dos lábios: *medroso*. Terry sabia que ele tinha de ficar firme no seu posto. Alex continuava naquela competição idiota. Isso queria dizer que Terry também tinha de estar. De jeito nenhum Alex ia ganhar, depois de tudo o que aconteceu.

Justine e Philip trouxeram bandejas com suco de cidra quente e biscoitos, e logo todos estavam descansados e, outra vez, com espírito de festa.

Agora o gravador tocava canções antigas dos anos 1950, e Trisha e Ricky começaram a dançar "At the Hop". Trisha sorria e parecia feliz outra vez.

— Eu adoro essas canções antigas — alegrou-se Angela, batendo palmas acompanhando o ritmo. Encostou num canto da lareira de pedra e deu um grito quando a moldura se abriu.

Onde estavam as pedras sólidas, agora havia um esqueleto humano. O rosto vazio, sorrindo sem expressão.

Houve vários gritos e, então, o som de risadas, quando todos perceberam que era outra "surpresa".

— Vejo que descobriu um dos nossos alçapões secretos — disse Justine com seu sorriso especial.

— Um deles? — perguntou Angela. — Quer dizer que tem outros?

— Lembre-se — disse Justine. — Eu prometi muitas surpresas.

— Radical — afirmou Angela.

— E você, como está, Carinha Engraçada? — Terry perguntou para Niki, que, recostada nas almofadas do sofá, ao lado dele, tomava suco de cidra.

— Bem — disse. — E *você*? — Tocou gentilmente o rosto dele, onde Bobby tinha acertado um murro.

— Estou bem. Só espero que Bobby e Marty não...

Foi interrompido por um grito agudo de surpresa.

— O que *é* isso? — protestou Angela, com cara de nojo.

— Cérebro humano — declarou Ricky, na frente dela, inocentemente segurando uma caixa escura de metal.

— Fala sério! — disse Alex. — Onde você iria arranjar um cérebro humano?

— Com meu tio — respondeu Ricky, ainda inocentemente. — Ele tem uma casa de suprimentos médicos. Me emprestou para a festa.

Angela parecia prestes a vomitar.

— Deixe-me ver isso — disse Murphy.

— Não posso tirar da caixa, estragaria — disse Ricky, segurando a caixa com mais força. — Mas, é claro, se você quiser *tocar*...

Alex, desafiadoramente, enfiou a mão na caixa, e a retirou depressa com um grito abafado.

— É assim, meio pegajoso, não é? — indagou Ricky, malicioso. — Mais alguém quer tentar?

— Claro — disse David.

Aproximou-se de Ricky, fingiu enfiar a mão na caixa, mas, em vez disso, a agarrou e virou de cabeça para baixo. O conteúdo escorreu, caindo no chão de pedra com um *plop* nojento.

— Belo cérebro — disse David. — Para mim, parece espaguete frio. Eu te peguei!

— Não, eu peguei primeiro — retrucou Ricky. — Angela e Alex pensaram que era um cérebro.

— Não, não pensamos — protestou Alex. — Estávamos só fingindo. Um ponto para o time dos atletas...

A discussão de quem ganhava um ponto parou quando Justine tocou um pequeno sino.

— Posso ter sua atenção? — De pé, na frente do fogo, delineada pela luz da lareira, dava quase para acreditar que ela *era* uma vampira. A um lado da lareira, seu tio Philip estava sentado numa banqueta, a lágrima artificial brilhando no rosto triste de palhaço.

— Todo mundo já se refez, já está pronto para o trabalho? — perguntou Justine. Sem esperar resposta, continuou: — Está na hora da próxima surpresa. Esta é uma caça ao tesouro, mas não como as caças ao tesouro que vocês conhecem.

— Uma caça ao tesouro! — exclamou Trisha. — Que divertido!

— Fala sério — disse Murphy. — Caças ao tesouro são para crianças... e medrosos.

Justine, ainda sorrindo, virou-se para Murphy.

— Você talvez mude de ideia quando vir nossa lista de itens — provocou ele. — Mas, é claro, ninguém é obrigado a participar. Na verdade, pode ser um pouco perigoso. Essa caça ao tesouro é só para quem é corajoso de *verdade*.

— Ei, eu não disse que não ia participar — defendeu-se Murphy.

— Ótimo — disse Justine, os olhos verdes de gata brilhando de entusiasmo. Começou a passar fotocópias de uma lista. — Esta é uma lista dos itens que tio Philip e eu escondemos na casa — continuou. — Há tesouros em cada cômodo, nos dois andares, e no porão. O time que encontrar o maior número de tesouros, até a meia-noite, ganhará um prêmio especial.

Todos apanharam as listas e se prepararam para sair correndo, mas Justine os fez parar.

— Mais uma coisa. Por favor, tenham cuidado. Afinal, qualquer coisa pode acontecer na noite de Halloween.

Trisha encontrou o primeiro tesouro antes de saírem da sala. Enquanto Justine ainda explicava as regras, Trisha cuidadosamente retirou a comida que tinha sobrado no caixão e o abriu, revelando um monte de ossos embrulhados num trapo azul. Os ossos ressecados de uma múmia.

— Encontrei um tesouro! — exclamou. — Mas, Justine, isto é mesmo de uma múmia?

— Supostamente — disse Justine. — Nós a trouxemos do Egito.

Nos minutos seguintes, todos verificaram o andar térreo. Ouviam-se gritos e risadas quando uma pessoa ou outra descobria um novo tesouro — ou uma brincadeira.

— Isso é bacana, não é? — perguntou David rindo quando ele e Terry entraram na copa por portas diferentes.

— Não acredito nas coisas estranhas que Justine e o tio têm — confessou Terry. Mostrou a David o único tesouro que tinha encontrado até então: uma tarântula cabeluda preservada num peso de papel de vidro. — Encontrei isto na caixa de descarga do banheiro.

— Encontrei meu tesouro num viveiro de plantas — disse David, mostrando uma cobra empalhada. — Pensei que estivesse viva, porque se mexia de um lado para o outro. Mas então vi que estava ligada a um motor elétrico.

— Eu nem sei se quero encontrar mais dessas coisas — disse Terry, examinando a lista. — Uma garrafa de sangue?

— Murphy já encontrou — informou David. — Ele estava procurando no hall de entrada e tropeçou numa tábua solta do assoalho. A garrafa estava debaixo da tábua.

— Vejo você mais tarde — disse Terry. David era gente boa, pensou ele. Pena que os outros atletas não eram como ele. Pensar nos atletas trouxe a lembrança de Alex, o que o fez pensar em Niki, imaginando onde ela estaria naquela casa enorme e sinistra. Talvez a encontrasse por acaso.

★ ★ ★

Niki olhou para a lista sem muito entusiasmo. Embora essa fosse a melhor festa que já tinha visto, não se interessava por jogos.

A festa ainda parecia um mistério para ela. Nada combinava. A caça ao tesouro, ela decidiu, era a perfeita oportunidade para explorar a mansão livremente.

Lembrou-se do que tinha lido nos lábios de Justine no telefone e estava agora convencida de que não tinha nada a ver com a festa.

Afinal, tudo que Justine parecia querer era que seus convidados se divertissem. E, a despeito do tio estranho, na verdade, ela era um doce.

Mas havia ainda alguma coisa estranha nela e Niki estava resolvida a descobrir o que era. Ela teria se sentido um pouco culpada em revistar a casa, mas a caça ao tesouro era o pretexto perfeito. Não era nem bisbilhotar, não de verdade...

Andava pelos cômodos do segundo andar. Até então nenhum deles tinha qualquer coisa que a interessasse.

Entrou num grande quarto de dormir, na parte de trás da casa, e acendeu a luz. Pulou para trás, com o coração disparado, quando uma cabeça enorme e brilhante caiu na sua frente. Depois de um segundo, viu que era outra das surpresas de Justine.

Apagou a luz, e a cabeça voltou para o teto automaticamente. Após uma rápida revista, encontrou uma lâmpada, acendeu e sorriu satisfeita.

Os vidros de perfume, os cosméticos na penteadeira antiga e a bela coberta de cetim cor-de-rosa da cama indicavam que era o quarto de Justine.

Pode-se descobrir muita coisa sobre uma pessoa examinando seu quarto, pensou Niki. Por exemplo, seu próprio quarto, seu material de costura e os moldes no quadro de avisos revelavam seu interesse por desenho de moda. Sua coleção de cachorros de pelúcia mostrava que amava os animais e esperava, algum dia, ter um. E seus pôsteres de rock, o tipo de música que preferia.

Mas, de pé ali, no centro do quarto de Justine, percebeu que ele não dizia muita coisa. Não havia animais de pelúcia, nem fotos de artistas de cinema ou estrelas do rock, nem a sugestão de um passatempo, definitivamente nada pessoal, exceto o retrato de um homem e uma mulher sorridentes, da década de 1950, numa bela moldura, na penteadeira.

Os livros escolares de Justine estavam empilhados em cima do aquecedor, e não havia nada no quarto que pudesse ser usado como uma mesa.

Estranho, pensou Niki. *Justine não deve levar muito a sério os estudos.* Mas então lembrou que, depois de ter morado em tantos lugares, Shadyside devia parecer muito insignificante.

Abriu cada uma das gavetas da cômoda, mas não encontrou muita coisa, exceto algumas calcinhas e alguns suéteres.

Cada vez mais curiosa — com o que *não* havia encontrado —, Niki abriu a porta do closet e, chocada, viu que estava quase vazio, a não ser pelas roupas do colégio que já tinha visto Justine usar.

Onde estavam os jeans, as camisetas e os tênis? O que ela vestia depois das aulas? Não tinha nenhum vestido para festas?

Tirou a lanterna da bolsa e iluminou o closet. Viu uma fresta quadrada na parte de trás. Lembrou do alçapão na lareira e imaginou se seria outro.

Niki entrou no closet e começou a apertar em volta da fresta com as pontas dos dedos. Nada aconteceu.

Intrigada, olhou para a porta e começou a passar a mão nas prateleiras vazias do closet. Seus dedos encontraram uma pequena maçaneta, que ela girou. A parte de trás do closet se abriu, revelando outro closet maior.

Surpresa, Niki deixou escapar uma exclamação abafada.

O closet escondido estava repleto de roupas — mas roupas muito diferentes das que tinha visto Justine usar. A princípio, pensou que fossem roupas muito antigas, deixadas pelas pessoas que tinham morado na mansão.

Mas quando tirou algumas dos cabides, viu que eram novas, muitas delas com etiquetas de costureiros famosos e de elegantes lojas de departamentos de Nova York, São Francisco e Paris.

Havia belos conjuntos de lã, vestidos de coquetel de cetim, saias coloridas e jaquetas sofisticadas que ninguém que Niki conhecia usava. Uma sapateira no chão estava cheia de belos sapatos de salto alto de todos os tipos de couro e de todas as cores do arco-íris.

Na parte de trás, estavam três vestidos a rigor e dois casacos de pele, um de visom e outro de raposa.

Niki não podia acreditar nos próprios olhos. Era o mais belo closet que já tinha visto. Será que era de Justine? Mas quando ela usava tudo aquilo? E por que as roupas estavam escondidas?

Talvez, pensou ela, *fossem da mãe de Justine*. Mas ninguém sabia realmente se Justine tinha mãe ou não. Talvez houvesse outra mulher mais velha na casa — namorada ou mulher de Philip. Mas, nesse caso, por que Justine tinha tão pouca roupa?

É um mistério, pensou Niki. Ela adorava mistérios.

Havia uma pequena cômoda ao lado do closet e Niki abriu as gavetas. Encontrou roupões em tons pastel, camisolas e roupa de baixo de seda. Na última gaveta, havia um embrulho. Ela abriu, sem pensar que podia ser apanhada, e ficou chocada ao ver uma foto emoldurada de Justine abraçada a um homem, olhando amorosamente nos olhos um do outro. Mas o homem era muito mais velho — o cabelo grisalho indicava que devia ter, pelo menos, quarenta anos.

Justine estaria tendo um caso com um homem mais velho? Por isso ela nunca saía com os garotos do colégio e nunca ia a nenhum dos jogos do time?

Cuidadosamente, Niki pôs tudo no lugar, exatamente como estava antes, e fechou a porta secreta. Ia sair do quarto quando viu a porta do banheiro.

Entrou e, com uma pequena pontada de culpa, abriu o armário de remédios. Estava cheio de coisas que sempre se encontram nos armários dos banheiros: pasta de dentes, enxaguante bucal, vários vidros de esmalte para unhas e outros cosméticos, aspirina, uma caixa de Band-Aids.

Havia três vidros de remédios preparados com receita, na prateleira de cima. Niki os apanhou um a um. Não reconheceu os nomes dos medicamentos, a não ser o de um comprimido para dormir que sua mãe usava às vezes. Mas os três remédios eram feitos para "Enid Cameron".

Enid? Niki pensou. *Quem é Enid? A mulher de Philip?*

Porém, por mais explicações que procurasse, uma insistia em voltar à sua mente: a de que Justine levava, de algum modo, uma vida dupla.

Durante o dia, ia ao colégio, como qualquer outra adolescente. Mas, à noite e nos fins de semana, tinha outra vida da qual ninguém sabia.

Mas por quê? E por que manter tudo em segredo?

Talvez, pensou Niki, *estivesse se deixando levar pela imaginação. Talvez houvesse uma explicação lógica para tudo que tinha visto.* Precisava falar com Terry. Se alguém podia resolver esse enigma era ele.

Agora, o que tinha a fazer era encontrá-lo em algum lugar da mansão.

Terry estava gostando muito da caça ao tesouro. Até ali, além da tarântula, encontrara três dos itens da lista: uma caveira de macaco, polida, escondida num cesto de roupa na lavanderia;

uma bola de cristal e, sua última aquisição, um pingente de marfim em forma de adaga.

Encontrou o pingente quando abriu um armário e levou um susto tremendo ao ver o que parecia uma cabeça ensanguentada, que, quando examinada de perto, revelou ser a cabeça de um manequim coberta com ketchup.

Quando passou o susto, Terry encontrou o pingente em volta do pescoço do manequim. Ele riu e acrescentou-o ao resto dos seus tesouros.

Ouviu dois outros caçadores de tesouros se aproximando e lembrou que Justine dissera que seu tio Philip estava preparando algumas surpresas no sótão. Procurou e encontrou uma escada estreita que levava ao andar de cima.

Subindo a escada escura, que rangia, para o sótão, seu coração batia forte com o suspense e uma pequena sensação de medo. Que tesouros ia encontrar lá em cima? Que sustos ia levar? Essa era definitivamente a melhor festa a que já tinha ido.

O sótão era pequeno e empoeirado, cheio de velhas caixas e arcas que, pela camada de poeira, Terry viu que estavam fechadas há muito tempo.

Acendeu a lâmpada do teto e viu a porta de um closet. *Um lugar perfeito para esconder coisas da lista*, pensou ele.

Sorrindo, Terry abriu a porta e parou, chocado.

— Não! Oh, por favor, *não*!

Segurou na porta do closet para não cair e olhou para o cubículo escuro.

— Alex? Alex? — gritou.

Dependurado numa corda, estava o corpo do Príncipe Prateado, o pescoço virado num ângulo impossível. A bela fantasia estava cheia de sangue vermelho e espesso que formava uma poça no chão.

Pingando, pingando, pingando...

Capítulo 9

É outra brincadeira, pensou Terry.

Por favor, por favor, faça com que seja outra brincadeira.

Mas a fantasia prateada era de verdade. E o sangue continuava a pingar.

Pingando, pingando, pingando.

Um ritmo regular que Terry tinha certeza de que lembraria durante toda a vida.

Olhava ainda para o corpo do amigo, tentando reunir forças para procurar alguém, quando ouviu uma voz atrás dele.

— O que você encont... oh, não!

Era David, horrorizado.

— Acabo de encontrar — disse Terry, com a voz e as mãos trêmulas. — Talvez seja outra brincadeira.

— Acho que não — retrucou David. — Não toque nele. Vou procurar ajuda.

— Eu vou com você. — Terry não queria ficar nem mais um segundo com o corpo de Alex.

Descendo a escada, encontraram Ricky, Trisha e Les. Rapidamente David contou o que Terry tinha encontrado.

— Temos de chamar uma ambulância — sugeriu Trisha. — Talvez ele só esteja ferido.

— É mais do que isso — informou David. — Vocês não viram. O pescoço, todo aquele sangue...

Terry estremeceu, lembrando a fantasia encharcada de sangue. Tivera problemas com Alex, era verdade, mas ninguém merecia uma coisa tão terrível.

— Pelo menos chamem a polícia — disse Les.

— Antes vamos contar para Justine e para seu tio — replicou David. — Eles saberão o que fazer.

Justine e o tio estavam sentados na frente da lareira, conversando em voz baixa. Quando os convidados assustados entraram na sala e explicaram o que tinha acontecido, Justine levantou de um salto, visivelmente consternada.

— Você chama a polícia — disse Philip para ela. — Vou ver qual é a situação.

— Espere, tio Philip! — Nada de polícia... ainda. — Philip fez um gesto de assentimento e todos subiram os dois lances de escada para o sótão.

— Está aqui — disse Terry, levando os outros para o closet. Preparou-se para o que sabia que ia ver e abriu a porta.

Não havia nada no closet.

— Não acredito! — exclamou.

— Onde ele está? — perguntou David no mesmo instante.

— Muito engraçado — Trisha disse, zangada. — Para sua informação, Terry, não deve pregar peças nos membros do seu time!

— Não é uma peça — protestou Terry. — Eu o vi, nós dois vimos.

— Ele estava aqui — acrescentou David. — E o sangue pingava no chão. — Inclinou-se e passou a mão no chão do closet. — Está seco — disse, atônito.

— Acho que não sou a única a preparar surpresas — disse Justine com um sorriso. — Venha, tio Philip. Vamos voltar lá para baixo.

Os outros iam acompanhá-los quando Niki entrou no sótão.

— Alguém viu Terry? — perguntou. Então o viu. — O que está acontecendo? O que vocês estão fazendo aqui?

Explicaram rapidamente.

— Então subimos — terminou Les. — Além de não existir nenhum corpo, o closet está completamente vazio. Evidentemente, foi uma armação.

— Você fez isso? — perguntou Niki para Terry, olhando atentamente para ele.

— Não — retorquiu Terry. — Eu vi o corpo. Era real. Não sei onde está agora, mas estava aqui.

— Pensando bem — disse Ricky, começando a se preocupar —, não vejo Alex há algum tempo. Alguém o viu?

— Talvez você só tenha pensado que viu alguma coisa — disse Niki. — Há muita sombra aqui.

— O que vimos era real — insistiu David. — Era Alex.

— Então, se ele estava, como vocês dizem... Temos de encontrá-lo — disse Niki. — Vamos, Terry, vamos procurar nos outros cômodos.

Ninguém queria procurar sozinho, por isso os seis — Terry, Niki, Les, David, Ricky e Trisha — procuraram cuidadosamente atrás das caixas no sótão; depois desceram e começaram a procurar nos quartos do segundo andar.

— Este é o quarto de Justine — disse Niki, abrindo a porta. — Talvez ele só... — terminou de falar com um grito.

Os outros se aproximaram. Deitado na cama de Justine, estava o Príncipe Prateado.

Mas assim que chegaram perto, ficou claro que não era Alex. Ricky foi o primeiro a se aproximar da cama.

— Ei! — ele disse. — Isto é só...

— Um manequim! — Terry terminou a frase. O que estava na cama era a fantasia prateada de Alex, recheada com pedaços de pano. O "sangue" que Terry e David tinham visto eram fitas de celofane que se moviam lentamente para dar a impressão de pingos. Naquela luz era difícil para Terry acreditar que tinha sido enganado daquele modo.

A cena parecia tão real que ele chegara a imaginar o som do sangue pingando no chão. Que idiotice a sua!

— Peguei vocês! — Alex apareceu na porta do banheiro, com um robe azul, rindo tanto que mal podia respirar.

— Você está bem? — perguntou Niki, com os olhos arregalados.

— Ele está ótimo — zangou-se Terry. Sua voz tremia outra vez, mas de raiva, não de medo. — Foi uma brincadeira idiota — disse para Alex. — Pensamos que realmente tinha acontecido alguma coisa com você!

— Estou comovido com sua preocupação — retrucou com um sorriso satisfeito. — Belo trabalho, David.

— Parecia bem real — disse David, sorrindo também.

— Está dizendo que você também estava nisso? — perguntou Terry, furioso, para David.

— Claro que estava — disse Alex. — De que outro modo podíamos convencer os medrosos a procurar meu corpo? Enquanto vocês procuravam o Príncipe Prateado, os outros atletas terminaram a caça ao tesouro. Uma pena, caras, vocês perderam outra vez!

Niki virou para Alex, zangada.

— Foi uma maldade, Alex — reprovou ela. — Nunca pensei que você pudesse fazer uma coisa tão baixa!

Por um momento, Alex pareceu magoado, mas então sorriu outra vez, zombeteiro.

— Ei — disse ele. — Você não sabe que tudo é permitido no amor e nas brincadeiras de Halloween? Além disso, Niki — acrescentou —, dei a você muitas oportunidades para vir para nosso time.

— Venha, Terry — disse Niki, segurando a mão dele. — Vamos voltar para a festa.

— Por que vocês todos não vão embora? — perguntou Alex. — Preciso vestir outra vez minha fantasia para que meu time possa receber o prêmio da caça ao tesouro.

Todos voltaram para a sala de estar. Terry estava confuso. Gostava de surpresas. Mas a brincadeira de Alex o tinha abalado.

Acho que ainda gosto de Alex, pensou Terry. *Do contrário, eu teria pensado com maior clareza quando descobri aquele boneco com sua fantasia dependurado no closet.*

Na sala de estar, Murphy e Angela dançavam à luz fraca das velas elétricas. Os "tesouros" estavam empilhados numa mesa ao lado da lareira.

— Quer um pouco de ponche? — perguntou Terry para Niki.

— Ótima ideia! — aprovou ela. — Vou guardar seu lugar. Preciso falar com você.

Com dois copos de ponche, Terry sentou-se no sofá, ao lado de Niki. Ela estava tão linda quanto no começo da noite, mas havia preocupação nos olhos escuros.

— Ainda zangada com o que Alex fez? — indagou Terry.

— Na verdade, não. É outra coisa. Lembra de quando eu disse o que li nos lábios de Justine no outro dia?

Terry a interrompeu, surpreso.

— Não está ainda pensando que ela está tramando alguma coisa? — perguntou. — Justine é a única pessoa na festa que não fez nada esquisito.

— Deixe-me contar o que descobri — continuou Niki. — E diga o que você acha. Enquanto vocês estavam na caça ao tesouro, fui ao quarto de Justine...

— Você esteve revistando o quarto dela?

— Ela não disse que havia alguma parte da casa proibida — lembrou Niki. — Além disso, eu estava curiosa. Terry, ela não tem nada do colégio no seu quarto...

— Por que teria? — perguntou Terry. — Só mudou para cá há poucos meses. Além disso, morou em muitos lugares do mundo todo. Provavelmente está mais interessada nas coisas que conseguiu nas viagens do que em flâmulas com as cores do colégio.

— Ela não tem também coisas das viagens — disse Niki. — Seu quarto é praticamente vazio, exceto por uma coisa...

Contou para Terry sobre o closet escondido e as roupas que tinha encontrado, além do retrato de Justine com o homem mais velho.

— Certo — iniciou Terry. — Bem, há uma explicação simples. Justine é agente da CIA e o cara um espião russo.

— Quer falar sério? — disse Niki, rindo também. — Olhe, sei que parece loucura, mas nada do que encontrei no quarto de Justine faz sentido. Encontrei também alguns vidros de remédios feitos sob receita para Enid Cameron.

— Esse é o seu nome na CIA — continuou Terry. — E por isso ela está dando esta festa. Vai recrutar todos os convidados para serem espiões da CIA.

— Talvez você não esteja tão longe da verdade — refletiu Niki. — Terry, eu acho realmente que Justine leva uma espécie de vida dupla.

— Bem, talvez — disse Terry. — Mas e daí? Se você está tão preocupada com isso, por que não pergunta a ela? Justine é gente boa e tenho certeza de que não ia querer que alguém suspeitasse de...

Parou de falar quando Justine tocou o sino outra vez. O som veio de cima e todos ergueram os olhos. Viram Justine de pé ao lado do corrimão do balcão, acima da sala de estar, com uma caixa coberta de papel dourado numa mesa ao seu lado.

— Chegou a hora de dar o prêmio para a caça ao tesouro — anunciou ela. — E estou feliz com o sucesso da brincadeira. Apesar — sorriu maliciosamente — de algumas surpresas que não faziam parte do meu plano.

Quase todos aplaudiram e deram vivas. Justine agradeceu com uma pequena cortesia.

— O prêmio consiste em chocolates especiais de Paris — disse. — Quem gostaria de receber em nome do time vencedor?

— Eu recebo — disse Alex. — Estava de novo com a fantasia e bonito como sempre quando subiu a escada para onde Justine estava.

— Perfeito — comoveu-se ela. — Chocolates dourados para o Príncipe Prateado. — Inclinou-se para apanhar a caixa dourada, então, cambaleou levemente e segurou no corrimão do balcão. Antes que pudesse entregar os chocolates para Alex, o corrimão cedeu de repente e, com um grito de gelar o sangue, Justine caiu para a frente e para baixo.

Capítulo 10

Ela caiu tão depressa que não deu tempo de ninguém fazer qualquer movimento.

Seu grito ecoou no teto alto.

Caiu pesadamente em cima de um dos sofás de veludo escuro debaixo do balcão e ficou imóvel.

Terry e os outros correram para o sofá, assustados demais para falar.

Justine ficou deitada no sofá; os olhos fechados, o braço sobre as costas do móvel.

Alex chegou perto dela antes dos outros.

— Justine! — gritou.

Ela abriu os olhos e sentou devagar.

— O que aconteceu? — perguntou, aturdida.

Terry percebeu que tinha prendido a respiração. *O que podia acontecer ainda?*, pensou.

— Você caiu — disse Alex gentilmente. — Está bem?

— Acho que sim — respondeu Justine — Mas como...

— O corrimão simplesmente cedeu — explicou Alex.

— Mas como é possível? — indagou Justine. — É sólido. Verificamos todas as partes da madeira da casa quando nos mudamos para cá. — Recostou nas almofadas do sofá com um pequeno gemido de dor. — Meu pulso... — queixou-se.

— Pode estar deslocado — presumiu Alex, segurando o pulso dela com as duas mãos. — Você tem atadura elástica?

Trisha e Angela foram apanhar as ataduras, e os outros começaram a subir a escada para ver o lugar em que o corrimão havia quebrado. Mas Philip já estava lá e, apesar da máscara triste de palhaço, estava furioso.

— Tudo bem! — disse com a voz mais forte que Terry o ouviu usar durante toda a noite. Todos pararam, imóveis. — Qual de vocês fez isso?

— Fez o quê? — perguntou Murphy. — O corrimão simplesmente...

— Foi serrado! — disse Philip.

Levantou um pedaço do corrimão quebrado e todos viram que tinha sido cortado.

— Foram os atletas! — acusou Ricky, descendo a escada com todos os outros. — Disseram que algumas das suas brincadeiras seriam perigosas!

— Não fizemos nada! — defendeu-se Murphy. — Admitam que foram vocês, porque não sabem perder!

— Está completamente louco? — protestou Les. — Por que íamos fazer uma coisa tão idiota? Na verdade, por que alguém faria isso?

— Posso pensar num motivo — disse Alex, zangado.

— É mesmo? — perguntou Les. — Qual?

— *Para fazer com que nosso time parecesse mal* — disse, olhando diretamente para Terry.

— Está me acusando de alguma coisa? — perguntou Terry. — Se está, diga logo.

— Não estou acusando ninguém de coisa alguma — disse Alex. — Só acho estranho que logo depois do seu time perder a caça ao tesouro, uma coisa ruim tenha acontecido.

— Ridículo — irritou-se Terry. — Quando teríamos tempo e privacidade para fazer isso? Provavelmente você está querendo disfarçar o que você mesmo fez! Não basta ter roubado para ganhar a caça ao tesouro. Quis também matar alguém?

Alex desceu rapidamente os dois últimos degraus da escada, ofegante.

— Se você não fosse um velho amigo — disse —, eu...

— É mesmo? — perguntou Terry, furioso consigo mesmo por deixar que aquela disputa acontecesse, mas incapaz de desistir. — O que você faria?

— Nada — resmungou Alex, resolvendo ser o primeiro a deixar a coisa esfriar.

— Parem com isso! Querem parar com isso? — Niki estava entre os dois gritando. — Uma coisa terrível aconteceu e tudo que sabem fazer é brigar! — Virou para Philip. — Senhor Cameron, nós todos lamentamos muito por isso. Mas tenho certeza de que ninguém aqui faria uma coisa tão horrível.

— Alguém serrou o corrimão — disse Philip, já na sala de estar, sentado ao lado de Justine. — E quase matou minha sobrinha.

— Ora, vamos, tio Philip — retrucou Justine procurando acalmar os ânimos. — Quem fez isso não podia saber que eu ia me apoiar no corrimão... — Passou o braço pelos ombros do tio. — Só sinto ter estragado a festa. O que eu queria era que todos se divertissem.

Philip ficou de pé e se afastou, balançando a cabeça.

— Ei, sem problema — disse Alex, ao lado de Justine no sofá, passando o braço pelos ombros dela. — Nada foi estragado. É uma festa formidável.

— Francamente — disse Angela, passando a atadura no pulso de Justine. — Nada do que deu errado foi sua culpa. Nós todos estamos nos divertindo muito.

— É mesmo? — perguntou Justine com voz fraca. — Obrigada por dizer isso.

Agora estavam todos em volta de Justine, dizendo o quanto a festa era formidável. Justine olhou para eles com seu melhor sorriso.

— Muito obrigada a todos — disse. — Talvez precisemos só de alguns minutos para tomar fôlego e descansar. Então, voltamos à festa. Afinal, ainda há muitas surpresas preparadas. — Fez uma pausa, levantou-se e olhou em volta. — Vou lá em cima, por alguns minutos, para me recompor. Vejo vocês logo.

— Como quiser — concordou Alex. Com a mão na nuca de Justine, olhava para ela como se não existisse mais ninguém na sala. Justine murmurou alguma coisa no ouvido dele. Alex riu e murmurou alguma coisa no ouvido dela. Então Justine subiu a escada.

Como Justine pode ficar com Alex?, pensou Terry. *Provavelmente foi Alex quem serrou o corrimão ou, pelo menos, ele sabia quem tinha feito aquilo.*

— Aqueles dois estão caminhando para nada mais do que problemas — disse Niki de repente. Terry viu que ela também olhava para Alex e Justine.

— Sei o que você quer dizer — concordou. — Alguém devia avisar Justine.

— Avisar *Justine*? — Os olhos de Niki fuzilaram. — Alguém precisa avisar *Alex*. Pode pensar que estou errada, mas não confio nela.

— Você só tem uma espécie de palpite bobo, nada mais — disse Terry, surpreso com o quanto queria defender Justine. — Sabe de uma coisa, Niki, você parece que está... — Parou antes de dizer alguma coisa de que poderia se arrepender.

— Pareço que estou o quê? — Niki pôs a mão no rosto de Terry e o puxou para ela. Seus olhos cintilavam, de raiva e alguma coisa mais.

— Com ciúmes — desabafou Terry. — Agora que Alex está dando mais atenção a Justine do que a você, parece pensar que Justine é a Bruxa Malvada do Oeste.

Por um momento, Niki não respondeu. Ficou muito pálida.

— É mesmo o que você pensa? — disse finalmente.

— Olhe, eu sei que você não se importa com Alex — tentou suavizar Terry. — Mas por que está com tanta má vontade para com Justine de repente?

— Em primeiro lugar, eu me *importo* com Alex — disse. — Como amigo. E não quero que ele seja magoado. Em segundo lugar, há alguma coisa com Justine que não parece certa. E se você não fosse seu admirador, veria também. Algumas coisas muito estranhas aconteceram...

— Está bem — concordou, magoado. — E suponho que você pensa que Justine serrou a madeira do balcão.

— Eu não disse isso. Não sei quem serrou. Mas isso não muda o fato de que Justine está fazendo algum jogo com nós todos, especialmente com Alex.

— Então agora você vai proteger Alex? — Terry não pôde evitar de dizer, embora sabendo que só ia piorar as coisas.

— O que eu vou fazer — Niki informou, a voz gelada de raiva —, é descobrir o que está acontecendo. Enquanto ainda há tempo!

Deu as costas para ele e foi embora.

Terry a viu se afastar. Justine tinha uma tela grande de TV onde estava passando *A noiva de Frankenstein*. Terry nunca tinha visto o filme e ficou assistindo por algum tempo. Na verdade, estava completamente absorto na história quando um som trovejante fez estremecer a casa.

Logo depois, a tela ficou escura e todas as luzes se apagaram.

Capítulo 11

Alguns reagiram com exclamações abafadas.

Terry ouviu risos nervosos.

A única luz era da lareira. As chamas bruxuleantes desenhavam sombras que dançavam nas paredes.

A voz de Justine soou no escuro.

— Provavelmente estão imaginando se esta é mais uma das minhas surpresas — disse, com um riso breve. — Mas essa tempestade de surpresa foi preparada pela Mãe Natureza. E o escuro é perfeito para o próximo jogo, se vocês tiverem coragem de entrar nele.

— Vamos continuar com a festa! — gritou Ricky.

— Sente-se, Schorr — retrucou alguém.

Terry procurou ver o horário à luz do fogo. Eram três horas da manhã. Tinha acontecido tanta coisa que o tempo passou depressa. Surpreso, pensou que dentro de poucas horas a festa terminaria.

Tentou descobrir onde estava Niki. Sabia que ela devia estar em algum lugar, na sombra, mas resolveu não a procurar. Niki voltaria quando a raiva passasse.

Justine começou a descrever o novo jogo, que chamou de Verdade.

— A ideia é cada um contar a pior coisa que já fez — explicou. — Então todos votam para decidir se você disse ou não a verdade. Se pensarem que está mentindo, terá de pagar uma multa.

— É a coisa mais idiota que já ouvi — protestou Murphy.

— Está dizendo que tem medo de contar a verdade para seus amigos? — perguntou Justine.

— Não é isso. Só acho que é uma bobagem — disse, recuando. — Mas não tenho medo.

— Ótimo — disse Justine, antes que ele pudesse continuar. — Vocês compreendem, o objetivo do jogo é nos conhecermos realmente. Agora, quem quer ser o primeiro?

Não apareceu nenhum voluntário. Finalmente, Justine olhou para Ricky, sorrindo.

— Ricky, que tal você? Conte qual a pior coisa que já fez.

Ricky ficou de pé na frente da lareira, evidentemente nervoso e embaraçado.

— Na verdade, não consigo pensar em nada — disse, pouco à vontade.

— Ei, Schorr, nem parece você! — berrou alguém. — Desde quando você não gosta de falar de si mesmo?

Todos riram.

Todos menos Ricky.

— Uma coisa realmente aconteceu certa vez — disse Ricky em tom baixo, olhando para o chão. — Na Ilha do Medo. Durante uns dias que passei com alguns amigos. Pensamos que alguém estava morto e... — Parou. — Na verdade, não posso falar nisso.

— Não faça isso! — gritou alguém.

Outros vaiaram, descontentes porque não iam ouvir o fim da história.

— Você terá de pagar uma multa por não terminar a história — declarou Justine. — A multa é ficar num pé só o tempo que eu mandar.

— Num pé só? — reclamou Ricky. — Nunca vou me equilibrar.

— Então é uma multa perfeita — disse Justine. — Tudo bem, quem é o próximo... que tal Angela?

— A pior coisa que já fiz? — perguntou Angela, ficando de pé. — É fácil. Roubei o namorado da minha irmã no último verão. Eu telefonei para ele, fingindo que era ela, e marquei um encontro. Fiz com que soubesse o quanto eu gostava dele. Mas depois me arrependi — acrescentou. — Ele era um verdadeiro chato.

Todos riram e aplaudiram. Murphy se levantou e começou a contar alguma coisa sobre colar num teste de matemática para manter sua elegibilidade para os esportes.

Terry achou o jogo completamente idiota e até mesmo um pouco cruel. Tinha certeza de que Niki também detestava. Talvez os dois pudessem sair um pouco e conversar.

Olhou em volta, tentando encontrá-la e então percebeu que Niki não estava na sala.

Intrigado, levantou-se e procurou no corredor e na cozinha, mas nem sinal de Niki. Com o coração apertado, lembrou-se dela ter dito que ia descobrir o que estava acontecendo.

Quando voltou para a sala, Ricky ainda estava num pé só.

— Posso parar agora? — pediu para Justine.

— Se estiver disposto a contar a verdade sobre a pior coisa que já fez... — disse ela.

— Mas eu contei a verdade. É só que... outras pessoas estavam envolvidas. Não seria justo eu contar a história. E acredite, é de verdade uma história macabra. Vai impressionar todo mundo.

Ele parecia muito embaraçado e Terry teve pena dele.

— Tudo bem, sente-se — disse Justine com seu sorriso malicioso. Seus dedos estavam entrelaçados com os de Alex. Ela encostou sua cabeça no peito dele por um momento. — Quem é o próximo? — instigou ela.

— Por que não *você*? — perguntou Ricky.

— Ah, não! — respondeu Justine com seu malicioso sorriso. — Eu sou a anfitriã, por isso fico por último. Que tal... Terry? — ela disse.

— Ah, não agora — esquivou-se Terry. — Estou... bem... procurando Niki. Alguém a viu?

— Não por agora — disse Trisha. — Mas está tão escuro aqui.

— Talvez ela esteja se escondendo — arriscou Murphy.

— Pensando bem — disse Alex —, também não vejo Les há algum tempo. Talvez ela tenha resolvido mudar de time.

— Ou talvez você saiba onde ela está! — acusou Terry.

— Dá um tempo — irritou-se Alex. — Se você não sabe onde está sua namorada, a culpa não é minha.

Terry tinha uma resposta agressiva na ponta da língua, mas antes que tivesse tempo de dizer qualquer coisa, Justine se levantou.

— Querem parar de brigar? Estão estragando o jogo — ela disse.

Alex continuou a olhar desafiadoramente para Terry. Terry devolveu o olhar, depois deu de ombros.

— Vou procurar Niki — anunciou para ninguém em particular.

Apanhou uma lanterna de cima da moldura da lareira e começou a subir a escada. O barulho da chuva ainda era forte, mas ele ouvia Alex e Murphy rindo na sala de estar.

— Parece que Terry vai sair para uma caça particular ao tesouro — disse Murphy.

— Talvez ele apenas não tenha coragem de encarar a verdade — acrescentou Alex.

Terry examinou os quartos do segundo andar, um por um. Quando chegou ao último, o quarto de Justine, começou a ficar nervoso. Será que, de alguma forma, ele perdeu Niki? Será que ela tinha ido para casa?

Ficou no corredor por um momento, iluminando com a lanterna. Na outra extremidade, a chuva batia numa janela e o vidro estremecia. Lá fora, relâmpagos iluminavam as árvores molhadas. Por um momento, ele pensou ouvir o barulho de motocicletas e parou imóvel, mas então viu que eram só os trovões.

Niki não teria ido para casa naquela tempestade, pensou. *Portanto, devia estar em algum lugar da casa.*

Olhou para a escada que dava para o sótão e, com relutância, lembrando o que tinha acontecido da última vez que esteve lá, subiu a escada estreita.

Girou a lanterna iluminando todo o sótão empoeirado e as pilhas de caixas. Os relâmpagos faziam com que as sombras parecessem dançar e pular, e todo o cômodo estalava com o vento, como se tivesse vida. Apesar de toda a sua resistência, Terry sentiu um arrepio de medo.

Pare com isso, Terry pensou. *Está deixando que sua imaginação corra solta por causa do que viu na última vez. Esta casa não é assombrada e não há motivo nenhum para ter medo.*

Talvez Niki já tenha voltado para a sala, pensou. Virou para sair quando viu a porta do closet onde tinha encontrado o Príncipe Prateado.

Não.

Não há nenhum motivo para Niki estar lá dentro, ele pensou.

A sensação de medo voltou mais forte.

"Isso é ridículo", falou para si mesmo. "É só um closet."

Estendeu a mão e puxou a porta devagar.

E o choque o paralisou.

Lá dentro, encolhido, meio sentado, estava um corpo.

O cabo de uma enorme faca aparecia no seu peito.

Mas não era um boneco, como o Príncipe Prateado.

À luz da lanterna, não era possível se enganar com os olhos azuis abertos, mortos e os óculos de aros grossos.

Era Les Whittle.

Capítulo 12

— Muito engraçado, Les — disse Terry, em voz alta, esperando estar errado.

Estendeu o braço e tocou nele.

Les estava quente.

— Tudo bem, Les — disse ele. — Pare com isso. Sou eu, Terry. Estamos no mesmo time, lembra?

Les não respondeu. Continuou lá, os olhos arregalados, sem piscar, como bolas de gude.

— O pulso — lembrou-se Terry. — Onde está seu pulso, Les?

Tentou sentir o pulso de Les, depois levou a mão à base do pescoço. Nenhum movimento.

Pôs os dedos na frente da boca de Les, mas não sentiu respiração.

Então, Terry olhou atentamente para o peito de Les, tentando não pensar no cabo da faca que aparecia dele. Nenhum movimento. Nenhum.

— Não — disse Terry a si próprio. — Não, não, não, não, não, não!

Isto não pode ser real.

É outra brincadeira, outra surpresa. Tem de ser.

— Não esteja morto, Les — rogou. — Por favor, não esteja morto.

Mas Les não respondeu. Os olhos parados continuaram fixos, como os olhos de um manequim.

Mal podendo ficar de pé, Terry saiu do closet. Seu coração batia com tanta força que o escutava nos ouvidos.

Tremendo, voltou para baixo. Sentia as pernas fracas como se estivesse andando debaixo d'água. Ou num sonho.

Por favor, faça com que seja um sonho, pediu.

Tinha quase chegado à sala quando uma luz iluminou seu rosto. Era David, saindo do banheiro com uma lanterna.

— Ei, Terry — disse David, surpreso. — O que aconteceu com você? Parece que viu um...

— Les está morto — declarou Terry, com voz inexpressiva.

— O quê?

— É verdade. Acabo de encontrá-lo. No closet. Lá em cima.

— Ei, está falando sério, não está? — perguntou David.

Terry não conseguiu pensar numa resposta. Mas então David olhou para ele, desconfiado.

— Ei, espere um pouco. Você está tentando se vingar de mim pela brincadeira com o Príncipe Prateado, não está?

— Les está morto — repetiu. — Tem uma faca enfiada no peito.

— E você vai me mostrar, certo? — perguntou David. — E então Les vai pular e gritar: peguei!

— Ele nunca mais vai gritar coisa alguma — respondeu Terry. Começava a sair do estado de choque. — Não me importa se não me acredita. Preciso telefonar para pedir ajuda.

— Espere um pouco — disse David. — Vamos voltar lá para cima. Talvez você tenha visto outra brincadeira.

— Não — disse Terry.

— Tem certeza? — perguntou David. — Lembra como Alex parecia real? Você estava certo de que era de verdade também.

— Não acho que seja uma brincadeira — ponderou Terry. Mas pela primeira vez sentiu um pouco de esperança.

Voltou para cima com David. Quando estavam no último lance de escada para o sótão, Terry se esforçou para ficar calmo. *Não quero ver o corpo de Les outra vez*, pensou. *Mas talvez David tenha razão. Talvez eu tenha visto alguma coisa e pensei que era Les.*

Suas mãos tremiam ainda quando ele abriu a porta.

O closet estava vazio.

— Eu *sabia*! — disse David. — Foi só um truque para me trazer aqui, certo? O que vem agora, uma torta na cara?

Terry olhou para o closet vazio, sentindo um alívio percorrer seu corpo como água de uma represa rachada.

Não era real. Talvez ele estivesse ficando louco. Mas ter alucinações era melhor do que Les estar morto.

— Terry? — Agora David parecia preocupado. — Você está bem?

— Ele estava aqui — informou Terry. — Exatamente como eu disse. Acho que eu devia estar assim...

Parou de falar quando a luz da sua lanterna iluminou alguma coisa no chão do closet.

— O que é? — perguntou David. Então ele também viu.

Uma poça escura no chão do closet.

Tremendo, Terry estendeu a mão. Seus dedos ficaram pegajosos — e vermelhos.

— Tem mais — comunicou David. Agora sua voz estava trêmula.

Saindo do closet, viram gotas e manchas de sangue.

Sem uma palavra, os dois seguiram as manchas em volta das pilhas de caixas do sótão. Seguiram até uma janela nos fundos.

A janela estava aberta e a chuva entrava forte, ensopando as tábuas do assoalho. Havia uma única mancha de sangue na parede debaixo do peitoril.

Terry não acreditava que seu coração podia bater com tanta força e tão depressa. *O que tinha acontecido com o corpo de Les? Ele, a coisa, teria saído do closet e fugido pela janela?*

Les, de algum modo, tinha se juntado aos mortos-vivos, nos bosques da rua do Medo?

— Vou olhar lá fora — disse David. Parecia mais assustado do que Terry.

Devagar, David empurrou a janela abrindo-a completamente e pôs a cabeça na chuva. Terry fez o mesmo.

Viram ao mesmo tempo.

Lá, diretamente abaixo de onde estavam, no telhado, sobre a janela de uma mansarda do segundo andar, estava o corpo encolhido de Les, com a faca brilhando à luz dos relâmpagos.

Capítulo 13

— Temos de tirá-lo de lá — disse David.

Terry não sabia o porquê, mas estava feliz por ter alguma coisa para fazer.

— Um de nós vai ter de descer lá — disse David. Encontrou uma corda no chão e começou a desenrolar.

— Eu vou — decidiu Terry, sem pensar. Subiu no parapeito escorregadio, depois desceu para as telhas sobre a pequena janela. O vento queimava seu rosto e a chuva era tão forte que ele enxergava com dificuldade.

Escorregou e quase caiu, mas segurou na beirada do telhado.

— Aguenta firme, Les — disse. — Estou indo.

David pôs a corda para fora da janela. Terry apanhou a ponta e começou a se arrastar devagar para onde Les estava.

A faca ainda estava enfiada no peito dele, como uma espécie de planta estranha e, pela primeira vez, Terry se convenceu não só de que Les estava morto, como, também, de que alguém o tinha matado.

Assassinado.

Alguém da festa era um assassino.

Terry procurou tirar esses pensamentos da cabeça e se concentrar em passar pelas telhas molhadas. *Um passo de cada vez,* pensou.

Os óculos de Les tinham caído e sua pele não estava mais quente. Mas os olhos continuavam abertos e Terry tentou não olhar para eles enquanto amarrava a corda em volta do corpo, acima da faca.

Puxou e arrastou o corpo até ficar bem debaixo da janela e o levantou enquanto David puxava a outra ponta da corda. Conseguiram levar o corpo para o sótão. Então Terry subiu e entrou pela janela.

Por um momento, os dois só olharam para o amigo morto, ambos ofegantes. Finalmente, David fechou a janela.

— Temos de cobrir o corpo com alguma coisa — disse.

Terry balançou a cabeça, assentindo. Procuraram no sótão e encontraram um cobertor velho. Arrumaram o corpo de Les e o cobriram.

Terminada a tarefa, Terry compreendeu que teriam de enfrentar o próximo obstáculo: o que fazer em seguida.

— Acho melhor chamar a polícia — sugeriu.

David concordou.

— Não devemos contar para todos?

Terry pensou por um momento.

— Não até falarmos com a polícia — respondeu. — Afinal, alguém aqui é um assassino. Não queremos que fuja.

— Pelo menos, vamos falar com Philip — propôs David. — Talvez seja melhor ele telefonar.

Voltaram para a sala como se nada tivesse acontecido. Para Terry, parecia que horas tinham passado, mas seu relógio dizia que foram apenas alguns minutos.

Os outros convidados estavam ainda jogando Verdade. Alex estava de cabeça para baixo num canto da sala e Terry imaginou que fosse uma multa, mas, na verdade, não se importava. Toda ideia de divertimento e jogos tinha desaparecido para sempre.

— Ei, pessoal — chamou Justine, alegremente. — Prontos para a Verdade?

— Ainda não — respondeu Terry. — Preciso pedir uma coisa ao seu tio. Sabe onde ele está?

— Não está aqui? — perguntou Justine. — Ou na cozinha?

— Eu não o vi — disse Angela.

— Talvez tenha desaparecido também — riu Murphy. — Como Niki e Les. Talvez haja um Triângulo das Bermudas bem no meio desta casa.

Niki!

Depois de encontrar o corpo de Les, Terry esqueceu completamente dela. Niki continuava desaparecida e havia um assassino na casa.

Só podia pensar em voltar correndo para cima e começar a procurar Niki outra vez. Mas David pôs a mão no seu ombro.

— Venha, Terry — sua voz estava quase normal. — Vamos ver se Philip está na cozinha.

Certo, pensou Terry. *Pedir ajuda. Definitivamente é a primeira coisa que devemos fazer.*

Acompanhou David até a cozinha. O vento fazia bater uma janela aberta e, ao lado dela, havia um telefone de parede, encharcado de chuva.

Com a mão ainda trêmula, Terry apanhou o fone e começou a ligar para a emergência da polícia. Mas o telefone estava mudo.

— Não dá linha — murmurou. O que mais podia dar errado?

— Talvez o vento tenha derrubado o fio — disse David. — Teve força suficiente para abrir a janela.

— Vou ver — declarou Terry. Abriu a porta dos fundos e olhou para fora. — O fio do telefone fica logo acima da janela. Talvez...

— Está cortado! — David disse. Saiu para a varanda e apontou. Não havia dúvida, as duas partes do fio estavam dependuradas, evidentemente cortadas.

Terry e David se entreolharam. Terry imaginou se parecia tão assustado quanto David.

— Acha que o assassino fez isso? — perguntou Terry.

— Bobby e Marty — supôs David. — Tem de ser. Quem mais?

Terry pensou por um momento. Marty e Bobby podiam ter matado Les?

— Eles podiam ter voltado e entrado pela janela — disse David, pensando a mesma coisa.

Não. Impossível, pensou Terry.

Os dois motoqueiros faziam tudo para parecer durões. Mas não eram assassinos.

Alguém é, dizia uma voz em sua mente.

Alguém é um assassino. Alguém que você conhece.

Alguém que está na festa.

A única coisa de que tinha certeza era de que precisavam conseguir ajuda o mais depressa possível. E que não podia deixar a casa sem encontrar Niki.

— Temos de encontrar Philip — disse David. — Então um de nós pode sair e procurar ajuda.

Voltaram para a casa e atravessaram o hall de entrada. Terry olhou para uma janela ao lado da porta da frente. No outro lado do jardim, a moto de Marty, quebrada, brilhava à luz dos relâmpagos, como um aviso de desgraça.

Um relâmpago mais brilhante iluminou o jardim e alguma coisa chamou a atenção de Terry.

Correu para a moto, com David logo atrás. Amarrotada, na lama, logo debaixo da roda da frente, estava uma jaqueta azul de cetim: a fantasia de palhaço de Philip.

Terry examinou a jaqueta. Uma das mangas estava manchada de sangue.

Capítulo 14

— Isso é uma brincadeira, certo? — dizia Murphy. — Outra brincadeira...

— Claro que é — garantiu Alex. — Terry ainda está zangado porque os medrosos perderam a caça ao tesouro e esse é seu modo maduro de mostrar sua raiva. Ele pagou a você para entrar na brincadeira, Dave?

— Não é uma brincadeira! — exclamou David, tremendo na roupa molhada. Ele e Terry estavam na frente da lareira, secando a roupa, de frente para os convidados que restavam. Sorrisos e risadas hesitantes se transformaram em expressões de horror quando começaram a compreender que essa brincadeira da noite de Halloween podia ser real.

Trisha perguntou, tentando conter as lágrimas:

— Estão dizendo que Les está... morto?

— Assassinado — respondeu Terry sombriamente.

— Mas quem...?

— E o tio Philip? — falou Justine pela primeira vez. — Aconteceu alguma coisa com ele também?

— Não temos certeza — disse Terry. — Mas encontramos sua jaqueta cheia de sangue.

Justine cobriu o rosto com as mãos e começou a chorar. Alex, que estava sentado ao lado dela, passou um braço por seus ombros e a acariciou com a outra mão.

Angela levantou, tremendo.

— Alguém... alguém nesta casa é um... assassino! — disse com voz estridente, quase histérica.

— Ou alguém *fora* da casa — supôs David. Contou da linha do telefone cortada.

— Eu... eu quero ir para casa! — disse Angela. — Tenho de sair daqui! — Correu para a porta da frente, com Ricky e Murphy atrás dela.

— Não pode sair! — disse Ricky. — Está chovendo demais!

— Além disso — Murphy acrescentou —, Marty e Bobby podem estar lá fora ainda!

— Não me importo! — gritou. Livrou-se deles e correu para a porta. Um momento depois, ouviu-se um grito vindo da varanda.

Murphy e Ricky correram para fora. Logo após, Ricky voltou mais assustado do que nunca.

— Tudo bem — disse. — Ela caiu. Tropeçou num pedaço de madeira que Marty e Bobby usaram como rampa para as motos.

Murphy entrou carregando Angela. Ela chorava ainda, mas não estava mais histérica.

— Meu tornozelo — gemeu.

— Acho que está torcido — disse Murphy. Pôs Angela no sofá.

— Você vai ter de me carregar para casa, Murphy — pediu Angela. — Acho que não posso andar.

— Eu ajudo — disse Alex.

— Parem! — gritou Justine de repente. — Não me deixem sozinha. Por favor. Esperem amanhecer! Então nós todos podemos ir.

— Temos de chamar a polícia — disse David, gentilmente. — Mas não há motivo para que todos saiam. Há um telefone público na esquina da rua do Medo com a rua Velho Moinho. Em poucos minutos, chego lá de carro.

Terry pensou na passagem pelo cemitério para chegar aos carros e imaginou como David enfrentaria isso. Mas sabia que David estava certo, ele tinha de ir. De qualquer modo, Terry tinha de ficar para encontrar Niki.

— Não se preocupem — acalmou-os David. — Vocês estarão a salvo aqui se ficarem todos juntos. Não saiam da sala e tranquem a porta da frente. Volto com ajuda em poucos minutos.

Vestiu a jaqueta e saiu pela porta da frente. Por um momento, o único som na sala eram os soluços abafados de Angela. Então Ricky se levantou e trancou a porta da frente.

Todos estavam grudados na frente do fogo, e até Justine parecia perdida e assustada à luz bruxuleante da lareira.

— Serão só alguns minutos — disse Trisha, tentando tranquilizar Angela. — Se ficarmos todos juntos... Terry, onde você vai?

— Ainda não sei onde está Niki — respondeu, tentando parecer mais calmo do que se sentia. — Eu estava procurando por ela quando encontrei Les.

— Isso não é mais uma brincadeira? — perguntou Alex, desconfiado.

— O que você acha? — impacientou-se Terry. — Está vendo Niki em algum lugar? Ela está desaparecida há mais de uma hora.

— Desculpe, cara — disse Alex, de repente assustado. — Vou ajudar você a procurar.

Por um momento, Terry pensou em dizer para Alex não se meter. Mas viu a preocupação no rosto do seu ex-amigo e, pela primeira vez, compreendeu o quanto Alex gostava de Niki. *Além disso*, pensou, *a coisa mais importante não era quem ia encontrá-la, mas encontrá-la o mais depressa possível.*

E muito tempo já havia passado.

Com uma sensação crescente de urgência, Terry compreendeu que talvez já fosse tarde demais.

Andando para os bosques que circundavam o cemitério, David estava mais apavorado do que nunca. Tinha se oferecido para ir porque não podia suportar a ideia de ficar esperando na mansão com o corpo de Les lá em cima. Mas não podia tirar Les da mente.

Sempre que fechava os olhos, via o rosto de Les com os olhos sem vida.

Toda vez que o vento balançava as árvores, via a fantasia de esqueleto.

A chuva caía mais forte do que nunca e ele estava completamente encharcado. Começava a tremer de frio e de medo.

Estava levando mais tempo do que tinha pensado para chegar ao cemitério. O solo estava cheio de valas e escorregadio por causa da lama: era preciso ter cuidado com cada passo. O vento mudou e soprava diretamente no seu rosto, como para obrigá-lo a voltar para a mansão Cameron.

A única coisa boa era não ter visto nem sinal de Bobby e Marty. Talvez o tempo os tivesse feito desistir.

O muro do cemitério da rua do Medo apareceu na sua frente. Ele abriu o portão e começou a andar com cuidado entre os túmulos, tentando não pensar onde estava.

Com cada trovão, os relâmpagos iluminavam os velhos túmulos, como fotos instantâneas, em sinistro relevo.

Faltavam só mais poucos metros para o fim do cemitério e para onde estavam os carros. A luz de um relâmpago, finalmente, os viu ao longe, aliviado pela primeira vez em horas.

Mais alguns passos e estaria fora dali e a caminho de ajuda. Afinal, chegou ao portão, abriu e começou a correr na direção dos carros estacionados no fim da rua do Medo.

Tirou as chaves do bolso quando se aproximou do seu Corolla vermelho.

E parou, com as chaves na mão.

O Corolla estava num ângulo estranho. Os quatro pneus estavam cortados. Todos os pneus de todos os carros dos convidados estavam cortados.

Capítulo 15

Bobby e Marty, pensou David. Tinha atravessado o cemitério e agora não podia ir a lugar algum. O que fazer? De algum modo, precisava encontrar ajuda. Mas era uma longa caminhada até a cidade.

Um relâmpago iluminou as casas ao longo da rua do Medo, e David pensou que podia simplesmente ir até uma delas e pedir para usar o telefone. Não importava que metade das casas estivesse abandonada e as outras fossem supostamente assombradas, nem o fato de ser tão tarde.

Era uma emergência.

Olhou para as casas mais próximas por um momento e foi para a que ficava mais perto — parou ao ouvir o ronco do motor de uma moto.

Bobby e Marty, os dois na moto de Bobby, saíram de trás do cemitério e pararam na sua frente.

— Vai a algum lugar, David? — perguntou Bobby.

— A festa fica na outra direção — acrescentou Marty. — Achamos que talvez você possa nos ajudar a voltar.

— Especialmente quando você sabe o que vai acontecer se não fizer isso — disse Bobby.

Os dois falavam com voz arrastada e David percebeu que tinham bebido muito, talvez sem parar desde que tinham invadido a festa.

— Vamos, David — ameaçou Marty. — O que você diz?

De repente, David ficou farto. Depois de tudo que tinha acontecido, não ia deixar que os dois valentões o intimidassem. Algo em sua mente repetia que Bobby e Marty podiam ser assassinos, mas não deu ouvidos. Eram covardes demais para fazer alguma coisa realmente terrível, pensou ele. Além disso, estava bastante furioso para pensar direito.

— Saiam da minha frente! — disse David zangado e deu outro passo na direção da casa, no outro lado da rua.

Bobby acelerou a moto.

— Ei, fica frio, cara — ordenou.

— Parece que David esqueceu as boas maneiras — disse Marty e, brandindo ameaçadoramente a corrente pesada que tirou da jaqueta, desceu da moto.

— Não tenho tempo para isso! — gritou David. — Aconteceu uma coisa terrível.

— Uma coisa mais terrível *está para acontecer* — disse Marty, dando um passo para ele. — Com você.

Pela primeira vez, desde que Marty e Bobby apareceram, David sentiu medo deles. Os dois tinham bebido muito para saber o que faziam.

— Tudo bem, tudo bem — recuou David. — Relaxem.

— Ei, qual o problema, cara? — indagou Marty. — Perdeu a coragem de repente?

— Escutem — disse David, procurando desesperadamente um meio de escapar. — Não tenho problemas com vocês. Por isso, por que não vão embora e me deixam em paz?

— Nada feito — recusou Bobby, bem atrás de Marty.

Os dois motoqueiros estavam tão resolvidos a agir com violência que a única esperança de David era se afastar deles. Girou o corpo e, quase deslizando no solo enlameado, correu para o cemitério.

Bobby e Marty saíram atrás dele. Moviam-se com rapidez surpreendente, considerando o quanto tinham bebido.

David correu por uma longa passagem, os túmulos passando numa névoa dos dois lados. Estava indo para o muro e para os bosques da rua do Medo.

— Ai! — Seu pé se prendeu numa raiz e ele caiu na lama. Começava a se levantar quando Bobby e Marty o alcançaram.

— Ei, cara... espere a gente — disse Bobby, com voz arrastada.

— Você não devia correr de nós. Pode ser perigoso. — Marty ergueu o braço para dar um murro na cabeça de David. David se desviou facilmente, mas escorregou outra vez e sentiu um estalo quando sua cabeça bateu na ponta de uma laje.

Viu uma centelha brilhante e então tudo escureceu, como se alguém tivesse fechado uma cortina sobre sua cabeça.

Através da cortina, ouvia as vozes de Bobby e Marty. Eles pareciam formas num lugar muito distante.

— O que você fez? — perguntou Bobby, parecendo assustado.

— Nada! — exclamou Marty. — Ele escorregou e bateu a cabeça.

— Parece que está muito machucado — disse Bobby. — E se ele morrer?

— Então não vamos querer estar por perto — replicou Marty. — Venha, vamos escondê-lo.

David sabia que estavam falando dele, mas, de algum modo, as palavras não faziam sentido. Estava com muito sono. Sentiu que o arrastavam no chão.

A luz ficou mais e mais fraca e, então, desapareceu completamente.

Capítulo 16

Na verdade, Terry não gostou da ideia de Alex ajudá-lo a encontrar Niki, mas sabia que fazia sentido. Muito tempo já tinha passado.

Por favor, ele pensou. *Por favor, faça com que ela esteja bem.*

— Eu já verifiquei o segundo andar — disse para Alex. — Por que você não dá outra olhada, para o caso de eu ter deixado passar alguma coisa?

— Esperem — pediu Justine. — Eu vou. Conheço melhor a casa.

— Eu vou com você — disse Alex.

— Não, Alex — recusou docemente. — Você espera na sala com os outros, para o caso de alguma coisa acontecer. — Alex ia protestar outra vez, mas Justine se inclinou e o beijou no rosto. — Por favor, deixe que eu faça isso. Tudo isso me faz sentir tão mal. Pelo menos me deixe tentar ajudar Terry.

Resmungando, Alex voltou para junto dos outros na frente da lareira.

— Obrigado, Justine — Terry disse. — Por favor, tenha cuidado.

— Prometo. Por que você não procura aqui enquanto eu vou ver lá em cima?

Terry assentiu. O único lugar onde não tinha procurado era o porão. Não achava que Niki teria descido sozinha para o porão, mas não sabia mais onde procurar.

Começou a descer a escada escura e estreita, ouvindo as vozes abafadas e cheias de medo dos outros, na sala. *Por favor*, pensava ele. *Por favor, por favor, por favor.*

Era a primeira vez que ele ia ao porão. Cada degrau rangia como se fosse vivo, e ele imaginou se a escada era suficientemente forte para seu peso.

A luz da lanterna mostrou teias espessas de aranha e vigas lascadas e cobertas de poeira. Era evidente que Justine e o tio não tinham feito nenhuma reforma naquela parte da casa.

O porão estava cheio de caixas e tábuas. Ele deu um pulo quando alguma coisa passou correndo atrás dele. "Era só um camundongo", falou para si mesmo. "Pelo menos, espero que seja."

Ouviu outro barulho, como uma batida, na outra extremidade do espaço baixo e escuro. No círculo de luz, viu um grande armário de depósito encostado na parede. Cuidadosamente, se aproximou e abriu a porta do armário.

Dentro, estava o que, à primeira vista, parecia uma pilha de trapos.

Então a pilha de roupas se moveu.

Era Niki.

Ela ergueu os olhos para ele atordoada.

— Terry?

— Carinha Engraçada! — Terry ajoelhou e a abraçou. Apertou-a com força, aliviado por ela estar viva. Finalmente a soltou e levantou a luz da lanterna para ela ver seu rosto.

— Você está bem? — perguntou.

— Onde estamos? — perguntou Niki, olhando em volta, confusa.

— No porão da casa de Justine. Num armário.

— No *porão*? — estranhou Niki — Como vim parar...

— Eu não sei. O que aconteceu com você?

— Não tenho certeza. Acho que alguém bateu na minha cabeça e me deixou inconsciente.

— Deixou inconsciente! — Terry sentiu o coração disparar.

Viu uma mancha longa e roxa na testa de Niki.

— Conte o que pode lembrar, Carinha Engraçada.

Niki se levantou e passou a mão no vestido vermelho para tirar a poeira. Procurou lembrar.

— Logo depois que tivemos aquela... briga boba — disse —, voltei para o quarto de Justine. Estava muito escuro e fantasmagórico, mas eu não podia deixar de pensar que tinha deixado passar alguma coisa, uma coisa que explicaria o comportamento estranho de Justine. Voltei para o closet secreto, então vi uma caixa de sapatos no chão e a abri. Estava cheia de lembranças, fotos antigas, algumas flores secas e isto.

Tirou do bolso um recorte antigo do jornal de Shadyside e deu para Terry.

Terry iluminou o recorte com a lanterna e, confuso e incrédulo, leu:

Casal local morto num acidente de carro.

Edmund D. Cameron, 26, e sua mulher, Cissy, 20, morreram ontem à noite, quando seu carro foi abalroado de frente por um carro dirigido por James B. Whittle, 16.

O carro dos Cameron, um Ford último modelo, ia para o sul, na Estrada Velho Moinho, quando foi atingido pelo carro de Whittle, uma caminhonete Chevrolet. Segundo testemunhas oculares, Whittle apostava corrida com outro carro, um Corvette dirigido por John McCormick, 16. Cameron perdeu o controle do carro, que caiu numa vala e se incendiou.

"Eu só vi quando era tarde demais", Whittle disse. "Eles apareceram de repente da neblina. Eu lamento muitíssimo."

O carro de Whittle ficou muito avariado, mas o Corvette não sofreu nenhum dano. Nem Whittle nem McCormick, ou nenhum dos passageiros dos seus carros, sofreram ferimentos graves. Os que estavam com Whittle eram Evelyn Styles, 15, Joanne Trumble, 15, Arlene Coren, 16 e Robert Carter, 14. Os passageiros do Corvette eram Jim Ryan, 18, Nancy Arlen, 16, e Ed Martiner, 15, todos de Shadyside.

O casal Cameron deixa uma filha, Enid, com um ano de idade.

Nenhuma acusação foi registrada durante a investigação policial.

Terry terminou de ler a reportagem rapidamente.

— Esse deve ser o acidente que matou os primeiros donos da mansão — disse. — Que modo horrível de morrer, dentro de um carro em chamas!

— Sim — concordou Niki. — Não admira que Justine tenha enlouquecido.

— Do que está falando? — perguntou Terry.

— Terry, o casal que morreu no acidente eram os pais de Justine!

Terry apenas olhou para ela.

— Acho melhor levar você a um médico — disse. — Afinal, alguém bateu na sua cabeça...

— Ora, pelo amor de Deus — exasperou-se Niki. — Será que tem mesmo tanto medo de ver a verdade?

— Mas os pais de Justine... Justine... não faz sentido — protestou Terry. — Além disso, o recorte diz que o nome da filha era Enid.

— Lembra? O nome que vi naqueles vidros de remédio — disse Niki. — E tem mais, veja isto. — Tirou do bolso uma carteira de motorista com o retrato de Justine em nome de Enid J. Cameron.

Terry olhou para a licença chocado.

— Bem — rendeu-se finalmente. — Acho que Justine não é uma prima distante, afinal. Mas por que ia querer que pensássemos que é outra pessoa?

— Você ainda não compreendeu, certo? — disse Niki. — Não notou os nomes das pessoas que tomaram parte no acidente?

Terry examinou o recorte outra vez.

— Whittle — disse — McCormick. Claro, os nomes de alguns dos nossos amigos. Mas e daí? Shadyside é um lugar pequeno.

— Terry, não são apenas os nomes dos nossos amigos. São os nomes dos nossos pais. Não viu o nome do seu pai? Jim Ryan?

— Acho que li muito depressa — admitiu Terry. — Mas e os outros nomes, Joanne Trumble, Arlene Coren...

— Arlene é minha mãe — disse Niki. — Coren é seu sobrenome de solteira.

Terry pensou, por um momento, no que Niki acabava de dizer. Não queria admitir o que podia significar.

— Tem mais uma coisa — continuou Niki. — Você viu a data do recorte?

— Sim, é... deixe ver. — Terry fez as contas rapidamente — Vinte e oito anos atrás. — Compreendeu o que queria dizer. — Então Justine tem... tem...

— Quase trinta anos! — Niki terminou a frase. — Terry, ela não é uma estudante! É uma mulher adulta!

— Uma vida dupla — disse Terry. Assobiou baixinho. — Imagino o que Justine diria se soubesse que você encontrou isso.

— Acho que ela já sabe — replicou Niki. — Ou alguém sabe. Depois que eu guardei a caixa de sapatos, ia sair para contar a você o que tinha encontrado. Só que, antes de ter tempo de fechar a porta do closet secreto, alguém me descobriu. Lembro de me abaixar para fechar a porta e depois de acordar no armário. — Tocou com o dedo o machucado da testa.

Terry se inclinou na direção dela e beijou de leve o lugar do hematoma.

— Graças a Deus nada pior aconteceu com você — murmurou. Niki olhou atentamente para ele.

— Como assim, pior? — perguntou. — Terry, tem alguma coisa que você não me contou?

— Niki — disse. Apertou a mão dela com força. — Tanta coisa está acontecendo... — Rapidamente contou como encontrou o corpo de Les e a jaqueta suja de sangue de Philip. Quando terminou, Niki estava mais pálida do que nunca. — Portanto, você pode imaginar — continuou — como fiquei preocupado. Pensei que você talvez estivesse... estivesse...

— Não sei por que ela me poupou — refletiu Niki. — Com certeza não teve tempo para... fazer comigo o que fez com Les..

— *Ela?* — perguntou. — Você acha que Justine matou Les?

— Quem mais podia ser? Terry, veja os fatos. Primeiro a lista de convidados...

— Tudo bem — respondeu, pensativo. — Então, Justine nos convidou, os filhos dos garotos que estiveram no acidente...

— Certo — disse. — E *só* nós. Você não achou estranho ela ter insistido em que ninguém mais devia vir à festa, nem mesmo um namorado ou uma namorada?

— Sim, entendo o que quer dizer — disse Terry. — Creio que ainda estou achando difícil acreditar.

— Por isso ela está conseguindo fazer o que quer — concluiu Niki. — Porque ninguém pode acreditar que a doce e inocente Justine seja uma assassina. Mas, Terry, temos de enfrentar os fatos. Justine nos convidou para esta festa só por um motivo.

Fez uma pausa e depois continuou, com voz trêmula:

— Para se vingar!

Capítulo 17

— Niki — disse Terry —, temos de voltar logo lá para cima! David foi buscar ajuda. Portanto, se Justine está planejando qualquer outra coisa, vai fazer logo, antes que a polícia chegue aqui!

Sem outra palavra, Terry e Niki subiram correndo a escada do porão e voltaram para a sala. Todos estavam como Terry os tinha deixado, muito juntos, na frente da lareira, parecendo assustados e infelizes.

Todos, menos Justine. Ela estava sentada na ponta de uma das cadeiras, com uma estranha expressão de expectativa. Quando viu Terry e Niki, os brindou com seu mais belo e amistoso sorriso.

— Oh, ótimo! — exclamou, como se nada tivesse acontecido. — Você encontrou Niki. Agora podemos continuar com a festa.

— Continuar com a festa? — escandalizou-se Terry. — Como pode pensar numa coisa dessas? Justine, sabemos a verdade! Sabemos que você assassinou Les!

Nos poucos segundos seguintes, ninguém conseguiu ouvir coisa alguma porque todos falavam ao mesmo tempo.

— Vocês dois andaram bebendo? — perguntou Murphy.

— Eu sei o que é isso — disse Alex. — É a última tentativa dos medrosos para assustar nós todos. Mas não vai funcionar, Terry. Esqueça.

— Escutem! — gritou Niki. — Tenho um recorte de jornal que prova...

Mas antes que ela pudesse tirar o recorte do bolso, Justine, de repente, começou a rir e a bater palmas. Todos olharam para ela.

— Perfeito — disse. — Niki, Terry, vocês dois são perfeitos. Melhor ainda do que quando ensaiamos. Se eu não fizesse parte do show, seria capaz de acreditar que eu sou uma assassina.

— Está dizendo — disse Trisha —, que tudo é só outra...

— Outra surpresa — concluiu Justine. — A penúltima da noite. E desculpem se assustei alguns de vocês, mas o que é a noite de Halloween sem um bom susto?

— Ela está mentindo — gritou Niki. — Não ouçam o que ela diz!

— Isto não é uma brincadeira! — acrescentou Terry. — Trisha, Alex, todos vocês, escutem! Pensem no que aconteceu!

— E Les? — perguntou Trisha de repente, desconfiada.

— O que tem ele? — indagou Justine. — Les também fazia parte da brincadeira.

— Pare com isso, Justine — disse Terry. — Les está morto. Eu vi o corpo. E você o matou.

Justine riu outra vez como se aquilo fosse a melhor piada do mundo.

— Você pode parar agora, Terry — disse. — Acho que todos já compreenderam.

— Você nega que o matou? — perguntou Terry.

— Se eu matei Les — Justine disse, enxugando as lágrimas de riso do rosto —, como é que ele e eu estávamos nos divertindo agora mesmo lá em cima?

— Mas... — espantou-se Terry.

— Justine — Niki disse ao mesmo tempo —, eu vi seu...

Justine interrompeu os dois.

— Ora, vamos, pessoal, alegrem-se. Esqueçam Les e vamos passar para a última surpresa da noite.

Capítulo 18

— Não acredito que você fez isso — resmungou Murphy. — Pior ainda, não acredito que tenhamos acreditado!

— Isso que dizer que os medrosos ganharam? — perguntou Ricky.

— De jeito nenhum — negou Alex. — Além disso, vocês tiveram ajuda de Justine. — Como todos os outros, ele estava evidentemente aliviado. Terry não podia acreditar que seus amigos não enxergassem a verdade.

— Ora, vamos, Ricky, cai na real! — gritou.

Olhou para Niki, que tremia de raiva e frustração.

— Isso é loucura. Todos acreditaram em Justine — ela murmurou. — Temos de convencer todos de que correm um enorme perigo.

— Não acho que seja possível — disse Terry. — Mas você e eu sabemos a verdade. Por que não damos o fora daqui enquanto ainda há tempo?

Niki balançou a cabeça.

— Não podemos fazer isso, Terry. Não podemos deixar os outros sozinhos com ela. Não quando eles confiam nela. Só nos resta esperar que David chegue logo com alguma ajuda.

Terry reconhecia que ela estava certa.

— Justine — chamou-a Niki suavemente —, se isto tudo é uma brincadeira, então onde está seu tio Philip?

— Você não lembra? — irritou-se Justine. — Ele saiu para comprar mais refrigerantes.

A resposta mais idiota que Terry podia imaginar, mas os outros aparentemente não notaram. Terry resolveu tentar outro caminho.

— Você disse que acabou de falar com Les — lembrou. — Mas ninguém o viu. Se tudo isto é uma brincadeira, onde ele está?

— Pensei que você nunca fosse perguntar — Justine disse, levantando rapidamente. — Les está na sala de jantar, me ajudando a preparar a surpresa final.

Todos começaram a andar para a sala de jantar, mas Justine ergueu a mão.

— Esperem só um minuto. Quero ter certeza de que tudo está perfeito. — Foi para a sala de jantar, deixando a porta um pouco aberta. — Nossa brincadeira funcionou com perfeição, Les — todos ouviram Justine dizer. — Obrigada por toda a sua ajuda.

No outro lado da porta, Terry e os outros ouviram Justine continuar a conversar com Les. Terry sentiu arrepiar os cabelos da nuca.

Então Justine reapareceu na porta.

— Venham todos — convidou ela. — Tudo está pronto para vocês agora.

Correram todos para a sala de jantar. Ricky e Murphy ajudando Angela por causa do tornozelo torcido. No centro da sala, estava uma mesa comprida, polida, com um grande candelabro no meio. Em volta da mesa, havia pequenas caixas embrulhadas para presentes em cada lugar.

E, na cabeceira da mesa, estava Les.

Estava com óculos escuros, grandes e ovais, que refletiam a luz das velas.

— Procurem seus lugares — pediu Justine. — Cada caixa tem um nome escrito.

Mas ninguém prestou atenção às caixas de presentes. Todos se amontoaram em volta de Les.

Murphy fechou o punho e, meio em tom de brincadeira, o aproximou do rosto de Les.

— Ei, cara, você quase nos matou de susto — ele disse. — Estávamos mesmo preocupados com você.

— Isso mesmo — concordou Alex. — Nunca pensei que ia ficar feliz por ver *você*!

Les não respondeu.

— Uma ótima brincadeira, Les — avaliou Trisha. — Mas não foi justo pregar uma peça no seu time. Por que você não diz alguma coisa?

Les não respondeu.

Terry olhou para ele com mais atenção. Alguma coisa estava errada. Les não se mexia. Nem um pouco. Terry tocou o ombro do amigo e Les lentamente caiu da cadeira para o chão. Os óculos escuros voaram para longe, revelando os olhos arregalados e muito mortos.

— Ele está morto — revelou Terry, sentindo o corpo todo gelado. — Eu sabia.

Alguém gritou.

— Acho que vou vomitar — anunciou Trisha.

Terry virou rapidamente, a tempo de ver Justine correr para fora, batendo a porta da sala.

Um momento depois, uma chave girou na fechadura.

Terry não precisou olhar para saber; estavam trancados ali.

Capítulo 19

A única janela tinha uma grade pesada de metal e só havia uma porta.

Murphy, imediatamente, começou a esmurrar a porta, mas era de carvalho sólido.

— Deixe a gente sair! — gritou.

Alex e Ricky puxaram e tentaram arrancar a grade de segurança, mas em vão.

— Estamos encurralados — gritou Angela estridentemente. — Ela nos prendeu aqui com... com... um morto.

— Calma, Angela — disse Niki segurando gentilmente nos ombros dela.

— Sim — concordou Trisha, com voz trêmula. — Temos de ficar calmos... temos de pensar com clareza...

Nesse momento, o pequeno sino de Justine tocou, no lado de fora da janela.

— Surpresa — disse ela, bem junto da grade de segurança, com a luz forte de uma lanterna no rosto. Todos correram para a janela. Tinha parado de chover. — Então, esta não foi a melhor brincadeira da noite das bruxas? — perguntou Justine, obviamente muito satisfeita.

— Deixe a gente sair daqui, Justine — pediu Terry. — Não sei o que você pretende, mas David vai voltar a qualquer momento com a polícia.

— Então é melhor eu me apressar, não é? — disse calmamente. Sorriu para todos com um sorriso cruel e zombeteiro. — Está na hora da última surpresa da noite. Mas antes quero que todos sentem nos seus lugares à mesa e abram as caixas dos presentes.

— Você mentiu para nós desde o começo — disse Alex. — Por que vamos fazer o que você diz?

— Porque — declarou Justine, secamente —, vou ficar muito irritada se estragarem minha surpresa. E quem sabe o que eu posso fazer então? Agora, procurem seus lugares!

Um a um, os convidados foram para a mesa e se sentaram. Por um minuto mais ou menos, o único som era o das cadeiras sendo puxadas no assoalho, pontuado pelos soluços abafados de Angela.

— Todos estão prontos? — inquiriu Justine. — Ótimo. Agora terminaremos de jogar Verdade ou Consequência. Só que é minha vez de contar a verdade e a vez de vocês pagarem a multa.

Vendo o sorriso insano no rosto dela, Terry ficou gelado. Esperava que ela só quisesse falar. Ouvira dizer que pessoas insanas simplesmente precisam de uma oportunidade para falar sobre as coisas que as incomodam. Além disso, ela estava do lado de fora da casa. O que podia fazer a eles então?

— Antes de começar — continuou Justine —, gostaria que desembrulhassem seus presentes.

Esperou, enquanto todos abriam as caixas. Dentro de cada uma, estava a mesma foto de um casal jovem e sorridente vestido com roupas da década de 1960. A mulher tinha cabelo escuro, mas parecia demais com Justine.

— As fotos são de um casal, Edmund e Cissy — informou Justine. — Agora quero que olhem para as fotos enquanto conto uma história. — Olhou em volta para se certificar de que todos olhavam para a foto. — Edmund e Cissy — começou — eram como vocês, jovens, cheios de felicidade e de esperança para o futuro. Isso é, estavam cheios de esperança até vinte e oito anos atrás, que se completam esta noite.

Fez uma pausa e então continuou com voz monótona, como se fosse um script decorado:

— Há vinte e oito anos, era a noite de Halloween, exatamente como esta noite. Edmund e Cissy voltavam de uma visita a amigos. Estavam a caminho de casa, para reencontrar sua filha de um ano, a quem amavam muito. Seu carro ia para o sul, na estrada do Velho Moinho.

Outra pausa. Mesmo sabendo o que vinha a seguir, Terry não podia deixar de ouvir a história, fascinado.

— Ao mesmo tempo — prosseguiu Justine —, dois carros cheios de adolescentes seguiam para o norte, na Estrada do Velho Moinho. Voltavam de uma festa de Halloween que continuava nos carros. Resolveram apostar corrida. Havia exatamente nove adolescentes nos dois carros.

"A uma quadra, na esquina da rua do Medo com a Estrada do Velho Moinho, um dos carros dos adolescentes bateu de frente com o carro do jovem casal, que caiu numa vala e pegou fogo. Quando os bombeiros chegaram, era tarde demais para salvar o casal."

Terry percebeu, pela expressão de alguns dos convidados, que tinham adivinhado a verdade. Angela e Trisha choravam, com as lágrimas descendo no rosto.

Justine continuou, com uma expressão cruel e envelhecida à luz da lanterna:

— Quero que fechem os olhos e imaginem o que Edmund e Cissy sentiram naquela noite. Imaginem estar presos num carro em chamas, o calor insuportável, sem possibilidade de fuga. E ninguém para ajudar, por mais alto que você grite. A esta altura, devem ter adivinhado que Edmund e Cissy eram meus pais. Mas não adivinharam os nomes dos adolescentes nos outros dois carros.

Recitou os nomes lentamente. Terry ouviu exclamações abafadas, à medida que os convidados reconheciam os nomes dos seus pais.

— Nenhum dos adolescentes ficou ferido — disse Justine.

— Nenhum jamais pagou pelo que fizeram aos meus pais. Por isso resolvi que vocês, seus filhos, iriam pagar.

Não se ouvia nem um som na sala, a não ser os soluços abafados de Angela e de Trisha.

— Les teve a honra de pagar primeiro — disse Justine —, porque era seu pai quem dirigia o carro que matou meus pais. O resto de vocês irão juntos, como meus pais devem ter ido, há tantos anos.

— Não! — gritou Angela de repente. — Como pode nos responsabilizar por uma coisa que aconteceu antes de termos nascido? Não é justo!

— O que aconteceu com meus pais também não foi justo! — exclamou.

— Deixe-nos sair daqui — Murphy pediu. — Não contaremos a ninguém o que sabemos.

Justine olhou para ele por um momento, depois deu uma gargalhada.

— Você pensa mesmo que é tão fácil?

Terry olhou para Niki, desanimado. Não sabia o que Justine ia fazer, mas tinha certeza de que era alguma coisa horrível.

— Temos de fazer com que ela continue falando — murmurou Niki.

— O quê?

— Enquanto Justine estiver falando, não pode fazer nada para nós — afirmou Niki. — Por isso temos de ganhar tempo até a polícia chegar.

Se chegar, pensou Terry. David tinha saído há muito tempo. Mas a ideia de Niki tinha sentido.

— Justine — disse ele. Ela se virou para ele, aborrecida.

— O que é agora? — perguntou.

— Eu só... queria saber como você conseguiu nos enganar tão completamente, quero dizer... tudo parece ter sido planejado até o último detalhe.

Justine evidentemente ficou satisfeita.

— Fico contente por você apreciar meus esforços. Planejei tudo por um longo tempo. E devo admitir: nem eu mesma imaginei ter tanto sucesso.

— Então tudo, os convites, as surpresas, tudo era parte do seu plano?

— Claro — confirmou Justine. — Tudo levava a este momento. E agora está na hora...

Niki interrompeu.

— Mas como você conseguiu fazer tudo? Por exemplo, alguém bateu na minha cabeça e me carregou para o porão. Não pode ter sido você...

— Mas é claro que fui eu! — Justine sorriu exatamente como se alguém tivesse elogiado seu cabelo.

— Mas como você me levou para o porão? — continuou Niki. — Sei que você é forte, mas mesmo assim não podia me carregar para tão longe.

— Não foi preciso — esclareceu Justine, satisfeita. — Há um sistema de pequenos elevadores de serviço na casa. Você foi posta num deles, no segundo andar, e levada para o porão.

— E o corrimão cortado? — perguntou Terry. — Você também fez aquilo?

Justine riu.

— O que você acha? Antes da festa, achei que alguém podia desconfiar de mim. Por isso armei meu pequeno acidente. Não foi nada difícil. Quando eu era mais jovem, fiz um curso de ginástica.

Ela pensou em tudo, disse Terry. *Não temos a menor chance.* Tentou pensar em alguma coisa para perguntar, para fazer com que ela continuasse falando, mas não conseguiu.

— E Les? — perguntou Niki, de repente.

— O que tem ele? — perguntou Justine.

— Os outros ouviram você falando com ele antes de entrarmos aqui — disse Niki.

Justine riu com desprezo.

— Eles ouviram a minha voz. Mas posso apostar que não ouviram a de Les! Mas estamos perdendo tempo — interrompeu ela, o sorriso desaparecendo. — Se olharem para o teto, verão que instalei alguns alto-falantes de última geração para que vocês possam se divertir.

Terry olhou para cima, surpreso. Como Justine tinha dito, quatro enormes alto-falantes estavam presos à parede, logo abaixo do teto.

— Os alto-falantes estão ligados a um gravador a pilha aqui fora — continuou Justine. — O que me lembra... Está na hora de começar o castigo.

— Mas é... — disse Terry.

— Não. Nada de mais perguntas. Está na hora do resto da surpresa. — Sorriu, outra vez, um sorriso doce que contrastava chocantemente com as coisas terríveis que ela dizia. — Quando comecei a pensar em como fazer vocês pagarem — disse —, compreendi que queria que sofressem o mesmo que meus pais sofreram há tanto tempo. Não consegui provocar um acidente de carro. Então, compreendi que podia facilmente reproduzir a pior parte do acidente. — Abaixou por um momento e apareceu na janela outra vez. — Acabo de ligar uma fita que fiz especialmente para vocês — anunciou ela.

Um troar surdo começou a sair dos enormes alto-falantes. Terry reconheceu o som do motor de um carro sendo ligado.

— Como não posso criar um acidente verdadeiro — prosseguiu Justine —, vocês vão ouvir como é o barulho de metal retorcido, os gritos de dor das vítimas apavoradas...

O som do motor ficou mais forte e agora havia outros sons, de pneus cantando nas curvas, enquanto a fita ganhava velocidade.

É isso que ela vai fazer? Terry pensou chocado. *Nos fazer ouvir uma fita de um acidente de carro? Será que isso é tudo?*

— É claro que ouvir os sons de um acidente não é suficiente — continuou, como se tivesse adivinhado o pensamento de Terry. — Para que vocês paguem realmente, devem também experimentar a dor que eles experimentaram e morrer do modo que eles morreram. — Acendeu um isqueiro. — Empilhei uma porção de trapos embebidos em óleo bem no lado de fora da sala de jantar — revelou. — Vou acender agora. Em poucos minutos, as chamas chegarão a vocês. Têm muito tempo para pensar no que meus pais sofreram e no que vai acontecer com vocês!

Ela abaixou outra vez e se afastou da janela. Terry queria falar com os outros, planejar um modo de escapar, mas o som da fita logo ficou ensurdecedor. Ele não podia ouvir coisa alguma enquanto o carro acelerava.

Um momento depois, ouviu-se um horrível ruído de freios, o barulho de metal batendo em metal, vidros se quebrando e, então, os gritos, gritos de dor e de terror. Esses sons se repetiam sem parar tão altos que Terry podia sentir a vibração no corpo todo.

Aos gritos da fita, acrescentavam-se os dos convidados presos na sala de jantar, tampando os ouvidos com as mãos, tentando não ouvir aquele barulho pavoroso e arrasador. Foi a experiência mais horrível que Terry já tivera. Não podia imaginar qualquer coisa pior.

Então os primeiros fios de fumaça começaram a aparecer por debaixo da porta da sala de jantar.

Capítulo 20

Era como a cena de um pesadelo, Niki pensou, vendo os amigos gritando e se contorcendo, tentando abafar os sons terríveis. Até Terry estava com os olhos fechados, as mãos apertando os ouvidos.

Quando a fumaça começou a penetrar na sala, a histeria aumentou. Alex e Murphy começaram a bater nas barras da janela, tentando arrancá-las. O sangue das suas mãos escorria pelos braços, mas pareciam não notar.

Niki sentia as vibrações da fita em todo o corpo, mas não havia terror para ela. Era quase como se estivesse de fora, assistindo a uma peça no palco.

Ela sabia que estava em perigo mortal, que todos estavam.

A fumaça que entrava por debaixo da porta ficava mais espessa. Niki sabia que não tinham muito tempo. Encostou as palmas das mãos na porta. Já estava quente.

Precisavam achar um modo de sair dali. Talvez, se todos trabalhassem juntos, poderiam derrubar a porta, ou dobrar a grade da janela.

Ela tocou o ombro de Terry.

— Terry! Temos de fazer alguma coisa!

Ele apenas olhou para ela, com um olhar cheio de dor e de confusão. Não podia ouvir o que ela dizia e obviamente não podia pensar.

Ela então tentou Alex, mas, como Terry, ele não podia ouvi-la. Alex virou e continuou a forçar a grade da janela com Murphy.

— Todos ficaram loucos? — disse, em voz bem alta. E percebeu que, de certo modo, isso era verdade. Trisha e Angela, muito juntas num canto, soluçavam e Ricky, de pé na frente da porta, gritava, com os olhos fechados.

Niki compreendeu que nenhum dos seus amigos poderia ajudá-la.

Talvez David chegasse com a polícia, mas ele tinha partido há muito tempo. Tantas coisas podiam ter acontecido a ele que Niki tinha certeza de que não podia mais contar com sua ajuda.

Dependia dela.

Tentando não entrar em pânico e ignorar as nuvens cada vez maiores de fumaça, forçou a si mesma a pensar com lógica.

A porta era muito pesada para ser arrombada. Ela foi até a janela e ficou entre Alex e Murphy. A grade era grossa e completamente imóvel.

Niki recuou e se obrigou a respirar fundo duas ou três vezes o ar limpo que entrava pela janela. A essa altura, a fumaça na sala era densa como uma neblina e seus amigos estavam completamente perdidos na sua histeria.

Justine tinha planejado sua vingança com perfeição.

Se ao menos houvesse outra saída. Uma claraboia ou uma entrada de ar, ou... Então ela viu uma alça na parede. Uma pequena esperança a invadiu. Podia ser só um armário. Mas talvez...

Ela abriu a pequena porta do elevador de serviço e quase gritou de alívio.

Era uma parte do velho sistema de elevadores de serviço de que Justine tinha falado. O elevador parecia muito pequeno para acomodar uma pessoa, mas Niki era pequena e, além disso, Justine tinha dito que foi assim que a levara para o porão.

Desanimada, Niki percebeu que sozinha não seria capaz de abaixar o cesto. Devia ser abaixado manualmente, puxando uma corda ligada a uma roldana. Precisava de ajuda. Mas será que era capaz de convencer algum dos seus amigos?

Terry estava ainda sentado com as mãos apertadas contra os ouvidos. Ela o sacudiu com força. Quando ele olhou para ela, Niki gritou o mais alto possível.

— Terry! Você tem de me ajudar!

Ele continuou a olhar para ela sem compreender.

— Terry! — gritou ela outra vez. — Por favor, depende de nós!

Olhou atentamente para ele, procurando fazer com que Terry compreendesse. Terry piscou os olhos e então, de repente, seu olhar clareou. Olhou para ela como quem está compreendendo.

— Carinha Engraçada! — exclamou.

A fita estava alta demais para que ele pudesse ouvir qualquer coisa. Niki puxou o braço dele e o levou até o elevador manual. Apontou para si mesma depois para o cesto do elevador e fez o gesto de quem puxa uma corda. Alex se aproximou e os dois olhavam para ela como se Niki estivesse louca.

— Você não pode! — Terry disse. — É muito perigoso!

Niki leu os lábios dele com facilidade, mas ignorou o aviso. Apontou para a porta da sala onde a fumaça entrava cada vez mais espessa.

— Ela tem razão! — gritou Alex. — É nossa única chance!

Relutante, Terry concordou com um gesto.

Ótimo, pensou Niki, com alívio. *Mas será que vai funcionar?*

Juntos, Alex e Terry a levantaram até a entrada do elevador. Ela respirou fundo e entrou no cesto. O espaço era pequeno, mas com os joelhos encostados no queixo conseguiu sentar quase confortavelmente.

— Pronta! — gritou, com o coração furiosamente disparado.

Alex começou a manejar a roldana. Ela sentia o mecanismo antigo ranger e gemer sob seu peso. Será que iria aguentar?

De repente, o cesto do elevador se prendeu em alguma coisa. Olhando para cima, viu Alex e Terry puxando as cordas, tentando desvencilhá-lo.

O cesto não se movia.

O ar no poço do elevador estava quente e cheirava a fumaça. O fogo se espalhava rapidamente. Se o cesto não começasse a se mover outra vez, iria sufocar ali dentro, entre as paredes da velha casa.

Sabendo que era arriscado, começou a balançar o cesto. Sabia que isso o libertaria do obstáculo ou o faria despencar até o porão.

Com um tranco brusco e ameaçador, o cesto desceu vários centímetros.

Niki teve a impressão de que seu coração parou, mas então relaxou quando o cesto voltou a descer. No fim da descida, empurrou com força a porta e saiu.

O ar estava muito mais limpo e, por um momento, apenas respirou. Então girou a lanterna na sala escura e úmida.

O porão tinha um formato irregular e continha o que parecia dúzias de nichos e armários. Como Terry a tinha encontrado ali embaixo?

Finalmente a lanterna iluminou a escada e ela subiu rapidamente, mas, quando chegou à porta, viu que estava quente: se a abrisse, seria incinerada.

Tinha de haver outra saída. Tinha de haver.

Outra vez girou a lanterna. Uma coisa escura e peluda passou correndo de um lado e Niki deu um pulo. Finalmente viu o contorno de uma janela e correu para ela. Seu coração se apertou desanimado.

Estava fechada com tábuas.

Niki teve vontade de chorar. Depois de tudo que tinha acontecido, ficar encurralada ali, morrer ali...

Pare com isso, pensou. *Não desista agora.*

Seus amigos dependiam dela. Terry dependia dela. De algum modo, tinha de encontrar uma saída.

Deixou a lanterna de modo que iluminasse as tábuas acima da janela e começou a empurrá-las, quebrando as unhas. Uma das tábuas começou a se soltar e viu um arbusto grande do outro lado.

Puxou com mais força. Finalmente a tábua se soltou por completo.

O espaço ainda não era suficiente para Niki passar, mas se pudesse tirar mais uma ou duas tábuas, poderia sair e pedir ajuda.

Começou a puxar outra tábua, tentando não pensar no tempo que estava perdendo.

Tinha quase soltado a outra tábua, quando sentiu alguém agarrar seu tornozelo.

Capítulo 21

Niki gritou e pulou para longe da janela. Tropeçou em alguma coisa macia e caiu no chão.

É Justine, pensou.

Justine me descobriu e vai me matar agora, aqui mesmo.

Mas não cederia sem lutar.

Niki virou o corpo, tentando se livrar da mão que a segurava.

Mas então, à luz fraca de lanterna, viu que não era Justine. Era o tio dela, Philip. A mão que segurava seu tornozelo estava amarrada à outra com uma corda e os tornozelos também estavam amarrados. Sua camisa com pintas azuis e brancas estava manchada de sangue.

Surpresa, Niki, a princípio, não percebeu que Philip falava com ela. Tentou enxergar melhor e se aproximou para ver o que ele dizia.

— Me ajude — disse ele, o triste rosto de palhaço contorcido com a urgência das palavras. — Por favor, por favor, você tem de me ajudar!

— Vou ajudar — acalmou-o Niki. Philip parou de falar, surpreso. — Mas você tem de me ajudar também — acrescentou. — A mim e aos meus amigos.

Começou a desamarrar as cordas que o prendiam, explicando o que Justine tinha feito. Quando falou do fogo, Philip arregalou os olhos, horrorizado.

— Tive a impressão de sentir cheiro de fumaça — disse. — Nunca pensei que ela...

Niki terminou de desatar as cordas.

— Vamos! — ela replicou. — Temos de andar depressa!

Philip se levantou e correu para uma arca, voltando com uma grossa barra de ferro. Para um homem que parecia tão frágil, tinha uma força surpreendente.

Ele retirou as tábuas que faltavam em poucos segundos. Então, levantou Niki e colocou-a no peitoril da janela, saindo depressa atrás dela.

Uma vez lá fora, Niki respirou avidamente o ar fresco.

Mas não tinha tempo a perder. Niki e Philip correram para a frente da casa. Pelas janelas, podiam ver o brilho do fogo. Os seus amigos estavam todos encostados na grade da janela, lutando para respirar.

Philip forçou a grade com a barra de ferro.

Não, Não. A grade não vai se mover, Niki pensou, em pânico.

Não. Não.

Continue tentando.

Sim!

Finalmente Philip arrancou a grade.

Meio sufocados e tossindo, os garotos começaram a sair, os olhos vermelhos lacrimejando por causa da fumaça espessa.

Alex e Terry tinham ajudado os outros e foram os últimos a sair. Logo depois que eles saíram, a porta da sala de jantar estourou em chamas.

Niki e Philip levaram os garotos em estado de choque e sufocados para a segurança do jardim da frente, longe da casa que estava agora em chamas do porão até o sótão.

Quando chegaram a um lugar seguro, Terry encontrou Niki e a abraçou com força, beijando seu rosto e seus cabelos.

— Carinha Engraçada — repetia. — Carinha Engraçada.

Niki mal podia acreditar que ele estivesse bem, vendo seu rosto manchado de fuligem e as sobrancelhas levemente chamuscadas.

Foi por pouco.

Por muito pouco.

Niki e Terry ficaram ali parados, abraçados, vendo a casa em chamas lançar fagulhas brilhantes cor de laranja para o céu.

A leste, leves faixas de luz começavam a aparecer. Parte do telhado, de repente, desmoronou, despejando uma imensa quantidade de fagulhas por todo o jardim. Todos recuaram para a borda do gramado. Um momento depois, David cambaleou para fora dos bosques da rua do Medo.

— Acho que Bobby e Marty estavam bêbados demais para saber o que faziam — explicou David. — Quando finalmente acordei, estava num galpão de depósito, no canto do cemitério. Fui até a casa mais próxima e telefonei para a polícia.

David tinha um enorme hematoma na testa e placas de sangue seco no rosto, mas parecia estar bem.

Na verdade, todos estavam bem. Todos, menos Les.

Trisha e Ricky, sentados, olhavam para o fogo como se nada tivesse acontecido. Murphy e Angela estavam sentados na grama alta, ignorando o quanto estava molhada, consolando-se mutuamente.

Alex estava de pé, sozinho, triste, a bela fantasia prateada rasgada e manchada de fuligem.

Terry não podia acreditar. Como tanta coisa podia acontecer em tão pouco tempo? Era como se tudo que acontecera naquela casa, naquela noite, tivesse mudado todos eles, para sempre.

Uma sirene soou à distância.

Philip ficou na frente do grupo, e Terry viu com surpresa que seus olhos estavam cheios de lágrimas.

— Eu sinto tanto, tanto — disse. — Nunca pensei que isso pudesse acontecer. Têm de acreditar em mim.

— Como assim? — perguntou Alex, zangado. — Quase morremos lá dentro.

— Tudo que eu queria — respondeu Philip —, era assustar vocês. Nada mais.

Terry começava a compreender, e o que compreendia o enchia de raiva.

— Está dizendo que tudo isso foi ideia sua? — perguntou.

— Sim — afirmou Philip, envergonhado. — Vocês compreendem, o pai de Justine era meu irmão mais velho. Era a pessoa mais próxima que eu tinha no mundo. Depois da sua morte, jurei criar Justine de modo que ele pudesse se orgulhar dela, mas jamais superei a dor da sua morte e acho que, com o passar dos anos, devo ter passado minha amargura para Justine. Vejo agora que devia ter ensinado a ela a perdoar e a amar. Mas só ensinei ódio e... o desejo de vingança.

— Então você planejou durante todos esses anos? — perguntou Trisha, horrorizada.

— Não, de jeito nenhum! — respondeu Philip. Parou e enxugou o rosto com a mão. — No ano passado, fiquei doente e resolvi passar meus últimos dias na velha casa do meu irmão. Contei para todos que eu era um primo distante, assim me deixariam em paz. Mas quando Justine descobriu onde eu estava, ela deixou o namorado e sua carreira e veio morar aqui comigo.

Ela me convenceu de que eu não poderia morrer em paz enquanto não vingasse a morte do meu irmão.

Terry olhou horrorizado para ele. Tudo que Philip estava dizendo parecia um pesadelo, mas era a verdade.

— Vocês sabem o resto — continuou Philip. — Justine se matriculou no colégio, enquanto eu pesquisava o grupo original do acidente e localizava os filhos e filhas dos adolescentes envolvidos. Então, mandamos os convites.

— Como puderam fazer uma coisa dessas? — perguntou Alex. — Como? Nenhum de nós jamais fez mal a vocês!

— Eu sei — disse Philip. — E talvez tivesse sido loucura carregar um ressentimento durante tanto tempo. Mas precisam acreditar em mim! Jamais tive intenção de fazer nenhum mal a vocês. Só queria que conhecessem o terror, o sofrimento, por algum tempo.

— Mas Justine levou seu plano um passo à frente, não foi? — disse Niki. Ao contrário de Alex, seu rosto e sua voz demonstravam somente simpatia.

— Não percebi o quanto ela estava obcecada — disse, assentindo. — Até descobrir... até descobrir o corpo do seu amigo Les. Eu sabia que Justine o tinha matado e sabia que precisava detê-la. Escondi o corpo para que ninguém o encontrasse, e então enfrentei minha sobrinha. Eu disse que ela devia acabar com a festa imediatamente. Disse que ia chamar a polícia. Mas ela... ela... — Parou de falar e começou a soluçar.

— Ela o atacou — completou Niki. — Eu sei. Ela me atacou também.

— Eu nunca pensei que ela... faria alguma coisa contra mim — disse Philip. — Justine me abateu com um golpe na cabeça e deve ter me arrastado para o porão, onde me deixou amarrado.

— Está dizendo que Justine fez tudo isso sozinha? Matou Les, golpeou e amarrou você... — perguntou Alex, incrédulo.

— Vocês precisam compreender — disse Philip —, que Justine é muito forte. Acho que ela trabalhou com afinco para ser capaz de fazer qualquer coisa. Acredito que ela sempre soube que faria isto.

— Como se atreve?!

Todos se voltaram ouvindo a voz de Justine. Estava na beirada do gramado, seu belo rosto quase irreconhecível sob a máscara da loucura e da raiva.

— Justine! — exclamou Philip. Terry viu que, apesar de tudo que acabava de contar, ele ainda amava a sobrinha.

— Você me traiu! — gritou Justine. — Pior ainda, você traiu meus pais! Eu devia ter matado você quando tive oportunidade!

— Não! — exclamou Philip, caindo de joelhos. — Não diga isso!

— Eu devia saber que você era fraco demais para fazer o que tinha de ser feito — disse. — Nunca ninguém foi tão forte quanto eu. E se tivesse conseguido... quase consegui... — Olhou para todos com puro ódio.

Terry desviou os olhos. Niki segurou a mão dele com força.

Estamos a salvo agora, ele pensou. *Ela não pode mais nos fazer mal.*

Mas saltou assustado, como todos os outros, quando Justine correu para eles, os olhos verdes completamente enlouquecidos.

Antes que os alcançasse, de repente, virou para a esquerda e, então, movendo-se mais depressa do que parecia possível, subiu correndo os degraus da frente para a varanda em chamas.

Capítulo 22

— Não! Um único grito angustiado de Philip cortou o ar.

Terry, atônito, viu Justine se virar e correr para a casa. Mas, quando ela chegou aos degraus, ele começou a correr também, quase sem perceber o que fazia.

A correr atrás dela.

A correr para o calor e para as chamas.

Com o canto dos olhos, ele notou um movimento e, quando chegou aos degraus, viu Alex, logo atrás, também correndo para Justine.

Sem parar de correr, Terry subiu os degraus e entrou na varanda em chamas.

Justine estava de pé, na entrada da casa, balançando o corpo levemente, a roupa começando a queimar. Virou para trás e quando viu Alex e Terry arregalou os olhos e começou a entrar na casa, que era, agora, um inferno de fogo.

— Segure ela! — gritou Alex.

Terry estendeu a mão para Justine. Segurou o braço dela e a puxou com toda a força. Mas com a força da loucura, ela se lançou para a frente, puxando-o para dentro da casa atrás dela.

Os dois caíram entre as chamas que devoravam o chão.

Terry gritou quando viu o fogo a poucos centímetros de onde estava.

A próxima coisa que percebeu foi alguém puxando-o para fora da casa, fazendo com que descesse os degraus e ficasse caído na lama. Essa mesma pessoa o estava rolando e rolando na terra molhada e fria, aliviando o calor.

Terry sentou e viu Alex de pé, ao lado de Justine, procurando apagar o fogo da roupa dela com sua jaqueta prateada.

Justine soluçava agora, não insanamente, mas pela derrota e pela dor.

Alex se aproximou e se inclinou para Terry, seu rosto pálido assustado e contraído.

— Ei, cara — disse. — Você está bem?

Terry fez que sim com a cabeça.

— Você salvou minha vida, Alex. Obrigado.

— Você tentou salvar a vida de nós todos — retrucou, pondo a mão no ombro de Terry. — Acho que estávamos sendo teimosos demais para ouvir.

Por um momento, os dois apenas olharam um para o outro, e Terry viu algo que nunca esperava ver outra vez: o olhar de amizade e de respeito. Esperava que seu rosto estivesse demonstrando a mesma coisa.

Um momento depois, o jardim se encheu com as luzes giratórias e as sirenes dos veículos de emergência. Enquanto os bombeiros começavam a batalha contra o fogo, a equipe médica examinava Terry e Alex.

Niki ficou perto de Terry, segurando no braço dele como se nunca mais quisesse largar.

— O que você acha que vai acontecer com Justine? — perguntou ela.

— Ela terá a ajuda que precisa — respondeu Philip, tristemente. — Eu devia ter providenciado isso anos atrás.

Eles assistiam enquanto Justine era amarrada a uma maca.

Alguns minutos depois, a ambulância da polícia parou no jardim, tocando a sirene.

Lá em cima, uma chuva de fagulhas iluminava o esqueleto arruinado da mansão Cameron.

Atrás da fumaça preta, o sol vermelho da manhã apareceu.

— Ei... conseguimos ficar a noite inteira. Já está amanhecendo! — exclamou Ricky. — Não é mais Halloween!

— Não sei, não — disse Niki, segurando o braço de Terry, quando começaram a se afastar. — É sempre dia das bruxas na rua do Medo.